KATHARINA INNIG

Die Forscherin

KATHARINA INNIG

Die Forscherin

Prinzessin Therese und der Ruf des Amazonas

ROMAN

DIANA

Sollte diese Publikation Links auf Webseiten Dritter enthalten,
so übernehmen wir für deren Inhalte keine Haftung,
da wir uns diese nicht zu eigen machen, sondern lediglich
auf deren Stand zum Zeitpunkt der Erstveröffentlichung verweisen.

MIX
Papier aus verantwortungsvollen Quellen
FSC® C014496

Penguin Random House Verlagsgruppe FSC® N001967

Originalausgabe 09/2022

Neumarkter Straße 28, 81673 München
Umschlaggestaltung: t.mutzenbach design, München
Umschlagmotiv: © Shutterstock.com (Kateryna Yakovlieva, mamita)
Autorenfoto: © Anna Schaller
Redaktion: Antje Steinhäuser
Satz: Leingärtner, Nabburg
Druck und Bindung: GGP Media GmbH, Pößneck

Printed in Germany
ISBN 978-3-453-36134-8

www.diana-verlag.de

Für meine Eltern, immer

Villa AmSee

Lindau, Bodensee, kurz vor Weihnachten 1924

Der Dezemberwind strich um das Haus, um die kahl gewordenen Zweige der alten Kastanienbäume im Garten, durch das Efeu, das die Hauswand an manchen Stellen einhüllte wie ein grüner Mantel. Er wehte durch die Büsche und über die streng eingefassten Blumenbeete, die im Winter wie im Schlaf dalagen. Der See am Ende des Grundstücks war blauschwarz und kalt. Merkwürdig, dachte Therese, die am Fenster des warm geheizten Salons stand und hinaussah. Merkwürdig, dass das Wasser an solchen Tagen ganz anders aussieht als im Sommer. Es war ihr schon oft aufgefallen, dass das Wasser sich veränderte, abhängig davon, ob es warm oder kalt war, ob die Sonne schien oder ein Gewitter aufzog. Jedes Mal wechselte das Wasser die Farbe, wirkte weich oder hart, kalt oder warm, dicht oder glasklar, egal ob es in Skandinavien oder in Brasilien war. Heute, an diesem kalten Tag in der Vorweihnachtszeit, war es undurchdringlich wie eine fast schwarze Fläche. Schade, dass Veronika den See nun mit dieser Anmutung sehen würde, nicht so freundlich und blau, wie er im Sommer war.

Therese hustete. Sie zog das Stricktuch, das sie über dem schlichten Wollkleid trug, enger um sich. In letzter Zeit fror sie häufig. Früher war sie so robust gewesen, noch vor ein paar Jahren war sie auf die Berge am See gestiegen, war geritten und frühmorgens schwimmen gegangen. Nun wurde sie mit jedem Tag älter und schwächer, sie konnte es förmlich fühlen. Der Husten wurde stärker, die Gelenke steifer, und um ihre Brust hatte sich seit einiger Zeit ein unsichtbarer Ring gelegt, der das Atmen schwerer machte.

Therese sah auf das Tischchen neben dem Sofa. Dort lag *Der Zauberberg*, ein neues Buch, das die Zeitungen in den letzten Wochen jubelnd besprochen hatten; die Geschichte von Tuberkulosekranken in einem Schweizer Lungensanatorium. Manche hätten es für geschmacklos gehalten, dass sie ausgerechnet dieses Buch sofort gekauft hatte. Aber es bereitete ihr eine merkwürdige Art von neugierigem Vergnügen, darin von Menschen zu lesen, die dieselbe Krankheit hatten wie sie. Nein, sie hatte keine Angst, auch nicht, als der Arzt ihr die Diagnose verkündet hatte. Es war der Lauf der Dinge.

Das Feuer im Kamin knackte. Martin, der Gärtner, hatte alle Öfen im Haus angefeuert, damit Therese und ihre Besucherin es mollig warm haben würden. Das zweite Geräusch im Raum war das Krächzen des Papageis in seinem Käfig. Therese wandte sich zu ihm um. »Na, Lora, bist du auch gespannt auf unseren Besuch?«, fragte sie den bunt gefiederten großen Vogel, der den Kopf schief legte und sie mit seinen schwarzen Knopfaugen aufmerksam ansah. Lora krächzte noch einmal. Vermutlich mochte sie es nicht, hinter Gittern zu sitzen. Gewöhnlich war die Käfigtür den ganzen Tag offen, und der Papagei konnte durchs Haus flattern, wie er wollte. Aber jetzt, nur vorsorglich, hatte Therese den Vogel wegen des Besuchs hinter Schloss und Riegel gesetzt.

»Nicht für lange«, sagte sie entschuldigend. »Wenn sie sich eingewöhnt haben, darfst du ganz bestimmt wieder fliegen.«

Veronika – wie lange hatten sie sich nicht mehr gesehen? Das letzte Mal musste vor dem Krieg gewesen sein, als Thereses Vater, der Prinzregent, noch lebte. Es war bei einem Ball gewesen, oder bei einem Bankett? Therese konnte sich nicht mehr genau erinnern. Veronika war damals mit ihrem Mann, Graf Rudolf von Löwenstein, gekommen. Ihre jüngste Tochter war auch dabei gewesen – Therese erinnerte sich verschwommen an ein aufgewecktes kleines Mädchen mit wachen Augen. Dieses kleine Mädchen musste inzwischen fast erwachsen sein. »Die Zeit rennt«, sagte sie zu Lora. Sie hielt den Zeigefinger durch die Gitterstäbe. Der Vogel pickte liebevoll daran herum und ließ sich den Kopf streicheln.

Die Idee, Veronika zu schreiben, war ihr vor ein paar Monaten bei einem Besuch in München gekommen. Sie war gerade dabei gewesen, in dem prächtigen Palais am Odeonsplatz, in dem sie aufgewachsen war, ihre Bestände zu ordnen. All die Schriften, Bücher, Präparate, Sammelobjekte, kurz ihr ganzes Münchner Leben. Wochen war sie beschäftigt gewesen und hatte gespürt, wie sehr es an ihren Kräften zehrte, die Arbeit ganz allein zu tun. In Lindau noch einmal von vorne anzufangen, alle Briefe und Objekte, die sich dort in den letzten zehn Jahren angesammelt hatten, zu sortieren und zu sichten, war ihr unmöglich erschienen. Sie brauchte Hilfe – und da war ihr Veronika eingefallen. Es hatte eine Weile gebraucht, bis sie überhaupt ihre Adresse gefunden hatte, aber dann hatte sie ihr sofort geschrieben. »Ich möchte Dich nach Lindau einladen – und Deinen Rudolf natürlich auch«, hatte in dem Brief gestanden, den sie nach Rosenheim geschickt hatte. »Aber ich will Dir nicht verschweigen, dass ich auch Deine Hilfe brauche. Du hattest doch damals schon so eine schöne Handschrift und ein Auge für Ordnung …«

Veronika hatte schon bald darauf geantwortet und versprochen, noch vor Weihnachten für eine Woche an den Bodensee zu reisen.

Therese sah wieder zum Fenster hinaus. Sie hoffte, dass es Veronika hier gefiel. Aber wie konnte man es auch nicht schön finden? Die sanften Hügel rund um Lindau, die hohen Berge am anderen Ufer des Sees, sie hatte diesen Ort immer geliebt. Ihre Mutter Auguste hatte vor über siebzig Jahren diese Villa gekauft, nachdem sie zum ersten Mal an den Bodensee gereist war. »Es sieht dort ein bisschen aus wie in meiner Kindheit in Italien«, hatte sie damals nach München geschrieben. Ihr Leben lang hatte Auguste behauptet, dass die Lindauer Landschaft sie an ihre italienische Heimat erinnerte. Therese hatte zwar später, bei ihren eigenen Reisen nach Rom und Neapel, kaum eine Ähnlichkeit erkannt, aber das änderte nichts daran, wie wohl sie sich hier fühlte. Die Villa war voller Erinnerungen an die Sommer, die sie als Kind mit den Eltern und den drei Brüdern hier verbracht hatte, später an die stillen Besuche, die sie zwischen ihren Reisen hier eingelegt hatte. Als vor zehn Jahren der Krieg ausbrach und sie aus München nur noch fort wollte, hatte sie keinen Augenblick überlegen müssen, wohin sie ziehen würde.

»Zehn Jahre, unglaublich«, murmelte sie nun.

Draußen zogen graue Wolken über den Himmel. Hoffentlich wird das Wetter noch ein bisschen schön in den nächsten Tagen, dachte sie. Sie wollte Veronika den Garten, den See und die Stadt so gerne bei Sonnenschein zeigen.

Ein Klopfen riss sie aus ihren Gedanken.

»Ja?«

Eine Frau streckte ihren Kopf durch die Tür; ihre von grauen Strähnen durchzogenen, kurzen Locken standen wie immer wild in alle Richtungen ab, und ihr bärbeißiges Gesicht wirkte missvergnügt.

»Die Maschine fährt heran.« Gundas Tonfall ließ keinen Zweifel daran, was sie von »der Maschine« hielt. Therese hatte das elegante, große Automobil vor etwas über einem Jahr erstanden. Ihre Begeisterung war allerdings so gar nicht auf ihre Haushälterin übergesprungen. »Was war denn falsch an Kutschen und Fahrrädern?«, hatte Gunda nur gebrummt und sich auch in der Zwischenzeit nicht überzeugen lassen, auch nur ein einziges Mal in dem Auto Platz zu nehmen.

Therese lächelte. »Danke, Gunda.«

Sie atmete tief durch. Es war so weit.

Der Wagen, der hupend in die Kiesauffahrt einfuhr, glänzte tiefschwarz, und die verchromte Kühlerhaube blitzte. Therese betrachtete ihn voller Besitzerstolz. Sie hatte schon immer eine Vorliebe für neue Erfindungen und Maschinen gehabt, und alles, was verhinderte, weiterhin in polternden, ruckelnden Kutschen sitzen zu müssen, die ihren zunehmend schmerzenden Knochen nicht bekamen, war ihr willkommen. Ihr Nachbar hatte sie beim Kauf beraten und ihr diesen Wagen empfohlen; sie hatte keine Minute gezögert.

Nun bremste »die Maschine« knirschend auf dem Kies, und einen Moment später sprang Martin heraus. Der Sohn des Lindauer Försters war seit Jahren nicht nur Thereses Gärtner und zuständig für den Park, sondern auch ihr Waldaufseher und spielte den Chauffeur. Selbst wenn Therese leicht seine Großmutter hätte sein können, teilten sie ihre Begeisterung für das Auto genauso wie die für Tiere und verstanden sich gut. »Er hält mich jung«, sagte Therese manchmal im Scherz, »nun ja, zumindest jünger.«

»Ging alles problemlos, Martin?«, rief sie nun.

»Aber ja, Prinzessin«, grinste er. »Zugegeben, ich habe zuerst nicht alles Gepäck der Gräfin in den Kofferraum bekommen, aber am Ende war es doch geschafft.«

Er öffnete die Tür zum Fond.

Die Frau, die ausstieg, sah aus wie aus einer Modezeitschrift entsprungen. Veronika hatte sich, stellte Therese nun verblüfft fest, trotz der vielen Jahre, die vergangen waren, kein bisschen verändert. Die drei Töchter, die sie bekommen hatte, sah man ihrer mädchenhaften Figur nicht an, und obwohl sie inzwischen Mitte fünfzig sein musste, wirkte ihr Gesicht glatt und jugendlich. Natürlich war sie sorgfältig geschminkt, die Lippen rot, und ihr Haar, das früher von Natur aus hellblond gewesen war, war nun in etwa demselben Farbton gefärbt. Es fiel nicht mehr in langen mädchenhaften Locken über ihre Schultern, sondern war modern frisiert, und der Schnitt passte gut zu dem ebenfalls modischen Mantel, den sie trug. Veronikas Füße steckten in eleganten Schuhen mit Pfennigabsatz, und auf dem Kopf saß ein Hut, der eindeutig teuer gewesen war. Sogar ihr charmantes Lächeln war dasselbe geblieben.

»Therese! Wie schön!«

Therese winkte ihr von der Haustür aus zu. Sie studierte Veronikas Miene. Ob sie wohl erschrickt, weil ich so alt und blass geworden bin?, fragte sie sich insgeheim.

Leichtfüßig, trotz der hohen Absätze, lief Veronika nun über den Kies auf sie zu und schloss Therese ohne viel Umstände in die Arme. Die wurde dabei in eine Wolke süßen Parfüms eingehüllt.

»Ach, ist das wundervoll, dass wir uns wiedersehen!«, rief Veronika und lachte. »Es ist wirklich viel zu lange her.«

»Das stimmt. Ich freue mich auch.« Therese sah sich erstaunt um. »Bist du allein? Wollte dich denn Rudolf nicht begleiten?«

Ein Schatten huschte für einen Moment über Veronikas Gesicht. »Ach nein, er mag es nicht mehr zu verreisen. Oder überhaupt auszugehen. Männer, nicht wahr?« Im nächsten Moment knipste sie wieder ihr Strahlen an. »Aber so ist es doch eigentlich ohnehin viel besser, nur wir beide. Wir haben uns bestimmt so viel zu erzählen …« Veronika unterbrach sich und legte den Kopf in den Nacken, wobei sie anmutig ihren Hut festhielt, und sah die Fassade der Villa empor.

»Das Haus ist traumhaft! Kein Wunder, dass du hierhergezogen bist und München keine Träne nachweinst.«

Wie immer, wenn jemand zum ersten Mal zur Villa kam, sah Therese das Anwesen mit den fremden Augen. Tatsächlich sah die Biedermeiervilla sehr hübsch aus mit ihrer in freundlichem Gelb gestrichenen Fassade und den weißen Sprossenfenstern. Das Efeu rankte an manchen Seiten bis unter das Dach, und auf der Seeseite gab es einen verglasten Balkon, um auch an kühlen Tagen in der Sonne sitzen zu können, dazu eine Terrasse, beschattet von Efeu, auf der man an heißen Sommertagen sitzen und durch einen Bogengang hinaus auf den See blicken konnte. Der Garten der Villa AmSee war großzügig angelegt und ging nach Blumenbeeten in einen üppigen Park mit alten Bäumen über. Er reichte bis hinunter an den See, was besonders schön war.

»Ich zeige dir später alles ganz genau«, schlug sie vor. »Aber jetzt komm erst einmal herein. Gunda hat gerade frischen Kaffee gemacht, und Plätzchen gibt es auch.«

»Gute Idee – ich sterbe vor Hunger.«

Mit dem letzten Blick zurück sah Therese, wie Martin fünf Hutschachteln aufeinandertürmte, wo schon zwei große Schrankkoffer standen. Sie verkniff sich ein Grinsen. Veronika hatte sich wirklich nicht verändert.

Das Feuer im Kamin prasselte. Ab und zu brach ein Scheit zu einem Häuflein glühender Kohlenstücke zusammen und entließ einige Funken in den Rauchfang. Die Wärme des Feuers ließ die Girlande aus Tannenreisig, die Gunda schon vor Tagen vor dem Kamin aufgehängt hatte, duften, und der Geruch mischte sich mit dem feinen Kaffeeduft, der von den beiden zarten Porzellantassen aufstieg.

»Wunderbar«, seufzte Veronika wohlig. »Genau das, was ich jetzt brauche. Die Fahrt war scheußlich lang – erst von Rosenheim nach München, dann von München nach Füssen, und dort hat mich ja dann dein charmanter Chauffeur abgeholt.« Sie lächelte und sah sich in dem Raum um. »Was für ein schöner Salon das ist. Er sieht russisch aus.«

»Ja, hier ist alles, was ich von meiner Russlandreise damals mitgebracht habe – und dazu einiges, was mir Olga im Laufe der Jahrzehnte geschenkt hat.«

»Olga, deine alte Jugendfreundin?«

»Ja, wobei sie immer gerne darauf hinweist, dass sie ein Jahr jünger ist als ich«, bemerkte Therese schmunzelnd. »Sie lebt nun in Rom, seitdem ihr Sohn als griechischer König abgesetzt wurde.«

»Warum ist sie nicht zurück nach Russland gegangen?«

Olga, die ehemalige Königin von Griechenland, war in Russland als Nichte des Zaren geboren worden.

»Ach, ich glaube, es war ihr zu kalt«, antwortete Therese

trocken. »Und ich bin froh; Italien ist näher. Ab und an können wir uns sehen.«

Veronikas Blick glitt über die mit rotem Samt bezogenen Möbel, die kleinen Porzellanfiguren von Väterchen Frost und eleganten Schlittschuhläuferinnen, über die große Pendeluhr aus dunklem Ebenholz, das Gemälde der weiten Taiga, die russischen Lackminiaturen und über die Spitzenklöppeleien, die als Tischläufer und Untersetzer dienten. »Ich stelle mir Russland großartig vor«, seufzte sie. »Russische Weite, prächtige Paläste, das Bernsteinzimmer, Katharina die Große, Anna Karenina und Kutschfahrten durch den Schnee …«

Therese lachte auf. »Ich sehe schon, du bist immer noch so romantisch wie früher. In Brasilien warst du auch so und schrecklich verliebt in Rudolf. Du hast kaum von etwas anderem gesprochen als von ihm und eurer Hochzeit, die bevorstand, und ohne deinen Verlobungsring konntest du nicht sein.«

»Stimmt.« Veronika lächelte verlegen. »Ach, das ist alles so lange her, es ist kaum zu glauben.« Sie beugte sich vor und nahm sich ein Stück Gebäck vom Teller. Als sie hineinbiss, seufzte sie genießerisch. »Das schmeckt ja himmlisch – Aprikose?«

»Ja, Gundas berühmte Aprikosenplätzchen. Die kennt, glaube ich, halb Lindau.«

»Gunda ist deine Köchin?«

»Köchin und Haushälterin in einem.« Therese nahm sich selbst ein Plätzchen. »Außer ihr wohnt nur noch Martin hier, den hast du ja bereits kennengelernt.«

»Mehr Personal hast du nicht?«, fragte Veronika erstaunt. In der Münchner Residenz hatten ganze Heerscharen von Dienstboten für die Königsfamilie bereitgestanden.

»Ich muss jetzt mit dem Geld haushalten – Könige gibt es nicht mehr.« Therese lehnte sich zurück. »Außerdem ist es mir so viel lieber. Ich finde es schön, wenn mir nicht jeder Handgriff abgenommen wird.« Sie deutete durchs Fenster. »Die Balkonmöbel dort habe ich letzten Sommer selbst gestrichen.« Sie biss von ihrem Plätzchen ab. »Ruh dich noch ein bisschen aus, und dann zeige ich dir den Garten und den See, bevor es draußen endgültig dunkel geworden ist.«

»Gerne.«

Der Papagei krächzte in seinem Käfig und trat unruhig von einem Fuß auf den anderen. Er konnte es kaum erwarten, wieder fliegen zu dürfen.

Auf dem Atlantik

Juni 1888

Der Basstölpel schlägt am blaugrauen Himmel über mir kraftvoll mit seinen weiten Schwingen. Ich lege den Kopf in den Nacken und sehe ihm dabei zu, wie er sich vom Sturm mal hinauf und hinunter, mal nach rechts oder links wehen lässt. »Was machst du überhaupt hier? Du bist zu weit südlich«, sage ich zu ihm. Es stört ihn nicht, er schaukelt gut gelaunt im Wind. Seit gestern Nacht dauert der Sturm an. Der Wind zerzaust mir die Haare, die Veronika, meine neue Gesellschaftsdame, heute Morgen sorgfältig aufgesteckt hat. Er fährt mir unter den Mantel, lässt mein Kleid wehen. Ich liebe das Gefühl. Über mir krächzt der Basstölpel vergnügt; wir mögen wohl beide dieses Wetter.

Ich atme tief die salzige Luft ein, schaue den Wellen zu, die sich unter mir höher und höher schaukeln. Einige Passagiere sind inzwischen seekrank und liegen unter Deck in ihren Betten. Der Rest hat sich vor der Gischt und dem Wind ebenfalls hinunter in den Bauch der *Manauense* verzogen. Nur ich bin noch hier draußen, gemeinsam mit dem Basstölpel und einem scheppernden Blecheimer, den der Wind über die Bohlen des Decks kullern lässt. Ein junger Matrose jagt ihm nach, verliert dabei seine Mütze und flucht, bevor er mich sieht und ein derart erschrockenes Gesicht macht, dass ich lachen muss.

»Excuse me, Madam.« Er angelt nach seiner Mütze und verschwindet eilig. Nun bin ich ganz allein.

Es ist unglaublich, wie weit das Meer ist. Seit Tagen haben wir kein Festland mehr gesehen. Rings um das Schiff ist nur das tiefe Wasser, die Fische, die wir ab und zu von der Reling aus entdecken, und die Quallen, die manchmal in großen Schwärmen vorbeiziehen. Am weiten Himmel tauchen hier draußen nur noch selten Vögel auf. Die meiste Zeit ist er leer.

Vor sieben Tagen sind wir am Hafen von Lissabon an Bord gegangen, nach einer langen Reise mit Kutsche und Eisenbahn von München nach Portugal. Ich sehe den Hafen noch vor mir, sommerheiß und voller Menschen. Alle winkten zum Abschied, riefen irgendetwas – jetzt, nach so langer Zeit auf dem Atlantik ohne irgendeine Abwechslung, kommt mir eine solche große Menschenmenge und die große Stadt Lissabon unwirklich vor wie ein Traum.

Am ersten Tag passierten wir Madeira, die Insel, auf der es immer Frühling sein soll. Ich betrachtete sie eine ganze Weile mit meinem Fernglas – der Reisemarschall spottet schon, es sei an mir festgewachsen –, aber ich sah nur Grün und weiße Häuser, die sich an die Hänge der Insel schmiegten. Die Kanaren, die wir bald darauf erreichten, waren aufregender, irgendwie fremder mit ihren trockenen, weiten Sandstränden und dieser eigenartigen Vulkanlandschaft. Humboldt war einmal auf den Kanaren gewesen, ich kenne seine Berichte darüber. Er hat damals Teneriffa als Kontinent im Kleinen beschrieben und den Vulkan Pico del Teide bestiegen. Es war schade, dass die *Manauense* dort keinen Zwischenstopp eingeplant hat; ich musste wieder mit dem Fernglas vorliebnehmen. Entschädigt wurde ich allerdings von den Nautilussen, die am gleichen Abend bei Sonnenuntergang an unserem Schiff vorbeizogen, große Kopffüßer mit weiß-braunen Schneckenhäusern, die wie eine Erscheinung aus dem Blau auftauchten und dahintrieben.

Seitdem – nichts. Nur Wasser. Veronika langweilt sich, der Reisemarschall schreibt lange Briefe, und Max, mein Diener, sucht ständig neue Gesellschaft für seine geliebten Schafkopfrunden. Ich habe mir die Zeit in den letzten Tagen vor allem damit vertrieben, meine Geräte auszuprobieren – zumindest die, mit denen ich hier auf dem Schiff irgendetwas messen kann. Mein Sextant, das Barometer, das Magnetometer und das Cyanometer, das das Blau des Himmels bemisst. Ich schreibe alle meine Messungen auf, aber ganze Tage fülle ich damit nicht. Ich gebe es zu – ich kann es inzwischen kaum erwarten, endlich anzukommen.

Die Gischt brandet am Bug hinauf, der Sturm wird stärker. Ein paar feine Meereswassertröpfchen treffen mein Gesicht und schmecken nach Salz. Kalt sind sie nicht, auch nicht der Wind. Gestern haben wir den Äquator passiert; die Luft ist warm und das Wasser tropisch.

Die *Manauense* pflügt durch die Wellen. Dieser große Dampfer mit seinen beiden mächtigen runden Schloten fasziniert mich, seit ich ihn betreten habe. Er ist riesig und spuckt den ganzen Tag Dampf in die Luft, angefeuert durch die riesigen Heizkessel ganz unten im Schiffsbauch. Dort unten schippen die Heizer unablässig Kohle in die Feuer, um uns in Gang zu halten. Dreihundert Seemeilen schafft die *Manauense* bisher durchschnittlich am Tag. Dieser Sturm allerdings wird wohl für Verzögerung sorgen. Der Wind nimmt noch einmal Fahrt auf; das Meer brüllt nun geradezu unter mir, und ich muss mich an der eisernen Reling festklammern. Trotzdem habe ich nicht die geringste Lust hineinzugehen. Ganz bestimmt sitzt der Reisemarschall gerade dort unten in seiner Kabine und wütet, weil ich hier draußen stehe. »Seien Sie doch vernünftig«, ist sein Lieblingssatz. Wenn es nach mir gegangen wäre, hätte ich sicher jemanden anderen als Reisemarschall mitgenommen statt dieses überdisziplinierten jungen Offiziers, der ausschließlich in Uniform reist und ständig etwas zu bemängeln hat. Unglücklicherweise ist er der Sohn eines alten Jugendfreundes von Papa, und so hat er darauf bestanden, dass ich ihn auswähle. »Er ist zuverlässig, Therese«, hat er gesagt. »Bei ihm kann ich sicher sein, dass er alles dafür tun wird, dich heil wieder nach Hause zu bringen.« Das ist möglich, aber es ist genauso möglich, dass ich mich mit ihm auf dieser Reise irgendwann schrecklich in die Haare bekommen werde.

Der Reisemarschall ist nicht der einzige meiner Begleiter, bei dem ich mir nicht sicher bin, ob er die beste Wahl für diese Reise war. Veronika ist seit heute Morgen seekrank. Sie liegt im Bett und ist ganz blass; am Mittag habe ich ihr Pfefferminztee und Zwieback bestellt, aber sie wollte beides nicht anrühren.

»Wenn es nur aufhören würde, zu schaukeln«, hat sie gejammert. »Dieses Schaukeln macht mich ganz verrückt.«

»Sie sollten trotzdem ein bisschen essen und etwas trinken«, redete ich ihr zu, aber es war sinnlos. Ich dachte an die Gräfin Oberndorf, die mich eigentlich hätte begleiten sollen. Eine robuste Frau Mitte vierzig aus alter Militärfamilie, die ich schon lange kenne und die niemals seekrank werden würde. Aber am Tag vor unserer Abreise wurde ihre Mutter krank. Und weil eine Prinzessin nicht ohne Gesellschaftsdame reisen kann, schickte mir die Gräfin in letzter Minute ihre Nichte mit. Veronika ist nicht unbedingt ein Ersatz: Sie ist erst neunzehn, ist noch nie verreist und sieht aus wie eine Porzellanpuppe. Sie ist frisch verlobt mit einem schneidigen Offizier und redet über beinahe nichts anderes. Immerhin, das muss ich ihr lassen, kann sie sehr gut Haare frisieren. Trotz des Sturms hier draußen hat sich noch kaum eine Strähne gelöst.

»Prinzessin!« Ich höre den Ruf zuerst nur vage durch das Tosen der Wellen und das Pfeifen des Windes. »Prinzessin!« Ich drehe mich um. Ein kleiner Mann mit Backenbart und im einfachen dunklen Anzug kämpft sich in komischer Verzweiflung gegen eine Bö über Deck zu mir und fuchtelt mit den Armen.

Ich lächele. »Max!«, schreie ich dann. »Hast du den Sturm gesehen?«

»Mei, der is' ja kaum zu übersehen.« Er hat mich erreicht und schüttelt grinsend den Kopf. »Hoheit, Ihr seid's doch wirklich narrisch. Bei dem Wetter – bald bläst's Sie's über Bord.«

»Du weißt doch, wie sehr ich Sturm liebe.«

Er nickt und klammert sich neben mir an die Reling. »Allerdings. Schon als Madl war's so, damals aufm Bodensee.«

Er hat recht. Schon als Kind bin ich am liebsten von der Sommervilla meiner Eltern am Bodensee aus auf das Wasser hinausgesegelt, wenn es stürmte und die Wellen hochschlugen. »Ein Abenteuer, Papa«, rief ich, wenn er am Ufer stand und mir wütend zuwinkte, dass ich zurückkommen sollte.

»Sie werden wohl nie vernünftig, Hoheit.«

Ich grinse. Keiner unserer Diener hat je so mit mir geredet wie Max. Die meisten sind schrecklich höflich und machen

Kratzfüße und sagen »Jawohl, Hoheit« und »Selbstverständlich, Hoheit«, vollkommen egal, was sie in Wirklichkeit denken. Max ist anders, und genau deswegen mag ich ihn. Er ist ein waschechter Münchner, ein »bayerisches Urviech«, wie Papa sagt, und kennt mich schon lange. Als ich noch ein Kind war, half er dabei, meine Menagerie an Katzen, Hunden, Laubfröschen, einem Murmeltier und einer Mopsfledermaus zu betreuen. Später, als ich älter war, wurde er zu meinem Verbündeten bei meinen kleinen Fluchten aus dem engen Palast und vor meinen strengen Gouvernanten. Noch später wurde er zu meinem treuen Begleiter auf Reisen.

»Was gucken S' so, Hoheit?«, fragt er mich jetzt.

»Ich dachte nur gerade, dass ich froh bin, dass du dabei bist, Max. Unsere erste Reise über den Atlantik.«

»Ja, Prinzessin«, nickt er, »wir beide aufm weiten Meer. Wer hätt' des gedacht?«

Er hält seine ziemlich große Nase mit der gleichen Begeisterung wie ich in den nassen, salzigen Wind. Ein Weile stehen wir einfach nur einträchtig nebeneinander, über uns immer noch der Basstölpel und unter uns das Meer. Schließlich sagt er: »Hoheit, der Reisemarschall kriegt dort unten bald 'nen Herzanfall, wenn S' net bald mal runterkommen.«

»Noch fünf Minuten, Max.« Ich lege meinen Kopf in den Nacken, sehe in den Himmel mit seinen vielen verschiedenen grau gefärbten Wolken. »Nur noch fünf Minuten.«

Die Kabinen der ersten Klasse sind geräumig und sauber, wenn auch nicht besonders luxuriös. Die *Manauense* ist kein Dampfer, auf dem die meisten Leute zum Vergnügen reisen, sondern ein Schiff für Händler, die zwischen Europa und

Amerika hin- und herpendeln, und für Auswanderer im Goldfieber, die in den unteren Klassen mitfahren.

Wir haben zwei Kabinen, die einander direkt gegenüberliegen. Die linke teile ich mir mit Veronika, die rechte gehört Max und dem Reisemarschall. Auf der gleichen Etage befindet sich noch der Erste-Klasse-Speisesaal, eine Art Salon, in dem sich abends viele der Passagiere die Zeit vertreiben, und eine kleine Bibliothek, die allerdings vor allem aus englischen Andachtsbüchern und Liebesromanen besteht, weil die *Manauense* ein britischer Dampfer ist.

Der Gang, der alle Räume verbindet, ist sehr lang und dunkel, selbst abends sind die Deckenlichter nur gedämpft. Als ich jetzt die schmale Tür zu unserer Kabine öffne, blendet mich darum das Licht beinahe, das durch das Bullaugenfenster hereinfällt.

»Hoheit? Sind Sie das?«, fragt eine matte Stimme aus einem Berg von Kissen. Veronika liegt noch genauso da, wie ich sie vorhin zurückgelassen habe: zusammengekrümmt und halb unter der Decke vergraben.

»Natürlich bin ich es.«

Sie dreht sich halb zu mir um. Unglaublich, denke ich, dass man selbst seekrank noch so hübsch sein kann. Veronikas Nase ist klein, die Lippen voll und geschwungen, die Wangenknochen hoch. Ihre Augen sind groß und haben ein ungewöhnliches Veilchenblau. Sogar ihre Blässe, die sie jetzt wegen der Übelkeit hat, steht ihr und lässt sie rührend zerbrechlich aussehen. Die hellblonden Haare, die sie jeden Tag sorgfältig in Locken legt, umfließen jetzt offen ihr Gesicht.

»Zum Glück sieht mich zumindest Rudolf jetzt nicht so …«, murmelt sie matt. »Dann wäre er bestimmt nicht mehr in mich verliebt.«

Graf Rudolf von Löwenstein ist ihr Verlobter. Sie trägt seinen Verlobungsring, eine Kette mit Medaillon, in dem eine Haarsträhne von ihm steckt, und hat eine Fotografie von ihm auf dem Kabinennachttisch stehen, ein breitschultriger, gut aussehender Mann in Uniform – genau die Art heldenhafter Mann, für die Mädchen wie Veronika schwärmen.

»Nicht doch, ich bin mir sicher, er würde sich nur noch mehr in Sie verlieben.« Ich ziehe meinen nassen Mantel aus und hänge ihn auf.

»Warten Sie, Hoheit, das kann ich doch machen«, protestiert Veronika schwach. »Ich bin Ihre Gesellschaftsdame.«

»Nein, bleiben Sie ruhig liegen. Außerdem: Wenn Sie sich auf meinen Mantel übergeben, ist keinem von uns geholfen.« Mein Blick fällt auf das Tablett mit Tasse und Zwieback. »Haben Sie inzwischen wenigstens etwas Tee getrunken?«

Sie schüttelt den Kopf. »Nein, dazu ist mir viel zu schlecht.«

Wie um ihre Worte zu untermauern, trifft im nächsten Moment eine besonders hohe Welle auf unser Schiff, das damit nur noch mehr zum Schaukeln gebracht wird. »O Gott«, stöhnt sie und wird noch blasser. »Wird der Sturm nicht bald nachlassen?«

Ich trete an den kleinen Tisch, auf dem meine Messgeräte liegen und den ich für die Überfahrt zu meinem Arbeitsplatz umfunktioniert habe. Keines davon zeigt etwas an, das auf baldiges gutes Wetter schließen lassen würde.

»Doch, ganz bestimmt wird er das«, lüge ich gnädig. Immerhin hilft es. Veronikas grünlicher Unterton weicht, sie seufzt erleichtert und dreht sich wieder zur Wand.

Ich wende mich meiner Arbeit zu. In den letzten Tagen habe ich immer wieder Wasserproben gesammelt, um die Temperatur des Meerwassers zu vergleichen, je weiter wir nach Süden und je näher wir der brasilianischen Küste kommen. Die heutige Probe hatte, trotz des Sturms, 26 Grad Celsius, und auch die Luft verändert sich. Sie wird zunehmend tropisch. Ich notiere die neuen Messdaten, dann arbeite ich weiter an meiner neuesten Skizze. Es ist die von einem Fisch, der gestern Vormittag, als der erste Wind aufkam, an Bord flog.

Ich war mit Veronika zu einem Spaziergang an Deck gewesen, als der kleine Spitz einer Amerikanerin laut zu kläffen begann. Als ich mich umdrehte, sah ich, dass er etwas ganz Bestimmtes anbellte: einen Fisch. Ein Fisch, der mit Flügeln schlug.

»Veronika, sehen Sie – da!«

Wir hatten schon seit Tagen immer wieder fliegende Fische gesehen, allerdings weit unten, nur knapp über der Wasseroberfläche. Sie schnellten ab und zu heraus, segelten ein paar Meter über das Meer und verschwanden wieder. Nie konnte ich sie mir genauer ansehen; also war dieser Fisch an Deck ein Glücksfall. Ich verscheuchte schnell den Spitz und sah mir dann das Tier an. Der Körper selbst war unauffällig, fast ein wenig wie ein Hering, auch wenn die Augen um einiges größer waren. Das Interessante aber waren die Flossen. Es gab eine kleine gezackte Bauchflosse, eine lange Schwanzflosse, aber vor allem gab es die Flossen an den Flanken, mit denen das Tier weiter empört um sich schlug, als ich ihn nun aufnahm. Sie waren über die Maßen lang, mit einiger Kraft ausgestattet und klappten sich aus wie Vogelflügel, mit feinen Häuten.

»Igitt, das sieht merkwürdig aus.« Veronika schüttelte sich. »Ein Fisch und ein Vogel, alles auf einmal.«

Ich betrachtete den rötlichen Schmuckrand an den Flossen.

»Das ist ein Schwalbenfisch«, sagte ich. Der Fisch schlug wieder mit den Flügeln, seine großen Augen sahen mich vorwurfsvoll an. »Ja, du kommst wieder ins Wasser.« Ich trug ihn zur Reling, betrachtete ihn noch einmal, versuchte, ihn mir so genau wie möglich einzuprägen, und warf ihn dann über Bord. Für einen kurzen Moment breitete er die Flügel aus, wie ich es schon zuvor gesehen hatte, und segelte auf diese Weise sanft zum Meer hinunter. Dort tauchte er ein und verschwand sofort, ein kleiner dunkler Schatten im weiten Blau.

Nun also liegt die Zeichnung vor mir, noch nicht fertig, aber schon so, dass zu erkennen ist, was es werden soll.

»Zeichnen Sie wieder an diesem Fisch?«, fragt Veronika vom Bett her schwach.

»Ja, bevor ich vergesse, wie er aussah.«

»Scheußlich sah er aus«, murmelt sie.

Ich lächele. Dann greife ich zu meinem Bleistift, spitze ihn noch einmal an und beuge mich über das Blatt Papier.

Das Interessante an einer solchen Schiffsreise, das habe ich bald festgestellt, ist weniger das Meer und der leere Himmel oder das Schiff selbst, es sind vor allem die Passagiere. Im Speisesaal sitzen vor allem Händler und Plantagenbesitzer, die Kakao, Zucker oder Kaffee anbauen. Dazu ein portugiesischer Diplomat, eine Art Rinderbaron, und zwei britische Adelige. Dann ist da die alte reiche Amerikanerin mit dem ständig kläffenden Spitz, die mir erzählt hat, dass sie das nasskalte Klima in New York nicht verträgt und darum immer der Sonne nachfährt. Es gibt ein französisches Paar in den Flitterwochen und eine Opernsängerin, die ihr nächstes Engagement in Rio de Janeiro hat. Insgesamt ist es eine bunt gemischte Gruppe, die sich jeden Tag zum Essen trifft. Wir sitzen immer an demselben Tisch, an dem ein Großteil Deutsch spricht. Neben Veronika sitzt Bertha Mosner, eine Wienerin, die in Brasilien einen Mann heiraten wird, den sie noch nie gesehen hat. Neben ihr ein junger Ingenieur, der in Berlin studiert hat, aber schon länger in Brasilien lebt. Er trägt einen interessanten Ring in Form einer Schlange und scheint eher liberalen Ideen anzuhängen, weswegen er öfter in Streit mit seinem Nebensitzer, Senhor Oliviera, gerät. Der Senhor, der eine deutsche Mutter hat, aber in Brasilien aufgewachsen ist und dort eine große Kaffeeplantage betreibt, hört sich selbst gern reden, was mich nicht stört, weil ich ihn gerne nach Brasilien und dem Leben dort ausfrage. Die langen Vorträge, die er uns dadurch bei jedem Essen hält, nehme ich in Kauf.

Die einzigen Personen an unserem Tisch, die kein Deutsch sprechen, gehören alle zur selben Familie; es ist ein brasilianischer Postbeamter und seine Frau, dazu seine Schwiegermutter, die, das hat am ersten Abend für einiges Tuscheln an den Tischen gesorgt, schwarz ist. Sie hören meist schweigend und verständnislos unseren Gesprächen zu, unterhalten sich untereinander auf Portugiesisch oder – mit Max, der neben ihnen sitzt – mit Händen und Füßen.

Der Speisesaal ist hübsch, zumindest hat man sich Mühe gegeben. Auf rotem Teppichboden verteilen sich zwölf recht große, weiß lackierte Speisetische, und es gibt kleine Palmen in Blumentöpfen, wohl um etwas exotischen Flair zu verbreiten. Die Kellner sind schnell und ziemlich geschickt, was das Ausgleichen von Wellengang mit schwappender Suppe in Tellern angeht. Für sehr stürmische Tage wie heute gibt es zudem auf den Tischen eine besondere Vorrichtung, die ich vorher noch nie gesehen habe. Es werden dann hölzerne Rahmen quer über die Tischplatte gespannt und so angeordnet, dass am Ende jeder vor sich einen Rahmen genau in der Größe eines Tellers hat. Wenn der Teller vom Kellner dort hineingestellt wird, kann er nicht mehr verrutschen, und es landet bei hohen Wellen keine Suppe auf dem Schoß.

Die Essenszeiten beginnen früh; um sechs läutet die Frühstücksglocke, und es gibt ziemlich dünnen Kaffee und ein bisschen Gebäck, dann um zehn das zweite Frühstück bestehend aus Eiern, Pilzen, Tomaten und geröstetem Brot. Um vier gibt es dann Dinner und um halb acht englischen Tee und Sandwiches. Anschließend gehen meist alle in den Salon hinüber, wo es Kaffee für die Damen und Cognac für die Herren gibt. Max lechzt seit Tagen nach einem Bier, aber alles, was man über englisches Bier sagt, stimmt.

Heute ist beim Dinner unser Tisch der einzige, an dem – abgesehen von Veronikas Platz – alle Stühle besetzt sind. An den anderen Tischen fehlt zum Teil die Hälfte der Gäste; die Seekrankheit hat um sich gegriffen, und der Sturm ist sogar noch einmal stärker geworden. Neben mir sitzt der Reisemarschall, der jetzt, wo ich wieder brav und wohlbehalten unter Deck sitze, für seine Verhältnisse geradezu gut gelaunt ist. Er hat ein etwas spitzes Gesicht, blonde, streng gescheitelte Haare, die ihn älter aussehen lassen als die zweiunddreißig Jahre, die er alt ist, außerdem hellblaue Augen, die mich immer ein wenig an die Schlittenhunde erinnern, die man am Polarkreis hält. Er ist aufgekratzt. Es stellt sich heraus, dass die gute Laune daher rührt, dass er mit dem Kapitän gesprochen hat. »Er sagt, wir können ruhig für diese eine Nacht an Deck bleiben, auch wenn sonst nur die Mannschaft auf dem Dampfer ist«, sagt er. »Er berechnet nur einen kleinen Aufpreis, viel weniger, als wir in diesem Hotel zahlen müssten.«

Ich seufze. Diese Diskussion führen wir schon seit Tagen. »Wir liegen einen ganzen Tag und eine ganze Nacht vor der brasilianischen Küste, und Sie erwarten, dass ich auf dem Schiff bleibe und warte, bis es weiterfährt? Nein, wir übernachten in Belém und sehen uns die Stadt an.«

»Aber Gräfin …«

Ich seufze noch einmal. Dass ich diesem Inkognito zugestimmt habe, das mir der Reisemarschall aufgedrängt hat – offiziell bin ich an Bord nicht als Prinzessin Therese von Bayern, sondern als eine gewisse Gräfin Elpen –, bereue ich inzwischen. Er hat bestimmt recht, dass es sicherer und besser für die Reise ist, wenn niemand weiß, wer ich bin. Aber die penible Art, wie er kein einziges Mal vergisst, mich sorgsam und absichtsvoll mit Gräfin anzusprechen, zerrt schon jetzt an meinen Nerven, und wir sind noch nicht einmal in Brasilien angekommen.

»… dieses Hotel ist teuer, und abgesehen davon wäre es bei Weitem sicherer, auf dem Schiff zu bleiben. Belém ist eine Handelsstadt. Gott weiß, welche Leute sich dort herumtreiben. Und es gab dort blutige Arbeiteraufstände!«

»Das war vor vierzig Jahren.«

»Belém ist wirklich eine schöne Stadt«, mischt sich nun der Ingenieur ein, der unsere Unterhaltung mit angehört hat. »Sie sollten sie sich ansehen.«

Der Reisemarschall funkelt ihn wütend an, während ich mir einen triumphierenden Blick über mein Weinglas hinweg nicht verkneifen kann. »Außerdem, lieber Reisemarschall, müssen wir doch ohnehin noch Währungen wechseln, habe ich nicht recht? In Belém gibt es sicher Wechselstuben.«

Es ist mein Trumpf im Ärmel. Der Reisemarschall ist für alles verantwortlich, was die Organisation der Reise betrifft – Fahrkarten, Reiserouten, Fahrzeuge und Übernachtungen –, und will unbedingt für jeden Fall vorbereitet sein. Da es in Brasilien eine Menge verschiedener Währungen gibt, die von Provinz zu Provinz wechseln, und er ganz sicher für jeden Fall das passende Geld in der Reisekasse haben will, kann er sich diesem Argument nicht verschließen.

»Oh, diese Geldwechselei, furchtbar«, dröhnt Senhor Oliviera, der ein paar Wörter aufgeschnappt hat. »Schon deswegen ist Brasilien ein grauenvolles Land. Alle paar Meter braucht man anderes Geld.« Ungefragt beginnt er einen seiner Vorträge, mich trifft derweil ein vorwurfsvoller Blick aus den Schlittenhundeaugen; ich zucke entschuldigend mit den Achseln. Die Suppe wird aufgetragen und in die Holzrahmen eingezurrt. Draußen vor den Fenstern haben sich die Wolken weiter verdunkelt; Bertha, die junge Wienerin, sieht selbst ein wenig grün im Gesicht aus, löffelt aber tapfer.

»Ich bin nur froh, wenn wir endlich an Land sind«, sagt sie in eine Atempause von Senhor Oliviera hinein. »Meine Cousine schrieb mir, dass das Wetter in Brasilien die ganzen nächsten Monate warm sein soll. Es ist doch schön, wenn man in eine Art ewigen Sommer hineinfährt. Und für meine Hochzeitsfeier ist es auch gut, dass es ganz bestimmt nicht regnet.« Der Reisemarschall neben mir stöhnt unterdrückt auf, und ich kann es ihm nicht verdenken. Bertha hat, ebenso wie Veronika, kaum ein anderes Gesprächsthema als ihre Hochzeit.

»Aber es stimmt doch.« Bertha sieht sich Beifall heischend um. »In Wien regnet es auch im Sommer. Man kann sich also nie sicher sein, was das Wetter angeht.«

»In Portugal heißt es, dass eine Regenhochzeit Glück bringt«, wirft der junge Ingenieur ein.

»Regen ist allemal besser als die verdammte brasilianische Hitze.« Senhor Oliviera lehnt sich zurück und tupft sich mit seiner Serviette Suppe aus dem Schnurrbart. »Wenn der Kaffee in Hamburg wachsen würde, würde ich ganz bestimmt dorthin ziehen. Kein Wunder, dass wir die Sklaven aus Afrika für die Ernte brauchen – kein normaler Mensch könnte in dieser Hitze arbeiten.« Er streift mit einem Blick die Schwiegermutter des Postbeamten am anderen Ende des Tischs. »Aber in Afrika ist es ja auch heiß.«

Der Kellner kommt und serviert uns den Hauptgang – heute Fisch und Gemüse. »Ist die Sklaverei aber nun nicht auch endlich in Brasilien abgeschafft, Senhor Oliviera?«, frage ich, während ich zu Messer und Gabel greife. Ich bin mir sogar ganz sicher, dass es so ist. Es stand in den Zeitungen – die brasilianische Kronprinzessin hat endlich das entsprechende Dekret unterzeichnet, das dafür sorgt, dass Brasilien als letztes Land nun auch keine Sklaven mehr erlaubt.

»Endlich«, echot der Senhor aufgebracht. »Endlich? Das klingt, als sollte ich froh darüber sein. Es ist eine Katastrophe für Pflanzer wie mich. Wie stellt sich das der Kaiser vor – Plantagen ohne Sklaven? Wer soll die Arbeit nun tun? Und wer ersetzt mir das kleine Vermögen, das ich für die Sklaven ausgegeben habe?« Er schüttelt den Kopf. »Es ist eine Frechheit.«

Er greift wütend zu seinem Fischmesser.

»Ich bin mir sicher, die Menschen in Afrika fanden es auch eine Frechheit, gefangen und nach Brasilien verschleppt zu werden«, wirft der junge Ingenieur ein, der mir gegenübersitzt.

»Papperlapapp, liberales Gewäsch«, fährt ihm Senhor Oliviera über den Mund. »Brasilien geht vor die Hunde, das kann jeder sehen. Die Liberalen proben den Aufstand, und niemand greift durch. Der Kaiser ist alt und viel zu weichherzig.«

Der Kaiser ist tatsächlich sehr freundlich. Meine Mutter war eine Jugendfreundin der Kaiserin, und vor vielen Jahren habe ich beide einmal erlebt. Dom Pedro II. ist vielleicht alt und krank, aber auch klug und sanftmütig.

»Er ist ein alter Mann, der nicht versteht, dass ihn diese Revolutionäre und Demokraten eines Tages abschaffen werden«, sagt Senhor Oliviera.

»Was wäre so schlecht daran, wenn es eines Tages keine Monarchie mehr gibt?«, fragt der Ingenieur. »Es ist an der Zeit, dass sich die Dinge ändern, wenn Sie mich fragen.«

»Ich frage Sie aber nicht«, schnappt der Senhor.

»Er hat recht«, schalte ich mich ein. Alle sehen mich verblüfft an, auch der Reisemarschall und Bertha.

»Sind Sie nicht selbst eine Gräfin?«, fragt die.

»Bitte, um alles in der Welt, sprechen Sie nicht weiter«, zischt der Reisemarschall mir zu. Ich denke indessen gar nicht daran, dieser Bitte zu folgen. »Ich bin vielleicht eine … Gräfin, aber deswegen sehe ich trotzdem, dass die Leute mitbestimmen möchten. Sie wollen wählen. In Nordamerika tun sie das schon heute. Es ist ein großes Land und kommt völlig ohne König aus.«

Ich fange den Blick des Ingenieurs auf. Er zwinkert mir zu.

»Sei es, wie es sei.« Senhor Oliviera seufzt theatralisch. »Brasilien wird sich verändern. Keine Sklaven mehr und Aufstände. Dazu der Kautschuk – das neue weiße Gold mit seiner Metropole Manaus. Sagen Sie, haben Sie schon davon gehört? Ich muss Ihnen von Manaus erzählen; diese Stadt mitten im Regenwald. Ihre Könige sind die Kautschukbarone; allen voran César Scholz, sagenhaft reich geworden durch dieses Gummizeug …«

Er hebt zu einem seiner Vorträge an. Die Stimmung hat sich beruhigt, für den Rest des Essens plätschert das Gespräch dahin. Nach dem Nachtisch, als Senhor Oliviera sich endgültig den Schnurrbart ein letztes Mal säubert und offensichtlich in sanfterer Stimmung ist, sieht er mich an. »Aber Gräfin«, sagt er ernst und ein wenig weinselig, »wissen Sie, das brasilianische Licht – dieses Licht ist das schönste auf der ganzen Welt. Sie werden sehen.«

Veronika schläft immer noch oder schon wieder, als ich später in die Kabine zurückkomme, und ich lasse sie schlafen, was allerdings bedeutet, dass ich mich ohne Hilfe aus meinem Kleid schälen muss. Solange ich hier auf dem Dampfer bin, muss ich noch die komplizierten Kleider mit Mieder und Reifröcken tragen, und während ich mich leise schimpfend verrenke, um mich alleine auszuziehen, freue ich mich schon auf den Moment, in dem wir auf dem Amazonas ankommen, in den Regenwald eintauchen und ich endlich ungestraft meine einfachen Reisekleider tragen kann, die ich mir in München habe schneidern lassen. Keine Krinolinen, keine geschnürten Mieder, nur leichte lange Röcke, in denen man sich bewegen kann. Wenn ich ehrlich bin, ist es auch das, was mich am Reisen fasziniert – wenn ich weit fort bin, dann kann ich ich selbst sein. Nicht die Prinzessin, noch nicht einmal eine erfundene Gräfin, einfach nur Therese. Therese in einem einfachen Kleid.

Als ich es schließlich geschafft habe und auch mein Mieder über dem Bügel hängt, schlüpfe ich erleichtert in mein leichtes Nachthemd. Draußen, vor dem Bullaugenfenster, ist es mittlerweile endgültig Nacht geworden. Aus Rücksicht auf Veronika habe ich kein helles Licht aufgedreht, sondern nur die Gaslampe neben dem Toilettentisch. Die wirft einen gedämpften goldenen Schein in den Raum, als ich mich nun im Frisierspiegel betrachte. In dem weichen Schimmer sehe ich beinahe passabel aus, denke ich, die Gesichtszüge weicher als sonst. Nein, ich bin keine Schönheit, das weiß ich. Mein Kinn ist zu energisch, die Nase zu kräftig, die Stirn zu hoch, der Mund zu klein. Immerhin – Mamas nussbraune Augen, die ich geerbt habe, sind passabel. Das Hübscheste an mir sind wohl meine Haare, denke ich, während ich die Klammern aus meiner Frisur ziehe – dicht und honigblond. Sie fallen mir nun, wo ich sie aus ihrer Frisur befreit habe, schwer und lang über die Schultern.

»Wie flüssiges Gold.« Ich höre in meinem Kopf eine Stimme flüstern. Es ist Ottos Stimme. Damals im Sommer, als ich fünfzehn war und er zwei Jahre älter. Wir waren zusammen in Hohenschwangau zum Wandern; Ottos Bruder Ludwig war damals gerade bayerischer König geworden, und wir dachten, so würde es bleiben. Ludwig der König und Otto ein einfacher Prinz, ein netter, lieber Junge, den ich kenne, seit ich ein Kind war. In diesem Sommer sind wir durch die Berge gewandert, saßen im Gras, ruderten auf dem See. Es war alles so einfach und so vertraut. Und eines Tages strich Otto mir übers Haar und sagte, es sei wie Gold. »Therese«, fuhr er dann fort, »du weißt, dass wir eines Tages heiraten werden.« Ich sah ihn an und nickte. »Wen denn sonst?«, fragte ich, und er lächelte. »Ja, wen denn sonst?«

Wir waren glücklich in diesem Sommer und glaubten, dass alles ganz einfach werden würde. Aber alles kam anders. Ich greife zur Bürste und ziehe sie durch mein Haar. Ich denke an den Moment, in dem ich verstand, dass Otto, der hübsche junge Prinz, den ich liebte, seit ich denken konnte, krank war. Dass sein Geist sich verwirrte. Er fing an, schlechte Tage zu haben, an denen er niemanden erkannte, nicht einmal mich. Dann hatte er wieder gute Momente, in denen wir ins Ballett gingen oder an der Isar entlangspazierten. Aber die schlechten Tage wurden immer mehr und die guten immer seltener. Manchmal erkannte er mich. Dann sagte er leise meinen Namen. »Therese.« Und dann fragte er: »Liebst du mich noch?«

»Natürlich liebe ich dich. Ich liebe dich schon immer.«

»Wie kannst du mich lieben, wenn ich doch krank bin?«

»Ich liebe dich nur noch mehr deswegen.«

Ich höre unsere Worte als Echo durch die Jahre. Es ist wahr, ich liebe ihn immer noch, so wie ich ihn immer geliebt habe. Ich besuche ihn. Ich bin neben seiner Mutter die Einzige, die ihn noch besucht.

Ich stehe auf und gehe hinüber ans Fenster, sehe hinauf zum Mond. Wie es ihm jetzt wohl geht? Ich habe ihm bei meinem letzten Besuch erzählt, wohin ich reise, aber seine Augen waren trüb an diesem Tag, und ich glaube nicht, dass er verstanden hat. Ob er mich jetzt vermisst und sich fragt, wo ich bleibe? Mein Herz wird schwer, wenn ich daran denke.

Die Nacht ist tintenschwarz, die Wellen haben sich beruhigt, und der Sturm hat sich gelegt. Über der *Manauense* funkeln die Sterne, und der Mond scheint klar. Ich suche ein bestimmtes Sternbild, das vor ein paar Tagen zum ersten

Mal aufgetaucht ist, der Beweis, dass wir nun in den Tropen sind. Da – das Kreuz des Südens. Es leuchtet zu mir herunter.

Schließlich lösche ich die Lampe und krieche in mein Bett. Mein letzter Gedanke vor dem Einschlafen gilt den riesigen Tieren, die in der Tiefe unter uns ihre Bahnen ziehen; Wale, Kraken, Quallen und Wesen, die noch niemand kennt. Weit über ihnen dampfen wir auf diesem weiten Meer durch die Nacht Brasilien entgegen.

Villa AmSee

Lindau, Bodensee, kurz vor Weihnachten 1924

Das Tageslicht war inzwischen schwächer geworden und lag mit einem leichten Blauschimmer über den Blumenbeeten, während Therese und Veronika in ihren warmen Mänteln über die Gartenwege gingen. Während Veronika wieder ihre eleganten Schuhe trug, steckten Thereses Füße in Gummistiefeln.

»Du müsstest den Garten im Sommer sehen«, sagte sie gerade. »Wenn die Rosen blühen, ist er am schönsten.«

Die Rosenstöcke, die sich über die Beete verteilten, waren im Winter angehäufelt worden und von Martin säuberlich in weiße Mulltücher gehüllt. »Es sieht aus, als würden sie schlafen. Sie träumen dem Frühjahr entgegen.« Therese zupfte an einer Pflanze die Mulldecke zurecht. »Ein paar von ihnen hat schon Mama gepflanzt, aber die meisten sind in den letzten zehn Jahren dazugekommen.«

Veronika lächelte. »Ich kaufe auch ständig Rosen.«

»Du?«

»Ja, ob du es glaubst oder nicht – ich bin unter die Gärtner gegangen. In den letzten Jahren ist es so still geworden bei uns. Wilhelmina und Sophie sind aus dem Haus, Pauline ständig in der Schule, und Rudolf, nun ja … er sitzt meist nur noch in seinem Arbeitszimmer und will seine Ruhe haben.« Wieder dieser Schatten, dachte Therese. Sie erinnerte sich an Veronika als Braut, die so schrecklich verliebt gewesen war.

»Na ja … da habe ich mich eben auf den Garten gestürzt«, plauderte Veronika weiter. »Rosen mochte ich ja schon immer – kannst du dich noch an meinen Brautstrauß erinnern? Da wollte ich erst Dahlien, und am Ende mussten es doch Rosen sein, weil sie einfach die romantischsten Blumen sind.« Sie lächelte. »Nun, jedenfalls haben wir inzwischen einen richtigen Rosengarten. Im Sommer duftet das ganze Schloss danach, wenn die Fenster offen stehen.«

Therese sah sie belustigt von der Seite an. »Du und Gärtnern, das kann ich kaum glauben.«

Veronika lachte und hängte sich bei ihr ein. »Tja, vielleicht sind es die späten Auswirkungen der Brasilienreise mit dir. Jemanden Pflanzenverrückteres als dich habe ich noch nie erlebt, ein bisschen musste das schließlich abfärben.«

Sie gingen unter den alten Eichen, den hohen kahlen Buchen und Kastanien durch den Park. Der Wind trieb ein paar vergessene Herbstblätter über den grünen Rasen. Von Weitem war ein kleiner Pavillon zwischen dem Schilf zu sehen.

»Was ist das dort?«, fragte Veronika neugierig.

»Der Türkische Kiosk. Aber wenn du nicht böse bist, dann zeige ich ihn dir wann anders. Zuerst musst du unbedingt das hier sehen.« Therese steuerte auf ein großes Gewächshaus zu. Die Seiten waren mit roten Backsteinen gemauert, der lang gestreckte Körper aber vollkommen aus Glas. »Das hier ist meine Schatzkammer, wenn du so willst.« Thereses Augen blitzten vergnügt. »Außerdem ist es dort drinnen warm.«

Tatsächlich schlug ihnen angenehm milde Luft entgegen, als sie das Gewächshaus betraten. Mehrere kleine ausrangierte

Kanonenöfen waren angefeuert und strahlten ihre wohlige Wärme ab.

»Hier wachsen meine exotischen Lieblinge.« Therese breitete die Arme aus. »Na gut – und ein paar Karotten.«

Sie hatte recht, im Gewächshaus wuchs ein buntes Durcheinander: Karotten, Tomaten, Salat und Kohlrabi, aber auch Zitronen, Orangen, Mangos, und in einer Ecke gediehen mehrere prächtige Bananenstauden. Außerdem gab es ein kleines Hibiskusstämmchen mit roten Blüten, mehrere Orchideen und Gewürzpflanzen.

»Das hier ist mein neuester Zugang.« Therese betrachtete zufrieden eine Pflanze mit ledrig-grünen Blättern und einer kindskopfgroßen Blüte. Die Blütenblätter sahen aus wie aus merkwürdig weichen Stacheln in allen erdenklichen Rosatönen zusammengesetzt. In der Mitte lag ein samtig-schwarzer Stempel umgeben von pudrigweißen Fiederblättern. »Eine *Protea cynaroides,* eine Königsprotea aus Südafrika. Ich habe sie erst vor ein paar Wochen geschenkt bekommen.«

Veronika sah sich im Gewächshaus um. »Hast du denn auch brasilianische Pflanzen hier drinnen?«

»O ja, die Helkonie dort drüben. Sie ist tatsächlich noch von unserer Reise damals. Unglaublich, dass sie immer wieder blüht nach all den Jahren. Oh, und warte, die Tahiti-Gardenie muss ich dir auch unbedingt zeigen …«

Als sie schließlich wieder aus dem Gewächshaus in die kühle Abendluft traten, war die Dämmerung schon fortgeschritten. Sie beschlossen, einen Bogen nach rechts zu schlagen und zum Haus zurückzugehen. Dabei kamen sie an zwei kleinen Häuschen vorbei, die idyllisch zwischen den Bäumen lagen. In einem davon waren zwei Fenster erleuchtet, das andere war vollkommen dunkel.

»Dort drüben, wo Licht brennt, wohnt Martin«, erklärte Therese.

»Und wer wohnt in dem zweiten Haus?«

»Niemand. Während des Kriegs war dort mein Lazarett, aber seitdem steht es leer. Vielleicht sollte ich es instand setzen lassen und vermieten. In Lindau sucht schließlich immer jemand eine Wohnung, und seit der Inflation können sich viele kaum noch etwas leisten.«

Veronika musterte sie überrascht. »Warte – du hattest ein Kriegslazarett hier?«

Therese nickte. »Gleich im Herbst 1914 habe ich es eingerichtet. Ein paar Frauen aus der Nachbarschaft und aus Lindau haben mir geholfen. Wir haben viele Soldaten hier gepflegt, bis zum Kriegsende hindurch.«

»Großartig!« Veronika klang bewundernd. »Meine Mutter hat das auch immer gesagt – es ist wichtig, dass wir Frauen hier in der Heimat genauso heldenhaft mitkämpfen wie die Soldaten auf den Schlachtfeldern.« Sie rieb sich die kalt gewordenen Hände. »Ich habe in Rosenheim eine Nähstube während des Krieges geleitet. Dort haben wir Offiziersfrauen warme Kleidung genäht und Socken gestrickt. Ich fand es richtig aufregend, man hatte beinahe das Gefühl, auch für unser Vaterland beim Krieg dabei zu sein.«

Therese musterte die Freundin verstohlen. Nein, Veronikas Naivität hatte sich nicht verändert. Sie war immer noch durch und durch die patriotische Tochter aus guter Offiziersfamilie und Ehefrau eines Generals. Therese dagegen hatte während des Krieges nicht nur ein Lazarett für deutsche Soldaten geleitet, sondern war auch in die Gefangenenlager gegangen, hatte mit französischen und russischen Kriegsgefangenen gesprochen, sogar den verfeindeten Ländern dabei geholfen,

Vermisste zu suchen. Sie überlegte, ob sie das Veronika erzählen sollte, aber nein, sie würde es bestimmt nicht verstehen.

»Komm, wir wollen ins Warme gehen«, sagte sie stattdessen. »Gunda ist sicher bald mit dem Abendessen fertig.«

»Das klingt gut. Vor allem, wenn ich daran denke, wie gelungen schon ihre Plätzchen waren …«

Das Haus begrüßte sie mit dem goldenen Kerzenlicht der Weihnachtspyramiden in den Fenstern und dem Duft nach Gundas Kochkünsten aus der Küche.

»Bevor wir zu Abend essen, sollte ich dir aber noch zeigen, wobei ich deine Hilfe brauche«, sagte Therese, als sie wieder die Mäntel abgelegt hatten.

»Du meinst, den wahren Grund, warum ich hier bin«, stichelte Veronika. Aber Therese schüttelte den Kopf. »Nein, so ist es nicht. Zumindest nicht nur – es sind so viele Jahre vergangen seit Brasilien, und ich wollte dich einfach noch einmal sehen.«

»Noch einmal?«

»Nun ja, ich bin nicht mehr die Jüngste.« Therese zog sich die Handschuhe aus. »Und meinem Arzt gefällt meine Lunge nicht. Tuberkulose, sagt er.«

Veronika sah sie erschrocken an.

»Nein, kein Grund, so zu schauen. Ich bin alt, da ist man nicht mehr gesund. Und Jahrzehnte lebt man eben auch nicht mehr.« Therese straffte den Rücken. »Komm, sonst schaffen wir es nicht mehr vor dem Essen. Gunda warten zu lassen, wenn sie alles fertig hat, ist keine gute Idee.«

Sie stiegen die Treppe hinauf ins Obergeschoss. Dort empfing sie ein langer, stiller Flur mit vielen geschlossenen Türen; an den Wänden hingen alte Ölporträts von Thereses Familie und dazwischen Landschaftsbilder. Die meisten zeigten sanfte italienische Hügel mit Zypressen. Therese ging an all den Bildern vorbei bis ans Ende des Flures und blieb dort vor einer der Türen stehen.

Sie sah Veronika mit einer gewissen Anspannung an. »Ich muss dich vielleicht vorwarnen – oder besser, etwas erklären. Nun, du weißt ja, dass ich immer gerne und viel gearbeitet habe.«

Veronika nickte. »O ja, du warst damals in Brasilien von deiner Arbeit geradezu besessen. Bücher lesen, schreiben, sammeln … ich nehme nicht an, dass das besser geworden ist. Übrigens habe ich immer wieder Aufsätze von dir gelesen. Rudolf hat sie mir gezeigt, wenn irgendwo ein neuer erschien. Und natürlich deinen Reisebericht über Brasilien – den vor allem!«

»Schön.« Therese lächelte. »Ja, besessen ist bestimmt das richtige Wort. Jedenfalls: In den letzten Jahren hat sich einiges angesammelt, und da ich auch mit einer Menge Professoren und anderen Wissenschaftlern Briefe hin und her geschrieben habe und gelegentlich an neuen Aufsätzen und Essays arbeite … und dann wären da noch die Sammlungen, also jedenfalls …«

»Therese, worauf willst du hinaus?«

Therese schnitt eine Grimasse. »Darauf.« Sie drückte die Klinke, und die Tür sprang auf. Kurz blieb es still, keine von ihnen sagte etwas.

»Was in aller Welt …?«, entfuhr es Veronika nach einigen Sekunden. Sie starrte mit offenem Mund in das Zimmer vor ihr. Nein, es war weniger ein Zimmer als vielmehr eine bis in den letzten Winkel vollgestopfte Wunderkammer. Alles daran war sonderbar – angefangen von den Möbeln, die aussahen wie einem mittelalterlichen Roman entsprungen. Der wuchtige dunkle Holzschreibtisch prangte auf Löwenfüßen, der hohe Sessel mit Messingbeschlägen wirkte eher wie der Thron eines Ritters. Die Bücherregale, die die Wände säumten, waren mit hölzernen Zinnen und Türmchen bekrönt; es gab sogar geschnitzte Wasserspeier, die von oben auf Veronika und Therese herabstarrten.

Aber es war nicht nur das Mobiliar, das Veronika den Mund offen stehen ließ. Es war das schiere Durcheinander von gewöhnlichen und absolut ungewöhnlichen Dingen, die sich überall im Raum verteilten. Die Regale waren bis auf den letzten Platz vollgestopft mit Büchern und Papierstapeln, ähnlich sah es mit dem Schreibtisch aus, der darunter beinahe zu versinken drohte. Die Bücherstapel verbreiteten sich sogar weiter auf dem Fußboden, während in einer Zimmerecke ein Wald von zusammengerollten, übermannshohen Landkarten lehnte. Zwischen Büchern, Papier und Schreibzeug, die in einem Arbeitszimmer zu erwarten waren, verteilten sich zudem vollkommen andere Dinge: eine Sammlung von Kakteen unterschiedlichster Größe in kleinen und großen Blumentöpfen, eine Menge Gläser mit Formaldehyd, in denen die eigenartigsten Präparate schwammen, ausgestopfte Vögel, exotische Holzmasken, Instrumente, deren Gebrauch sich auf den ersten Blick gar nicht erschlossen. Es gab ein großes Aquarium, in dem bunte Fische schwammen, ein Terrarium mit zwei quicklebendigen Springmäusen. Und über allem schwebte, an Schnüren befestigt, ein großes ausgestopftes Krokodil mit offenem Maul, als würde es gut gelaunt die Besucher begrüßen.

»Ähm«, machte Veronika, nachdem sie sich ein wenig gesammelt hatte. »Ich nehme an, das ist dein Arbeitszimmer?«

»Stimmt.«

»Und was soll ich hier tun?«

»Du sollst mir helfen, Ordnung in diese Besessenheit zu bekommen«, stellte Therese trocken fest. »In Brasilien damals warst du ein Muster an Ordnung und sauberer Handschrift. Du hast nie den Überblick über unsere gesammelten Pflanzen verloren, und deine Herbarbelege von damals sind bis heute die sorgfältigsten, die ich habe. Und darum – bist du mir hierfür eingefallen.«

»Warum lässt du nicht einfach deine Haushälterin hier aufräumen?«, fragte Veronika verständnislos.

»O nein.« Therese schüttelte entsetzt den Kopf. »Gunda würde einfach alles wegwerfen, was ihr in die Finger kommt. Sie hat dafür überhaupt kein Verständnis. Sicher würde sie sogar Henriette entsorgen.«

»Henriette?«

Therese deutete auf das Krokodil, das über ihnen schwebte.

»Ich habe sie von einem befreundeten Museumsleiter bekommen. Ist sie nicht schön?«

»Oh – hm ja, wunderschön.«

Veronika ließ ihren Blick noch einmal über das Chaos schweifen. Überall konnte man Therese erkennen, ihre Sammelleidenschaft, ihre Liebe zu Pflanzen, ihr absoluter Wille, immer noch mehr zu lernen, noch mehr zu wissen.

»Also, hilfst du mir?«

»Ja, natürlich, das ist doch …« Im nächsten Moment kreischte Veronika erschrocken auf. »Therese, dort hinten ist etwas!«

Tatsächlich, in der dunkelsten Zimmerecke raschelte es; ein Papierstapel dort geriet ins Wanken und fiel zusammen. Im nächsten Moment bewegte sich unter den losen Papiermassen gleichmütig ein Tier hervor. Es hatte eine lange Nase, kleine runde Ohren und ein hellbraunes Fell. Veronika starrte darauf.

»Bruno – was machst du denn hier?«, fragte Therese milde erstaunt. »Entschuldige, ich wusste nicht, dass er hier ist. Er muss heute Morgen mit mir hier ins Arbeitszimmer gekommen sein, ohne dass ich es merkte, und war bis eben eingesperrt. Ach, der Arme!« Sie machte ein lockendes Geräusch, dem der Nasenbär tatsächlich folgte und zu ihr kam.

»Therese – das ist doch aber nicht dasselbe Tier, das du damals in Brasilien gekauft hast, oder?«

»Unsinn.« Therese lachte. »Das wäre sonst vermutlich der älteste Nasenbär der Welt. Nein, Bruno hat mir ein Schweizer Zoologe aufgeschwatzt. Er kam mit ihm überhaupt nicht aus und wusste, dass ich schon einmal einen Nasenbären gehalten hatte. Viele Leute, die damit Erfahrung haben, gibt es eben nicht.« Sie sah Bruno freundlich an. »Warum er ein Problem mit dir hatte, verstehe ich allerdings beim besten Willen nicht. Du bist doch völlig pflegeleicht.« Sie schnalzte wieder mit der Zunge. »Komm, Bruno, gehen wir alle zusammen zum Abendessen. Du hast bestimmt Hunger, nachdem du den ganzen Tag hier eingesperrt warst.«

»Er hätte ja ein paar ausgestopfte Vögel oder Fische aus dem Aquarium fressen können«, murmelte Veronika, während sie Therese und dem Nasenbären folgte.

Gunda hatte den Tisch im Speisezimmer gedeckt. Dieses war vollkommen anders als der Salon eingerichtet, dabei aber nicht weniger elegant. An den Wänden waren Tapeten mit geometrisch goldenen Mustern, die gerahmten Bilder zeigten antike griechische Tempel, und eine Vase mit griechischen Malereien stand auf dem Tisch.

»Das hier ist das griechische Zimmer«, erklärte Therese überflüssigerweise. »Es gibt hier den russischen Salon, das griechische Speisezimmer …«

»… die brasilianische Küche und das Polarkreis-Badezimmer?«, lachte Veronika.

»Nicht ganz, aber immerhin ein italienisches Schlafzimmer und den türkischen Pavillon im Garten.«

Gunda trug das Essen auf. Zuerst gab es eine kräftige Suppe, dann gebratenen Hecht mit Buttergemüse.

»Den Hecht hat Gundas Bruder für uns gefangen«, bemerkte Therese. »Stimmt's, Gunda?«

»Stimmt«, brummte die Haushälterin missgelaunt.

»Gunda stammt nämlich aus einer alten Lindauer Fischerfamilie.« Therese nippte an ihrem Weinglas. »Sie kennt sich mit Fischen aus.«

»Wär' auch merkwürdig, wenn nicht.« Gunda stellte mit ungerührter Miene einen Napf mit drei rohen Eiern auf den Boden neben Thereses Stuhl. Der Nasenbär machte sich sofort schmatzend und schlürfend darüber her, während Gunda grußlos verschwand.

»Deine Haushälterin ist aber nicht gerade höflich«, bemerkte Veronika irritiert.

»Ja, genau dafür liebe ich sie.« Therese lachte. »Schon als sie sich hier vorstellte, war sie bestimmt die unverfrorenste Frau, die ich je kennengelernt habe. Ich mochte sie sofort. Mein ganzes Leben lang haben alle Dienstboten in München und sonst wo Kratzfüße vor mir gemacht, nur weil ich die Prinzessin war. Da ist Gundas Art erfrischend anders, und man weiß immer, woran man bei ihr ist. Und außerdem …«, sie nahm genießerisch den ersten Bissen, »… kocht sie fantastisch.«

Der Abend flog dahin. Sie schmiedeten Pläne für die nächsten Tage, erzählten sich gegenseitig Neuigkeiten von gemeinsamen Bekannten und schwelgten bald in gemeinsamen Erinnerungen an Brasilien.

»Wie geht es Max eigentlich?«, fragte Veronika irgendwann. »Dein alter Diener, der uns damals begleitete. Lebt er noch?«

»Er genießt seinen Ruhestand. Ab und zu schreiben wir uns Briefe, und vor zwei Jahren war er den Sommer über hier zu Besuch.«

»Was aus dem Reisemarschall geworden ist, das weiß ich genau.« Veronika träufelte Senfsoße über ihr Gemüse. »Er hat ab und zu mit Rudolf zu tun. Leitet jetzt das Kriegsministerium, wer hätte das damals gedacht?«

»Ich«, sagte Therese prompt. »So unerbittlich, wie er damals schon war.«

»Du meinst, weil er nicht wollte, dass du drei lebendige Riesenschildkröten mit nach Deutschland verschiffst?«, gab Veronika zurück. Sie begannen beide gleichzeitig bei der Erinnerung zu lachen.

»Weißt du noch …?« Diese Frage stellten sie sich an diesem Abend oft. Lebhaft erzählte Anekdoten schwirrten durch den Raum, Bilder, an die sie beide schon lange nicht mehr gedacht hatten, Witze, die nur die verstanden, die damals auf der Reise dabei gewesen waren. Schließlich, nach Dessert und Kaffee und nachdem die Pendeluhr im russischen Salon schon lange elf geschlagen hatte, wünschten sie sich endlich eine gute Nacht.

Belém

Brasilien, Juni 1888

Am Morgen weckt uns die Frühstücksglocke wie immer um sechs Uhr, aber es wäre kaum nötig gewesen, denn die meisten Passagiere sind schon wach. Keiner will unsere Ankunft in Brasilien verpassen, und so stehen die meisten schon an Deck und sehen zu, wie das Land immer näher kommt. Neben mir steht Veronika, noch blass, aber wieder auf den Beinen und in einem besonders hübschen Kleid. Die meisten Männer sind sofort unentschieden, ob sie zum Land oder zu meiner Gesellschaftsdame sehen sollen.

»Warum haben Sie so viel Schmuck angelegt?«, frage ich verwirrt.

»Ich wollte mich schön machen für Brasilien. Macht man das nicht so?«

Auch Max und der Reisemarschall stehen mit uns an Deck. Mein Herz schlägt schneller, je näher der Streifen Land kommt, auf den wir alle so sehnsüchtig schauen. Kurz vor Sonnenaufgang war es nur ein schmaler heller Streifen am Horizont, jetzt, nach dem zweiten Frühstück, sehe ich durch mein Fernglas schon Palmen, einen weißen Sandstrand und eine Stadt – Belém. »Seit ich ein Mädchen war, habe ich von diesem Moment geträumt«, sage ich. »Nach Brasilien zu kommen – und heute wird es wahr!«

Die Sonne strahlt vom blauen Himmel, es ist jetzt schon, am Morgen, warm, und das Meer verändert wieder einmal seine Farbe: mit jeder Meile, die wir Brasilien näher kommen, wird es heller, beinahe türkis und glasklar. Der Sturm der letzten Tage scheint nur ein Traum gewesen zu sein.

Plötzlich beginnt irgendwo der Spitz zu kläffen.

»Schaut mal!«, ruft jemand. »Delfine!«

Tatsächlich springen vor dem Bug mit einem Mal Delfine aus dem Wasser. Es sind insgesamt sechs, alle recht groß. Ich schätze sie auf drei Meter Länge. Ihre Flanken sind hell, die glatten Körper glänzen in der Sonne, wenn sie aus dem Wasser schnellen und keckernde Laute von sich geben. Es klingt wie eine gut gelaunte Eskorte, die uns an den Strand begleiten will. Max steht neben mir. Er lehnt sich über die Reling, sieht den Delfinen zu, sein Blick fixiert das türkisfarbene Meer, den weißen Strand mit den grünen Palmen vor uns und den strahlenden Himmel. »Und, was denkst du?«, frage ich.

»Scho schee.«

Ich lache. »Das war wahrscheinlich das größte Kompliment, das ich je von dir gehört habe. – Du hast recht, es ist wunderschön.«

Ein Lotse kommt von Belém aus mit dem Ruderboot zu uns hinüber und geht an Bord. Sofort bombardieren ihn Passagiere mit Fragen, aber er bahnt sich nur stumm einen Weg durch die Menge zur Kommandobrücke, wo er verschwindet. Kurz darauf wirft die *Manauense* den Anker – wir haben offiziell angelegt.

»Aber wir sind doch noch gar nicht am Hafen.« Veronika sieht verwirrt aus. »Wie sollen wir hinüberkommen?« Ich reiche ihr mein Fernglas. »Sehen Sie selbst«, sage ich. Eine ganze Menge Barken ist vom Hafen aus unterwegs, um uns abzuholen. »Das Wasser am Hafen ist zu flach für so einen großen Dampfer wie unseren. Darum ankern wir hier.«

Zum ersten Mal bin ich froh, dass wir unser Gepäck auf der *Manauense* lassen können, bis wir morgen mit ihr weiterfahren werden. Alle Kisten und Säcke auszuladen, um sie morgen wieder einzuladen, wäre ein großer Aufwand. Ich habe den Verdacht, dass niemand mit so viel Gepäck reist wie wir, was vor allem an meinen Forschungsutensilien liegt.

Die Barken bieten einen hübschen Anblick. Lauter kleine Ruderboote, die zu uns über das blaue Wasser gleiten. Jeder der Rudermänner trägt einen Strohhut, was sie fast uniformiert aussehen lässt, vermutlich aber bei der stechenden Sonne nur praktisch ist. Es hat schon jetzt, am Morgen, achtundzwanzig Grad, und mein Cyanometer zeigt an, was ich selbst sehe: Der Himmel ist vollkommen wolkenlos blau.

Schließlich kommen auch wir dran, in eines der Ruderboote zu steigen. Wir haben uns nur auf ein bisschen Handgepäck beschränkt und passen so zu viert ins Boot. Unser Fährmann ist jung und überfällt uns sofort mit einem Redeschwall aus ziemlich genuscheltem Portugiesisch, und ich habe alle Mühe, überhaupt etwas zu verstehen geschweige denn zu antworten. Währenddessen sehe ich glücklich zu, wie wir mit kräftigen Ruderschlägen auf Belém zufahren.

Belém wurde einst von den Portugiesen als Fort gegründet, um Brasilien gegen die Franzosen und Niederländer zu verteidigen. Nun ist es eine Handelsstadt, nicht weit von der Mündung des Amazonas entfernt. Der Hafen ist voll mit Arbeitern, die Säcke mit Kaffee, Zucker und Kakao entladen, dazu auch Bananen und Fische, Maniokmehl und verschiedene Nüsse. Ich könnte ewig hier am Kai stehen und dem Treiben zusehen. Himmel, Es ist ein solches Durcheinander von Gerüchen, Farben, Menschen, Geräuschen. Frauen in bunten Kleidern, Fischer, die ihren frischen Fang anpreisen, spielende Kinder, dazwischen Kutschen und die Passagiere der *Manauense*, die verzweifelt versuchen, ihr Gepäck zusammenzusuchen. Es riecht nach Meer, nach Kaffee, nach Gewürzen, überreifen Bananen und nach dem Staub auf dem sonnendurchglühten Pflaster. Ein paar Palmen stehen unerschütterlich zwischen all den Menschen, die kommen und gehen. Sie strecken ihre grünen Wedel in den blauen Himmel und ein Schwarm bunter kleiner Sittiche flattert tschilpend von einer Palme zur nächsten.

»Veronika, haben Sie so etwas schon einmal gesehen?«, frage ich und sehe zu einem riesigen Fisch, der gerade auf ein Boot verladen wird. Dazwischen geht eine Obstverkäuferin mit einem Korb Bananen auf dem Kopf, ein paar Dienstmädchen machen Besorgungen, und ein halbwüchsiger Junge trägt einen zahmen Papagei auf den Schultern spazieren.

»Was genau meinen Sie?«, fragt sie, um sich dann zu unterbrechen. »Oh, sehen Sie, der Reisemarschall hat eine Kutsche für uns herangewunken.«

Tatsächlich steht er in ein paar Metern Entfernung neben einem in die Jahre gekommenen Landauer mit geschlossenem Verdeck und winkt uns ungeduldig zu. Wir verabschieden uns schnell von den anderen Passagieren. Senhor Oliviera und der Ingenieur werden weiter nach Rio de Janeiro reisen, Bertha dagegen wird von ihrer Cousine abgeholt, die in der Stadt lebt. Der Postbeamte mit seiner Frau und Schwiegermutter ist schon abgefahren, genau wie die Amerikanerin mit dem Spitz. Mit einem letzten Blick auf den Hafen und das bunte Treiben steige ich in die Kutsche und schiebe die Vorhänge beiseite. Ich bin neugierig auf die Stadt.

Belém ist eine merkwürdige Mischung aus Vertrautem und völlig Fremdem. Die Kutsche klappert über Kopfsteinpflaster, das nicht anders aussieht als das in München, und die Uferpromenade, an der wir als Erstes vorbeifahren, erinnert mich mit ihren streng gefassten Blumenbeeten, den niedrigen Buchshecken und den Springbrunnen mehr an Salzburg oder Lindau als an ein exotisches Land weit entfernt von Europa. Eine ältere Dame geht als einzige über die Promenadenwege, die ohne jeden Schatten in der Mittagshitze liegen. Ihr folgt ein Dienstbote, ein junger Mann mit langen Beinen und dunklem Anzug, der ihr einen Sonnenschirm über den Kopf hält und mit der anderen Hand ihre Einkäufe balanciert.

Die Häuser, die die Straßen säumen, sind niedrig. Die meisten haben nur zwei Stockwerke und ein flaches Dach, dazu lange Fenster mit Holzläden. Alles ist bunt gestrichen: die Fassaden in Gelb, Hellblau, Pistaziengrün oder Rot, dazu jeweils passend die Fensterläden. Die Sonne strahlt darauf und lässt die Farben nur noch mehr leuchten. Ich denke an das, was Senhor Oliviera über das brasilianische Licht gesagt hat – es ist wahr. Alles hier strahlt auf eine Art, wie ich es noch nie gesehen habe.

Die Straße, durch die wir nun fahren, wird beschattet von Bäumen. Sie haben knorrige breite Stämme und ebensolche Äste, ihr Laub ist dunkelgrün und dicht. Wo die Sonne hindurchfällt, zaubert sie kleine Muster auf das Pflaster. Zu meiner Enttäuschung sind wir bald da, und die Kutsche hält.

Das Hotel Central ist in einem Himbeerrot gestrichen,

die Fensterläden sind weiß. Im Hotelgarten wachsen Hibiskuspflanzen und Bananen, dazu Palmen und verwirrenderweise mehrere alte europäische Kastanienbäume, unter denen sich kleine Kaffeetische verteilen. Hier und da sitzen Gäste und lesen Zeitung oder trinken einen Kaffee. Unsere Ankunft erregt nicht viel Aufmerksamkeit; nur der Kellner, der mit einem Tablett mit Gläsern vorbeigeht, nickt uns zu.

»Warten Sie hier, Gräfin, ich kümmere mich um alles«, verkündet der Reisemarschall großspurig und verschwindet im Haus. Kurz darauf kommt er zurück mit zwei Kofferboys, die kaum älter als dreizehn sein können und die uns auf unsere Zimmer bringen.

»Wo ist die Decke?«, frage ich verwirrt, als ich ein paar Minuten später in meinem Zimmer stehe. Tatsächlich hat der Raum keine Decke. Über mir gähnt nur der hohe Dachstuhl, und so ist es auch bei allen anderen Zimmern. Man kann ganz deutlich jede Unterhaltung und jedes Niesen der Gäste hören, von denen man nur durch eine Wand getrennt ist.

Ich frage den Kofferboy, dieses Mal auf Portugiesisch. »*Onde está* …«, mir fällt das Wort für Zimmerdecke nicht ein. Ich nehme das für Himmel: »… *o céu?*«

Er schüttelt den Kopf und macht eine ausholende Armbewegung. »*Ar*«, sagt er. »*Ar, ar.*« *Ar* – Luft.

»Ich glaube, das soll dafür sorgen, dass die Zimmer belüftet werden«, sage ich an Veronika gewandt.

»Komisch ist es allemal.« Veronika setzt sich auf das Bett. Ich kann ihr nicht widersprechen.

Wir nehmen im Speisesaal ein kleines Mittagessen.

»Werden Sie sich nun ausruhen, Gräfin?«, fragt der Reisemarschall hoffnungsvoll.

»Auf keinen Fall. Ich will in die Stadt fahren.«

»Die Stadt hält Siesta. Es ist viel zu heiß, um darin herumzufahren.«

»Die Stadt kann Siesta halten, weil sie auch noch morgen da sein wird. Wir nicht – ich kann also nicht wählerisch sein, was die Tageszeit angeht.«

Wir einigen uns schließlich darauf, dass Veronika und ich eine Stadtrundfahrt machen werden, während Max sich um unsere Wäsche kümmert und der Reisemarschall eine Wechselstube sucht. Das Hotel hat eigene Kutschen, und wir erwischen dieses Mal zum Glück eine mit offenem Verdeck und einem alten Kutscher mit freundlichem, zahnlosem Lächeln und einem Zigarrenstummel im Mundwinkel. Er lüpft seinen geflickten Zylinder. »Bom dia.«

»Bom dia«, grüßen wir zurück und klettern in die Kutsche.

»Nach überall?«, fragt er auf Portugiesisch. Ich grinse. Offensichtlich sind wir nicht die ersten Hotelgäste, die eine Stadtrundfahrt unternehmen wollen. »Ja bitte – nach einfach überall.«

Die Luft ist heiß, aber der Fahrtwind sorgt für etwas Abkühlung. Veronika sitzt neben mir und fächelt sich mit einem Fächer Luft zu. »Mein Vater war vor drei Jahren als Vizeadmiral in Sansibar, auf Bismarcks Befehl hin«, erzählt sie. »Er sagte, die Luft war so heiß, dass man selbst im Liegen schwitzte. Ich glaube, sehr viel heißer als hier kann es dort nicht gewesen sein.« Glücklicherweise wachsen die knorrigen dunkelgrünen Laubbäume praktisch überall in der Stadt, sodass wir oft im Schatten fahren. Nicht nur entlang der Straße stehen sie, sondern auch in den Hinterhöfen, neben Straßenlaternen, an Hausecken. Praktisch überall, wo es möglich war, hat einer dieser Bäume Wurzeln geschlagen und lässt die Stadt aufatmen.

»*Que tipo de árvores são?*«, frage ich den Kutscher. »Welche Art Baum ist das?

»*Manga*«, sagt er, ohne sich umzudrehen oder den Zigarrenstummel zu verlieren. Mangobäume.

Die Straßen sind mal breit, dann wieder so schmal, dass ich nur meine Hände ausstrecken müsste, um von der Kutsche aus die bunten Hausfassaden zu berühren. Überall herrscht träge Mittagsruhe, ein paar Hunde dösen im Schatten, eine alte Frau ist auf einem Hocker vor ihrem Haus eingeschlafen, ihr Kopf lehnt an der Wand, und vor ihr steht ein Korb mit schon halb geknackten Nüssen. An allen Häusern hängen Vogelkäfige mit bunten Papageien und Sittichen darin, die ein Spektakel veranstalten, wenn wir vorbeifahren. Hier und da dringen Küchendüfte aus den offenen Fenstern, Gerüche nach Gewürzen und Gerichten, die ich nicht kenne. Dies hier ist wirklich eine völlig andere Welt, denke ich, mit keiner Stadt zu vergleichen, die ich aus Europa kenne.

Wir fahren durch ein Gewirr aus Straßen und Gassen. Als wir an einen großen Platz kommen, ist er beinahe menschenleer, wenn man von ein paar Kindern absieht, die der Hitze trotzen und Fangen spielen. Ein paar Palmen sind auf dem Platz gepflanzt worden, es gibt einen kleinen Springbrunnen in der Mitte, der sein glitzerndes Wasser in die heiße Luft spuckt. Der Kutscher hält vor dem beeindruckendsten Gebäude am Kopfende. Es ist riesig, hat cremefarbene Säulen, einen weißen Schmuckgiebel und – ungewöhnlich für den Rest der Stadt – einen satten erdig roten Anstrich.

»Teatro da Paz«, sagt er stolz. »Das Theater des Friedens«, übersetze ich für Veronika.

»Das sieht überhaupt nicht brasilianisch aus«, bemerkt sie. »Finden Sie nicht auch?«

Ich verstehe, was sie meint. Dieses elegante Gebäude könnte genauso gut in Berlin oder London stehen mit seiner klassischen Fassade und den schlanken Säulen. Ich frage unseren Kutscher, ob das Theater offen ist und besichtigt werden kann, aber er verneint. »Hat ein riesiges Deckengemälde im Theatersaal«, erklärt er dann mit Kennermiene hinterher. »Goldene Logen und goldene Lichter.«

»Ach, Sie waren schon einmal dort in einem Theaterstück?«, frage ich erstaunt. Er lacht ein glucksendes Altmännerlachen und schüttelt den Kopf. Nein, aber er habe schon viele gefahren, die dort waren. Er schnalzt mit der Zunge – selbst dabei fällt ihm der Zigarrenstummel, der langsam vor sich hin kokelt, nicht aus dem Mundwinkel. »Und jetzt – die Kirche«, sagt er bestimmt.

Die Catedral Nossa Senhora da Graça, die größte Kirche der Stadt, sieht mit ihren schneeweißen Türmen gegen den blauen Himmel aus wie aus Zucker geformt. Dieses Mal steigen wir aus, um sie zu besichtigen. »Hoffentlich ist es dort drinnen kühler«, sagt Veronika hoffnungsvoll.

»Bestimmt. In Kirchen ist es doch immer kühl.«

Ich habe zu viel versprochen. Selbst die dicken Mauern der Kathedrale können die Hitze nur ein bisschen abhalten. In dem Kirchenschiff ist es immer noch warm, der Geruch von Weihrauch liegt schwer in der Luft. Es ist still; wir sind die einzigen Besucher abgesehen von einer kleinen alten Frau, die vollkommen in Schwarz gekleidet vor dem großen Hauptaltar kniet und betet. Unsere Schritte hallen in dem großen Kirchenschiff wider. Es ist merkwürdig kahl. Kirchenbänke gibt es hier nicht, anscheinend steht man in Brasilien bei der Messe. Die hohen Wände sind innen gelb gestrichen, es gibt ein paar Heiligenfiguren und zwei Seitenaltäre, auf denen frische Blumen in der Wärme dahinwelken. Das prächtigste Stück ist der Altar, vor dem die Frau kniet – mit einem Gemälde, das eine überlebensgroße Madonna darstellt, die das Christuskind hält. Ihr Kleid ist bonbonrosa, der Umhang himmelblau, das Gesicht so zuckersüß und puppenhaft, dass sie mich unwillkürlich an Veronika erinnert.

»Ist sie nicht wunderschön?«, fragt die in diesem Moment. Ich verbeiße mir ein Feixen. »O doch.«

Es gibt eine Kerzenbank mit aufgesteckten Kerzen, von denen einige brennen. Sie sind billig und rußen schrecklich, die ganze Wand dahinter ist schwarz. Ich nehme eine, die nicht brennt, und zünde sie an. Veronika neben mir bekreuzigt sich und bewegt lautlos die Lippen. Sicher dankt sie dafür, dass die Überfahrt vorbei ist und der Boden unter ihren Füßen nicht mehr schwankt. Ich denke an Otto, wie immer, wenn ich in einer Kirche eine Kerze anzünde. Ich bete nicht dafür, dass er gesund wird – das habe ich schon lange aufgegeben. Stattdessen bete ich dafür, dass es ihm gut geht, solange ich weg bin, und dass ich heil zurückkomme. Nicht, weil ich Angst davor habe, von einem Krokodil gefressen oder von Skorpionen gestochen zu werden. Ich finde nur, dass ich Otto nicht alleine lassen kann. Er braucht mich doch. Ich stecke die Kerze in ihre Halterung. Die Flamme rußt. Und dann bete ich noch für mich. »Lass mich hier alle Wunder sehen, lieber Gott, alle Wunder, die es überhaupt gibt.«

»Hoheit, wollen wir wieder gehen?«, fragt Veronika. »Mir wird schwindelig von dieser Luft hier drinnen.«

Ich nicke gedankenverloren. »Ja, natürlich, lassen Sie uns gehen.«

Die heißeste Zeit des Mittags ist vorbei, und allmählich füllen sich die Straßen. Was dabei am meisten auffällt, ist, wie unterschiedlich die Menschen sind. Es gibt hellhäutige blonde Frauen in prächtigen Seidenkleidern, backenbärtige Männer in steifem Frack zwischen schwarzen Frauen mit bunten Tüchern um die Hüften und Turbanen auf dem Kopf. Stiefelputzer mit mandelförmigen Augen und kaffeebrauner Haut preisen ihre Dienste an. Ich habe noch nie so eine Vielfalt an Hautfarben gesehen wie an diesem Ort und muss mir Mühe geben, die Leute nicht anzustarren. Zu Hause in München sieht jeder im Großen und Ganzen gleich aus. Auf einem Platz, der lange nicht so hübsch ist wie der vor dem Theater, dafür mit reichlich Mangobäumen beschattet, ist Markt. Ich bin neugierig. »Entschuldigen Sie, was gibt es dort zu kaufen?«, frage ich den Kutscher.

»Alles«, sagt er.

»Dann halten Sie bitte an.«

Die Stände, die aus einfachen Tischen bestehen oder auch nur aus Decken, die auf dem Boden ausgebreitet sind, bieten tatsächlich ein buntes Sammelsurium. Es gibt Obst und Gemüse in einer solchen Vielfalt, dass ich den Großteil der Sorten nicht einmal erkenne. Wurzeln, leuchtend bunte Früchte, merkwürdige kleine Nüsse und geröstete Samen, dazwischen Stände mit frischem Fisch und Fleisch, Garküchen, in denen in großen Töpfen gekocht und gebraten wird und deren Düfte den ganzen Markt einhüllen, sich mit denen von Ananas, Mango und Bananen mischen. Es gibt auch Kunsthandwerk, außerdem praktische Dinge wie Geschirr, einen Messerschleifer und Stände, an denen man lebendige Tiere kaufen kann wie die allgegenwärtigen Papageien in Käfigen oder auch kleine Ziegen und Nagetiere. Eine Frau, die Gewürze verkauft, will mir ihren Nasenbären aufschwatzen, der vor ihrem Stand an einer Leine angebunden ist. »Ich hab ihn eigenhändig aufgezogen«, sagt sie. »Einen zahmeren Nasenbären finden Sie nirgends.«

»Ich habe auch nicht unbedingt nach einem gesucht.« Ich bücke mich zu dem Tier hinunter, das an meinem Rocksaum schnüffelt. Es lässt sich von mir streicheln.

»Sehen Sie, er mag sie«, sagt die Verkäuferin triumphierend. Sie nennt einen Preis. Er ist astronomisch hoch.

»Aber süß ist er.« Veronika lächelt.

»Wir fahren morgen weiter an den Amazonas, da kann ich heute schlecht einen Nasenbären kaufen. Der Reisemarschall würde mich erwürgen, und in diesem Fall hätte er sogar recht damit.«

Die Frau hat das Wort Amazonas aufgeschnappt. »Nasenbär ist besser als Amazonas«, behauptet sie. Ich schmunzele. Für ihre Hartnäckigkeit verdient sie Bewunderung. Der kleine Bär sieht mich mit seinen dunklen Knopfaugen freundlich an. »Vielleicht, wenn ich zurückkomme«, sage ich, mehr zu ihm als zur Verkäuferin.

»Wenn Sie zurückkommen, bin ich vielleicht tot«, pariert die ungerührt. »Oder der Nasenbär.«

Als wir weitergehen, fallen uns große schwarze Vögel auf, die zwischen den Ständen schwerfällig umherschreiten. Sie sehen aus wie eine Mischung aus Krähe und Geier. Schließlich halte ich einen kleinen Jungen an und frage ihn, was für Vögel das sind.

»Urubus«, sagt er. »Die fressen alles.«

Tatsächlich beobachte ich, wie einer dieser Vögel den langen Hals reckt und nach Fischabfällen pickt. Ein anderer hat ein Stück Kokosnuss im Schnabel.

An einem Stand verkauft ein junges Mädchen große reife Mangos. Ich kenne diese Früchte bisher nur aus Büchern, noch nie habe ich eine probiert. Ich krame nach Geld. »Wenn wir schon in einer Stadt sind, in der überall Mangobäume wachsen …« Das Mädchen zerteilt eine Frucht für uns in kleine Stücke. Das sattgelbe glitschige Fruchtfleisch duftet süß. Wir probieren beide gespannt.

»Das schmeckt nicht schlecht«, sagt Veronika.

»Das ist köstlich. Ich verstehe jetzt, warum es hier so viele Mangobäume gibt.«

Wir lassen uns noch eine ganze Weile über den Markt treiben. Als uns der Kutscher schließlich zum Hotel zurückbringt, ist es nach vier.

Ein außerordentlich gut gelaunter Reisemarschall erwartet uns.

»Was ist mit ihm los?«, frage ich Max.

»Hat wohl sämtliche verschiedenen Diridari gekriegt, die es in Brasilien überhaupt gibt«, grinst der.

»Ich kann nicht glauben, dass er nur wegen erfolgreich gewechseltem Geld so gut gelaunt ist.«

Ich behalte recht – der Reisemarschall überreicht mir einen Brief. »Das kam vorhin für Sie an«, sagt er mit zufriedenem Gesicht.

Der Brief ist an »Gräfin Elpen« adressiert. In selbstbewusster Handschrift werden darin ich und meine Begleiter zum deutschen Konsul in Belém eingeladen.

»Woher weiß der Konsul überhaupt, dass wir hier sind?«, frage ich erstaunt.

»Ich habe es ihm gemeldet«, erklärt der Reisemarschall prompt. »Das gehört sich so, wenn man in einem fremden

Land ankommt. Dass er uns allerdings derart prompt einlädt, hätte ich nicht erwartet. Es ist doch eine sehr freundliche Geste.«

»Eine freundliche Geste, die einer gewissen Gräfin Elpen gilt.«

»Nun, Einladung ist Einladung, nicht wahr?«

Er hat recht. Ausschlagen kann ich die Einladung nicht, auch wenn ich mich viel lieber weiter in der Stadt umgesehen hätte. Um sechs Uhr machen wir uns auf den Weg. Der Abend ist noch hell, die Sonne versinkt im Atlantik und färbt den Himmel aprikosenfarben und rot. Zur Abwechslung fahren wir nicht mit der Kutsche, sondern mit der Maultierbahn, wie der Konsul es in der Einladung empfohlen hat. »Es ist die beste Möglichkeit, an den Stadtrand zu gelangen, Gräfin«, hatte er geschrieben, »falls es Sie nicht inkommodiert.«

Es inkommodiert mich nicht, ich bin viel eher begeistert davon, wie stoisch die Maultiere vom Fleck kommen und sich auch von den Mückenschwärmen, die in der warmen Abendluft tanzen, nicht stören lassen. In München sind die Pferdebahnen unbequem, hier finde ich das Rumpeln und die harten Sitze eher abenteuerlich, während wir durch die exotische Landschaft fahren. Je weiter wir aus dem Zentrum von Belém hinausfahren, desto grüner wird es. Wir fahren durch Bananenhaine und Palmenhügel. Schließlich halten wir vor einer klassizistischen Villa in einem parkähnlichen Garten. Die Maultiere halten an, wir steigen aus. Auf den ersten Blick denke ich, dass ich noch nie ein strengeres Haus gesehen habe als die Villa des Konsuls. Alles scheint getrimmt und geordnet zu sein: die geradlinige Fassade, das gleichseitige Dach, die Kieswege, die Blumenrabatten. Sogar die tropischen Hibiskuspflanzen, die den Weg zur Villa säumen, stehen gerade und gleichförmig wie Zinnsoldaten Spalier.

Der Konsul ist ein großer Mann mit eisgrauem Haar und gepflegtem Bart, die Konsulin ist eine hagere Person mit spitzem Gesicht. Beide begrüßen uns sehr förmlich.

»Gräfin.« Der Konsul verbeugt sich. »Willkommen in Brasilien. Wir freuen uns, Ihre Bekanntschaft zu machen.« Die Konsulin versinkt in einem tiefen Knicks. Ich stelle meine Begleiter vor. »Vielen Dank für die freundliche Einladung«, sage ich höflich.

»Oh, wir betrachten es als unsere Pflicht, wichtige deutsche Reisende zu empfangen und in diesem fremden Land willkommen zu heißen.«

»Elpen«, fügt die Konsulin streng hinzu. »Elpen – wo genau liegt diese Grafschaft? Ich habe nie zuvor davon gehört.«

»In Bayern«, murmele ich vage. Auch wenn mir der Konsul und seine Frau nicht sympathisch sind, komme ich mir merkwürdig dabei vor, dass sie nicht wissen, wer bei ihnen zu Gast ist.

Die nächste Stunde verbringen wir damit, die riesige Villa zu bestaunen. »Das Anwesen haben wir bauen lassen, sobald wir hier in Brasilien ankamen«, erklärt der Konsul, während er mit großen Schritten vorangeht. »Es musste natürlich repräsentativ sein, immerhin vertreten wir unser Heimatland.«

»Wie lange leben Sie schon hier?«, frage ich.

»Beinahe zehn Jahre. Nach zehn Jahren werden wir zurück nach Berlin gehen, so ist es vereinbart.«

»Oh, Sie stammen aus Berlin?«, schaltet sich der Reisemarschall ein. »Das preußische Militär ist unvergleichlich.«

Der Konsul nickt geschmeichelt. »Ja, es ist das beste auf der Welt, wenn man mich fragt. Ich weiß, dass auch die Franzosen sich auf ihre Armee etwas einbilden, aber die preußische ist der französischen weit überlegen. Das liegt an der Disziplin, die wir Preußen haben …«

Während die beiden sich unterhalten, sehe ich mich um. Das ganze Haus strahlt Strenge aus, alles ist kühl und geradlinig, von den strengen Möbeln über die spärlich mit Gemälden ausgestatteten Wände bis hin zu dem akkuraten Parkett in Fischgrätmuster. Es ist nicht nur streng, es ist auch unglaublich deutsch. Nichts hier würde darauf hindeuten, dass wir nicht in Berlin, sondern mitten im bunten Brasilien sind. Selbst die scheuen Dienstmädchen, die ab und an durch die hohen Räume huschen, wirken mit ihren Schürzen und Hauben durch und durch preußisch.

Das Haus ist riesig, aber es wirkt klein gegen den Garten. »Interessieren Sie sich für Pflanzen, Gräfin?«, fragt mich die Konsulin, während sie uns durch die hohen Glasflügeltüren nach draußen lotst.

»O ja, das ist der Hauptgrund für meine Reise. Ich will die tropischen Pflanzen erforschen und sammeln.«

»Tatsächlich?« Die Konsulin sieht mich verständnislos an. »Nun, vielleicht gibt es ja tatsächlich ein paar hübsche brasilianische Blumen, aber wenn Sie mich fragen, dann geht doch nichts über einen ordentlichen Rittersporn oder eine vollkommene deutsche Rose.«

Auf der geräumigen Terrasse blühen ein paar Orangen- und Zitronenbäumchen in wuchtigen Bronzetöpfen, das ist allerdings auch das Exotischste, das der ganze Garten zu bieten hat. Er ist unglaublich groß und weitläufig, mit einem ausgedehnten englischen Rasen, einigen Kastanien, Eichen und Buchen. »Wir haben sie eigens schon ausreichend groß aus Deutschland einschiffen lassen und hier eingepflanzt«, erklärt die Konsulin. Außerdem sehe ich Blumenrabatten, in denen Rosen, Rittersporn, Levkojen und Vergissmeinnicht wachsen. Weil der Garten weit hinten in wildes Grasland und den Regenwald übergeht, hat man beinahe den Eindruck, er sei endlos.

Ein Gärtner ist gerade damit beschäftigt, einige der Rosen zu gießen. Er trägt einen breitkrempigen Strohhut, weswegen ich sein Gesicht nicht sehe, und eine grüne Schürze.

»Ganz wie in unserem Berliner Garten«, bemerkt die Konsulin zufrieden. »Auch wenn wegen der grauenvollen Hitze die Levkojen regelmäßig eingehen.«

»Liebste, soll ich unseren Besuchern mein neuestes Prunkstück zeigen?«, dröhnt der Konsul dazwischen.

»Das wird Ihnen sicher gefallen, Marschall. Es ist etwas für echte Männer.«

Er führt uns zwischen den Bäumen hindurch in den hinteren Teil des Gartens, dort, wo das Grasland und die Wildnis nicht mehr weit sind und einen schroffen Kontrast zu dem perfekten Rasen und den getrimmten Blumenrabatten bilden. Wir erreichen ein kleines Häuschen mit einer schweren Gittertür. »Sie müssen wissen, dass ich seit Jahren versuche, ein Exemplar zu kaufen. Nun endlich wurde mir ein gutes Geschäft angeboten – auch wenn ich immer noch einen ganzen Batzen dafür bezahlt habe.« Der Konsul tritt zur Seite. Erst jetzt sehe ich, was hinter den Gitterstäben steht: Es ist ein Jaguar. Veronika neben mir schnappt nach Luft. Max murmelt: »Ja mei!«

»Ein Wildfang«, posaunt der Konsul zufrieden, »ich wollte ein Männchen und eines, das ordentlich kräftig ist.«

Das ist der Jaguar gewiss. Es ist ein großes, muskulöses Tier, wunderschön mit seinem klar gefleckten Fell und dem stolzen Gesicht. Er wirkt gereizt, läuft unruhig entlang der Gitterstäbe auf und ab. Als der Konsul sich ihm nähert, stellt sich die mächtige Raubkatze auf die Hinterbeine, wirft sich mit den Vorderpranken wütend gegen das Gitter und faucht kehlig.

»Ist er nicht herrlich?«, schwärmt der Konsul ungerührt. »Diese Stärke, diese Wut. Es hat angeblich fünf Männer gebraucht, um ihn im Wald zu fangen.«

Der Jaguar sieht mich an. Seine bernsteinfarbenen Augen haben etwas Hypnotisches an sich.

»Liebster«, unterbricht die Konsulin, »wir sollten wieder ins Haus gehen. Das Essen wird gleich angerichtet.«

Wir gehen über den weiten Rasen zurück zum Haus. Der Gärtner ist verschwunden. Die strengen Fensterreihen der Villa spiegeln den glühenden Abendhimmel. Die Augen des gefangenen Jaguars verfolgen mich.

An dem wuchtigen, langen Tisch des Speisezimmers werden unter einem strengen Leuchter als Vorspeise Kartoffelsuppe mit Sahne und anschließend Königsberger Klopse mit Kapern und Kartoffeln serviert. »Ganz genau wie sie in Berlin gemacht werden«, sagt die Konsulin zufrieden. »Wir haben unsere Köchin von zu Hause mitgebracht.«

Kaum haben wir begonnen zu essen, bringt ein Dienstbote unter vielen unterwürfigen Bücklingen ein Telegramm. Der Konsul sieht unwillig auf. »Wir essen«, sagt er scharf. »Dabei wollen wir nicht gestört werden.«

»Ja, Herr Konsul, aber …« Der pickelige Junge sieht unschlüssig auf das Telegramm. »… aber es ist vom brasilianischen Kaiser.«

Sein Dienstherr legt nun doch das Besteck beiseite. »Wenn Sie entschuldigen, Gräfin«, sagt er höflich in meine Richtung. Er nimmt das Telegramm und entfaltet es, kurz überfliegt er mit regungsloser Miene die Zeilen. Dann faltet er es wieder zusammen, übergibt es dem Dienstboten und winkt ihn weg.

»Liebster«, fragt die Konsulin, »was ist geschehen?«

Er antwortet nicht, sondern erhebt sich würdevoll und greift nach seinem Weinglas. »Verehrte Gäste«, sagt er dann, »der Kaiser ist tot.«

Veronika runzelt verständnislos die Stirn. »Der brasilianische Kaiser?«, wispert sie mir über die Schale mit Salzkartoffeln zu.

»Unser deutscher Kaiser Friedrich«, antwortet der Konsul an meiner Stelle, »er ruhe in Frieden.«

Nun steht auch der Reisemarschall auf. Wir anderen folgen und erheben stumm unsere Gläser. Ich weiß selbst nicht, was ich denken soll. Kaiser Friedrich, der neue deutsche Kaiser, hatte erst im März den Thron bestiegen, nachdem sein Vater Kaiser Wilhelm I. gestorben war. Natürlich hatte jeder gewusst, dass Friedrich nicht gesund war, aber dass er nun tatsächlich tot sein soll, kann ich kaum glauben.

»D'r Boandlkramer macht halt a vor den Kaisern net halt«, brummt Max leise. »Drei in oiam Jahr. Des gab's noch nie.«

»Gott schütze den neuen Kaiser«, fährt der Konsul in diesem Moment laut fort und erhebt noch einmal sein Glas. Ich unterdrücke ein Seufzen. Friedrich war ein gebildeter Mann, der viel für Reformen und wenig für Krieg übrighatte. Nach allem, was ich gehört habe, soll sein Sohn, der neue Kaiser, genau das Gegenteil sein.

»Auf Kaiser Wilhelm II.«, sagt nun auch der Reisemarschall. Nachdem wir uns zugeprostet haben, setzen wir uns wieder.

Die Unterhaltung dreht sich eine Zeit lang noch um den Kaiser, dann wendet sie sich unseren Reiseplänen zu. »Wir werden bis Santarém mit dem Dampfer fahren«, erkläre ich. »Dort werden wir auf ein kleines Boot umsteigen und den Amazonas entlang Pflanzen und Tiere sammeln und hier und da unsere Zelte aufschlagen. Von Manaus aus fährt dann unser Dampfer zurück.«

»Die Wilden auch?«, fragt die Konsulin.

»Wie bitte?«

»Nun, ob Sie auch die Wilden am Fluss beobachten werden? Interessieren Sie sich für sie?« Es klingt, als würde sie über eine Schmetterlingsart sprechen.

»Äh, ja, natürlich – ich würde gerne den Stamm der Tupí kennenlernen. Und ich habe schon viel über die Mura gelesen.«

Die Konsulin zerteilt ihren nächsten Königsberger Klops mit der Messerspitze. »O ja, die sind alle sehr faszinierend. Diese Leute sind so urwüchsig, als würde man in ein Museum gehen und betrachten, wie man vor Millionen von Jahren gelebt hat. Es gibt Gelehrte, die sagen, sie seien gar keine Menschen in unserem Sinn, sondern auf einer Art Zwischenstufe stehen geblieben. Ist das nicht interessant? Ich glaube das auch.«

»Meine Frau hat in diesem Punkt ein ausgesprochen weiches Herz.« Der Konsul lässt sich von einem verhuschten Dienstmädchen noch ein paar Salzkartoffeln auftun.

»Ach, tatsächlich?« Bisher klingt es für mich nicht so.

»O ja, sie ist so nachgiebig und geduldig mit ihnen. Immer

wieder liest sie eines dieser bedauernswerten Geschöpfe irgendeines dieser primitiven Stämme von der Straße auf, gibt ihm ein Dach über dem Kopf und versucht dann, ein zivilisiertes Wesen daraus zu formen, das lesen und schreiben kann und sich zu benehmen weiß.«

»Ich halte es für meine christliche Pflicht«, lässt uns die Konsulin mit säuerlicher Miene wissen. »Sie können nichts dafür, dass sie wie Kinder sind. Man muss sich ihrer annehmen. Abgesehen davon geben vor allem jene vom Stamm der Tupí ganz passable Dienstboten ab, also haben wir auch etwas davon.«

»Tatsächlich?«, echoe ich noch einmal und fange Max' Blick auf, der unauffällig die Augen verdreht. Der Reisemarschall und Veronika dagegen scheinen sich an dem, was die Konsulin sagt, nicht zu stören.

»Sagen Sie, wäre es nicht sehr praktisch, wenn wir Ihnen einen davon ausleihen würden?«, plaudert die Konsulin weiter und garniert ihren aufgeschnittenen Klops mit noch mehr Kapernsoße. »Wir haben zurzeit drei Tupí, da könnten wir einen entbehren. Und Sie hätten einen Begleiter, der in den Urwalddörfern dieses schreckliche Kauderwelsch für Sie dolmetschen kann. – Oh«, unterbricht sie sich selbst. »Wie wäre es mit Kitó? Er kann, soweit ich weiß, viele dieser Sprachen.« Sie setzt das Wort Sprachen in angedeutete Gänsefüßchen. »Er wäre Ihnen sicher nützlich.«

Ich bin wie elektrisiert. Wochenlang habe ich zu Hause in München dem Reisemarschall damit in den Ohren gelegen, dass ich einen solchen Reisebegleiter will. Er war immer dagegen, einerseits, weil es Geld gekostet hätte, andererseits glaube ich, dass ihm allein die Vorstellung unheimlich war. Ich fange nun seinen Blick aus den Schlittenhundeaugen über die Sauciere auf. »Wehe!«, bedeutet er mir damit stumm.

»Das wäre ganz wunderbar«, sage ich laut.

»Wie schön.« Die Konsulin gibt einem der wartenden Diener einen Wink. Er verschwindet und kommt kurz darauf mit einem jungen Mann zurück. Es muss der Gärtner sein, den ich vorhin bei den Rosen gesehen habe. Er trägt immer noch die grüne Schürze und den breiten Strohhut. Sein Gesicht kann ich darum weiterhin nicht erkennen, zumal es im Speisezimmer recht dunkel ist. Er steht stumm da, nickt nicht einmal, und er verbeugt sich auch nicht vor dem Konsulpaar. Der erste Dienstbote hier im Haus, der sich nicht vor Kratzfüßen und Bücklingen überschlägt, denke ich.

»Das ist Kitó. Er arbeitet bei uns als Gärtner, weil er sich auf Pflanzen gut versteht«, sagt die Konsulin etwas überflüssig. Dann wendet sie sich an den Mann selbst, spricht mit ihm aber, als sei er ein Kind. »Kitó, sag' schön Guten Tag zu unseren Gästen aus Deutschland.«

Sie erntet keine einzige Reaktion. Mit einem Seufzen sagt sie: »Er ist leider ziemlich verstockt – allerdings hat er so schnell Lesen und Schreiben gelernt, wie ich es noch nie gesehen habe. Und er spricht inzwischen sehr gut Deutsch.«

»Du meinst, wenn er einmal spricht. Er ist arrogant, frech. Viele von denen sind frech. Und grausam«, knurrt der Konsul. »Alle erzählen vom edlen Wilden, aber soll ich Ihnen einmal sagen, wie viele Kriege diese Stämme untereinander führen? Edler Wilde, dass ich nicht lache. – He, Gärtner, sprich!« Aber immer noch schweigt Kitó. Der Konsul sieht mich an: »Sie würden mir einen Gefallen tun, wenn Sie ihn mitnähmen, Gräfin.«

Ich beschließe, den Mann selbst anzusprechen. »Guten Tag, Kitó, wir werden morgen an den Amazonas aufbrechen, und ich würde mich freuen, wenn Sie uns als Übersetzer begleiten. Keine Sorge, Sie werden mit uns von Manaus aus auch wieder zurück nach Belém kommen.«

»Manaus?« Es ist das erste Wort, das er sagt. Seine Stimme ist dunkler, als ich es erwartet habe, und hat einen warmen Ton. Er nimmt seinen Hut ab. Endlich sehe ich sein Gesicht. Er ist schön. Die Züge sind gleichmäßig; die Nase gerade, der Mund interessant. Kitó sieht mich direkt an, und ich zucke beinahe zusammen. Sein Blick ist intensiv. Intelligenz liegt darin, Wärme, aber noch etwas anderes. Etwas, das ich nicht benennen kann. Er bringt mich völlig aus dem Konzept.

»Manaus?«, fragt er noch einmal, weil ich nicht antworte.

»Ähm.« Ich räuspere mich. »Ja, genau, Manaus. Das ist unser Ziel. Kennen Sie die Stadt?«

»Nein«, sagt er schlicht. Dann nickt er. »Ich werde mitkommen.«

Ich lächele ihn an. »Das ist schön.« Immer noch kann ich nicht anders, als ihn anzuschauen. Was ist nur los mit mir? »Der Dampfer legt morgen früh um zehn Uhr am Hafen ab«, sage ich. »Er heißt *Manauense*. Kommen Sie dorthin.«

Er nickt bloß. Dann setzt er den Hut auf, sein Gesicht liegt wieder im Dunkeln.

Die Konsulin winkt. »Du kannst gehen.«

Er verschwindet. Die Schlittenhundeaugen über der Sauciere blicken mich vorwurfsvoll an. »Wo soll er denn auf dem Dampfer schlafen?«, fragt der Reisemarschall anklagend.

»Das wird sich schon finden.«

Plötzlich bin ich bester Laune. Nicht einmal der Konsul und die Konsulin können sie mir noch verderben, selbst dann nicht, als sie uns einladen, in ein paar Wochen die letzte Nacht vor der Rückreise nach Europa bei ihnen zu verbringen – »Wir haben eine Menge Gästezimmer für solche Fälle« – und der Reisemarschall annimmt. Zum Nachtisch essen wir Waffeln mit eingelegten preußischen Kirschen und Schlagsahne. In Gedanken aber bin ich schon längst auf dem Weg zum Amazonas.

Villa AmSee

Lindau, Bodensee, kurz vor Weihnachten 1924

Thereses Schlafzimmer mit den heiteren, leichten italienischen Möbeln ihrer Mutter empfing sie mit Stille. Alles war aufgeräumt und geputzt; auf dem Nachttisch stand eine Vase mit Barbarazweigen, die sie vor ein paar Tagen abgeschnitten hatte und die jetzt, in der Wärme des Hauses, langsam ihre zartrosa Knospen öffneten. Derselbe Strauß stand auch im Gästezimmer am anderen Ende des Flurs auf Veronikas Nachttisch.

Therese zog die Strickjacke aus und schlüpfte aus ihrem einfachen Wollkleid. Stattdessen zog sie ihr Nachthemd über und ging in das kleine Badezimmer, das eine direkte Verbindung zum Schlafzimmer hatte. Vor zehn Jahren, als sie endgültig von München hierher übergesiedelt war, hatte sie es mit modernen Waschbecken und fließend warmem Wasser einbauen lassen. Ebenso hatte sie eine Heizanlage angeschafft, damit die Räume im oberen Stockwerk auch ohne Kamine heizbar waren. Zur Zeit ihrer Eltern war das Schlafzimmer an kalten Tagen eisig gewesen.

Therese besah sich nüchtern im Spiegel. Ihre Haut war faltig und schlaff geworden; ihre ehemals honigblonden Haare schlohweiß. Sie zog die Haarnadeln heraus, dann bürstete sie sich die Haare und flocht sie zu einem lockeren Zopf. Sie putzte sich die Zähne und warf sich ein paar Handvoll kaltes

Wasser ins Gesicht. Mit dem Handtuch, das Gunda wie jeden Tag bereitgelegt hatte, rubbelte sie sich das Gesicht so lange trocken, bis es sich rötete. Irgendwo hatte sie einmal gelesen, dass das gut für die Haut sei. An den Falten änderte es freilich nichts. Sie lagen um ihre Augen, auf ihrer hohen Stirn, um den Mund herum und über der eigenwilligen Nase.

Wie jeden Abend, seit sie fünfzehn Jahre alt gewesen war, wanderten ihre Gedanken zu Otto. Was er wohl sagen würde, sie so alt zu sehen? Sie hatte ihn nun schon acht Jahre überlebt. Damals, als sie ihn zum letzten Mal gesehen hatte, waren ihre Haare noch nicht so weiß, die Falten noch nicht ganz so tief gewesen. Aber natürlich waren sie nebeneinander gealtert, bei jedem der seltenen Besuche, die ihr von seinen Ärzten in all den Jahren gestattet worden waren, hatte sie die Zeit mehr und mehr an ihnen arbeiten sehen. Ottos Bart war mit den Jahren grau geworden, die Augen müde. Er hatte bei ihren Besuchen vor ihr gesessen, ein gealterter Mann, nicht mehr der gut aussehende Junge, der er einmal gewesen war. Aber es hatte ihr nichts ausgemacht. Sie liebte ihn, wie sie ihn immer geliebt hatte, mit dieser zärtlichen, stillen, geheimen Liebe, an die sich ihr Herz gewöhnt hatte, seit sie halbe Kinder gewesen waren. In seinen letzten Stunden war sie bei ihm gewesen, an einem dunklen, windigen Oktoberabend während des Kriegs. Sie hatte ihm die Hand gehalten und ihm gesagt, wie sehr er von ihr geliebt worden war in all der Zeit. Und als er schließlich eingeschlafen war, da hatte sie noch lange dagesessen, in dem gespenstischen großen Schloss, hatte ihn betrachtet – den Mann, den sie einmal hatte heiraten wollen, den König von Bayern – und an alles gedacht, was hätte sein sollen und nicht gewesen war.

Therese schüttelte die düsteren Gedanken ab. Energisch griff sie nach dem Tiegel, verteilte etwas Creme im Gesicht und verrieb sie, dann löschte sie das Badezimmerlicht und ging zurück ins Schlafzimmer.

Sie begab sich ins Bett und löschte das Licht, aber sie fand keinen Schlaf. Diese Unruhe, die sie in letzter Zeit öfter befiel, war wieder da. Eine Weile lag sie so da, betrachtete das Zimmer. Der Mond draußen schien hell, und sein Licht schaffte es durch die halb zugezogenen Vorhänge, warf Muster auf die Teppiche und lange Schatten neben den Möbeln. Sie lag da und lauschte auf die Geräusche, hörte draußen in einiger Entfernung einen Hund bellen – vielleicht der große schwarze Schnauzer des Nachbarn. Leise strich der Wind ums Haus, der sich den ganzen Tag nicht gelegt hatte. Unten, im Salon, schlug die große Pendeluhr. Die Schläge drangen gedämpft zu ihr herauf.

Eine Weile wälzte Therese sich hellwach hin und her, horchte auf den Wind, auf ihren Atem, aber nichts half. Schließlich gab sie auf. Sie knipste das Nachtlicht wieder an und setzte sich auf. Sie schlüpfte in ihre Pantoffeln und zog den Morgenmantel über. Dann ging sie aus dem Zimmer und in den dunklen, langen Flur. Sie wusste genau, was ihr helfen würde.

Der lange Flur lag dunkel da, im ganzen Haus war es still. Gunda, deren Zimmer im Erdgeschoss lag, schlief ganz sicher schon, Veronika vermutlich auch. Nur die Pendeluhr unten im Salon schlug wieder, und dann war da noch ein leises Rascheln und Schnaufen irgendwo aus der Dunkelheit.

»Bruno!«, wisperte Therese. »Wo bist du?«

Tatsächlich kam ein paar Augenblicke später der Nasenbär mit emsigen Schritten aus der Tiefe des Flurs. Er schnüffelte an Thereses Beinen, zwickte versuchsweise in ihre Pantoffeln. »Na, kommst du mit?«

Er folgte ihr brav den Flur entlang zu einer Tür, die nicht weit von ihrem Arbeitszimmer entfernt lag. Dahinter war die Bibliothek, Thereses liebster Raum im ganzen Haus. Schon als Kind hatte sie viele lange Nachmittage hier verbracht, wenn ihre Brüder sich wieder einmal weigerten, sie mitspielen zu lassen.

»Ihr seid nur ärgerlich, weil ich schneller renne als ihr«, hatte sie dann wütend gerufen.

»Neeeein! Aber du bist eben ein Mädchen. Du kannst nicht Räuber und Gendarm spielen!«

Später, als sie alle erwachsen waren, war sie mit ihren Brüdern gut ausgekommen. Aber damals war sie oft zornig hierher in die Bibliothek gestürmt und hatte die Tür möglichst laut hinter sich zugeworfen.

Als sie dieselbe Tür jetzt öffnete, schlug ihr der vertraute Geruch nach Büchern, Papier und ein bisschen Staub entgegen. Die Bibliothek hatte ihr Vater angelegt, und sie entsprach immer noch seinem Buchgeschmack: keine Romane, die er für Zeitverschwendung hielt, dafür eine Menge Militärliteratur, Geografiebücher, solche über Botanik und Steine, Geschichtswerke und Lexika und dann – der größte Anteil – die Reiseliteratur. Bücher mit Reiseberichten füllten mindestens zwei der hohen, großen Regale, die sich jetzt vor Therese ausbreiteten. Luitpold, der sich besonders für den Orient interessiert hatte, liebte vor allem Bücher, die von Reisen in die Türkei, nach Persien, nach Arabien, aber auch nach Ägypten oder Marokko handelten. Auguste war da weniger wählerisch gewesen. Sie hatte für die Berichte aus den restlichen Teilen der Welt gesorgt, auch für die Bücher von

Alexander von Humboldt, der für Therese zu einer Art Kindheitsheld wurde.

Therese ging die langen Buchreihen entlang. Im schummrigen Licht des großen Kronleuchters, der auch noch aus Zeiten ihrer Eltern stammte, schimmerten ihr die auf die ledernen und leinenen Buchrücken eingeprägten Titel entgegen. Sie erinnerte sich daran, wie sie als Mädchen damals hier genauso entlanggestreift war und die fremdländischen Wörter aufgesogen hatte: Siam, Mongolei, Tahiti, Australien.

Ihre Augen glitten weiter, suchten ein ganz bestimmtes Buch.

»Bruno, wenn du nur lesen könntest – du könntest mir suchen helfen.«

Der Nasenbär setzte sich halb auf, als wollte er wie ein Hund Männchen machen. Er hob die lange Nase tatsächlich in Richtung der Bücher, dann aber ließ er nur seine ebenso lange rosa Zunge für einen Moment an den Buchrücken entlangfahren, um dann die Vorderpfoten wieder fest auf den Dielenboden zu setzen und schleunigst hinter einem der anderen Regale zu verschwinden. »Macht nichts, ich finde es auch so. Es muss hier irgendwo sein.«

Beim dritten Regal hatte sie Glück. Sie entdeckte den lindgrünen Stoffeinband sofort und zog das dicke, schwere Buch heraus.

Vorsichtig, wie einen kostbaren Schatz, trug Therese es hinüber zu dem alten Ohrensessel, der einzigen Sitzgelegenheit in der kleinen Bibliothek. Sie legte das Buch auf den Beistelltisch und setzte sich etwas umständlich, um ihren Rücken zu schonen.

Dann griff sie nach dem Band, legte ihn sich umsichtig auf die Knie und strich mit den alt gewordenen, knotigen

Fingern über den Einband, über die Prägung der goldenen Buchstaben darauf. Sie bildeten nur ein einziges Wort. »Brasilien.«

Plötzlich konnte Therese sich wieder ganz genau an den Tag erinnern, an dem sie es zum ersten Mal hier entdeckt hatte. Es war ein regnerischer Frühsommertag gewesen, vor vielen, vielen Jahren. Damals war sie vielleicht neun oder zehn Jahre alt gewesen, und wieder einmal verbrachte sie mit ihren Eltern und den Brüdern den Sommer hier in Lindau. Weil das Wetter schlecht war, konnte sie nicht reiten oder rudern, auch der übliche Spaziergang mit der Gouvernante fiel ins Wasser. Luitpold war irgendwo unterwegs, Auguste war damals schon bleich und krank gewesen. Therese floh vor alldem – dem Regen, der Langeweile, dem Husten der Mutter – hierher zu den Büchern. Gerade erst hatte sie einen Reisebericht über Spanien gelesen. Nun war sie auf der Suche nach etwas Neuem, und da fiel ihr dieses Buch in die Hände. »Brasilien«, das Wort klang fremd und schmeckte nach Abenteuer. Als hätte es sie magisch angezogen, hatte sie es sofort aus dem Regal genommen. Es war für Kinderarme schwer, und es hatte sie einige Mühe gekostet, es hinüber zum Sessel zu schleppen. Dem Sessel, auf dem sie auch jetzt, so viele Jahrzehnte später saß, und es auf dem Schoß hielt.

Damals hatte sie es aufgeklappt, nicht ahnend, was das für Folgen haben würde. Nun schlug sie es wieder auf. Sofort war alles wieder da: die Bilder, die Begeisterung, die Faszination, die sie damals sofort gepackt hatte. In dem Buch waren all die großen Brasilien-Reisenden versammelt. Ein Reisebericht von Prinz zu Wied-Neuwied fand sich dort, genauso wie der ausführliche Bericht der beiden bayerischen Forscher Martius und Spix, die Anfang des 19. Jahrhunderts mit dem Tross der Habsburgerin Leopoldine nach Brasilien gereist waren – Leopoldine, um den Thronfolger zu heiraten, Martius und Spix, um die Tropenwelt zu erforschen. Sie hatten eine Menge Material an Pflanzen und Kunstgegenständen nach Bayern zurückgebracht, sogar zwei Kinder, ein Mädchen vom Stamm der Miranha und ein Junge vom Stamm der Juri. Damals war Bayern vom Brasilienfieber befallen worden, und an jenem regnerischen Sommernachmittag hatte es auch Therese infiziert. Sie hatte begeistert die vielen Abbildungen betrachtet, mit denen das Buch gespickt war: Szenen aus verwunschenen Regenwäldern voller exotischer Bäume, Schlingpflanzen und Blüten, voller Schmetterlinge und wilder Tiere. Sie hatte von Jaguaren gelesen, von Tapiren, Krokodilen, von schillernden Kolibris. Es war ihr wie eine fantastische Welt erschienen, und sie hatte beschlossen, diese Welt eines Tages mit eigenen Augen zu sehen. Hier auf diesem abgewetzten Ohrensessel hatte sie sich ausgemalt, wie sie einmal durch die brasilianischen Tropen reisen würde, wenn sie groß war. Tropen, das Wort war danach zu ihrem Lieblingsbegriff geworden. Tropenkrank, hatte sie ihr Vater sie in den nächsten Wochen scherzhaft genannt, weil sie kaum noch von etwas anderem hatte sprechen können als von dem Buch und von Brasilien und den Wundern, die es dort gab. Immer wieder hatte sie es hervorgeholt, hatte weitergeblättert, sich geradezu hineingestürzt und die Berichte und Beschreibungen aufgesogen.

Damals hatte ihr Traum begonnen, und jetzt, wo sie noch einmal die Seiten umblätterte und dieselben Stiche und Radierungen betrachtete, versank sie wieder in Brasilien. Dieses Mal nicht in vage Vorstellungen, sondern in ihren eigenen bunten Erinnerungen.

Der Abend mit Veronika – überhaupt, die ehemalige Reisegefährtin wiederzusehen –, das alles hatte lange vergessene Bilder wieder in ihr aufsteigen lassen. Und nun, mit jeder Minute, in der sie sich mehr erinnerte, nahmen die Bilder an Farben zu, wurden sie strahlender, die Geräusche und Düfte, die Abenteuer und Gefühle kamen zurück. Wie lange hatte sie nicht mehr an all das gedacht – oder hatte sie es sich nicht vielmehr verboten?

Irgendwann, die Pendeluhr unten im Salon schlug Mitternacht, döste sie auf ihrem Sessel ein. Das Buch glitt ihr von den Knien; Bruno schlief zusammengerollt zu ihren Füßen. Und in ihren Träumen war Therese wieder in Brasilien.

Belém, Brasilien

Juni 1888

Am nächsten Morgen weiß ich zuerst nicht, wo ich bin. Es ist dieser merkwürdige Moment zwischen Schlafen und Wachsein, in dem man sich nicht erinnern kann, was gestern war oder was heute kommen wird. Ich liege einfach nur da und sehe den merkwürdigen offenen Dachstuhl über mir. Über die Trennwand zwischen unseren Zimmern hinweg höre ich, wie Veronika in ihrem Zimmer ein Lied summt. Auch aus den anderen Zimmern dringen Geräusche: Stimmen, Schnarchen, das leise Plätschern von jemandem, der sein Rasiermesser in die Waschschüssel taucht. Durch die hohen Fenster fällt Sonnenlicht. Ich stehe auf und tappe mit nackten Füßen hinüber, ziehe die Vorhänge beiseite und stoße das Fenster auf. Sofort weht warme Luft und Vogelgezwitscher herein. Das Meer ist ruhig und blau, die Morgensonne scheint hell auf die Dächer und die Mangobäume von Belém. Unter dem Fenster rattert gerade ein Mann mit einem Handwagen über das Straßenpflaster, auf dem sich Orangen und Ananas stapeln. An den Tischen im Hotelgarten sitzen schon die ersten Frühstücksgäste, Kaffeegeschirr klimpert, ein Kellner überreicht einem alten Herrn die Morgenzeitung. Der Himmel ist wolkenlos, ich blinzele in die Sonne. Der Tag wird ganz sicher heiß werden.

Wir frühstücken zu viert im Garten unter einer der alten Kastanien, in der grüngelbe Sittiche ihr Frühkonzert geben. »Die *Manauense* legt um zehn Uhr ab«, sagt der Reisemarschall und rührt dabei nervös seinen Kaffee um.

»Es ist noch nicht einmal acht Uhr«, sage ich beruhigend mit einem Blick auf seine Taschenuhr, die er auf den Tisch gelegt hat. »Und zum Hafen brauchen wir mit der Kutsche nur ein paar Minuten. Hier noch in Ruhe zu frühstücken, können wir uns also erlauben.«

Die Straßen füllen sich allmählich; in einer Stadt, in der es so heiß ist, muss wohl jeder die frühen Morgenstunden ausnutzen. Bald spazieren an dem weiß lackierten Schmiedezaun, der den Hotelgarten umgibt, mehr Passanten vorbei als an einem Münchner Nachmittag am Odeonsplatz. Das Hotelfrühstück ist so gewöhnungsbedürftig wie die fehlenden Zimmerdecken: Es gibt französische Hörnchen und ein Gelee aus Bananen. Der Kaffee ist tiefschwarz und stark.

»Oh, Sie sind es, Gräfin Elpen! Guten Morgen!«

Die Stimme mit dem weichen Wiener Akzent kommt mir bekannt vor. Vor den Gitterstäben des Zauns winkt Bertha Mosner, die Wienerin, die wir auf der *Manauense* kennengelernt haben. Sie sieht allerdings völlig verändert aus. Ihre eher unauffälligen Kleider hat sie gegen ein für die Tageszeit völlig übertriebenes rotes Seidenkleid getauscht, dazu trägt sie einen Hut mit gefärbter Straußenfeder und Stoffkamelien daran. Die Hand, mit der sie winkt, steckt in einem Spitzenhandschuh. Neben ihr steht eine Frau, die ihr vage ähnelt, aber deutlich älter ist als sie. Beide kommen an unseren Tisch. Bertha begrüßt uns, dann stellt sie ihre Begleiterin vor. »Das ist meine Cousine Adele, von der ich so viel erzählt habe. Ihr habe ich mein neues Leben zu verdanken.« Sie kichert. »Vor allem meinen Ehemann.«

»Also haben Sie schon geheiratet?« Veronika macht kugelrunde Augen. »Wir sind doch erst seit gestern hier.«

»Nein, die Hochzeit ist erst am Sonntag.« Bertha beugt sich vertraulich vor. »Gestern Abend habe ich ihn persönlich kennengelernt. Ich war natürlich aufgeregt, weil ich ihn bisher nur von seinen wunderbaren Briefen her kannte. Aber er war furchtbar charmant, und er hat mir dies hier geschenkt.« Sie zieht den Seidenhandschuh aus und streckt uns die Hand entgegen. »Er sagte, dies sei die Entschädigung dafür, dass er mir per Post keinen Verlobungsring schicken konnte.«

Der Ring ist protzig; ein großer geschliffener Smaragd inmitten von eingefassten weißen Diamanten.

»Bertha, der ist wunderschön«, sagt Veronika bewundernd.

»Mein zukünftiger Gatte ist Juwelenhändler.« Sie lächelt zufrieden. »Ihm gehört eine Mine im Süden, ist das nicht himmlisch? Ich liebe Brasilien. – Oh, sind Sie am Sonntag noch in der Stadt? Ich will Sie zu meiner Hochzeit einladen.«

»Nein, wir reisen heute schon ab in Richtung Amazonas«, antworte ich. Der Reisemarschall tippt auf die Taschenuhr. »Richtig, und darum müssen wir auch bald los.«

»Ich wünsche Ihnen nur das Beste für Ihre Hochzeit.« Veronika lächelt.

»Danke.« Bertha streift ihren Handschuh wieder über die Hand mit dem Verlobungsring. »Ich wünsche Ihnen dasselbe für Ihre. Komm, Adele, wir müssen auch weiter – wir sind auf dem Weg, mein Hochzeitskleid anzuprobieren. Ach, es ist so herrlich, eine Braut zu sein.«

Die *Manauense* liegt noch dort, wo wir sie gestern verlassen haben, und am Hafen herrscht dieselbe Geschäftigkeit. Ich sehe mich suchend um, nachdem wir aus der Kutsche gestiegen sind.

»Vermissen Sie etwas, Hoheit?« Veronika klappt ihren unvermeidlichen Fächer auf und fächelt sich Luft zu. »Uh, diese Hitze – dabei ist es erst Morgen.«

»Haben Sie unseren Dolmetscher gesehen?«, frage ich. »Ich hoffe, er hat es sich nicht anders überlegt.«

Kitó taucht auch in der kommenden halben Stunde nicht auf. Ich werde unruhig. Immer wieder sehe ich mich suchend um und fühle, wie enttäuscht ich bin. Irgendwann gebe ich es auf, den Reisemarschall zum Warten zu überreden, und wir steigen in eine der letzten Barken, die hinüber zum Dampfer fahren. Der Triumph in der Miene des Reisemarschalls ist nicht zu übersehen. »Nun, es ist sicher besser so, Gräfin.«

Wir kommen auf der *Manauense* an. Es ist dasselbe Schiff, aber die Gäste sind nun – abgesehen von uns – vollkommen andere. Keiner unserer ehemaligen Mitreisenden ist mehr an Bord, dafür eine Menge Beamte, die auf der Reise in die kleinen Orte im Regenwald sind. Außerdem ein paar Glücksritter auf dem Weg in das neureiche Manaus, einige portugiesische Soldaten und ihr Offizier, ein uralter Pater und ein Mineraloge aus Sachsen, der uns sofort anspricht, als er hört, dass wir ebenfalls Deutsche sind. Er will Gesteinsproben im Urwald sammeln. Während ich ihm mit halbem Ohr zuhöre, lasse ich den Blick über die Passagiere schweifen. Plötzlich sehe ich eine Gestalt, die mir bekannt vorkommt. Der Mann steht abseits, an die Reling gelehnt, wie ein ruhender Pol inmitten der durcheinanderredenden und quirlenden Passagiere.

»Da ist er!«, rufe ich erleichtert aus.

»Wie bitte?« Der Mineraloge unterbricht pikiert seinen Monolog.

»Entschuldigen Sie, aber dort ist jemand, der zu unserer Reisegruppe gehört.« Ich winke Kitó zu. Er bahnt sich einen Weg zu uns. Seine Gärtnerkleidung hat er gegen Sandalen und einfache Leinenhosen mit dazu passendem Hemd getauscht.

»Ich hatte schon gedacht, Sie hätten es sich anders überlegt«, spreche ich ihn an. »Schön, dass Sie doch hier sind.«

»Wo sollte ich sonst sein?«, fragt er mit seiner warmen, tiefen Stimme.

Der Mineraloge setzt seinen Vortrag fort. Aber ich höre kaum hin. Ich fange Kitós Blick auf und lächele; Erleichterung durchflutet mich, nun sind wir wirklich komplett.

Wir fahren die Küste entlang nach Norden. Bald zerstreut sich unsere Gruppe; der Reisemarschall unterhält sich mit dem Offizier, der leidlich Französisch spricht. Max hat sich in die Kabine zurückgezogen, und auch Kitó ist verschwunden. Nur Veronika sitzt neben mir an Deck, über ihren Stickrahmen gebeugt. Bis zum Abend sollen wir die Mündung des Amazonas erreichen, bisher jedoch führt uns der Weg auf dem Atlantik schnurgerade am Strand entlang. Durch mein Fernglas sehe ich Sand, Grasland und Palmen, selten durchbrochen von Plantagen oder Fazendas mit großen Rinderweiden. Um mir die Zeit bis zur Mündung zu vertreiben, versuche ich, die Palmen zu bestimmen, die ich entdecke. Es ist nicht so leicht auf die Entfernung, und ständig sehe ich abwechselnd durch mein Fernglas und blättere in meinem Bestimmungsbuch, das mir in München ein befreundeter Botaniker geschenkt hat. Bisher habe ich nur Königspalmen und Miritipalmen eindeutig erkannt, der Rest meiner Liste ist in meinem Notizbuch mit Fragezeichen versehen.

»Was machst du da?«

Ich drehe mich um; Kitó steht hinter mir. Veronika sieht auf und rutscht beinahe unmerklich ein wenig beiseite. Kitó bemerkt es dennoch und wirft ihr einen spöttischen Blick zu.

»Also«, wiederholt er. »Was machst du da?«

Ich kann mich nicht erinnern, dass mich jemals jemand geduzt hat, abgesehen von meiner Familie, Otto und Olga, meiner ältesten Freundin seit Kindertagen. Selbst als Kleinkind hat mich jeder mit »Hoheit« angesprochen. Veronika sieht ihn entsetzt an. »Sie können sie doch nicht duzen. Sie ist eine Prinzessin – oh, ich meine, eine Gräfin.«

Er mustert sie unbeeindruckt. »Was von beidem nun?«

Ich beschließe, darüber hinwegzugehen. »Ist schon gut«, sage ich, mehr zu Veronika als zu ihm. »Ich schaue mir die Palmen am Ufer an und versuche, ihre Arten zu bestimmen. Mit diesem Fernglas, sehen Sie?«

»Was ist ein Fernglas?«

»Das hier.« Ich strecke es ihm entgegen. »Man kann damit Dinge sehen, die weit entfernt liegen.« Ich nicke ihm ermutigend zu. »Probieren Sie es aus.«

Er nimmt das Fernglas und setzt es an die Augen und sieht eine ganze Weile hindurch. Dann lässt er es sinken. »Wie geht das?«, fragt er verblüfft.

»Es liegt an den Linsen, die darin sind. Sie sind so geschliffen, dass sie das Licht …« Mir wird klar, dass ich es auch nicht genauer weiß. »Nun ja, wie gesagt – es liegt an den Linsen.«

Er grinst und sieht wieder durch das Fernglas hinüber an die Küste. Dann gibt er es mir zurück und wirft einen Blick auf mein Notizbuch und die aufgeschlagenen Bestimmungsseiten für Palmen. Er tippt auf das letzte Wort, das ich geschrieben habe. »Macaubapalme« – mit Fragezeichen.

»Das ist falsch.«

Ich runzele die Stirn. »Sind Sie sicher? Sehen Sie, hier im Bestimmungsbuch …«

»Das dort drüben sind Pfirsichpalmen.« Er sagt es so ruhig, dass ich keinen Zweifel mehr daran habe, dass es stimmt. Trotzdem blättere ich in meinem Buch; nach ein paar Seiten finde ich die Zeichnung einer Pfirsichpalme. Ich sehe noch einmal durch mein Fernglas. Es ist eindeutig – er hat recht.

»Sie kennen sich mit Palmen aus?«, frage ich, während ich »Macaubapalme« durchstreiche und »Pfirsichpalme« notiere.

»Jeder Tupí kennt sich mit Palmen aus. Überhaupt mit Pflanzen.«

»Tatsächlich? Wenn das so ist …« Ich reiche ihm das Fernglas noch einmal. »Schauen Sie doch bitte dort – was für eine Art ist das Ihrer Meinung nach?«

In der nächsten Stunde wächst meine Liste an Pflanzenarten, und dieses Mal ohne Fragezeichen. Veronika beugt sich währenddessen tief über ihren Stickrahmen.

Die *Manauense* kommt gut voran. Noch vor dem Abendessen passieren wir die Insel Marajó vor dem Mündungsdelta, und als die Sonne sinkt, biegen wir in den Amazonas ein, der hier noch gar nicht als Fluss zu erkennen ist. Eine breite Wasserlandschaft liegt vor uns, überall ragen kleine grüne Inseln wie hingeworfen daraus hervor. Mangroven wachsen an ihren Ufern aus dem Wasser, hier und da stehen einfache Holzhütten auf den Inseln, und ein paar Krabbenfischer in ihren Kanus sind unterwegs, um im glühenden Abendrot den letzten Fang einzuholen. Weiße Papageien und die karmesinroten Scharlachreiher fliegen in Schwärmen durch die warme Luft. Die Glocke zum Abendtee stört mich geradezu. Beim Essen im Speisesaal beeile ich mich undamenhaft; alles zieht mich zurück an Deck, um die ersten Stunden auf dem Amazonas nicht zu verpassen. Als ich wieder meinen Aussichtsposten einnehme, leisten mir dieses Mal der alte Pater und der sächsische Mineraloge Gesellschaft.

Die Sonne ist beinahe untergegangen, die blaue warme Dämmerung liegt über dem Wasser, und ein paar Nachtschwalben sind unterwegs, um die letzten Mücken des Tages aus der Luft zu picken.

»Die Fledermäuse kommen bald«, sagt der Mineraloge düster. »Wissen Sie, Gräfin, dass es hier in Brasilien Vampirfledermäuse gibt, die das Blut von Tieren und Menschen trinken?«

»Nein«, ich schneide eine Grimasse, »aber ich würde Sie bitten, das meiner Gesellschaftsdame nicht zu erzählen. Sie steigt sonst noch aus.«

Ich sehe, wie das faltige Gesicht des alten Priesters sich zu einem Schmunzeln verzieht. Der Mineraloge nickt eifrig. »Es ist wahr, ich habe es schon selbst erlebt. Meinesgleichen kommt oft in Höhlen, wo die Fledermäuse hausen, und ich habe dort schon ein blutleeres Opossum gefunden. Auch Hühner werden angegriffen und liegen am nächsten Tag tot in den Ställen. Ich bin der festen Ansicht, dass all die Sagen und Schauermärchen über Vampirwesen durch diese grausigen Tiere inspiriert wurden. Was denken Sie, Gräfin?«

»Werden diese Geschichten nicht vornehmlich in Serbien und bei den Slawen erzählt?«, frage ich. »Das erscheint mir ein recht weiter Weg von den Fledermäusen hier am Amazonas bis dorthin.«

Später sitzen nur noch der alte Priester und ich an Deck. Mittlerweile ist die Nacht völlig über den Fluss und den Wald hereingebrochen. Eine samtige, mitternachtsschwarze Dunkelheit liegt über allem, und die hohen Bäume am Ufer stehen wie Scherenschnitte gegen den Nachthimmel.

»Hören Sie das Nachtkonzert?«, fragt der Priester. »Ich dachte schon immer, dass es das Schönste am Dschungel ist.«

Wir lauschen auf die Vogelrufe, die lang gezogen und einsam durch die Nacht hallen, ab und zu brüllt ein Affe, hier und da höre ich auch das tiefe Quaken eines Frosches und über allem das Zirpen der Zikaden. Es ist, als sei die weiche, warme Nachtluft vollkommen erfüllt mit Exotik.

»Wie lange sind Sie schon hier in Brasilien?«, frage ich ihn. Er spricht Deutsch, aber mit einem portugiesischen Akzent, wie jemand, der schon sein halbes Leben in einem fremden Land wohnt.

»Seit bald sechzig Jahren. Ich war ein junger, unbedarfter Pater, als ich hier ankam, und voller Enthusiasmus. Die Jesuiten waren schon seit Jahrzehnten aus Brasilien vertrieben, und ich wollte dem Land wieder den Glauben bringen.«

»Und, haben Sie das geschafft?«

Er lächelt. »Nun, ich hoffe, dass ich dem ein oder anderen helfen konnte. Aber Brasilien hat mir auch geholfen.« Er lehnt sich zurück. »Wissen Sie, wenn Sie jeden Tag umgeben sind von dieser Üppigkeit, dieser unglaublich verschwenderischen Natur, dann werden Sie demütig und begreifen, wie klein Sie inmitten dieser Schöpfung wirklich sind. Nur ein Zwerg. Ein winziges Stück in einem riesigen Kunstwerk. Das habe ich hier begriffen.« Er sieht hinauf in den Sternenhimmel. »Hier im Dschungel versteht man, dass Grausamkeit und Schönheit nebeneinander existieren, Teil eines Ganzen sind. Man kommt nicht umhin, anzuerkennen, dass wohl nicht alles so einfach ist, wie die Kirche es gerne lehrt. Alles ist komplex, alles hängt miteinander zusammen.« Er macht eine Pause. »Wären diese Nachtschwalben nicht, gäbe es zu viele Mücken. Gäbe es zu viele Nachtschwalben, hätten wir zu wenige Mücken. Es ist alles ein Gleichgewicht, das mich immer wieder – auch nach so vielen Jahren – in Erstaunen versetzt.«

»Dürfen Sie überhaupt so sprechen als Priester?«

Er lacht leise. »Eine Eigentümlichkeit des Chamäleons ist sein Vermögen, zur gleichen Zeit nach verschiedenen Richtungen zu sehen. Es kann mit einem Auge gegen den Himmel sehen, während das andere zur Erde niedersieht. Es gibt viele Kirchendiener, die dasselbe können.«

Ich sehe ihn erstaunt an. Diese Worte kommen mir bekannt vor. »Sie zitieren Humboldt?«

»Sehen Sie, ich wusste, dass Sie eine kluge Frau sind und es erkennen würden.« Er lehnt sich an die Reling und sieht auf den nachtschwarzen, weiten, ruhig dahinfließenden Amazonas. »Die Kirche hat die Wahrheit nicht gepachtet, auch wenn ihr das lieb wäre. Ich habe zu viele dieser Kirchendiener erlebt, die Humboldt meinte: Sie sehen zwar scheinheilig gen Himmel, aber sie predigen auf der Erde grausame Dinge und sind genauso gierig wie die anderen. Die Kirche ist menschlich und macht viele Fehler – im Gegensatz zu Gott, den sie leider beständig aus dem Spiel lässt oder nur hervorholt, wenn er ihr nützt. Nein, dieser alte Zausel«, er klopft sich an die Brust, »denkt und sagt, was er will.«

»Ich habe das Gefühl, dass Sie ganz und gar kein Zausel sind.«

»Ach ja? Dann sagen Sie es keinem weiter.« Ich höre das Lächeln in seiner Stimme. »Sie scheinen mir übrigens auch nicht nur irgendeine deutsche Gräfin zu sein, die sich unter der brasilianischen Sonne ein wenig erholen will.«

»Das will ich auch nicht. Ich will forschen. Pflanzen sammeln, Tiere beobachten, mich mit den vielen verschiedenen Menschen, die entlang des Flusses leben, unterhalten.«

»Ah – Humboldts Werk vollenden, der keinen Fuß nach Brasilien setzen durfte?«

Ich muss lachen. »Na, so weit würde ich nicht gehen. Humboldt war einer der größten Wissenschaftler, den es je gab.«

»Sind Sie aber nicht auch Wissenschaftlerin, wenn Sie dasselbe tun wie er?«

Eine Weile sehen wir gemeinsam in die Nacht hinaus. Die Zikaden zirpen, der Mond versilbert das Wasser.

»Ich wünsche Ihnen, dass Sie hier finden, was Sie suchen«, sagt er schließlich.

»Wenn ich nur wüsste, was es ist.«

»Ich bin mir sicher, das werden Sie erfahren, wenn die Zeit reif ist.«

Den nächsten Tag verbringe ich hauptsächlich an Deck mit meinem Fernglas, ein paar Bestimmungsbüchern und meinem Notizheft. Kitó bleibt die meiste Zeit verschwunden, Max spielt Schafkopf, Veronika stickt immer noch, und der Reisemarschall schreibt einen Brief nach dem anderen, weil

Santarém, wo wir am Abend ankommen sollen, die letzte Poststation für lange Zeit sein wird.

Der Amazonas ist immer noch sehr breit, auch wenn er sich seit der Mündung schon verschmälert hat. Die meiste Zeit gibt es an den Ufern nur Wald zu sehen; die einzigen nennenswerten Siedlungen, die wir an diesem Tag passieren, sind Bom Lugar und Monte Alegre. Ansonsten wird das Grün am Ufer nur hier und da durch Viehweiden oder Bananenhaine unterbrochen. Der Tag fließt so ruhig dahin wie der Fluss. Am frühen Abend schließlich kommt Santarém in Sicht.

Der Ort liegt an einer breiten Flussschlaufe und sieht hübsch aus. Die Häuschen sind klein und bescheiden, zwischen all dem Grün ragen zwei hellblaue Kirchtürme mit Kreuzen darauf empor. Einen richtigen Hafen gibt es nicht, nur einen breiten Sandstrand, an dem Waren umgeschlagen werden, und ein paar schlichte Anlegestege. Santarém ist der letzte Halt vor der Wildnis, wie der Mineraloge düster betont. »Und auch dort soll es übrigens Vampirfledermäuse geben«, raunt er mir zu. Er ist der Einzige, der mit uns hier aussteigen wird. Hinter Santarém erheben sich aus dem Wald ein paar steile Felshänge, an denen er Proben sammeln will.

Die *Manauense* wirft um halb sechs am Abend Anker, und ich verabschiede mich von dem Priester. Dieses Mal müssen wir all unser Gepäck mitnehmen, weswegen es eine ganze Weile dauert, bis wir schließlich im Ruderboot sitzen, das uns ans Ufer bringt. Der Mineraloge ist schon längst an Land und verschwunden; am Strand werfen ein paar Hafenarbeiter unser Gepäck ziemlich unsanft in den Sand. »Achtung – da sind Glasfläschchen und ein Mikroskop drin!«, rufe ich.

Santarém ist eher eine Art provisorische Dschungelstation als eine richtige Stadt. Nirgends sind die Straßen gepflastert, wenn es regnet, müssen die Bewohner hier wohl im tiefen lehmigen Schlamm gehen. Es gibt nur einen einzigen Laden, der so gut wie alles verkauft: Lebensmittel, Eisenwaren, Buschmesser, Macheten bis hin zu Wolle und Arznei. Wir kaufen dort unseren Proviant und die Kohle für unsere Steam Launch, ein dampfbetriebenes Boot, das allerdings, wie die Arbeiter am Strand dem Reisemarschall mit Händen und Füßen erklärt haben, erst morgen bereit sein soll. Wir sollen unsere Einkäufe so lange im Laden abstellen. Der Reisemarschall ist für seine Verhältnisse im Kaufrausch und erwirbt neben Lebensmittelkonserven und Kohle auch noch eine Machete. »Für den Dschungel«, sagt er. »Ich habe gehört, dass so etwas nützlich ist.« Der Ladenbesitzer, ein altes, hutzeliges Männchen, drängt uns außerdem einen Sack getrockneten Pirarucu auf, einen großen Süßwasserfisch, der am Amazonas zum Grundnahrungsmittel gehört. Die Streifen sehen nicht besonders appetitlich aus und riechen sehr salzig, aber wir kaufen sie schließlich. Nach den Einkäufen bringen wir außerdem unsere Briefe zur Post. Ich habe einen an Papa und einen an Otto geschrieben, außerdem eine kurze Notiz an Olga. Es ist ein merkwürdiges Gefühl, sie aufzugeben und zu wissen, dass wir am Morgen in der Wildnis unterwegs sein werden und uns kein Brief erreichen wird, selbst wenn die Welt zusammenstürzt. Erst in Manaus werden wir das nächste Mal ein Lebenszeichen abschicken können.

Es ist ein wenig, als stünden wir kurz davor, absichtlich vom Rand der Welt zu fallen.

Wir machen uns auf zu unserer Unterkunft; den Weg hat

uns der Ladenbesitzer beschrieben. Der Reisemarschall hat schon von München aus vor Monaten die Missionsstation von Santarém kontaktiert, um uns für diese eine Nacht dort einzuquartieren. Sie wird von einem rheinischen Nonnenorden betrieben und liegt etwas außerhalb von Santarém im Grasland. Der Pfad dorthin ist schmal; hier und da raschelt es im hohen hellgrünen Gras. Über allem färbt sich der Himmel wieder einmal aprikosenfarben.

»Wär' noch viel schöner hier ohne die Staunzn.« Max, der vor mir geht, klatscht sich energisch an den Hals. Tatsächlich tanzen über dem Gras die Moskitos durch die Luft und geben uns einen Vorgeschmack auf die nächsten Tage. Als wir in der Station ankommen, hat jeder von uns ein paar Stiche abbekommen.

Die Missionsstation besteht aus drei großen, lang gestreckten Häusern. Sie sind hufeisenförmig angeordnet, und in der Mitte liegt ein großer, staubiger Hof, auf dem an einem Fahnenmast die deutsche und die Kölner Fahne wehen, dazu eine Flagge mit einem Kreuz darauf. Wir bleiben nicht lange unbemerkt, bald kommt eine kleine, gebeugte alte Nonne mit stahlblauen Augen auf uns zu. Sie stellt sich als die Mutter Oberin vor.

»Wir hätten Sie abgeholt, wenn wir genau den Tag gewusst hätten, an dem Sie ankommen würden«, sagt sie streng, nachdem sie uns begrüßt hat. »Leider wurde es uns nicht mitgeteilt, und unsere Zeit gehört dem Herrn, wenn Sie verstehen.«

»Oh, bitte, keine Umstände – wir sind dankbar, dass wir überhaupt hier übernachten dürfen«, antworte ich.

»Sie dürfen.« Die Augen der Oberin richten sich kühl auf die Männer. »Allerdings erlaube ich nur Frauen im

Schwesternhaus. Ihre drei Begleiter können im Operationsraum schlafen, den werden wir heute nicht mehr brauchen.« Ihr Blick bleibt an Kitó hängen. Für einen Moment runzelt sie die Stirn, dann sagt sie: »Kommen Sie. Ich nehme an, Sie interessieren sich für unsere Arbeit?«

Die Missionsstation besteht aus dem Schwesternhaus an der Stirnseite der Anlage und zwei Krankenhäusern rechts und links. Insgesamt arbeiten hier zwanzig Schwestern, und wir werden allen vorgestellt. »Ist denn eines der Häuser für Männer und eines für Frauen?«, fragt Veronika.

»Nein«, antwortet eine Nonne mit einem etwas derben Gesicht, die sich als Schwester Agnes vorgestellt hat. »Eines ist für Europäer und eines für …« Sie deutet auf Kitó.

Wir besichtigen beide Häuser. Das erste Haus ist nicht übermäßig belegt. Nur in ein paar Betten liegen Patienten, die meisten sind Deutsche und Franzosen, aber auch ein paar Portugiesen. Männer und Frauen sind durch Paravents voneinander abgeschirmt. Zwei Schwestern gehen umher, wechseln Verbände oder verabreichen Medizin.

»Die meisten, die hier liegen, hatten Unfälle«, erklärt die Oberin. »Hierzulande kann so etwas leicht passieren, und die Wunden heilen bei dem feuchtwarmen Klima schlecht.«

»Gibt es auch Fälle von Malaria?«, frage ich.

»O ja. Die Malaria ist eine Geißel Gottes. Ich frage mich oft, ob es sie nicht gibt, um die zur Buße zu rufen, die vom rechten Weg abkommen.«

»Wie meinen Sie das?«

»Nun, fern der Heimat werden viele der jungen Männer nachlässig. Sie gehen nicht mehr in die Kirche, nicht mehr zur Beichte, und auch sonst verkommt die Moral. Die Malaria straft sie wohl.«

Ich fange den Blick einer jungen Schwester auf, die gerade Arznei aus einer Flasche auf einen Löffel träufelt. Sie zwinkert mir zu, dann wendet sie sich ihrem nächsten Patienten zu.

Der gegenüberliegende Krankenflügel ist völlig überfüllt. Die Patienten – Tupí, Maué und solche von anderen Stämmen, die ich nicht kenne – liegen hier teilweise zu zweit in einem Bett, andere auf dem nackten Boden. Ich sehe, wie Veronika sich ein Spitzentaschentuch vor die Nase presst, und ich kann es ihr nicht verdenken. Es riecht nach fiebrigem Schweiß, nach Blut und Ausdünstungen. Eine Art Kräuterfeuer brennt in einer Schale und soll wohl die Luft erträglicher machen, aber der Rauch macht das Atmen nur noch schwerer. Die wenigsten der Kranken wirken ansprechbar. Manche werfen sich im Fieberwahn herum oder starren an die Decke, viele machen einen entkräfteten Eindruck. Die Schwestern, die hier für die Versorgung der Patienten zuständig sind, hetzen von einem Bett zum nächsten.

»Hier sind nun die Bedauernswerten«, sagt die Mutter Oberin unbeeindruckt. »Sie werden meist von mildtätigen Menschen zu uns gebracht.«

»Welche Art von Krankheiten haben sie?«

»Masern, Windpocken, Grippe – harmlose Krankheiten, aber sie sterben daran wie die Fliegen. Gott weiß warum. Vermutlich, weil sie schwächer sind als wir.«

Mein Blick fällt auf einen Patienten mit einem riesig angeschwollenen Fuß. Das Bein daneben scheint gesund zu sein, die kranke Seite aber ist völlig mit Schwären übersät.

»Was hat dieser Mann?«, frage ich entsetzt.

»Elephantiasis«, antwortet die Mutter Oberin. »Eine seltene, unheilbare Tropenkrankheit. Ihm ist nicht zu helfen.«

Als ich wieder draußen in dem staubigen Hof stehe, atme ich tief durch. Der Geruch von Krankheit und Kräuterrauch hängt mir noch in der Nase, genau wie das Elend der Patienten. Als ich mich umsehe, bemerke ich, dass Kitó verschwunden ist. Die junge Schwester, die mir vorhin schon im Krankenflügel aufgefallen ist, stellt sich als Schwester Elisabeth vor und zeigt mir und Veronika im letzten Tageslicht noch den Garten des Schwesternhauses, während Max und der Reisemarschall unter den wachsamen Blicken der Mutter Oberin ihr improvisiertes Nachtlager im Krankenhaus in Augenschein nehmen.

Ein Teil des Gartens ist für das Ziehen von Obst und Gemüse vorgesehen, außerdem gibt es einen Hühnerstall. »Aber das hier ist unser eigentlicher Schatz«, sagt Schwester Elisabeth.

»Sind das alles Arzneipflanzen?«

Sie nickt. »Und sie sind alle einheimisch. Die brasilianischen Pflanzen bieten eine Menge Arten, die gegen Krankheiten helfen können. Wir stehen erst am Anfang, alle zu entdecken.« Sie zeigt auf einen kleinen Strauch mit behaarten Blättchen und reich verzweigten Ästchen. »Das beispielsweise ist Amanu.« Sie pflückt ein Blatt ab und zerreibt es zwischen den Fingern. Plötzlich duftet es schwach nach Zwiebeln.

»Der Saft wirkt gegen Kopfschmerzen und angeblich auch bei Schlangenbissen. Und das hier …«, sie bleibt vor einer Pflanze mit hübschen kleinen gelben Blüten stehen, »… ist Knopfkraut, zumindest ist das der deutsche Name. Ein Tee daraus wirkt gut bei Magenkrämpfen.«

»Was ist dieser Baum dort drüben?« Ich zeige in die Richtung eines kleinen, vielblättrigen Baums mit heller Borke.

»Chinarinde. Sie schmeckt scheußlich bitter, hilft aber gegen Malaria.«

»Sie meinen – gegen die Strafe Gottes dafür, zu wenig zur Beichte zu gehen?«, fragte ich trocken.

Sie seufzt. »Ja, das ist die Ansicht der Mutter Oberin.«

»Was ist Ihre?«, fragt Veronika neugierig.

»Dass die Malaria eine Krankheit ist wie andere auch. Wenn ich nur wüsste, woher sie kommt. In Brasilien sagt man, sie kommt aus dem Wasser. Oder von der warmen Nachtluft – angeblich soll man deshalb auf keinen Fall draußen unter freiem Himmel schlafen. Die Ureinwohner glauben, dass es böse Geister sind. Allerdings erkranken sie weit seltener an Malaria als wir Europäer.« Sie bückt sich und pflückt ein paar Kräuter. Als sie sich wieder aufrichtet, sagt sie: »Sie sind nicht schwach. Sie vertragen bloß unsere Krankheiten nicht, genauso wenig wie wir ihre. Der einzige Unterschied ist, dass wir Europäer dieses Ungleichgewicht ausnutzen.«

»Was meinen Sie damit?«

»Dass ganze Dörfer am Fluss absichtlich mit Masern oder Keuchhusten infiziert wurden. Sie waren im Weg – in Brasilien dreht sich alles um Land und Geld.«

Ich starre sie an. »Ich weiß nicht, ob ich das glauben kann.«

»Tun Sie es«, gibt die Nonne ruhig zurück. »Hier ist alles möglich.«

Es wird bald dunkel, und wir werden in den Speisesaal der Schwestern zum Abendessen eingeladen. Ausnahmsweise dürfen auch Max und der Reisemarschall ebenfalls am Tisch Platz nehmen; Kitó ist immer noch verschwunden.

Das Essen ist einfach, aber gut. Es gibt gebratenes Huhn, dazu Kartoffeln und eine Art Rübengemüse; eine ältere Schwester liest während des Essens aus einem Andachtsbuch vor. Danach nehmen Veronika und ich am Nachtgebet in dem kleinen Kapellenraum teil, während Max und der Reisemarschall hinüber in ihr Notquartier gehen.

Um etwa zehn Uhr liegen alle Nonnen in ihren Betten im Schlafsaal, genauso wie Veronika und ich.

Ich lausche in die Dunkelheit hinein, höre die regelmäßigen Atemzüge der Schwestern, das Zirpen der Zikaden draußen im hohen Gras. Ein Schiffshorn dröhnt vom Fluss her durch die Nacht. Schließlich fallen mir die Augen zu.

Villa AmSee

Lindau, Bodensee, kurz vor Weihnachten 1924

Am Morgen erwachte Therese in dem Ohrensessel in der Bibliothek. Stöhnend rappelte sie sich auf. Ihr taten sämtliche Glieder weh, und sie fröstelte. Mühsam klaubte sie das Buch vom Boden auf und legte es sorgfältig auf das kleine Tischchen neben dem Sessel. In der Bibliothek war es absolut still. Bruno war verschwunden, und draußen, vor dem Fenster, lag dichter Nebel. Es ist wohl der perfekte Tag, dachte sie, um mit der Arbeit zu beginnen.

Als Therese einige Zeit später angezogen und gekämmt nach unten kam, war Gunda in der Küche gerade dabei, frischen Kaffee zu brühen. Der Duft zog durch die Räume, die Kamine waren neu angefacht, die Weihnachtspyramiden flackerten in den nebligen Morgen, und alles war warm und freundlich. »Guten Morgen, Gunda.«

»Morgen.« Gunda wandte sich kurz um und schenkte Therese eines ihrer seltenen kurzen Lächeln.

»Ist Veronika schon auf?«

»Hab'Se nich gesehen.« Das Lächeln erlosch. Es war eindeutig, was Gunda von Frauen hielt, die morgens lange schliefen. Auf dem Herd rösteten Brotscheiben; auf der Anrichte stand ein Tablett mit Marmelade, Butter und Honig. In einer Küchenecke machte sich Bruno gerade über sein Frühstück her. »Martin holt gerade frisches Feuerholz«, beschied Gunda.

»Und er hat heut morgen schon ein Reh geschossen, das wird grad passen für Freitag.« Sie sah aus dem Küchenfenster. »Auch wenn ich nicht versteh', wie er das Reh überhaupt gesehen hat.« Tatsächlich war der Nebel nun noch dichter geworden. Weiß und dick lag er über dem Garten.

»Oh, es sind ja schon alle auf!«

Gunda und Therese drehten sich gleichzeitig um. In der offenen Küchentür stand Veronika. Sie sah aus wie eine Pfirsichblüte. Ihr pastellfarbenes Kleid war nach der aktuellen Mode eng anliegend geschnitten mit einem Rock, der kurz unter dem Knie endete, und einem Stehkragen, der in komplizierte feine Falten gelegt war. Als Schmuck trug sie funkelnde Ohrstecker mit Perlenanhängern.

»Guten Morgen.« Therese lächelte. »Ich hoffe, du hast gut geschlafen?«

»O ja, sogar so gut wie schon lange nicht mehr. Das muss die Seeluft sein.«

»Dieser verdammte Nebel!« Martin kam in die Diele gestapft, mit einem Arm voll Brennholz und in seiner Jagdkleidung, die seine große Gestalt nur noch sportlicher wirken ließ. »Man sieht die Hand vor Augen nicht, so schlimm war's schon lange nicht mehr.« Nun erst sah er sich richtig um. Er entdeckte, dass nicht nur wie erwartet Gunda im Raum war, sondern auch Therese und vor allem Veronika. Er brach ab und musterte sie staunend; gestern im Auto hatte er sie wegen ihres Huts und weil sie die Fahrt über auf der Rückbank gesessen hatte, nicht gut sehen können. Nun stand sie in ihrem hübschen Kleid und ihrer grazilen Erscheinung vor ihm und lächelte.

»Oh, entschuldigen Sie«, sagte er in völlig verändertem Tonfall. »Ich wollte nicht so hereinplatzen, Gräfin.«

Therese räusperte sich vernehmlich.

»… und Prinzessin«, ergänzte Martin lahm. »Gräfin, wie wa… ähm, also ich meine – hatten Sie eine gute erste Nacht hier?«

»Eine sehr gute Nacht sogar, danke.«

Therese sah belustigt von einem zum anderen. Veronika schien Martin wirklich völlig aus dem Konzept zu bringen. Sie hätte seine Mutter sein können, aber das sah man ihr kaum an. Und Veronika schien förmlich aufzublühen unter den anhimmelnden Blicken des jungen Forstaufsehers.

»Warum mögen Sie denn den Nebel nicht?«, hauchte sie nun. »So ein Wetter ist doch irgendwie geheimnisvoll, finden Sie nicht?«

»O ja … geheimnisvoll …« Martin trat von einem Fuß auf den anderen. »Natürlich, das finde ich auch.« Er wusste offensichtlich nicht mehr, was er noch sagen konnte.

Es war Gunda, die dem Ganzen ein Ende bereitete. »So, Martin, genug jetzt. Die Kamine befeuern sich nicht von alleine. – Und für die Hoheit und die Gräfin ist das Frühstück fertig.«

Im Salon verteilte Gunda geröstetes Brot und Frühstückseier, dann schenkte sie den Kaffee ein.

»Nun schau dir das an.« Veronika deutete aus dem Fenster. »Man sieht wirklich nicht einmal den See. Alles hat der Nebel verschluckt.«

»Das liegt am Nebelmännle«, murmelte Gunda, während sie in beide Kaffeetassen ungefragt ein wenig Milch schüttete und dann einen halben Löffel Zucker zugab.

»Wie bitte?« Veronika sah sie fragend an.

»Das Nebelmännle ist eine Sagengestalt vom Bodensee«, erklärte Therese. »Die gibt es, weil die Leute am See sich früher irgendwie erklären mussten, warum es im Winter hier so oft dichten Nebel gibt.«

»Sagengestalt, Sagengestalt …«, brummte Gunda. »Das Nebelmännle macht halt gerne Nebel. Und es kann Nebelglocken nicht leiden, die gehen ihm auf die Nerven. Die in Bodman fand es immer am schlimmsten.«

»Ach so.« Veronika lachte. »Und was geschah mit ihnen?«

Gunda zuckte die Achseln. »Das Nebelmännle hat dafür gesorgt, dass die nicht mehr läuten. Und das kam wegen dem Ritter von Bodman. Der war glücklich verheiratet und sagte zu seiner Frau, dass sie erst wieder heiraten solle, wenn er sieben Jahre fortgeblieben sei. Aber der Ritter hat in der Ferne gar nicht gemerkt, dass die sieben Jahre rum sind, und seine Frau hat sich also einen neuen Ehemann gesucht. Die Hochzeit sollte auf der Burg Bodman stattfinden, alles war schon bereit. Und da hat das Nebelmännle eingegriffen.«

Gunda öffnete die Aprikosenmarmelade, ebenso wie die anderen Marmeladengläser und den Honig und stellte dann alle säuberlich in einer Reihe neben den Brotkorb.

»Es hat sich den Ritter geschnappt und ihm von der Hochzeit erzählt. Der Ritter war sehr unglücklich, er wollt nämlich nicht, dass seine Frau einen anderen heiratet. Da hat das Nebelmännle ihm ein Geschäft angeboten: Wenn es den Ritter noch rechtzeitig zur Burg Bodman bringt und der die Hochzeit verhindern kann, dann muss er im Gegenzug die Nebelglocke im See versenken. Der Ritter hat sich darauf eingelassen, und so kam es genau, wie das Nebelmännle es wollte. Die Glocke wurde in den See geworfen und geht ihm seitdem nicht mehr auf die Nerven.«

»Aber Nebel macht es trotzdem noch?«

Gunda knallte Salz und Pfeffer auf den Tisch.

»Natürlich. Es ist ja das Nebelmännle.«

Mit diesem Satz nickte Gunda Therese zu, machte dann auf dem Absatz kehrt und ging hinaus.

»Das ist eine schöne Geschichte – sogar dann, wenn Gunda sie erzählt«, grinste Veronika und klopfte ihr Ei auf.

Therese sah sie zweifelnd an und kleckste sich ein bisschen Marmelade auf ihr Brot. Dann hielt sie inne. »Oh, ich habe ganz vergessen, dass ich Lora heute wieder rauslassen wollte. Das arme Ding ist bestimmt schon ganz zappelig in den Flügeln. – Es stört dich doch nicht, oder?«

»Nein. Im Gegenteil, ich werde mich ein bisschen wie zurück in Brasilien fühlen.«

Ein paar Minuten später flatterte ein krächzender bunter Ara durch den russischen Salon.

Nach dem Frühstück begannen sie im oberen Stockwerk in Thereses Büro mit der Arbeit.

Veronika ging die Dinge so strukturiert an, wie Therese es erwartet hatte. In schönster Handschrift erstellte sie saubere Listen, geordnet nach Kategorien, die sich im Arbeitszimmer versammelten und die zu katalogisieren waren: Landkarten, Sachbücher, Reiseberichte, Aufsätze und Essays – solche von anderen und die von Therese selbstverfassten –, Briefe, getrocknete Pflanzen, Präparate, lebendige Pflanzen und Tiere.

»Bist du einverstanden?«, fragte sie und legte Therese die Listen vor. »Wir vergeben an jedes Stück eine Nummer und beschreiben es, dann ist es immer wieder leicht zu finden.«

Therese überflog die Listen. Sie nickte, dann lehnte sie sich in dem hohen, gotisch anmutenden Schreibtischsessel zurück. »Wenn ich nur nicht so gerne sammeln würde«, seufzte sie in komischer Verzweiflung. »Schon als ganz kleines Kind habe ich ständig Kieselsteine und Gänseblümchen gesammelt und, hätte mich das Kindermädchen gelassen, sicher auch die toten Mäuse, die die Katze angeschleppt hat. Damals in Brasilien, im Regenwald – da war ich manchmal ganz verwirrt darüber, was ich sammeln und was ich dort lassen sollte, und verzweifelt darüber, nicht einfach alles mitnehmen zu können.«

Veronika lachte. »Ja, ich erinnere mich.« Unschlüssig sah sie sich nach einem geeigneten Arbeitsplatz um. »Diesen Papierstapel setze ich vorübergehend auf die Fensterbank um, dann habe ich ein bisschen Platz auf der Schreibtischplatte, in Ordnung?« Sie ergriff einen Packen verschiedene lose Schriftstücke. Ihr Blick fiel dabei auf den zuoberst liegenden Brief.

Sie runzelte die Stirn.

»Was ist?«, fragte Therese.

»Da betitelt dich jemand als ›Frau Prinzessin Doktor‹.«

»Ja, ich weiß, es klingt sperrig.«

»Aber es stimmt?« Veronika starrte sie an. »Du bist ein echter Doktor?«

»Nur Ehrendoktorin der Universität München. Erinnerst du dich an Max von Pettenkofer, wegen dem wir damals das Flusswasser zum Trinken immer mit Alkohol versetzt haben?« Veronika nickt. »Nun, er hat ein paar Jahre später an die Universität geschrieben und ihnen gesagt, dass, wäre ich ein Mann und hätte genauso viel gesammelt und der Bayerischen Staatssammlung zur Verfügung gestellt, Aufsätze geschrieben und Reiseberichte – dann hätte ich schon längst einen Ehrendoktor praktisch auf dem Silbertablett serviert bekommen.«

»Und da haben sie dir einen verliehen?«

Therese schnitt eine Grimasse. »Die Prozession der Professoren, die in die Residenz kamen, war mir peinlich. Ich stehe nicht gerne im Mittelpunkt. Aber Max hatte sicher recht, und so habe ich angenommen.«

»Frau Prinzessin Doktor.« Veronika schüttelte staunend den Kopf. »Ich wusste nicht einmal, dass Frauen das überhaupt werden können.«

»Sie werden es ja auch immer noch so gut wie nie«, stellte Therese nüchtern fest. Dann sah sie sich im Raum um. »Also, wollen wir anfangen? Es wartet viel Arbeit auf uns.«

»Stimmt. Womit willst du beginnen? Mit den Tierpräparaten? Oder vielleicht mit deinen Essays?«

»Nein, lass uns die Landkarten für den Anfang nehmen«, schlug Therese vor. »Sie nehmen am meisten Platz weg, und ich habe sie mir schon so lange nicht mehr angesehen.«

»Und du kannst von deinen Reisen träumen und mir davon erzählen, während du sie dir ansiehst, habe ich recht?«, fragte Veronika lauernd.

Therese lachte. »Stimmt genau.«

In den nächsten zwei Stunden rollte Veronika eine der schweren, großen Landkarten nach der anderen auf, hielt sie Therese vor, die mit ihrer Brille auf der Nase die Karte inspizierte und Veronika dann diktierte, was sie darstellte, wie alt sie ungefähr war und woher sie die Karte erhalten hatte. Zudem erzählte sie zu jeder ein paar Geschichten, fuhr die Reiseroute nach. Namen fremder Städte, Flüsse und Gebirge schwirrten durch den Raum, Geschichten von aufregenden Überfahrten, spannenden Entdeckungen, lustigen Begegnungen. Am Ende vergab Veronika an jede Karte und jeden Listeneintrag eine Nummer. Martin sollte die Karten dann später in den Keller bringen und dort lagern.

»Gut, und was ist das hier?« Veronika rollte erneut eine Karte auseinander.

Therese warf einen Blick darauf. »Nordamerika – vor allem der westliche Teil. Aber woher ich sie habe …« Sie legte die Stirn in Falten. »O ja, ich glaube, die hat mir ein Diplomat in München gegeben. Damals, kurz vor meiner Reise nach Chicago.«

»Du warst in Chicago?«

»1893 zur Weltausstellung. Die Karte muss also aus der gleichen Zeit stammen.« Therese betrachtete die abgebildeten Abschnitte des riesigen Landes. »Die Weltausstellung war interessant. Ich habe dort einen echten chinesischen Basar gesehen und endlich einen ausgestopften Präriehund für die Bayerische Staatssammlung ergattert.« Sie lehnte sich zurück. »Anschließend sind wir weitergereist. Quer durch die Prärie bis zu den Rocky Mountains und dann weiter bis San Francisco am Pazifik.«

»Ein weiter Weg.«

»O ja, ich glaube, Max konnte dabei endlich seine geheimen Träume von einem Dasein als Trapper im Wilden Westen ausleben. Die steilen Schluchten der Rocky Mountains waren wirklich beeindruckend.« Sie runzelte die Stirn nachdenklich. »Irgendwo hier muss ich noch die Klapperschlange haben, die mich im Yosemite-Park angreifen wollte. Warte mal, sie müsste in einem von den Gläsern dort drüben sein …«

Veronika folgte Thereses Blick und schauderte. Eine aufgereihte Glassammlung auf einem der oberen Regalreihen beinhaltete tatsächlich verschiedene konservierte Schlangen.

Sie räusperte sich. »Lass uns vielleicht zunächst bei den Landkarten bleiben.«

Therese grinste. »Na schön.«

Die nächste Landkarte zeigte Russland, dann gab es mehrere Landkarten von Griechenland und den Inseln der Ägäis, dazu eine Balkankarte und eine Karte von Portugal. Schließlich entrollte Veronika die größte der Karten.

»Meine geliebte alte Südamerikakarte.« Therese seufzte. »Mit ihr habe ich unsere Brasilienreise damals geplant. Und später auch meine zweite Südamerikareise. Dieses Mal in die Anden, nach Venezuela und nach Ecuador.«

»War es dort so schön wie in Brasilien?«, fragte Veronika.

Therese lächelte. Ihr Blick folgte dem Amazonas, der die Karte wie eine blaue Lebensader durchfloss, sich unendlich verzweigte hinein in das Grün des Regenwaldes.

»Nichts war so schön wie Brasilien.«

Amazonas, Brasilien

Juni 1888

Am nächsten Morgen wache ich früh auf. Graublaue Dämmerung liegt draußen vor den Fenstern, ein Vogel ruft. Es ist ein lang gezogener, monotoner Laut, der mich wohl aufgeweckt hat. Die Schwestern und Veronika schlafen noch, im Saal ist es still. Nur ab und an quietscht ein Bett, wenn sich eine der Nonnen umdreht, und eine murmelt im Schlaf. Ich setze mich auf, schlüpfe in die Holzpantinen, die die Mutter Oberin uns gestern Abend noch aufgedrängt hat – »wegen der Schlangen und der Sandflöhe, die sich in die Fußsohlen bohren« – und gehe, so leise und vorsichtig wie es mit den klobigen Schuhen möglich ist, zur Tür.

Draußen ist alles in Zwielicht getaucht: die beiden Häuser für die Kranken, der staubige Hof, das hohe Gras und in der Ferne der Amazonas. Die ganze Missionsstation liegt friedlich und still da, ich bin anscheinend die Einzige, die schon wach ist. Selbst aus den beiden Krankenhäusern dringt kein Laut. Die Luft ist noch angenehm kühl, und weißer Morgennebel steigt vom Fluss her auf. Der Vogel ruft wieder, lange und durchdringend. Vielleicht ist es eine Harpyie, der größte Greifvogel, der hier am Amazonas wohnt. Ich habe gelesen, dass sein Schrei sich so anhört. Ich lehne mich an den Türrahmen und atme tief ein. Heute also wird das Abenteuer richtig beginnen, heute werde ich zum ersten Mal in den Wald gehen, das alles selbst sehen, wovon ich schon so lange träume. Ich spüre, wie die Vorfreude aufsteigt und die Spannung.

Plötzlich stutze ich. Durch den Morgennebel kommt eine Gestalt auf mich zu. Es ist ein Mann. Kitó! Eine stille, einsame Silhouette im graublauen Morgenlicht. Wo hat er die Nacht verbracht? Warum ist er einfach verschwunden? Mir wird plötzlich bewusst, dass ich in Nachthemd und Holzpantinen dastehe. Schnell weiche ich rückwärts zurück in den Schlafsaal und schließe die Tür.

Kurz darauf läutet die Morgenglocke, und die Station erwacht. Nach einer Morgenandacht frühstücken wir im Speisesaal der Nonnen; danach verabschieden wir uns. »Warten Sie, wir möchten Ihnen noch ein Geschenk mitgeben«, sagt die Mutter Oberin. Auf ihr Nicken hin schleppen zwei Schwestern einen Hühnerkäfig heran. Darin sitzen drei gescheckte Hühner und glucksen leise. Ich starre ratlos darauf.

»In Brasilien sollte man nie ohne Huhn reisen. Es ist sehr praktisch und man hat immer frische Eier.«

»Oh … ja, das stimmt wohl. Vielen Dank.«

Schwester Elisabeth gibt mir als Abschiedsgeschenk ein Stück Seife. »Da sind Kräuter drin«, sagt sie augenzwinkernd. »Wenn die Mückenstiche besonders schlimm werden, hilft sie gut.«

»Danke.«

Wir brechen endgültig auf. Der Reisemarschall und Max tragen den Käfig zwischen sich, wir anderen folgen ihnen durch das Grasland. Kitó geht am Schluss. Er hat immer noch kein Wort gesprochen, auch nicht erklärt, wo er die Nacht über war.

Als wir in Santarém ankommen, sind die Anlegestege verwaist. Abgesehen von zwei Ruderbooten und einer Art großem

Floß, auf dem sich eine Menge Gerümpel stapelt, ist kein Schiff zu sehen. Ich sehe mich suchend um. »Wo ist unsere Steam Launch? Ich dachte, sie sollte heute Morgen bereitliegen für uns. Und die Arbeiter hatten doch versprochen, unser Gepäck und denn Proviant schon zu verladen …«

»Ach du lieber Gott.« Der Reisemarschall stellt seine Seite des Hühnerkäfigs abrupt ab. Die Hühner flattern und gackern aufgeregt.

»Sauba«, brummt Max.

Ich verstehe nicht. »Was ist denn?«

»Nun ja …« Der Reisemarschall räuspert sich verlegen. Er spricht nicht weiter.

»Des is' es«, sagt Max an seiner Stelle. »Des da is' unser Gefährt.« Er zeigt auf das Floß mit dem Gerümpel. Jetzt, da ich genauer hinsehe, erkenne ich die Säcke und Kisten mit Proviant, die wir gestern noch gemeinsam gekauft haben, außerdem meine Kisten mit dem Forschungsmaterial. »Nein, das ist doch nicht möglich …« Das Boot besteht aus einer einzigen Fläche aus groben Bohlen. Es gibt keine Kabine, kein Sonnensegel, keinen Unterstand darauf. Bloß ein niedriges Geländer ringsum, das nicht besonders vertrauenerweckend wirkt, und eine altersschwache, teilweise verrostete kleine Dampfmaschine am Heck.

»Das Angebot kam per Brief«, murmelt der Reisemarschall. »Und es war sehr günstig, also habe ich zugesagt.«

»Der Preis wundert mich nicht«, stelle ich trocken fest.

Veronika schüttelt den Kopf. »Nein, wir können auf gar keinen Fall mit so etwas auf dem Amazonas fahren!«

»Sie hat recht«, zische ich dem Reisemarschall zu. »Das sieht kaum aus, als könnte es das Gepäck sicher tragen, geschweige denn uns alle.«

»Aber wir werden auf die Schnelle kaum etwas anderes finden«, tuschelt er zurück. »Dies hier ist keine Metropole, sondern ein Nest in Dschungel. Besonders viel Auswahl haben wir also nicht.«

Das ist wohl wahr. Wenn wir nicht dieses bessere Floß nehmen und es wagen, werden wir mindestens für einige Tage hier festsitzen und wertvolle Zeit verlieren. Zeit, die ich für meine Sammlungen im Regenwald brauche. Ich sehe Max an. Er zuckt die Achseln. »Also, der Hühnerkäfig würd' immerhin draufpassn.«

Ich gebe mir einen Ruck. »Gut, versuchen wir es.«

»Nein, Prinzessin, Sie können doch nicht …!«, versucht Veronika noch, mich zurückzuhalten. Aber ich springe schon an Deck. Kurz schwankt die Steam Launch, fängt sich dann aber schnell wieder. Unter meinen Füßen fühlt sie sich stabiler an als erwartet. Der Reisemarschall folgt mir, Kitó ebenso. Max hievt den Hühnerkäfig auf das Boot. Nur Veronika steht noch am Steg.

»Sehen Sie, das Boot ist robuster, als es aussieht«, ermuntere ich sie. Kitó streckt ihr die Hand hin. Zögernd ergreift sie sie und klettert als Letzte an Bord. Ich atme tief durch und gebe mir Mühe, zuversichtlicher auszusehen, als ich mich fühle. Ich sage also nichts, als der Reisemarschall bemerkt, dass es keine einzige Sitzgelegenheit an Bord gibt. Ich zwinge mich zu einem ruhigen Lächeln, als die Klappe des Dampfkessels beim Öffnen verdächtig quietscht. Ich versuche selbst dann, eine gelassene Miene beizubehalten, als Veronika sich an das ohnehin schon dürre Geländer lehnt und es sofort wackelt. Kitó setzt sich währenddessen kurzerhand auf eine unserer Gepäckkisten und blickt von dort auf den Fluss.

Max und der Reisemarschall probieren eine ganze Weile an der Steuerung herum, schließlich schaufelt Max die erste Ladung Kohle in den altersschwachen Dampfkessel. Zuerst spuckt und sprotzt die Maschine nur, hüllt uns mit dunklem, beißendem Qualm ein. »Los geht's!«, ruft er triumphierend. »Arschlinks zurück und dann volle Kraft voraus.« Tatsächlich setzt sich das Boot ruckelnd in Bewegung.

Ich löse das Tau, das uns noch am Steg hält. Am Strand stehen ein paar Jungen und sehen uns zu. Sie winken und johlen. Ich winke zurück. Nun geht es also wirklich los. Der weite Himmel über uns färbt sich von Rosa zu Blau. Wir fahren auf unserem Floß hinaus in unseren ersten Morgen auf dem Amazonas.

Diese ersten Stunden auf dem Amazonas sind wie ein Traum. Wir fahren über den weiten Fluss, der in seinem träge dahinfließenden Wasser den noch viel weiteren blauen Himmel spiegelt. Hier und da verteilen sich kleine grüne Inseln, zwischen denen Max unser Boot geschickt vorbeisteuert. Die Inseln sind üppig mit Pflanzen bewachsen; Sträucher, Farne, kleine Bäumchen. Die wahren Baumriesen aber stehen an den Flussufern rechts und links, wie eine gigantische grüne Wand. Die höchsten Kronen gehören den Kapokbäumen, deren wolkenförmiges dunkles Grün über dem Rest des Waldes schwebt. »Sie sehen aus wie die Wächter«, sage ich, »die Wächter des Waldes.« Verschiedene Vögel gleiten, flattern und segeln durch die warme Luft, große bunte Papageien, kleine Sittiche. Ein großer Reihervogel mit weiten Flügeln, der majestätisch und lautlos über das Wasser dahinsegelt. Irgendwann stößt er hinunter und angelt einen Fisch aus dem Wasser. An der Böschung sitzt eine Herde

Capybaras, brasilianische Wasserschweine, die sich genüsslich im lehmig-feuchten Schlamm des Ufers wälzen; nicht weit davon entfernt trinkt eine gefleckte Langschwanzkatze ein wenig Amazonaswasser.

Alles kommt mir derart überwältigend vor, als wären wir von Wundern umgeben. Ich denke an das, wofür ich in der Kirche in Belém gebetet habe: dass ich alle Wunder von Brasilien erleben werde. Schon dieser erste Morgen ist voll davon. Die Farben sind überwältigend: das leuchtende Grün, das Glitzern des weiten Flusses, die Blüten, die uns von den kleinen Inseln her entgegenleuchten. Wir hören das vergnügte Kreischen der Affen in den hohen Bäumen am Ufer, das Krächzen, Zwitschern und Pfeifen der Vögel. Die Luft ist tropisch warm und feucht, wir riechen das sandige Flusswasser und die lehmige Erde der Ufer, die Blütendüfte und den Geruch von warmem Holz. Einfach alles bringt mich an diesem ersten Morgen zum Staunen.

Erst nach und nach nehme ich Einzelheiten wahr. Ich sehe die roten Pfeffersträucher, die hier und da das Grün am Waldrand unterbrechen, die kleine Schildkröte, die eine Weile neben unserem Boot herpaddelt und irgendwann abtaucht. Der irisierend blaue Schmetterling, der auf einem unserer Proviantsäcke gelandet ist und dort mit den Flügeln wippt. Ich messe zum ersten Mal die Temperatur des Flusswassers, das schon jetzt von der Sonne aufgeheizt ist, und die der Luft, die wärmer und wärmer wird. Alles trage ich in mein Notizbuch ein. »Prinzessin, da!«, ruft Veronika plötzlich. Ich sehe von meinen Notizen auf. Ein großer Tukan fliegt über das Wasser. Sein großer gelber Schnabel leuchtet geradezu in der Sonne. Wir sind wirklich in den Tropen angekommen!

Der Reisemarschall entdeckt an der linken Uferböschung eine Gruppe großer dunkler Tiere. Durch mein Fernglas erkenne ich, dass es Riesenotter sind. Ich habe von dieser Art gelesen, sie mir aber lange nicht so groß und kräftig vorgestellt. Es sind insgesamt sieben: zwei ausgewachsene Tiere und fünf Jungtiere.

»Die sind ja riesig!« Veronika, die ebenfalls durch das Fernglas geschaut hat, lässt es verblüfft wieder sinken.

Ich nicke. »Ich schätze, der größte ist zwei Meter lang. Sehen Sie den morschen Baumstamm dort drüben als Vergleich? Dagegen sind die bayerischen Fischotter winzig.«

Die Tiere bewegen sich schwerfällig an Land mit ihren stämmigen Beinen und dem kräftigen Körper. Sobald sie ins Wasser gleiten, wirken sie dagegen viel wendiger. Die Elterntiere sehen sich wachsam um, während die fünf Jungen unbekümmert im Wasser planschen. Wir sehen ihnen eine ganze Weile zu, bevor wir weiterfahren.

Die Hitze nimmt nun von Minute zu Minute zu. Das Boot, so völlig ohne Schutz vor der Sonne, scheint beinahe zu glühen, und die Hühner in ihrem Käfig gackern unruhig. Sicher wird es ihnen auch zu heiß. Veronika hat wieder ihren Fächer aufgeklappt und wedelt sich beständig Luft zu, und selbst der so disziplinierte Reisemarschall wischt sich immer öfter den Schweiß von der Stirn. Als ich vorschlage, uns unseren ersten Rastplatz zu suchen und die Zelte aufzuschlagen, widerspricht mir niemand.

Die grüne Wand wird immer wieder von Lichtungen unterbrochen; die meisten nur ein paar Meter breit und voll von trockenem, hartem Gras. Wir entscheiden uns für eine, auf der verstreut einige Palmen wachsen, die genug Schatten spenden. Es dauert eine ganze Weile, bis Max unsere Steam Launch nahe genug an die lehmige steile Böschung gesteuert hat, damit wir aussteigen können. »Is no koi Meister vom Himmel g'falln«, sagt er schließlich, als er es endlich geschafft hat. Wir schleppen die nötigsten Kisten an Land und beginnen dann, dort die Zelte aufzubauen. Insgesamt haben wir drei Zelte dabei – zwei Zelte zum Schlafen, eines für Veronika und mich und eines für die Männer, und mein Forschungszelt, in dem ich arbeiten werde. Wir verteilen sie so, dass jedes seine eigene Palme und damit genügend Schatten bekommt. Die Erde ist schwer und hart, es braucht eine ganze Weile, bis wir die ersten Heringe in den Boden getrieben haben.

»Wo ist eigentlich Ihr Tupí?«, fragt der Reisemarschall irgendwann, als endlich alle Zelte stehen.

»Das ist nicht mein …« Ich sehe mich suchend um. »Da!« Kitó ist nicht auf der Lichtung, sondern hat sich zurück auf das Boot begeben. Mit einem langen Ast und einer unserer Reservezeltplanen baut er dort ein Sonnensegel.

»Net auf der Brennsuppn' hergschwommen, der Kitó«, sagt Max anerkennend. »Na, ich mach mal an Kaffee.«

Während Max eine Feuerstelle anlegt und der Reisemarschall und Veronika sich in den Schatten setzen, breite ich meine Messgeräte auf dem Klapptisch in meinem Arbeitszelt aus. Die Kisten mit den Papierbögen stelle ich auf die eine Seite, die mit den Glasröhrchen und -fläschchen und sonstigen Sammelgefäßen gemeinsam mit den Schmetterlingsnetzen auf die andere Seite. Meine Bestimmungsbücher und Lexika stapeln sich auf dem Tisch. Schließlich trete ich einen Schritt zurück und betrachte alles zufrieden. Ich bin bereit – die Arbeit kann beginnen.

Das Mittagessen fällt spartanisch aus, einerseits wegen der Hitze, andererseits, weil ich es kaum erwarten kann, endlich in den Wald aufzubrechen. Der getrocknete Pirarucu schmeckt gut, ist aber ziemlich zäh. Max tunkt sein Stück ohne mit der Wimper zu zucken in seinen Kaffee, wir anderen kauen tapfer darauf herum, dazu gibt es ein wenig Dauerbrot.

Endlich ist es so weit. Wir löschen das Feuer und bereiten uns auf unsere erste Expedition in den Wald vor. Meine aufwendigeren Kleider, die ich noch auf dem Dampfer getragen habe, habe ich inzwischen gegen ein schlichtes dunkelblaues Reisekleid getauscht. Ich sammele im Arbeitszelt alles zusammen, was wir im Wald brauchen werden. Zwei Botanisiertrommeln für die Pflanzen, ein Schmetterlingsnetz, mehrere kleine Pflanzenmesser, eine starke Lupe, einige Kistchen, Röhrchen und Fläschchen für Bodenproben – und mein teuerster Schatz, meine neue Rollfilmkamera. Das Verfahren ist neu, gerade erst vor ein paar Monaten erfunden. Es soll die alte sperrige Plattenkamera ablösen, mit der ich bisher auf meinen Reisen in Europa fotografiert habe, ein großes, schweres Ding auf einem festen Stativ, mit dem man nur Aufnahmen von ganzen Panoramen oder zumindest Dingen machen kann, die in einem gewissen Abstand stehen und eine gewisse Höhe haben. Die Rollfilmkamera dagegen ist ein kleiner Kasten, den ich mir umhängen und mit dem ich – das hat mir der Verkäufer versprochen – auch Nahaufnahmen machen kann. Für Pflanzenaufnahmen wäre das eine Revolution, und ich habe dem Reisemarschall eine ganze Woche in den Ohren gelegen, bis er vom Brasilienbudget den notwendigen Betrag abtrat, damit ich mir diese Kamera kaufen konnte.

»So, wir können losgehen«, verkünde ich, als ich behängt und bepackt aus dem Zelt komme. Der Reisemarschall besteht auf einer Reihenfolge: Zuerst wird er mit der Machete vorangehen, um uns den Weg freizuräumen. Hinter ihm gehen Veronika und ich, dann Max und Kitó.

Es braucht eine Weile, bis wir zu seiner Zufriedenheit ausgerüstet, instruiert und aufgereiht stehen. Dann endlich setzt sich unser Zug in Bewegung – den Machete schwingenden Reisemarschall voran – zum Waldrand.

Wie kann ich jemandem den tropischen Regenwald beschreiben, der ihn noch nie selbst erlebt hat? Er ist nicht einfach nur ein Wald, nicht nur eine Ansammlung von Bäumen, Sträuchern und Blüten, wie ich sie bisher gekannt habe. Er ist eher ein Lebewesen, ein grüner Kosmos, in den man eintaucht und den Rest der Welt vergisst. Der Wald ist eine Kreatur, die atmet, lebt, zwitschert, pfeift und zirpt. Er verschluckt einen, und ich will mich bereitwillig von ihm verschlucken lassen, will völlig in ihm aufgehen. Er ist das Schönste, das ich bisher je gesehen habe. Allein das Grün! Nie zuvor habe ich so viele verschiedene Schattierungen ein und derselben Farbe gesehen: es gibt helles, dunkles, mattes, glänzendes, erdiges Grün. Grün wie ein See im Sommer, grün wie ein Smaragd, Jadegrün, Maigrün, Moosgrün und das Grün einer Frühlingswiese in den Bergen. Manches Grün ist satt, anderes leicht und licht, wieder anderes scheint seinen Farbton zu wechseln, je nachdem, ob das Sonnenlicht darauf fällt oder nicht. Wir stürzen kopfüber in diese grüne Welt, die über uns in schwindelnder Höhe, ihr Blätterdach schließt. Lianen winden sich um die Stämme, hangeln sich von Baum zu Baum, umschlingen die Sträucher und Farne, verbinden alles zu einem einzigen Ganzen. Die Wurzeln der

Bäume kriechen über den Boden, lassen uns stolpern, oder stellen sich uns wie Wände in den Weg. Einige legen sich in hohe Falten wie riesige Schleppen, andere strecken ihre knorrigen Arme flach und weit ins Unterholz aus. Hohe Farnwedel, beinahe so groß wie ich selbst, ragen hellgrün und feingliedrig aus dem Boden, und Blüten verteilen sich wie zufällige Farbtupfer in all dem Grün, leuchten von Lianen, auf denen sie schaukeln, sprenkeln die Bäume, an denen sie hinaufklettern. Große rote Aaronstabblüten wachsen hier und da, gelbe Orchideen und orangefarbene Helkonien blinzeln uns aus dem Grün zu. Ich weiß gar nicht, was ich zuerst sammeln soll. Durch die Luft surrt eine große blau schillernde Wegwespe. Zikaden zirpen laut, wie ein immerwährender Klangteppich, durch den das Keckern der Affen, das Zwitschern der Vögel, das Quaken der Frösche dringt. Gigantisch hoch aufragende Paranussbäume erheben sich inmitten der anderen. Zu ihren Füßen liegen hier und da die holzigen großen Früchte, und ich sammele ein paar von ihnen in meine Botanisiertrommel. Von Minute zu Minute füllt sie sich mehr mit Blüten, Blättern, Rindenstücken, Pilzen. Ich bin wie im Rausch.

Dort, wo die Sonne durch das dichte Blätterdach fällt und den Boden in einzelnen leuchtenden Strahlen erreicht, gaukeln Schmetterlinge durch die feuchtwarme Luft. Ich erkenne die blauen Morphofalter wieder, von denen uns einer schon auf dem Boot besucht hat. Außerdem entdecke ich Atlasfalter, Monarchfalter, einen Königsschwalbenschwanz und hübsche hellgrüne Schmetterlinge, deren Namen ich nicht kenne.

»Prinzessin, sehen Sie nur, dort!« Veronika deutet auf ein bunt schillerndes, winziges Tier, das in ein paar Metern

Entfernung vor einer Blüte schwebt. »Das ist aber ein merkwürdiger Schmetterling.«

Ich kneife die Augen zusammen, um besser zu sehen. »Das ist keiner!«, rufe ich dann aufgeregt. »Das ist ein Kolibri, ein winziger Vogel.« Der lange Schnabel ist unverkennbar; sein Gefieder leuchtet rubinrot. Die Flügel schlagen so schnell, dass die Bewegung kaum zu erkennen ist. Still steht er so in der Luft vor einer großen Blüte und versenkt seinen langen Schnabel darin. Ich kann mich kaum sattsehen daran.

Eine Straße von Blattschneiderameisen kreuzt unseren Weg, jede bepackt mit einem Stück grünem Blatt. Auf einem Stamm sitzt ein großer Herkuleskäfer mit mächtigen Zangen und einem hellgrünen Panzer. Ich fange das Tier vorsichtig ein und sperre es in eines der Kästchen. Die Zeit vergeht wie im Flug. Völlig fasziniert stolpere ich hierhin und dorthin, nehme Baumrinden genauso unter die Lupe wie kleinste Blüten und feine Kletterranken, fiedrige Farnwedel, die mir wie grüne Gespinste entgegenwippen. Meine Fläschchen und Kästchen füllen sich mit Bodenproben, Schalen, Früchten, während hoch über uns kleine Affen kreischen und springen. Der Reisemarschall bahnt uns unbeirrt immer weiter den Weg, mäht mit seiner Machete Pflanzen und Unterholz beiseite. Max und Veronika helfen mit beim Sammeln – vor allem Max erweist sich als sehr begabt darin, Käfer und andere Insekten in Kästchen zu bugsieren. Kitó dagegen geht einfach still hinter uns her. Seine Miene ist undurchdringlich, während er uns beim Sammeln und Entdecken beobachtet. Ob er es merkwürdig findet, dass uns alles derart fasziniert?

Irgendwann entdecke ich etwas weiter entfernt zwischen

Farnen und kleineren Bäumen eine besonders schöne Helkonie. Wie eine Königin ragt sie stolz zwischen den Blättern hervor, hoch aufgerichtet mit ihren spitzen, grell orangeroten Blüten. Licht fällt durch die Baumkronen genau auf sie, als wäre sie eine besondere Kostbarkeit, auf die der Wald mich hinweisen will. Es ist unwiderstehlich für mich, mir einen Weg zu ihr zu bahnen und sie zu fotografieren. Kurz entschlossen wende ich mich also von der Schneise ab, die der Reisemarschall für uns schlägt. Ich schaue nicht mehr nach rechts und links, ich sehe nur noch diese Helkonie, perfekt ausgeleuchtet für die erste Nahaufnahme mit diesem neuen Wunderwerk der Technik. Ich nehme meine Kamera aus ihrer Tasche und will mich gerade damit nach vorne über die Helkonie beugen, als …

»Nein!«

Zwei starke Hände packen mich und halten mich entschlossen zurück. Mehr wütend als erschrocken drehe ich mich um. Ich erkenne Kitó. »Was soll das?«, fauche ich. »Wieso halten Sie mich fest?«

»Schau«, sagt Kitó nur ruhig. Ich sehe mich um. Plötzlich zucke ich zurück, der Schreck fährt mir durch Mark und Bein. Direkt über der leuchtenden Helkonie liegt eine große, perfekt getarnte Schlange auf einem Ast und starrt mich an. Ihre Zunge schnellt aus dem Maul, sie wittert nach mir. Der Körper ist mattgrün und verschwimmt beinahe vollkommen mit den anderen Grüntönen des Waldes. Nur an den Seiten des flachen Kopfes blitzen zwei gelbe Streifen. Die starren Augen mit den länglichen Pupillen sehen mich angriffslustig an.

»Eine Grüne Jararaca«, wispere ich tonlos. »Prinz zu Wied-Neuwied hat sie als Erster beschrieben.«

Inzwischen sind auch die anderen herangekommen.

»He, Tupí?«, schnauzt der Reisemarschall. »Lassen Sie sie los!«

Mir wird erst jetzt richtig bewusst, dass Kitós Hände mich immer noch halten. Ich spüre den festen Griff; dort, wo seine Finger meine Arme berühren, durchfährt mich ein warmes Gefühl. Im nächsten Moment lässt er mich los; die Wärme bleibt.

»Nein, Reisemarschall«, gehe ich dazwischen. »Er hat mich gerettet.« Ich deute auf die Schlange.

»Ist die giftig?«, fragt Veronika beklommen.

Ich nicke. »Ziemlich giftig sogar. Im schlimmsten Fall ist ihr Biss tödlich.«

Ich wende mich zu Kitó. »Danke.« Es kommt mir vor wie ein viel zu kleines Wort für das, was er getan hat. »Danke«, wiederhole ich darum noch einmal hilflos. Er lächelt. Es ist das erste Mal, dass ich ihn lächeln sehe, und merkwürdigerweise schlägt mein Herz für einen Moment schneller. »Du musst immer genau hinsehen«, sagt er mit seiner tiefen Stimme. »Sonst bist du im Wald verloren.«

Als wir eine Weile später aus dem Dickicht hinaus und zurück in die Hitze und die Sonne auf unserer Lichtung treten, drehe ich mich noch einmal um. Der Regenwald steht ungerührt und dicht da, die Vögel zwitschern in den Baumkronen. Trotz der Grünen Jararaca, trotz der Gefahren, die irgendwo zwischen den Bäumen und Farnen lauern könnten – ich bin schon jetzt, an diesem ersten Tag, süchtig geworden. Süchtig nach Grün.

Villa AmSee

Lindau, Bodensee, kurz vor Weihnachten 1924

Sie arbeiteten bis zum frühen Nachmittag und beschlossen dann, nachdem der Nebel sich im Laufe des Morgens aufgelöst hatte, auf die Insel Lindau hinüberzufahren, wo die Altstadt liegt.

»Aber wir nehmen die Eisenbahn«, bestimmte Therese. »Wenn man schon einmal die Möglichkeit hat, per Eisenbahn auf eine Insel zu fahren, sollte man es unbedingt tun.«

Martin fuhr sie mit dem Wagen zu dem kleinen Bahnhof in Aeschach, der letzten Vorortstation vor der Inselstadt.

»Als Kind war ich fasziniert von dieser Eisenbahn und dem Bahndamm. Es kam mir vor wie ein Wunder, dass eine schwere Lokomotive über diesen schmalen Grat durch das Wasser fährt, ohne herunterzufallen.« Therese sah sich auf dem sonnigen Bahnsteig um. Es waren nicht viele Gäste da, die die letzte Strecke mitfahren wollten, nur eine alte Frau und zwei junge Burschen. Sie alle grüßten Therese freundlich, als würden sie sich schon lange kennen. »Papa hat damals dafür gesorgt, dass der Damm so schnell gebaut wurde – und auch so gut, immerhin hält er seitdem. Ah, da kommt die Bahn ja schon.«

Es war eine schwere schwarze Dampflokomotive mit vier großen Personenwägen und ebenso vielen angehängten Güterwaggons, die vor ihnen hielt. Ein paar Leute stiegen aus, die alte Frau, die Burschen, Therese und Veronika stiegen ein. Der Zug war nicht sehr voll, sodass sie leicht einen Sitzplatz am Fenster fanden.

»Du musst unbedingt hinausschauen. Den Moment, in dem es auf das Wasser hinausgeht, darf man nicht verpassen.«

Therese war aufgekratzt wie ein kleines Kind. Zwar war sie immer noch blass, und immer wieder überfielen sie Hustenanfälle, aber trotzdem freute sie sich auf diesen Ausflug. Sie wollte Veronika unbedingt die Insel zeigen, die sie so liebte.

Die Eisenbahn setzte sich schwerfällig wieder in Bewegung, die Häuser und Straßenzüge von Aeschach zogen an ihnen vorüber. Tatsächlich dauerte es nicht lange, bis sie den Bahndamm erreichten. Die Lokomotive machte einen kleinen Ruck nach links, dann setzte sie auf das Gleis auf, das auf den See hinausführte. Und tatsächlich war es ein besonderer Moment. Das Wasser rechts und links glitzerte in der Sonne; es war kaum zu glauben, dass vor ein paar Stunden alles noch in Nebel gehüllt gewesen war. Nun war der Tag freundlich und hell, und die vor ihnen liegende Insel, auf die sie zufuhren, sah einladend aus mit ihren mittelalterlichen Giebeln und Türmchen und den beiden imposanten Lindauer Kirchen, die die übrigen Gebäude überragten.

»Ist das nicht großartig?«, fragte Therese. Es klang ganz verliebt.

»Ja, das ist es.«

Bald fuhren sie das kurze Stück zwischen den Häusern von Lindau bis nach Süden und in den Bahnhof ein. Das Bahnhofsgebäude war noch nicht alt; im Jugendstil gebaut bestand es aus einem lang gestreckten Gebäude aus hellem Stein mit Schmuckgiebeln rechts und links. Als sie in der

Halle ausstiegen, umfingen sie die sich auflösenden letzten Dampfschwaden der Eisenbahn und das Menschengewirr auf dem Bahnsteig. Reisende, Händler, Arbeiter, die Säcke und Kisten aus den Güterwaggons luden.

»In Lindau wird viel gehandelt«, erklärte Therese, »und dann über den See weiterverschifft, manches über den Rhein bis nach Frankreich oder in die Niederlande. Als Kind habe ich mir manchmal vorgestellt, ich wäre eine dieser Kisten und könnte auf eine lange Reise gehen.«

Kofferjungen warteten darauf, dass jemand Hilfe mit dem Gepäck benötigte, ein Mädchen verkaufte Süßigkeiten und Papierblumen, alles lief in dunklen Wintermänteln und Hüten durcheinander durch die dampferfüllte Halle. Dagegen empfing sie Licht und Ruhe, als sie aus der Bahnhofshalle hinaustraten. Veronika sah sich überrascht um. »Wir sind ja direkt am Hafen und am See! Ich habe noch nie gesehen, dass ein Bahnhof so nahe am Wasser liegt.«

»Es ist nur praktisch. So muss das, was per Bahn ankommt, nicht weit getragen werden, um es auf Schiffe zu verladen – und andersherum.«

Tatsächlich schleppten gerade einige Arbeiter die Säcke, die sie eben aus der Eisenbahn ausgeladen hatten, zu einem größeren Transportschiff hinüber. Aber auch kleinere Boote lagen am Hafen oder fuhren gerade ab. Ein Postschiff hielt Kurs auf Lindau. Es passierte den Leuchtturm auf der einen und die hohe Stele mit dem bayerischen Löwen auf der anderen Seite, die wie ein Empfangskomitee den Hafen flankierten.

Eine Weile sahen Therese und Veronika zu, wie die Schiffe an- und ablegten, beladen und gelöscht wurden, dann schlenderten sie weiter.

Vor einem alten Turm an der Hafenpromenade blieb Therese stehen. »Der Mangturm«, sagte sie. »Er war der Lindauer Leuchtturm, bevor mein Großvater den neuen dort drüben hat bauen lassen.«

Der neue Leuchtturm war ein modernes Bauwerk mit glatten hellgrauen Wänden und einer schlichten Uhr. Der alte Leuchtturm dagegen sah völlig anders aus. Auf einem grob gemauerten, uralt wirkenden Turmschaft saß ein gelb gestrichenes Wohngeschoss, darüber ein hoher, nadelspitzer Turmhelm mit bunten Ziegeln gedeckt, die ein Zackenmuster ergaben.

»So stelle ich mir den Turm von Rapunzel vor«, lachte Veronika. »Dort oben könnte sich eines der kleinen Fenster öffnen, und dann fällt ein ellenlanger Zopf herunter.«

Die Straßen und Gassen waren an diesem klaren, sonnigen Wintertag besonders hübsch und wirkten wie aus dem Spielzeugkasten entnommen. Mittelalter und die Eleganz des letzten Jahrhunderts, in dem Lindau bayerisch und der Sommersitz der Wittelsbacher geworden war, mischten sich auf charmante Art. Überall stieß man auf Thereses Familie, sei es mit der Statue von Thereses Großvater, König Maximilian II., oder mit der Maximilianstraße, der schönsten und prächtigsten Straße der Stadt, die nach ihm benannt worden war. Veronika staunte dort über die Modegeschäfte, die mit denen in München durchaus mithalten konnten.

»Sieh mal, dieser Hut dort ist hübsch, findest du nicht?« Sie zog Therese zu einem der Schaufenster. Es war ein elegantes Modell in sahnigem Creme mit einem kleinen Schleier daran.

»Hast du nicht schon tausend Hüte und nur einen Kopf?«, neckte Therese.

»Schon, aber … nun ja, vielleicht würde er Rudolf ja gefallen.« Veronika biss sich auf die Lippe. »Lass uns hineingehen – ich probiere ihn zumindest einmal auf.«

Kurz darauf spazierten sie – Veronika mit einer brandneuen Hutschachtel am Arm – weiter zum mittelalterlichen alten Rathaus mit seinem beeindruckenden Treppengiebel.

»Das Haus gegenüber ist das Neue Rathaus«, erklärte Therese. »Schade, dass wir zu spät dran sind für das Glockenspiel, das es immer vormittags gibt.« Am Marktplatz standen die beiden Kirchen der Stadt, die evangelische St. Stephanskirche und das katholische Münster. Therese bestand darauf, Veronika die Kirche zu zeigen, in der sie jeden Sonntag zur Messe ging. »Das Münster hat vor zwei Jahren gebrannt«, erzählte sie, während sie mit ihrer Freundin darauf zuging. »Es war eine schwierige Zeit, denn gleich danach kam die Inflation, und die Leute hatten kein Geld mehr, um für die Renovierung zu spenden. Aber irgendwie haben wir es geschafft, und jetzt ist beinahe wieder alles in Ordnung gebracht.«

Das Kirchenschiff empfing sie mit Pracht und Stille. Die weißen hohen Wände waren voller Stuck, Gold und Heiligenfiguren, es gab eine Menge Putten und Seitenkapellen. Das größte Gemälde war an der Decke des Kirchenschiffs zu bewundern; die Himmelfahrt der Muttergottes. Der große barocke Altar ganz vorne war den Heiligen Drei Königen gewidmet. Das Altarbild zeigte die Könige, wie sie anbetend vor dem Jesuskind, das von Maria auf dem Schoß gehalten wurde, knieten.

»Ulkig, diese Maria«, bemerkte Veronika. »Irgendwie stelle ich mir so eher ein Landmädchen vom Bodensee vor, nicht die Heilige Muttergottes.«

Therese stutzte. Veronika hatte recht, es war ihr noch nie aufgefallen. Die Maria auf diesem Bild hatte nichts Zartes, Durchgeistigtes an sich. Sie wirkte eher robust und bodenständig. Eine patente junge Mutter, die da ihr Kind auf dem Schoß hielt. »Das Gegenteil der Madonna damals in Belém, erinnerst du dich?«

Veronika nickte. »Ja, das war eine hübsche Madonna.«

»Sie war vor allem furchtbar kitschig. Diese hier gefällt mir besser.«

Sie gingen zu den Opferkerzen hinüber und zündeten jede eine an. Therese dachte dabei an alle, die sie geliebt hatte: an ihre Mutter, ihren Vater, ihre Brüder, von denen zwei schon gestorben waren. Otto natürlich. Sie sah in die vielen kleinen Flammen. Plötzlich schob sich ein anderes Gesicht in ihre Gedanken, ein Gesicht, an das sie die Erinnerung seit so vielen Jahren verdrängt hatte und das sich seit einigen Tagen mit aller Macht wieder in die Gegenwart drängte.

»Therese.« Veronika riss sie aus ihren Gedanken. »Bist du fertig?«

Therese nickte. »Ja. Lass uns gehen.«

Sie kehrten in ein Café ein. Vor dem Krieg war Therese oft die einzige Frau gewesen, die hier auch ohne männliche Begleitung einen Kaffee getrunken hatte. Man hatte es ihr durchgehen lassen, weil sie die Prinzessin war; gewöhnliche Frauen gingen damals nicht in Cafés. Inzwischen fielen sie nicht mehr auf; an diesem Nachmittag waren einige Tische mit Frauen besetzt, die zusammensaßen und sich unterhielten, vor sich eine Tasse Kaffee oder heiße Schokolade. Der Raum war erfüllt von Wärme, Kaffeeduft und Stimmen.

Therese und Veronika ergatterten einen Tisch, von dem aus sie das Treiben draußen auf der Straße beobachten konnten.

Ein paar Schulmädchen gingen lachend und schwatzend vorbei, ein Mann mit einem Dackel, eine alte Frau mit vollem Einkaufskorb, die gerade vom Markt kam. Zwei Buben stritten sich um eine Tüte heiße Maronen, die sie dabei um ein Haar ausgekippt hätten.

Der Ober kam, begrüßte Therese mit einem kurzen »Hoheit« und einer Verbeugung. Wie jeder in Lindau kannte auch er Therese. Sie war in den letzten Jahren für die Lindauer zu »ihrer« Prinzessin geworden. Therese bestellte Kaffee für sie beide, der Ober verschwand und brachte bald darauf das Gewünschte. Sie nahmen voll Genuss die ersten heißen Schlucke, wärmten sich die kalt gewordenen Finger an den Tassen.

Draußen ging ein verliebtes Paar vorbei. Sie waren beide blutjung; er in einer Kadettenuniform – bestimmt war er in der Kaserne am Westufer der Insel stationiert –, sie zierlich und in einem abgetragenen Mantel. Trotzdem sah er sie an, als sei sie eine Königin.

»Wunderbar«, seufzte Veronika. »So wie Rudolf und ich damals. Er hat mich auch so angesehen, als wir heirateten.«

»Ja, das stimmt. Er hat dich angehimmelt an eurem Hochzeitstag.« Therese sah sie prüfend an. »Veronika, was ist passiert?«

»Was meinst du?«

»Nun ja, du weichst aus, wenn es um ihn geht. Er ist nicht mitgekommen, und du wirkst bedrückt, wenn du ihn erwähnst … damals, in Brasilien, warst du so verliebt in ihn. Irgendetwas muss passiert sein!«

Veronika seufzte. »Ach, ich weiß es selbst nicht. Unser Leben war herrlich. Wir hatten das Schloss, unsere drei Töchter, ständig gingen wir aus zu den Gesellschaften der anderen Offiziere und ihrer Frauen. Es gab Bälle und Ausflüge, und Rudolf wurde ständig befördert. Dann kam der Krieg, und auch da hat er sich die ganzen vier Jahre lang hervorragend geschlagen. Am Ende wurde er zum Major ernannt. Aber dann …« Sie brach ab. »Nun ja, er hat sich verändert in den letzten Jahren. Er will nicht mehr zu den Gesellschaften, er führt mich nicht mehr zum Tanzen aus, er hat an nichts mehr Freude. Die meiste Zeit sitzt er allein in seinem Arbeitszimmer oder unternimmt einsame lange Spaziergänge. Er …«, sie senkte den Kopf, »… er sieht mich nicht einmal mehr an. Früher sagte er mir ständig, wie schön ich sei. Jetzt bemerkt er höchstens noch ein neues Kleid.«

»… oder einen neuen Hut«, bemerkte Therese mit Blick auf die teure Hutschachtel.

»Ich weiß nicht, was ich falsch gemacht habe. Ich fürchte … ich fürchte, da ist eine andere Frau. Es gibt sonst keinen Erklärung.« Veronika sah Therese unglücklich an.

Die schaute nachdenklich. »Seit wann hat er sich so verändert?«

»Oh, seit fünf oder sechs Jahren.«

»Also seit dem Krieg?« Veronika lächelte verständnislos. »Nein, daran kann es nicht liegen – ich meine, natürlich, wir haben den Krieg verloren, aber er selbst war sehr erfolgreich. Er hat alle Abzeichen und Belobigungen erhalten, die man sich überhaupt vorstellen kann und …«

»Hoheit, das ist ja wunderbar, Sie hier zu sehen!«

Beide Frauen waren so versunken in ihr Gespräch gewesen, dass sie den Mann, der an ihren Tisch getreten war, gar nicht bemerkt hatten. Jetzt sahen sie beide gleichzeitig auf.

»Oh, Apotheker Dorsch, wie schön.« Therese lächelte. »Ich habe Sie seit Wochen nicht gesehen.«

Der kleine, untersetzte Mann mit dem lustigen Blick und der Halbglatze zupfte sich wichtig am Revers. »Das wäre auch in der Tat nicht möglich gewesen – ich war in Paris.«

»Oh – haben Sie sich wieder einmal mit neuer Medizin eingedeckt?«

»Die beste Arznei und die neuesten Ideen kommen nun mal aus Paris – in der Pharmazie wie in der Mode.« Bei diesem Wort nickte er Veronika zu. »So sage ich es gerne.«

Therese stellte die beiden einander vor. »Das ist der Apotheker Dorsch, der mein Lazarett den ganzen Krieg über so treu versorgt hat. Und dies ist Gräfin von Löwenstein, die mich damals nach Brasilien begleitet hat.«

Der Mann machte einen Kratzfuß und verbeugte sich.

»Oh, Herr Dorsch, da fällt mir ein – kommt Ihre Frau morgen Abend?« Zu Veronika gewandt erklärte sie: »Ich hoffe, es macht dir nichts aus. Morgen ist mein Jour fixe mit meinen Damen vom Lazarett.«

Veronika schüttelte den Kopf. »Das macht mir bestimmt nichts. Im Gegenteil, ich bin gespannt, sie kennenzulernen.«

»Meine Frau kommt auf jeden Fall«, sagte der Apotheker zwinkernd. »Da müsste sie schon mit Fieber im Bett liegen, dass sie einen von Ihren Abenden verpassen würde.«

Kurz plauderten sie noch, dann verabschiedete sich der Apotheker wieder.

»Ein netter Mann«, bemerkte Veronika.

»Sehr nett sogar.« Therese schenkte sich noch einmal

Kaffee ein. »Nach der Revolution hat er mich praktisch gerettet.«

»Wie meinst du das?«

»Nun ja, es war nach dem Krieg nicht gerade angenehm, eine Wittelsbacherin zu sein. Die Wut auf das alte System, die frisch abgeschaffte Monarchie – die Leute wussten nicht mehr, wie sie mir begegnen sollten. Früher war ich die Prinzessin, jetzt war ich plötzlich nichts mehr. Viele haben die Straße gewechselt, wenn sie mich sahen. Und ich habe mich auch nicht mehr wohlgefühlt. Immerhin wurden meine Brüder bedroht, und Ludwig musste sogar fliehen. Ich konnte nicht wissen, ob jemand seine Wut vielleicht an mir auslässt …«

Veronika musterte sie bedauernd. »Und was hat der Apotheker damit zu tun?«

»Er hat dabei einfach nicht mitgemacht. Eines Tages nach der Sonntagsmesse hat er mich mitten auf dem Marktplatz dort drüben überschwänglich und lautstark begrüßt. Er hat beinahe geschrien, damit auch ja jeder mitbekam, mit wem er da redete.« Sie lächelte. »Das war ziemlich mutig von ihm. Er hat riskiert, dass ihn die Lindauer für einen Freund der Monarchie halten könnten, und auf die Kunden in seiner Apotheke ist er schließlich angewiesen.«

»Aber es hat geholfen?«

»O ja. Nach diesem Sonntag war das Schweigen gebrochen. Anscheinend dachten sie sich, dass, wenn der Apotheker mit mir reden kann, sie es wohl auch können.«

Veronika zog die Nase kraus. »Diese schreckliche Revolution«, sagte sie. »Und diese grauenvolle Republik.«

Aber Therese hielt dagegen. »Nein, Veronika, sie ist nicht grauenvoll. Es ist schon ganz richtig so, wie es gekommen ist. Die Demokratie ist das einzig Vernünftige, das habe ich schon immer gedacht.« Sie nippte an ihrem Kaffee. Veronika starrte sie entsetzt an. Therese schmunzelte. »Nun schau nicht so. Natürlich, ich fand es schrecklich, dass mein Bruder als König ins Exil gehen musste. Es war schlimm für ihn. Aber im Kern stimme ich den Revolutionären zu: Das Land sollte von demjenigen regiert werden, der am Geeignetsten ist, nicht von dem, der zufällig zu einer bestimmten Familie gehört.«

»Aber … du warst die Prinzessin von Bayern!«

»Stimmt, und ich bin schrecklich froh, dass ich es nicht mehr bin. Wenn es nach mir gegangen wäre, wäre ich es nie gewesen.«

Später gingen sie noch die hübsch angelegte Westpromenade der Insel entlang, während sich der Himmel langsam rosa färbte. Veronika trug ihre elegante neue Hutschachtel am einen Arm und ging mit dem anderen Arm untergehakt bei Therese.

Es war eine ganz besondere Stimmung, die dieses Licht und das Wasser erzeugte, das nun beinahe zu glühen schien. Die hohen Giebel der Luitpold-Kaserne, der Militärkaserne zu Ehren von Thereses Vater, standen malerisch vor dem See und der versinkenden Sonne. Ein paar Kadetten übten im Innenhof Marschieren.

Als sie ans Ende der Promenade kamen, war dort im Wasser ein Stein zu sehen, ein paar Hundert Meter vom Ufer entfernt.

»Der Hexenstein«, sagte Therese. »Ein Felsen im Wasser; man sieht ihn nur, wenn der Wasserspiegel so niedrig ist wie jetzt.« Sie lächelte. »Papa ist manchmal dort hinausgeschwommen, zusammen mit den jungen Offizieren, die natürlich beeindruckt waren, dass der Prinzregent selbst mit ihnen schwimmt.«

»Und warum nennt man ihn Hexenstein?« Veronika betrachtete den schroffen kleinen Felsen, der da aus dem Wasser ragte und sich fast schwarz vom glühenden Himmel abhob.

»Es gibt die Legende, dass eine Hexe einmal aus der Schweiz nach Deutschland floh. Sie ritt dabei auf einem verzauberten Pferd, das über den See galoppierte, ohne unterzugehen. Dort, wo seine Hufe aufkamen, ist der Hexenstein.« Therese machte eine Pause. »Mir gefällt aber eine andere Variante besser. Da ist es die heilige Aurelia, die wegen ihres Glaubens verfolgt wird. Auch sie floh, aber sie ging selbst zu Fuß – raffte einfach die Röcke und konnte wundersam über das Wasser gehen. Mit riesigen Sätzen sprang sie über den Bodensee, und dort, wo ihr Fuß aufkam, da ist heute der Stein.«

»Ziemlich ähnlich, abgesehen davon, dass es sich bei der einen um eine Hexe und bei der anderen um eine Heilige handelt.«

»Ja, aber man nennt wegen dieser Geschichte in Lindau große Schritte Aurelienschritte. Und wenn du dich erinnerst, wie ich früher meistens ging …« Sie brach ab und grinste.

Veronika prustete los. »Dann hast du das mit den Aurelienschritten sicher oft gehört.«

»Ganz genau.«

Dann wurde Thereses Miene wieder ernster. »Veronika«, begann sie vorsichtig. »Wegen Rudolf – wir haben vorhin gar nicht zu Ende …«

Veronika senkte den Kopf. »Lass uns nicht mehr davon sprechen. Jetzt bin ich hier.«

Therese warf ihrer Freundin einen nachdenklichen Blick zu, sah noch für einen Moment auf den See und den Hexenstein. »Komm, wir gehen nach Hause«, schlug sie dann vor. »Es wird bald dunkel, und außerdem habe ich eine Idee, wo wir unseren heutigen Abend verbringen können.«

Amazonas, Brasilien

Juli 1888

In den nächsten Tagen fahren, gehen, stolpern wir von Wunder zu Wunder. Mir wird manchmal schwindlig von der Üppigkeit und Verschwendung, die uns umgibt, von den Geräuschen, den Gerüchen, den Farben. Alles ist so uferlos schön, noch schöner, als ich es mir je vorgestellt habe. Mir fällt in diesen Tagen oft ein, was Humboldt über seine erste Zeit in Südamerika schrieb. »Wie die Narren laufen wir bis jetzt umher.« So geht es mir auch. Ich bin kopflos, wie im Rausch und sammele, bestimme, zeichne und messe wie eine Besessene. Wir fahren immer weiter nach Westen auf dem Amazonas, schlagen hier und da unser Lager auf, gehen durch den Wald und sammeln. An jedem Tag finden wir etwas Neues, sehen Schmetterlinge, die wir noch nie sahen, hören neue Affenstimmen in den Bäumen über uns, finden neue Insekten, sammeln neue Pflanzen. Bis zum Sonnenuntergang sitzen Veronika und ich danach an dem kleinen Arbeitstisch in unserem Lager und sortieren und sichten unsere Schätze, während Max angelt und der Reisemarschall Tagebuch schreibt. Mein Urteil über Veronika hat sich sehr bald geändert. Ich bin froh, sie dabeizuhaben. Nicht nur, weil sie in ihrer hübschen Mädchenhandschrift alles so überaus säuberlich notiert, sondern auch, weil sie ein bemerkenswertes Fingerspitzengefühl bei den zartesten Blüten hat.

Zum ersten Mal fällt mir das auf, als sie nach einer Orchideenblüte greift, die ich unter einem Kapokbaum entdeckt habe. Sie hat zarte, strahlend weiße Blüten, die ein wenig wie ein Gesicht aussehen und sehr zerbrechlich sind. Das Pressen von Pflanzen für ein Herbarium ist eine Wissenschaft für sich. Ein Herbarium ist eine Sammlung von Herbarbelegen, große, feste Papierbögen, auf denen die sorgsam gesäuberten und getrockneten Pflanzenteile vorsichtig mit gummierten Pappstreifen aufgeklebt werden; dazu notieren wir Fundort, die Bezeichnung und Familie der Pflanze und andere Bemerkungen. Hier in den Tropen ist die Luft feucht und das Trocknen der Blüten und Blätter schwierig.

»Oh, vorsichtig!«, rutscht es mir heraus, als Veronika nach der besonders zerbrechlichen Orchidee greift. Ich beobachte erstaunt, wie sie die Blüte geschickt mit einem weichen Pinsel säubert und dann ordentlich zwischen zwei hauchdünne Seidenpapierbögen legt, um sie vorschriftsmäßig in die Pflanzenpresse einzuspannen.

»Woher können Sie denn das so gut?«, frage ich erstaunt. Die Handgriffe wirken, als hätte Veronika noch nie etwas anderes gemacht.

Veronika sieht auf. »Oh, in meiner Schule haben wir immer eine Menge Grußkarten gebastelt, mit getrockneten Veilchen oder Vergissmeinnicht darauf.«

»Aha.«

»Unsere Direktorin fand es wichtig, genügend Grußkarten zu haben. Sie sagte oft, dass ein Mädchen damit vielen Menschen eine große Freude machen kann. Wir haben auch die Bedeutung der verschiedenen Blumen gelernt.« Sie hebt die Finger und beginnt aufzuzählen: »Veilchen stehen für

Bescheidenheit und Jungfräulichkeit. Malven schickt man guten Freundinnen. Das Maiglöckchen bedeutet Verliebtheit, Enzian steht für Schönheit, und im Vergissmeinnicht steckt die Bedeutung schon im Namen.«

»Haben Sie Ihrem Rudolf auch eine solche Grußkarte geschickt?«

»O ja!« Sie kichert verlegen. »Eine getrocknete Kornblume. Das steht für Hoffnung, und außerdem hat sie so ein schönes Blau. Blau wie seine Uniform, verstehen Sie?«

Ich beobachte bewundernd, wie Veronikas schlanke Finger es schaffen, auch bei einem zarten Farnwedel keine einzige Blattspitze zu knicken, während sie ihn bereit für die Pflanzenpresse macht.

»Auf welcher Schule waren Sie denn, Veronika?«

»Im Internat Schloss Waldhof.« Sie greift nach einem weiteren Bogen Seidenpapier. »Kennen Sie es, Hoheit?«

Ich nicke, verbeiße mir aber einen Kommentar. Das Internat ist nicht weit von München entfernt und eines dieser Art Mädchenpensionate, in denen man vor allem Singen, Tanzen und hübsches Aussehen lernt.

»Ach, das war eine wirklich schöne Zeit dort«, plaudert Veronika währenddessen weiter. »Die Lehrerinnen waren beinahe alle sehr nett und haben mit uns viele Ausflüge unternommen. Und es war herrlich, meine Freundinnen um mich zu haben. Wir hatten immer unseren Spaß zusammen.« Sie lächelt. »Und das Beste waren natürlich die Tanzstunden. Unser Lehrer war ziemlich streng, er kam zweimal in der Woche aus München. Aber es hat mir stets solchen Spaß gemacht zu tanzen.« Sie sieht mich an. »Tanzen Sie auch gerne?«

»Nein.«

»Wirklich? Also ich finde es herrlich. Und auf meinem allerersten Ball nach der Schule habe ich dann auch meinen Rudolf kennengelernt.«

Ich seufze. Veronika schafft es bei nahezu jedem Thema, irgendwann auf Graf von Löwenstein zu kommen.

»Ach, es war so ein schöner Abend …«, fährt sie fort, während ich in einem meiner Bestimmungsbücher nach einer merkwürdigen Pflanze mit länglichen Blütenrispen suche, die ich vor ein paar Stunden im Wald gefunden habe. »Im April, ein richtig schöner Frühlingstag, und es war schon warm – Mama sagte, eigentlich sogar zu warm für April. Der Ballsaal war wunderschön mit Tulpen geschmückt, und da sah ich plötzlich diesen großen, gut aussehenden Offizier in seiner Ausgehuniform. Alle Abzeichen blitzten daran, und ich konnte sehen, wie ihn viele der Mädchen im Saal anhimmelten.«

»Aber er ging nur zu Ihnen«, fahre ich fort. Die Geschichte habe ich sicher schon fünf Mal gehört.

»Ja, er kam direkt auf mich zu«, seufzt Veronika selig. »Er hat mich aufgefordert und dann den ganzen Abend nur mit mir getanzt. Ich wusste gleich, dass er unbedingt mein Mann werden musste.«

»Aber dann vergingen Wochen …«, helfe ich mit.

»Richtig, es vergingen Wochen, bis ich ihn wiedersah. Das war auf dem Maiball der Rizkows. Es gab Maibowle, und der ganze Saal roch nach Waldmeister. Ich liebe diesen Duft. Eigentlich sollte ich in meinem Brautstrauß unbedingt Waldmeister haben, weil er mich an diesen Abend erinnert.«

»Sie heiraten doch im November. Da gibt es keinen Waldmeister.«

Sie seufzt. »Ja, das ist schade. Im November gibt es kaum schöne Blumen für einen Brautstrauß.«

»Dann müssen Sie die Hochzeit ins Frühjahr verschieben.«

»O nein.« Sie lächelt und schüttelt entschieden den Kopf. »Ich will ihn unbedingt bald heiraten. Es kann mir gar nicht schnell genug gehen.«

Eine Weile arbeiten wir schweigend weiter. Schließlich fragt Veronika: »Hoheit, waren Sie auch in einer Schule?«

»Nein.« Ich seufze. »Ich wurde mit meinen Brüdern zu Hause unterrichtet.«

Plötzlich fallen mir meine Wutausbrüche wieder ein, die ich damals hatte, als Papa mir verbot, wie meine Brüder auch Mathematik und Latein zu lernen. »Das ist nichts für Mädchen, Thereschen«, hatte er gesagt und mir über den Kopf gestrichen. »Du hast doch so viele andere hübsche Dinge, die du lernen kannst.«

Viele Jahre später habe ich Latein nachgeholt, um die Pflanzennamen verstehen zu können. Papa hatte da schon nichts mehr dagegen, dass Mädchen Latein lernten. Die Zeiten ändern sich ganz allmählich, denke ich. Nicht schnell genug, aber immerhin.

»Und wo hatten Sie Tanzunterricht?«, fragt Veronika.

»Auch zu Hause. Ich musste mit meinen Brüdern tanzen, was kein besonderes Vergnügen war, weil sie mir ständig mit Absicht auf die Füße traten – oder ich ihnen«, grinse ich.

»Rudolf tanzt wunderbar.« Veronika öffnet die Pflanzenpresse, um ein neues Blatt hineinzulegen. »Unser Hochzeitstanz wird bestimmt traumhaft schön werden. Ach …« Sie beißt sich auf die Lippen und sieht mich erschrocken an.

»Was wollten Sie denn sagen?«, frage ich.

»Ach, ich … nun ja, ich wollte sagen, dass einfach jedes

Mädchen von einer schönen Hochzeit träumt. Verzeihung, Hoheit, das war unpassend.«

Ich sehe sie belustigt an. »Warum war es unpassend?«

»Nun, weil Sie nicht …«

»Weil ich nicht verheiratet bin.« Ich nehme das Botanisiermesser und trenne sorgfältig eine Blüte von ihrem Stiel. »Keine Sorge, Veronika, ich kann gut damit leben.«

Aber ich sehe ihren zweifelnden Blick.

Kitó kommt zu unserem Tisch hinübergeschlendert.

»Was tut ihr da?«, fragt er und mustert interessiert die halb fertigen Herbarbögen. Ich ärgere mich darüber, dass ich ein wenig verlegen werde. Seit gestern, als er mich vor der Jararaca gerettet hat, bin ich ihm gegenüber merkwürdig befangen.

»Wir …«, ich räuspere mich, »… wir pressen die Pflanzen, damit sie haltbar werden, und legen dann eine Art eigenes Lexikon an. Dazu müssen wir alle bestimmen und aufschreiben, wo wir sie gefunden haben. Diese hier allerdings finde ich in keinem Buch.« Ich deute auf die Pflanze mit der langen Blütenrispe.

»Eine Jaborandi«, sagt er, ohne zu zögern.

Ich sehe interessiert auf. »Ist das ein Wort aus Ihrer Sprache?«

Er nickt. »Ein Tupí-Wort, ja. Übersetzt heißt es etwa ›viel Schweiß‹.«

Ich grinse. »Und, stimmt es? Ist die Pflanze schweißtreibend?«

»Ja. Meine Mutter hat es mir gegeben, wenn ich krank war.«

»Ihre Mutter?«

Sein Gesicht verschließt sich. Ich denke an das, was die

Konsulin gesagt hat – dass er nichts über sich erzählt. »Ein Sud aus den Blättern hilft auch, wenn man etwas Giftiges gegessen hat«, erklärt er.

»Na schön.« Ich greife nach meinem Füllfederhalter. »Jaborandi«, wiederhole ich und schreibe das Wort in Lautschrift. »Ich nehme an, es gibt bei den Tupí keine Schrift.«

»Nein. Und Bücher auch nicht.«

»Ohne Bücher könnte ich mir das Leben gar nicht vorstellen.«

Sein Blick wandert amüsiert über die Bücherstapel auf dem Tisch. »Das dachte ich mir schon.«

»Sagen Sie, wissen Sie auch, was das ist?« Ich deute auf einen Zweig mit kleinen lichtgrünen Blättern daran. »Und das?« Es handelt sich um ein rotbraunes Rindenstück eines morschen Baums, das ich vorhin gesammelt habe.

Er nickt.

»Gut, dann setzen Sie sich doch bitte. Diktieren Sie, und ich schreibe mit.«

Am Ende des Tages haben wir eine stattliche Liste von Tupí-Pflanzennamen in Lautschrift. Und Veronika hat die saubersten Orchideen gepresst, die ich jemals gesehen habe.

Jeden Abend gehen Veronika und ich bei Sonnenuntergang hinunter zum Amazonas zu einer Katzenwäsche. In Wirklichkeit wäre es uns bei all den heißen Nachmittagen, den anstrengenden Spaziergängen durch den Wald und den immer noch warmen Nächten auf den Feldbetten danach, richtig im Fluss zu baden, aber die Gefahr von Krokodilen, Schlangen und Piranhas machen das unmöglich. So begnügen wir uns damit, abwechselnd Arme, Füße und Gesicht zu waschen, während die jeweils andere Wache steht und

Ausschau nach heranpirschenden Tieren hält. Ich mag diese halbe Abendstunde am Fluss. Die Sonne versinkt glühend, und obwohl ich das Schauspiel jeden Tag sehen kann, fasziniert es mich immer aufs Neue. Der rot-orange Himmel spiegelt sich im Wasser und lässt den Amazonas regelrecht in Flammen stehen. Nachtschwalben kommen jeden Abend um dieselbe Zeit und beginnen, dicht über dem Fluss ihre Kreise und Kurven zu ziehen und die sirrenden Mücken aus der Luft zu picken. Die hohen Bäume des Waldes ragen wie pechschwarze Scherenschnitte in den Abendhimmel hinein, und die Tierstimmen verwandeln sich beinahe unmerklich vom Tag- in das Abendkonzert. In dieser halben Stunde kann ich beinahe an die Amazonen glauben, die sagenhaften Kriegerinnen, von dem der Fluss seinen Namen hat und die angeblich vor Hunderten Jahren die Spanier bedrohten, die als erste Europäer hier entlangsegelten. Ich höre diese wehrhaften Frauen durch den Wald schleichen, sehe ihre Haare im Abendwind wehen, die gespannten Bögen genauso schwarz gegen den glühenden Himmel wie die Bäume. Für einen Moment glaube ich fast an die Geister des Waldes, die in den Baumwipfeln wispern, und an die Wassergötter, die in der Tiefe gurgeln.

Nach dem Waschen versammeln wir uns am Lagerfeuer. Wir essen zu Abend, was Max uns gekocht hat, der sich schnell zum Küchenmeister mausert. Aus unseren bescheidenen Vorräten holt er das Mögliche heraus, steuert außerdem selbst gefangenen Fisch bei, den er nachmittags geduldig geangelt hat. Er ist damit erfolgreicher als der Reisemarschall, der seit Tagen immer wieder versucht, mit seiner Jagdflinte einen Affen zu erwischen. Aber die Affen sind flinker als die bayerischen Rehe und Wildschweine, und die Baumkronen sind dicht und weit entfernt vom Boden. Zu meiner Erleichterung gingen bisher alle Jagdversuche daneben, ich esse ganz bestimmt lieber Fisch als Affe.

Der Schwarze Pacu stellt sich bald als unser Lieblingsfisch heraus. Er ist groß und sieht mit seinen Zähnen, die an die von Ziegen erinnern, merkwürdig aus, aber das Fleisch schmeckt gut und zerfällt nicht über dem Feuer. Nach dem Essen sitzen wir noch eine Weile gemeinsam da und sehen in die Flammen. Max kocht den letzten Kaffee des Tages, und das Feuer hält die Moskitos in Schach. Max hat Kitó das Schafkopfspielen beigebracht, und so spielen wir im Schein der Flammen Karten oder lauschen in die Dunkelheit, wo es immer irgendwo knackt, raschelt oder krächzt.

Irgendwann, wenn das Feuer heruntergebrannt ist, kriechen wir in unsere Zelte und schlafen zum Nachtkonzert des Dschungels ein, der uns umgibt. Es sind glückliche Tage.

Am sechsten Morgen, wir sind wieder auf dem Amazonas unterwegs, entdeckt Max helle Flecken im Wasser. Sie tauchen auf und verschwinden wieder, wie Schemen im sandigen Fluss. Eine Weile beobachten wir sie und können uns keinen Reim darauf machen, bis plötzlich eine lange helle Schnauze die Wasseroberfläche durchbricht.

»Zefix, was is' des?« Max nimmt seine Pfeife aus dem Mund. »Hab' S' des g'sehn, Prinzessin?«

Ich nicke. Mein Herz klopft, ich bin wie elektrisiert. Im nächsten Moment taucht die Schnauze wieder auf, der dieses Mal ein rundlicher Kopf mit kleinen Augen folgt.

»Ein Delfin!«, rufe ich. »Das ist ein Amazonasdelfin! Schnell, Max, halt' das Boot an.«

Es ist nicht nur einer. Bald tauchen noch zwei weitere Tiere auf, die sich zu dritt ein paar Meter von unserem Boot entfernt tummeln. Mittlerweile stehen wir alle fünf an der wackeligen Reling, die Max mit Kitós Hilfe ein wenig stabiler gemacht hat, und sehen zu. »Was haben wir für ein Glück«, murmele ich. »Andere sind hier wochenlang unterwegs und sehen sie nicht.«

Ich habe von den rosafarbenen Flussdelfinen gelesen und wie selten man sie zu Gesicht bekommt. Sie erscheinen mir wie Fabelwesen; sorglos springen sie aus dem Wasser, lassen sich hinterrücks zurückfallen, als würden sie es nur zum Vergnügen tun. Ihre rosafarbene Haut glänzt freundlich in der Sonne. Einer der drei hat graue Flecken auf dem Rücken, die anderen beiden sind vollkommen hell. Ich schätze das größte Tier auf etwa drei Meter Länge, die anderen ein wenig kleiner. Mit meiner Kamera versuche ich, Aufnahmen zu machen, aber es ist schwierig, den richtigen Moment zu erwischen. Es ist, als würden sie fühlen, dass sie fotografiert werden sollen, und tauchen immer genau dann ab, wenn ich auf den Auslöser drücken will.

Kitó steht neben mir.

»Wie nennt man in Brasilien diese Tiere?«, frage ich ihn neugierig, als ich die Kameraversuche aufgegeben habe.

»Boto.« Er sieht den Delfinen zu. »Und man glaubt, dass sie Gestaltwandler sind.«

»Was bedeutet das?«

Er zuckt die Achseln. »Es bedeutet, dass sie angeblich in der Nacht eine andere Gestalt haben als bei Tag. Wenn es dunkel wird, verwandeln sie sich in schöne Männer in hellen Kleidern und mit weißer Haut, die an Land kommen und mit den Mädchen in den Dörfern tanzen. Am Morgen verschwinden sie wieder und verwandeln sich in Delfine zurück.«

Ich lache. »So eine ähnliche Geschichte erzählt man sich bei uns mit Wassernixen. Sie werden bei Nacht zu schönen Frauen und bekommen Beine, wo sonst nur ein Fischschwanz ist. Aber es heißt, sie reden nicht. Stumm kommen sie auf die Feste und Tänze, tanzen mit den jungen Burschen, und wenn Mitternacht vorbei ist, verschwinden sie wieder. Dort, wo sie waren, bleibt nur ein nasser Fleck.« Ich sehe ihn an. »Ist es nicht merkwürdig, dass wir uns in Europa ähnliche Geschichten erzählen wie hier in Brasilien?«

»Vielleicht weil es Geschichten sind, die den Menschen gefallen«, sagt er. »Uns verbindet wohl der Wunsch, dass die Welt nicht vollkommen entdeckt ist. Dass es noch Geheimnisse gibt.« Er lächelt. Seine braunen Augen blicken warm.

»Ja, vielleicht«, antworte ich nachdenklich, »aber merkwürdig ist es trotzdem.«

Wir sehen wieder zu den rosafarbenen Tieren, die nun helle, pfeifende Laute von sich geben. Sie bleiben noch eine Weile bei uns; irgendwann verschwinden sie wieder wie ein Traum.

Am Morgen des achten Tages wird der Strom schmaler. Wir wechseln ans rechte Flussufer über und finden dort schließlich eine besonders schöne Lichtung mit einer flachen Böschung und genügend Babassupalmen, um für alle ausreichend Schatten zu haben. Kleine weiße Blüten wachsen im Gras, ein paar Aras krächzen in den Zweigen – es ist ein Ort, der geradezu danach ruft, dass wir hier unser nächstes Lager aufschlagen. Inzwischen sind wir im Zeltaufbau geübt. Als Mittagessen gibt es ein bisschen Dosenfleisch und frische

Beeren, die Kitó uns gepflückt hat. Anschließend brechen wir um halb zwei Uhr nachmittags in den Wald auf.

Er sieht hier anders aus als überall sonst, wo wir bisher waren. Genau das ist eine Eigenart des Regenwaldes – er ist immer anders: mal heller, mal dunkler, mal lauter, mal leiser, aber bestimmt nie gleich. Dieser Wald nun ist hell. Die Baumkronen lassen mehr Sonnenlicht durch als anderswo, und wegen des Lichts blüht hier viel mehr. Wir sehen viele Helkonien, leuchtende Safranblumen und eine tropische Art der Pfeifenwinde. Außerdem gibt es eine Menge Sträucher und Kletterpflanzen, die Beeren und Nüsse tragen. Die roten Früchte der Guaraná-Pflanzen leuchten uns entgegen genau wie die gelben der Jurubebabäume. Die vielen Blüten, Beeren und Nüsse locken wiederum für uns neue Tierarten an. An diesem Nachmittag sehen wir zum ersten Mal einen Tamandua, eine kleine Ameisenbärart, der nicht weit von uns auf einem Strauch herumklettert und mit der langen Schnauze hier und da rote Beeren von den Ästen pflückt. Auch Affen lassen es sich schmecken. Über uns tobt eine große Gruppe Totenkopfäffchen, kleine Krallenaffen mit hellbraunem Fell und fast weißen Gesichtern. Sie kreischen, schreien, keckern, springen von Krone zu Krone in schwindelerregender Höhe und veranstalten ein wahres Spektakel. Ich beobachte sie eine ganze Weile mit meinem Fernglas. Alles hängt zusammen, denke ich. Mehr Licht bedeutet mehr Blüten und mehr Früchte, die wiederum mehr Insekten anlocken. Mehr Insekten und Beeren bedeuten mehr Ameisenbären und mehr Affen. Würde nur ein Glied in dieser Kette fehlen, würde sie nicht mehr funktionieren.

Über uns springen die Affen weiter, unbeeindruckt von

meinen Überlegungen. Es sind sicher sechzig oder sogar achtzig Tiere, einige tragen ihre Jungen auf den Rücken. Hier und da taumeln leere Nussschalen und ausgehöhlte Früchte zu Boden und verschwinden raschelnd zwischen den Farnen. Wir sammeln ein paar davon auf. Als wir weitergehen, wechseln die Affenlaute. Ein paar Brüllaffen bilden die Nachbarschaft zu den Totenkopfäffchen. Sie sind deutlich größer und schwerer, das Fell ist dunkel und sieht um den Kopf herum beinahe aus wie eine Mähne. Wenn sie ihre röhrenden, beinahe knurrenden Laute von sich geben, spitzen sie die Mäuler, als wollten sie uns etwas vorpfeifen. Ihre Laute kennen wir zu Genüge von den letzten Tagen, nun sehen wir endlich die Verursacher. Sie begleiten uns eine ganze Weile mit ihren Lauten, während wir immer weiter in den Wald vordringen.

»Hoheit, sehen Sie da? Was sind das für eigenartige Tiere?« Veronika hat eine dritte Affenart entdeckt, die gar nicht weit von uns zwischen den Zweigen eines niederen Baumes herumhangelt. Sie sind nur zu zweit, mit merkwürdig gelbbraunem Fell und übermäßig langen Armen und Beinen. »Spinnenaffen«, staune ich, »die sind ganz besonders selten, und ich dachte, sie leben viel weiter südlich.«

»Ach ja?« Der Reisemarschall, der bisher wie immer mit seiner Machete vorangegangen ist, bleibt stehen und nimmt seine Jagdflinte von der Schulter. »Soll ich Ihnen eine solche Affenrarität besorgen?«

»Nein, Reisemarschall, lassen Sie bitte die Affen in Ruhe.« Ich seufze. »Jagen Sie doch lieber erst wieder, wenn wir in München sind.«

»Wieso denn?« Er lädt die Flinte durch. »Es gibt hier doch mehr als genug verdammte Affen.« Das Jagdpech der letzten

Tage hat ihn frustriert, und das ist ihm anzusehen. Er ist ein guter Offizier, da wird er doch wohl ein paar Affen im Dschungel treffen können. Er legt an und zielt.

Veronika hält sich die Augen zu, und auch ich würde am liebsten nicht hinsehen. Im nächsten Moment zerreißt ein Schuss die heiße, feuchte Waldluft. Stille folgt. Die Totenkopfäffchen keckern nicht mehr, die Brüllaffen schweigen erstaunt. Selbst die Vögel schweigen für einen Moment. Veronika nimmt vorsichtig die Hände von den Augen, auch ich blinzele. Die beiden Spinnenaffen sitzen unversehrt ein paar Äste weiter links als zuvor. Ich atme aus.

»Es soll wohl nicht sein.« Ich lege dem Reisemarschall die Hand auf die Schulter. »Lassen Sie uns weitergehen. Es ist ein viel zu schöner Tag, um Affen zu jagen.«

Meine Botanisiertrommel füllt sich an diesem Nachmittag mit einer Menge Blüten. Wir finden Passionsblumen – violette und rote. Dann fällt mir ein geometrisches Muster auf. In diesem wirren Chaos des Dschungels mit den Lianen und Wurzeln, den wild wachsenden Sträuchern, Bäumen, Farnen, fällt eine solche Form sofort auf. Sie stammt von einer Kletterpflanze, die an einem schmalen Baumstamm emporrankt. Ihre Blätter sind in einer Art Zickzackmuster angeordnet, das mir vage bekannt vorkommt.

»Nein«, murmele ich, »das kann doch nicht sein!« Aufgeregt rufe ich die anderen herbei, und wir bahnen uns einen Weg zu diesem Baum. Die Pflanze hat gelbe große Blüten und trägt längliche Schoten. Aus meinem Verdacht wird Gewissheit, mein Herz klopft. Ich knipse eine der Schoten ab und öffne sie. Ein ganz leichter, süßlicher Duft strömt aus ihr. Ich halte sie Max unter seine Adlernase. »Woran erinnert dich das?«

Er schnuppert. »Vanillekipferl?«, schlägt er unsicher vor.

Ich nicke triumphierend. »Das«, sage ich feierlich, »ist eine *Vanilla gardneri*! Diese Pflanze wurde nur ein einziges Mal beschrieben, von George Gardner, nach dem sie benannt wurde. Sie ist der Gewürzvanille ähnlich, die aber nur weiter nördlich wächst. Unglaublich.« Ich sehe verzückt auf die Schote in meiner Hand. »Wir sind vielleicht erst die zweiten Europäer, die diese Pflanze sehen.«

Wir sammeln Blüten, Blätter und Früchte der *Vanilla gardneri*, und ich verstaue sie besonders vorsichtig in meiner Botanisiertrommel. Anschließend mache ich noch eine Aufnahme, bevor wir weitergehen.

Und gerade als ich denke, dass es damit für heute der Wunder genug sind, öffnet sich der Wald.

Die Lichtung ist nicht natürlich, das ist auf den ersten Blick zu erkennen. Menschen haben hier den Wald gerodet, weit weg vom Fluss und vom Rest der Welt. In der Mitte der Lichtung haben sie eine riesige ovale Hütte gebaut. Sie ist von Holzpfählen gestützt und hat ein bodentiefes, schräges, dicht mit Palmblättern gedecktes Dach. In der Mitte hat das Gebäude einen großen Innenhof, rundum umschlossen von dem breiten Palmblattring.

Aber alles ist verlassen. Das Dach der Hütte ist schon lange nicht mehr geflickt worden, ein paar Holzpfähle sind eingeknickt.

»Was ist das hier?«, frage ich Kitó.

»Eine Yanomami-Maloca. Sie ist ziemlich groß; in diesem Dorf haben sicher einmal viele Menschen gelebt.«

»Ein Dorf, das aus einer einzigen Hütte besteht?«, fragt der Reisemarschall ungläubig. »Das ist doch absurd.«

»Stimmt«, grinst Max. »Viel absurder als ein ganzer Hofstaat in einer riesigen Residenz.«

Ich lache, er hat völlig recht. Wenn man es so betrachtet, ist die Residenz mit ihren vielen Bewohnern auch eine Art Maloca.

»Für uns ist das normal«, sagt Kitó und berührt vorsichtig einen der morschen Holzpfosten. »Wir leben gerne zusammen.«

»Ich dachte, du bist ein Tupí«, bemerkt der Reisemarschall misstrauisch.

Kitó nickt. »Ja, aber auch wir haben unsere Malocas. Außerdem habe ich einmal bei Yanomami gelebt.«

Ich will ihn fragen, wann und warum das war, aber seine Miene bringt mich dazu, es auf sich beruhen zu lassen. Stattdessen sehe ich mich in der Maloca um. Innerhalb des überdachten Rings gibt es eine größere Anzahl Feuerstellen. Sie sind alle mit Steinen eingefasst, Aschef lecken sind noch auf dem Boden zu sehen. Hier und da liegen zerbrochene Gefäße und Eierschalen.

»Huch – was ist das denn?« Veronika bückt sich und hebt mit spitzen Fingern etwas aus dem Gras hoch. Es ist eine Art Holzmaske, allerdings ist das Gesicht, das daraus geschnitzt wurde, halb zersplittert. Eine kaputte Hängematte aus Pflanzenfasern hängt noch an einem Pfosten. Die andere Seite schleift auf dem staubigen Boden. Dieses verlassene Dorf hat etwas Bedrückendes.

»Hoheit, sehen Sie sich das an!« Der Reisemarschall deutet am Ende der künstlichen Lichtung auf einen Hügel, der ebenfalls menschengemacht aussieht. Als ich näher komme, sehe ich, dass zwischen dem Gras, das auf dem Hügel zaghaft wächst, runde Trichterformen herausragen.

»Wie merkwürdig.« Ich gehe auf die Knie und berühre einen der Lehmtrichter mit dem Finger. Er zerfällt unter der leisen Berührung sofort zu Staub. »Was kann das sein?«

»Ein Friedhof.«

Ich ziehe die Hände zurück und sehe auf. Kitó steht neben mir. »Das sind Urnen für die Totenasche. Es ist eigenartig, dass sie sie hiergelassen haben.«

Veronika bekreuzigt sich hastig, während sie auf die Urnen starrt. Mit einem Mal hat die Lichtung etwas Gespenstisches an sich. Die Sonne scheint heiß, bunte Schmetterlinge flattern über den Grabhügel, und doch scheint jetzt etwas Dunkles über all dem zu liegen. »Warum sind sie gegangen, ohne ihre Toten mitzunehmen?«, frage ich leise. »Sind sie vielleicht krank geworden?« Ich denke an das Gespräch mit Schwester Elisabeth.

»Tote zu verbrennen, ist jedenfalls unzivilisiert.« Der Reisemarschall schüttelt sich. »Nicht einmal im Krieg haben wir so etwas gemacht. Wir haben alle Soldaten anständig beerdigt.«

Tatsächlich ist die Debatte um das Kremieren in den letzten Jahren in Bayern hitzig geführt worden. Die meisten halten es für unchristlich. Manche Ärzte, die ich kenne, sagen dagegen, es sei hygienischer.

Kitó sieht ihn freundlich an. »Es ist ziemlich ungewöhnlich, dass sie die Asche beerdigt haben«, erklärt er. »Normalerweise halten die Yanomami ein Ritual ab, bei dem die Totenasche mit gekochten Bananen und Wasser gemischt und gegessen wird, um die Ahnen zu ehren.«

Veronika schlägt entsetzt die Hand vor den Mund, aber Max lacht laut auf. »Net schlecht«, sagt er anerkennend. »Gut, das mit der Bananensuppn müsst' ich net haben. Aber dass mich net die Münchner Würmer zwischen die Zähne kriegen, würd' mir scho gfallen.«

Wir bleiben nicht mehr lange in dem verlassenen Dorf; bald sind wir wieder im Wald auf dem Weg zurück zum Lager. Irgendwann gehe ich neben Kitó.

»Sagen Sie, Kitó«, frage ich, »was glauben Sie, wohin die Toten gehen?«

Er antwortet nicht sofort. »Sie gehen in die Anderswelt«, erzählt er schließlich. »Manche sagen, dass die Ahnen als Geister im Wald bleiben, gute und böse gleichermaßen. Aber ich glaube das nicht. Sie warten in der Anderswelt auf uns, so lange, bis wir auch dorthin kommen.«

»Anderswelt«, wiederhole ich. »Das ist ein schönes Wort. Bei uns heißt es Himmel.«

Er bleibt stehen und sieht mich an. »Und die Hölle?«

»Das ist der Ort, wohin die bösen Menschen kommen. Zur gerechten Strafe, heißt es in der Bibel.«

Wir gehen weiter. »Es gibt keine Gerechtigkeit«, sagt Kitó nach ein paar Schritten. »Nicht hier und auch nicht in der Anderswelt. Gerechtigkeit gibt es nur, wenn wir dafür sorgen.«

Ich mustere ihn aufmerksam. Irgendetwas sagt mir, dass mehr dahintersteckt.

»Wartet jemand auf Sie in der Anderswelt?«, frage ich leise.

Er nickt. »Auf dich auch?«

»Meine Mutter.« Ich wundere mich selbst, dass ich ihm das erzähle. Schon lange habe ich nicht mehr darüber gesprochen. »Sie starb, als ich dreizehn war.«

»Das tut mir leid.« Ich sehe in seinen Augen plötzlich auf beinahe unheimliche Art meine eigene Trauer gespiegelt.

»Hoheit?!«, ruft der Reisemarschall ungeduldig dazwischen. »Kommen Sie? Sie sollten nicht zurückbleiben, das ist gefährlich.«

Wir beeilen uns, zu den anderen aufzuschließen. Den Rest des Weges bleibe ich nachdenklich, während über uns die Affen vergnügt kreischen.

Villa AmSee

Lindau, Bodensee, kurz vor Weihnachten 1924

Der Türkische Kiosk am See war an diesem Abend hell erleuchtet. Das hohe Schilf, das den Pavillon zum Haus hin abgrenzte, rauschte leise im kalten Wind, der Lichtschein aus den bodentiefen Fenstern fiel hinaus auf das schwarze Wasser. Der kleine sechseckige Bau mit der Kuppel, die von einem türkischen Halbmond bekrönt wurde, hatte auffällige weiße Fensterläden mit orientalischen Schnitzereien.

»Wie aus Tausendundeiner Nacht«, staunte Veronika und sah sich begeistert im Inneren um. Der Boden war mit bunt gemusterten persischen Teppichen ausgelegt, die Wände mit arabischen Schnitzereien vertäfelt; das Holz schimmerte warm, und die geschnitzten Springböcke und Pfauen warfen im gedämpften Licht dunkle Schatten. In dem golden verkleideten Kamin brannte ein Feuer, sodass es im Raum angenehm warm war. Von der Mitte der Kuppel hing ein riesiger Kristallleuchter. Sein Licht wurde von den Hunderten geschliffenen Glaskristallen reflektiert, und die Spiegel, die an den Wänden geschickt platziert hingen, warfen es so zurück, dass der ganze Raum zu funkeln und zu glitzern schien.

»Den Leuchter hat Papa einmal aus der Türkei mitgebracht«, sagte Therese. »Aus Istanbul, glaube ich.«

»Dein Vater war in der Türkei?«

»Ja, er mochte alles Orientalische. Er war auch in Ägypten und ist auf dem Nil gefahren. In der Türkei hat er den Sultan getroffen. Er hat uns Kindern oft von dieser Reise erzählt, und irgendwann hat Mama ihm diesen Pavillon bauen lassen, um sein Fernweh ein bisschen zu lindern. Allerdings weiß ich nicht, ob er es nicht nur noch schlimmer gemacht hat. Nachdem er Prinzregent geworden war, konnte er nicht mehr einfach weg aus Bayern.«

»Dann hast du deine Reiseleidenschaft wohl von ihm geerbt?« Veronika strich mit den Fingern über die kleine Figur einer anmutigen Katze, die auf dem Kaminsims stand.

»Ganz bestimmt sogar.« Therese setzte sich auf eine der beiden mit smaragdgrünem Samt bezogenen Ottomanen. Sie bildeten, gemeinsam mit einem kleinen Tischchen, die einzigen Möbelstücke im Raum und waren so ausgerichtet, dass man von ihnen bequem auf den See blicken konnte. »Er hat immer verstanden, dass ich die Welt sehen wollte. Ich glaube, am liebsten wäre er manchmal einfach mit mir mitgekommen.«

Veronika setzte sich ihr gegenüber und lehnte sich in dem bequemen Polster zurück. Auf dem Tischchen stand heißer Würzwein bereit, der nach Zimt und Nelken duftete, dazu gab es Schüsselchen mit Mandeln und weißem Nougat, den Gunda selbst gemacht hatte. »Das war eine gute Idee, Therese, hier einen orientalischen Abend zu verbringen. Es ist unglaublich schön.« Sie prosteten sich zu. Der duftende Wein wärmte sie zusätzlich von innen heraus, und wohlig sahen sie auf den nächtlichen See, auf dem gerade ein einsames Schiff von Westen in Richtung Lindau unterwegs war. Seine Lichter spiegelten sich im Wasser.

»Du müsstest den See an Sommerabenden sehen«, sagte

Therese mit einem Seufzen. »Dann ist er voller Fischerboote und Segler und Ausflugsdampfer mit Sommergästen.«

Eine Weile plauderten sie über Ausflüge, die sie unternommen hatten, Geburtstagsfeste, Wanderungen, dann schwenkte das Thema um zu Nachbarn und Verwandten.

»Erzähle mir von deinen Töchtern«, sagte Therese schließlich. »Du hast noch gar nicht viel von ihnen gesprochen.«

»Was willst du wissen?« Veronika legte sich bequemer in die Polster. »Wilhelmina, unsere Älteste, ist schon lange verheiratet. Ihr Mann ist Vizeadmiral und einige Jahre älter als sie, aber sie sagt, dass sie glücklich ist mit ihm.«

»Wohnt sie in Bayern?«

»Nein, in Münster. Inzwischen hat sie sieben Kinder – kannst du dir das vorstellen? Ich bin schon siebenfache Großmutter.«

Therese schüttelte den Kopf. Veronika wirkte tatsächlich überhaupt nicht wie eine Großmutter. »Du hast sie sehr jung bekommen, nicht wahr?«

»Ja, ein Jahr nach der Hochzeit. Ein Jahr nach Brasilien.« Veronika lächelte. »Hätte man mir damals erzählt, dass ich schon bald Mutter würde, hätte ich es kaum glauben können. Sie war so süß, du hättest sie sehen sollen. Wie eine kleine Puppe, und genauso habe ich sie auch angezogen. Immer in hübsche winzige Kleidchen, und sogar ihre Kleinkindschuhe hatten Schleifchen. Sie hat es geliebt – sie ist in der Hinsicht wie ich.«

»Und eure zweite Tochter?«

»Sophie – sie ist anders. Viel ernster und pflichtbewusster, eine gute Hausfrau, obwohl sie noch jung ist. Eigentlich hatten wir auf einen Sohn gehofft; Rudolf wollte natürlich einen Sohn, den er später mit in die Armee hätte nehmen können. In seiner Familie gibt es eine Menge Jungen, also dachten wir wohl, dass Sophie bestimmt einer werden würde. Aber es wurde wieder ein Mädchen.« Sie seufzte. »Manchmal frage ich mich, ob Rudolfs Verhalten vielleicht auch damit etwas zu tun hat – dass ich ihm keinen Sohn habe geben können.«

»Dafür kannst du doch nichts.«

»Nein, aber für einen Mann ist das schwierig, oder nicht? Vor allem für einen so männlichen Mann wie Rudolf. Die Löwensteins haben so viele Offiziere hervorgebracht, Majore, sogar ein paar Generäle. Das hätte er sich sicher auch für sich gewünscht.«

»Ist Sophie auch verheiratet?«

»Ja, seit letztem Jahr. Immerhin, ihr Mann ist in Rudolfs Regiment. So ist zumindest unser Schwiegersohn so etwas wie sein Zögling, und er ist gewiss stolz auf ihn. Im Krieg hat er sich bewährt, und nun ist er erst letztens zum Oberoffizier befördert worden. Sophie erwartet ihr erstes Kind; es soll im Frühjahr kommen. O Gott, dann habe ich schon acht Enkelkinder.«

Veronika griff nach einem Stück türkischem Nougat und knabberte gedankenverloren an der Süßigkeit. »Ich kann mich wohl wirklich nicht beschweren. Meine Töchter sind hübsch und gesund, gut versorgt, bekommen Kinder und haben die richtigen Männer geheiratet. Das ist doch alles, was man sich für die Mädchen wünschen kann, nicht wahr?« Sie beobachteten beide, wie das Schiff Lindau erreichte und dort in den Hafen einfuhr. Damit verschwand es aus ihrem Sichtfeld.

»Und Pauline?«, fragte Therese. »Ich habe sie einmal in München gesehen, vor vielen Jahren. Weißt du noch? Sie war damals ein kleines Mädchen mit blonden Haaren wie deine, und sie sah sich so wach alles an.«

»Pauline, ja«, sagte Veronika gedehnt, »unser Nesthäkchen. Sophies Geburt war kompliziert, die Ärzte sagten mir damals, dass ich wohl keine Kinder mehr bekommen könnte. Und dann kam nach Jahren doch noch Pauline.« Sie griff nach dem nächsten Nougatstück. »Natürlich dachte ich damals, dass es nun endlich der Sohn würde. Es wäre doch ein nettes Wunder – ein Kind, das es laut den Ärzten gar nicht hätte geben dürfen, und dann auch noch der ersehnte Stammhalter. Pauline kam, und Rudolf war sofort schrecklich verliebt in sie. Ich konnte es sehen, als er sie zum ersten Mal auf dem Arm hielt. Er liebt auch die anderen beiden, aber Pauline war sofort sein Augenstern.«

»Und deiner?«

Veronika schnitt eine Grimasse. »Ich liebe sie natürlich, sie ist meine Tochter. Aber sie ist so – anders. Dir würde sie gefallen, sie steckt ihre Nase in alle Bücher, die sie in die Finger bekommt.«

»Das muss ja nichts Schlechtes sein«, lachte Therese und schenkte ihnen beiden Wein nach.

»Nein, aber … sie ist auch schrecklich stur. Zum Beispiel hat sie sich geweigert, auf die Schule zu gehen, wo auch ihre Schwestern waren.«

»Welche war das?«

»Waldhof.«

»Deine alte Schule?«, fragte Therese belustigt. »Du meinst die mit den Grußkarten?«

Veronika streckte die Hand aus und gab der Freundin einen scherzhaften Stüber. »Bitte – ich kann mich gut daran erinnern, wie sehr dir meine Fähigkeit, Veilchen zu pressen, gelegen kam, als wir im Dschungel waren.«

»Das stimmt allerdings«, lenkte Therese ein.

»Und wir haben ganz sicher nicht nur Grußkarten dort gebastelt. Waldhof ist eine nette Schule für nette Mädchen, ich kann nichts Schlechtes daran finden.«

»Aber Pauline?«

»Pauline wollte unbedingt auf ein Gymnasium in der Stadt. Sie hat so lange geweint und gezetert, bis Rudolf es ihr erlaubt hat. Sie kann ihn immer um den Finger wickeln, selbst jetzt, wo er so …« Sie brach ab. »Jedenfalls hat sie dort das Abitur gemacht.«

»Das ist doch gut.«

»Meinetwegen«, Veronika verdrehte die Augen, »aber jetzt wäre ich froh, wenn sie endlich einmal auf meine Ratschläge hören würde. Sie ist nun neunzehn, genau das Alter, in dem man sich hübsche Kleider schneidern lässt und auf ein paar Gesellschaften geht, um passende Männer kennenzulernen. Ich habe es so gemacht, Wilhelmina und Sophie ebenso. Nur Pauline möchte nicht. Sie interessiert sich nicht dafür.«

»Wofür interessiert sie sich stattdessen?«

»Geschichte. Genauer gesagt: diese schrecklichen ägyptischen Ausgrabungen. Auf ihrem Nachttisch stapeln sich die Bücher über irgendwelche Königsgräber und Pyramiden, und sie redet über kaum etwas anderes. Dabei ist es scheußlich – wer will schon ständig über uralte Tote und ihre Grabbeigaben sprechen?«

Therese lachte. Vor zwei Jahren war das Grab des Pharao Tutanchamun im ägyptischen Tal der Könige entdeckt worden, eine große Sensation, um die sich inzwischen viele Legenden rankten und die Archäologen in Aufruhr versetzt hatten. Immer wieder standen Artikel über neue Funde in den Zeitungen. Sie konnte sich gut vorstellen, dass dieses Thema auch ein junges Mädchen mitreißen konnte.

»Ich finde es auch interessant. Papa hat in Ägypten die Pyramiden besucht und immer erzählt, dass sie beeindruckend waren.«

»Na schön, dann soll sie als Hochzeitsreise eine Nilfahrt unternehmen. Das machen andere auch. Sie soll mir aber nicht schon beim Frühstück von uralten Toten erzählen, die jemand in Stofftücher eingewickelt hat.« Veronika seufzte. »Wenn ich es so überlege, muss ich schon fast froh sein, dass sie bisher auf keinen einzigen Ball gehen wollte. Wer weiß, was sie dort ihren Tanzpartnern erzählen will.« Sie nippte an ihrem Wein. »Seit Wochen sagt sie, dass sie studieren will. Rudolf hat sie schon bearbeitet, und bei mir versucht sie es natürlich auch.«

Thereses Vater hatte das Frauenstudium in Bayern erlaubt, das war nun beinahe zwanzig Jahre her. Immer noch studierten nicht viele Frauen, aber immerhin ein paar. Therese beneidete sie glühend; wäre sie noch einmal jung, würde sie ganz bestimmt dasselbe tun. Sie konnte Paulines Wunsch verstehen.

»Warum willst du nicht, dass sie studiert?«, fragte sie, auch wenn sie sich die Antwort denken konnte.

»Wer will schon eine studierte Frau?«, gab Veronika prompt zurück. »Männer mögen es nicht, wenn eine Frau zu viel weiß – erst recht nicht, wenn ihr Wissen sich auf Mumien und Gräber beschränkt. Nein, ich will, dass sie glücklich wird.«

»Und das kann sie nur, wenn sie heiratet? Vielleicht macht sie ja ein Studium viel glücklicher.«

Veronika sah sie an, als hätte Therese etwas völlig Abwegiges gesagt. »Das ist doch Unsinn. Ich will das Beste für sie. Sie soll sich das mit dem Studium aus dem Kopf schlagen.«

Therese hatte das Gefühl, Paulines Not beinahe zu spüren. Vor vielen Jahren hatte sie getobt und geschrien, weil ihr Vater es verboten hatte, dass sie Mathematik und Latein lernte. Damals hieß es, dass es nicht gut für ein Mädchen sei, so etwas zu lernen. Sie hatte nicht aufgegeben, und schließlich, Jahre später, hatte er sich erweichen lassen. Es war schrecklich, etwas lernen zu wollen und es nicht zu dürfen.

Therese lehnte sich auf ihrer Ottomane zurück. »Die Zeiten haben sich geändert, Veronika«, sagte sie und sah zu dem funkelnden Kronleuchter hinauf. »Junge Frauen fahren Fahrrad, tragen Hosen und schneiden sich die Haare kurz. Nichts ist mehr, wie es einmal war, die Welt ist eine andere geworden in den letzten Jahren. Warum sollte da deine Tochter nicht Archäologin werden? Du willst das Beste für sie, und möglicherweise ist es genau das.«

Eine Weile schwiegen sie und hingen ihren Gedanken nach. Das Schiff hatte mittlerweile gewendet und fuhr nun über den See zurück.

»Also«, sagte Therese schließlich in einem leichteren Tonfall. »Ich habe zufällig in München ein Buch über Moorleichen – meinst du, das würde Pauline gefallen?«

»Therese!« Veronika drohte ihr lachend mit einem Stück türkischem Nougat. Die gespannte Stimmung verschwand, sie wechselten das Thema.

Es war spät, als das Feuer schließlich heruntergebrannt war und sie durch die eisige Nacht zurück zur Villa gingen. Über ihnen funkelten die Wintersterne.

Amazonas, Brasilien

Juli 1888

Die nächsten zwei Tage vergehen mit Sammeln, Bestimmen, Schreiben und Fotografieren. Max spezialisiert sich immer mehr darauf, geschickt mit dem Schmetterlingsnetz Schmetterlinge und Falter einzufangen, die ich beobachte und bestimme. Die *Vanilla gardneri* trockne ich besonders vorsichtig und fertige stolz den Herbarbogen an. Sie ist ganz bestimmt bisher unser wertvollster Fund.

Am dritten Tag aber öffnet sich unerwartet der Wald. Hohe, gerade, gleichförmige Reihen von hellgrünen Pflanzen wachsen weit entlang des Ufers. Dazwischen taucht ein Farmhaus auf. Ein Ruderboot dümpelt an einer kleinen Anlegestelle, die auf das Wasser hinausragt. »Hier wohnt jemand?«, fragt Veronika erstaunt. »Hier im Nirgendwo?«

»Net viel anders, als im Bayerischen Wald zu wohnen.« Max zieht an seiner Morgenpfeife. »Aber was sind des für seltsame Pflanzreihen?«

Ich sehe durch das Fernglas. »Das ist Zuckerrohr«, stelle ich fest. »Eine Zuckerrohrplantage, hier mitten im Wald.«

Es ist dieses Mal ausgerechnet der Reisemarschall, der für eine spontane Planänderung plädiert, und anhalten will. Ich weiß, woher der Sinneswandel rührt – er hat gestern eine Liste mit dem verbleibenden Proviant aufgestellt und ist seitdem nervös. Unsere Alkoholvorräte, mit denen wir das

Wasser mischen, um es unschädlich zu machen, gehen zur Neige, und bei dieser Hitze wäre fehlendes Wasser fatal.

»Wo Zuckerrohr wächst, gibt es sicher auch Zuckerrohrschnaps«, meint er nun.

Damit ist es entschieden, wir steuern den Steg an. Das einsame Ruderboot sieht abgenutzt aus; es kann unmöglich das einzige Fahrzeug der Plantage sein, es muss noch ein größeres Boot geben, mit dem der Zucker nach Manaus oder Santarém verschifft wird. »Vielleicht sind die Besitzer ja gerade damit unterwegs«, schlägt Veronika vor.

Die Plantage wirkt auf den ersten Blick tatsächlich verlassen. Irgendwo bellen ein paar Hunde, die wir nicht zu Gesicht bekommen. Hühner picken im Gras vor dem Haus, und daneben rostet ein großer alter Eisenkessel vor sich hin. Das Farmhaus muss einmal ziemlich eindrucksvoll gewesen sein; es ist groß und hat geschnitzte Läden und eine breite weiß lackierte Veranda. Inzwischen splittert überall der Lack, und die Läden hängen hier und da schief in den Angeln.

»Hallo?!«, ruft der Reisemarschall. Wir lauschen. Alles bleibt still. Doch irgendjemand muss zu Hause sein. Stiefel stehen vor der Tür, und im ersten Stock hat jemand ein Federbett zum Lüften aus dem Fenster gehängt.

»Da is' a Dirndl am Fenster!«, ruft Max plötzlich. Er zeigt auf ein Fenster im Erdgeschoss. Tatsächlich ist dahinter für einen Moment das ernste Gesicht eines jungen Mädchens zu sehen. Im nächsten Moment ist sie verschwunden.

Dann öffnet sich die Haustür. »O mein Gott!«, schreit Veronika auf. Auch ich zucke zusammen. Aus dem Dunkel des Hauses richtet sich der lange Lauf eines Gewehrs auf uns. »Wer sind Sie?«, ruft die Gestalt, die nur als Umriss im Türrahmen zu erkennen ist, auf Portugiesisch.

Der Reisemarschall stutzt. »Eine Frau?«

»Eine Frau mit Waffe«, flüstere ich zurück. Dann räuspere ich mich. »Guten Tag«, rufe ich mit meinem ungeübten Portugiesisch der Frau zu. »Ich bin … Gräfin Elpen.« Ich räuspere mich. »Und das sind meine Begleiter.« Ich zähle alle Namen auf. »Wir kommen aus Deutschland und sind auf dem Weg nach Manaus.«

Für einen weiteren, langen Moment bleibt die Waffe auf uns gerichtet, dann lässt die Frau sie sinken und tritt ins Licht. Es ist nicht das Mädchen, das wir am Fenster gesehen haben, viel eher ihre Mutter. Eine große, kräftige Frau mit streng gescheitelten dunklen Haaren, die hier und da von Grau durchzogen sind. Ihr Kleid ist einfach, und sie trägt eine fleckige Küchenschürze. Als sie lächelt, wirkt ihr Gesicht sofort viel weniger grimmig.

»Ich bin Mariana«, stellt sie sich vor. »Entschuldigen Sie, aber hier draußen kann man nie wissen.« Neben ihr taucht nun auch das Mädchen auf, das wir am Fenster gesehen haben. Sie ist höchstens sechzehn, hoch aufgeschossen, mit pickeliger Haut. Ihr Haar ist genauso dunkel und auf die gleiche Art streng gescheitelt wie das ihrer Mutter.

»Meine Tochter Luz«, sagt diese nun. Und dann: »Bitte, möchten Sie hereinkommen?«

Die Familie heißt Costa. Außer Mariana und Luz gibt es noch Senhor Costa, der gerade unterwegs ist und bald zurückkommen wird, wie Mariana versichert. »Wir haben noch fünf ältere Kinder, aber die sind alle in die Städte gezogen. Nur Luz ist noch bei uns.« Sie streicht ihrer Tochter übers Haar.

»Wenn ich älter werde, ziehe ich auch nach Manaus«, antwortet diese trotzig.

Mariana lacht. »Ja, das sagt sie immer. Irgendwann werden mein Mann und ich hier wohl alleine leben. Aber ich kann es unseren Kindern nicht verdenken. In dieser Einöde gibt es für junge Leute nichts Interessantes, und fünf Kinder könnte die Plantage auch gar nicht ernähren.«

Das glaube ich sofort. Das Haus macht innen denselben Eindruck wie außen: Es hat schon bessere Tage gesehen. Die Küche war sicher einmal modern, jetzt ist sie hinter ihrer Zeit weit zurückgefallen. Ein großer Topf kocht auf der Feuerstelle vor sich hin. Den Raum, in den uns Mariana führt und den sie optimistisch den Salon nennt, ist vielmehr ein Wohnzimmer mit einst guten, nunmehr abgewetzten Möbeln und einem Klavier, dem ein paar Tasten fehlen. Der Tisch, auf dem Luz uns wortkarg Kaffee serviert, wackelt gefährlich, und das Ölporträt eines stolzen dunkelhaarigen Mannes, das an der Wand hängt, ist angegraut.

»Der Großvater meines Mannes, Gräfin«, erklärt Mariana, die meinem Blick gefolgt ist. »Er kam damals aus Portugal und hat diese Plantage aufgebaut. Er hat gut damit verdient und hatte viele Sklaven.«

»Besitzen Sie noch Sklaven?«, fragt der Reisemarschall.

»O nein, schon lange nicht mehr. Mein Mann ist Methodist. Er sagt, Gott will die Sklaverei nicht. Darum haben wir schon lange vor dem Verbot alle Sklaven freigelassen.«

Tatsächlich entdecke ich ein Kreuz über der Tür und mehrere Bibeln und Andachtsbücher in den Regalen. »Methodisten«, wiederhole ich. »Ist das nicht sehr ungewöhnlich? Portugal ist doch mindestens so katholisch wie Bayern.«

»Stimmt, aber mein Mann …« Weiter kommt sie nicht. Im Flur sind polternde Schritte zu hören. »Mariana?«, ruft eine raue Männerstimme.

»Wir sind im Salon, *meu amor*«, antwortet sie. »Es sind Gäste da.«

»Gäste?« Der Mann, der nun in der Tür auftaucht, starrt uns so überrascht an, dass mir erst bewusst wird, wie selten sich hierher wohl jemand verirrt.

Er ist so hoch aufgeschossen wie Luz, hat aber nicht ihre Ernsthaftigkeit. Ganz im Gegenteil, die Falten um seine Augen und den Mund verraten, wie gerne er lacht. Die Haut ist sonnengegerbt.

»Unglaublich, wir haben tatsächlich Besuch – wie schön!« Er gibt uns allen die Hand und zögert auch bei Kitó nicht. »Luz, gibt es noch einen Kaffee für mich?«, fragt er dann und lässt sich in einen der altersschwachen Sessel fallen. »Und dann will ich natürlich alles über diese Menschen in meinem Haus wissen.«

Die nächste Stunde lang fragt er uns neugierig über alles Mögliche aus – woher wir kommen, wohin wir reisen, wie das Leben in Deutschland ist. »Eine deutsche Gräfin war bestimmt noch nie bei uns«, bemerkt er lächelnd. »Da sind Sie die erste.« Dabei trinkt er fleißig Kaffee, den er reichlich mit dem eigenen Zucker süßt, und raucht Zigarillo, von dem er den Männern großzügig je einen schenkt. Schließlich nickt er zufrieden. »Sie bleiben natürlich zum Abendessen«, stellt er fest in einer Art, die keinen Widerspruch duldet. »Und wenn Sie mögen, dann können Sie gerne auch hier übernachten, bevor Sie weiterfahren. Das Haus ist groß genug, und die Zimmer unserer Kinder stehen leer. Hat meine Frau erzählt, dass wir sechs davon haben?« Er steht auf und geht hinüber zu dem ramponierten Klavier. Dort steht die einzige Fotografie im Zimmer, ein gerahmtes, etwas unscharfes Bild der ganzen Familie Costa. »Hier sind sie«, sagt er stolz. Neben den sechs Kindern ist außerdem ein alter Mann darauf zu sehen, dazu zwei große Hunde und eine Menge Zuckersäcke.

»Der Mann ist mein Vater.« Senhor Costa lächelt liebevoll. »Gott hab ihn selig, er hat das Zuckerrohr geliebt. Ich glaube nicht, dass irgendein Mensch mehr Zucker gegessen hat als mein Vater – und es ist ihm immer sehr bekommen. Dass ich die Plantage übernommen habe, hat ihn gefreut.« Er lacht. »Der arme alte Papa war da wohl überrascht, denn anfangs sah es nicht danach aus. Wie meine Kinder heute wollte ich damals nur noch weg und etwas von der Welt sehen. Nicht hier im Regenwald versauern.«

»Wo sind Sie hingegangen?«, fragt Veronika, nachdem ich übersetzt habe, was der Senhor gesagt hat.

»Nach Nordamerika. Ich bin dort Soldat geworden, habe im Sezessionskrieg für die Südstaaten gekämpft. Bis dort nette Christen kamen und mit mir redeten. Sie haben mir erklärt, warum es gegen Gottes Ordnung ist, Sklaven zu haben, wie meine Eltern und Großeltern sie hatten.«

»Ah, daher der Methodismus«, werfe ich ein. Er schmunzelt. »Ja, vermutlich bin ich der einzige Methodist am gesamten Amazonas. Aber als der Krieg vorbei war, da wusste ich, was zu tun war. Ich bin hierher zurück, habe die Plantage übernommen und alle Sklaven freigelassen. Papa war zuerst wütend, aber als er sah, dass die meisten freiwillig blieben, weil wir sie immer gut behandelt hatten, da war er besänftigt. Heute sind die Kinder dieser ehemaligen Sklaven unsere Arbeiter.«

»Abgesehen von Gabriel und Roberto«, wirft Luz sauertöpfisch ein.

»Ja, das stimmt. Das sind die beiden portugiesischen

Schiffer, die unseren Zucker nach Manaus bringen. Heute Abend müssten sie zurück sein.« Er stellt die Fotografie vorsichtig wieder zurück auf das Klavier. »Nun, meine Gäste«, sagt er dann mit einem Augenzwinkern. »Interessiert Sie möglicherweise, wie eine Zuckerrohrplantage funktioniert?«

Senhor Costa nimmt uns mit auf die Plantage. Ich habe Zuckerrohr bisher nur von Zeichnungen gekannt und bin nun völlig überwältigt, wie hoch und dicht die Pflanzreihen sind. Das Zuckerrohr sieht aus wie gigantisches Gras mit fiedrigen Dolden an der Spitze und hellgrünen langen Blättern. Die erntereifen Reihen der Plantage schätze ich auf etwa fünf Meter Höhe. Geht man zwischen ihnen durch, fühlt man sich wie ein Zwerg, der auf einer riesenhaften Wiese spaziert. Die Reihen sind schnurgerade, immer im Abstand von etwa eineinhalb Metern. So bilden sich hohe grüne Korridore, durch die Senhor Costa uns führt. Er erklärt uns den Anbau und zeigt uns frisch gepflanzte Stecklinge. »Wir setzen die frischen Reihen immer wieder neu. Ein Setzling braucht zwei Jahre, bevor er das erste Mal geerntet werden kann. Danach dauert es bis zur nächsten Ernte nur noch ein Jahr.«

»Unglaublich.« Ich lege den Kopf in den Nacken. »Dass eine Pflanze so schnell wachsen kann. Es ist ein bisschen wie bei Bambus, nicht wahr? Der wächst auch so schnell.«

»Ja, so ähnlich. Aber Zuckerrohr ist ein Süßgras.« Senhor Costa klopft auf einen der elastisch biegsamen holzigen Halme. »Es kommt aus Asien. Irgendwann wurde es hierher nach Südamerika gebracht.«

»Ist der Anbau schwierig?«

»Nun ja, Zuckerrohr braucht es warm und nass. Bei Ihnen in Deutschland könnte man es niemals anbauen.«

Er zeigt uns ein paar abgeerntete Reihen. Die braunen faserigen Stümpfe ragen dort aus der Erde, kurz über dem Boden abgeschnitten. Ein paar vergessene Stücke liegen noch herum; unser Gastgeber hebt sie auf und verteilt sie an uns. »Kauen Sie darauf. In Brasilien heißt es, dass es niemanden mit gesünderen Zähnen gibt als Zuckerrohrarbeiter, weil sie ständig darauf herumkauen. Es ist wahr.«

Wir versuchen es vorsichtig. Das Rohr ist hart und faserig, und es schmeckt tatsächlich süß.

»Aber spucken Sie es aus, wenn es keinen Geschmack mehr hat. Schlucken sollte man es nicht.«

Wir kommen zu einer kleinen Siedlung aus Hütten am Rand der Plantage. Sie sind einfach, sehen aber sauber und ordentlich aus, daneben liegen ein paar Gemüsebeete, und an Wäscheleinen trocknet Wäsche in der Nachmittagshitze. Eine Frau erntet Tomaten, ein kleiner Junge spielt neben ihr. Vor einer der Hütten sitzen zwei Männer und ruhen sich aus; alle sind schwarz.

»Dies waren einmal die Sklavenhütten«, erklärt der Senhor. »Heute leben dort die Arbeiter. Ich habe ihnen Land gegeben, damit sie Gemüse anbauen können, und die besten Tomaten in ganz Brasilien zieht Anna.«

Die Frau bei den Tomaten lacht. »Der Senhor übertreibt. Allerdings sind sie wirklich nicht schlecht.«

»Anna hat allen meinen Kindern das Schwimmen beigebracht.«

»Aber erst, nachdem ich es Ihnen beigebracht habe, als wir beide noch Kinder waren – wissen Sie noch?«

»O ja.« Er grinst. »Sie lag mir in den Ohren damit. ›Komm, Alvaro, ich zeige es dir.‹ Ich war älter als sie, aber sie war trotzdem eine gute Lehrerin.«

Der kleine Junge kommt zu uns. Senhor Costa hebt ihn hoch und wirft ihn in die Luft. Der Junge lacht vergnügt. Anna kommt ebenfalls heran, in der Hand den Korb voller Tomaten. »Anna, dies ist Besuch aus Deutschland«, sagt der Senhor und zwinkert. »Unter anderem eine echte Gräfin. Sie bleiben heute Nacht hier und fahren dann weiter nach Manaus.«

»Manaus«, wiederholt sie. Es klingt nicht besonders wohlwollend. »Ich mag diese Stadt nicht.«

»Warum nicht?«, möchte ich wissen.

»Es ist kein guter Ort.« Mehr sagt sie nicht. Stattdessen bietet sie uns Tomaten an. Wir kosten, sie schmecken tatsächlich unglaublich gut.

Das Herzstück der ganzen Plantage ist neben dem Zuckerrohr die flache, lang gestreckte Hütte, in der aus dem Zuckerrohr der Zucker gewonnen wird.

»Es ist eigentlich ganz einfach. Man muss das Zuckerrohr zuerst von den Blättern befreien. Dann presst man es in der Mühle aus – früher hatten wir dafür Ochsen, nun wird die Mühle mit einer Dampfmaschine betrieben.« Er führt uns die Maschine vor, die sich ratternd und dampfend in Gang setzt. »Der Saft wird aufgefangen und in Sudpfannen mit Kalkmilch vermischt und gekocht«, Senhor Costa zeigt uns auch diese, »und dann umgefüllt in diesen Kessel.«

Der Kessel sieht aus wie eine zu groß geratene Ausgabe desjenigen, der draußen bei den Hühnern vor sich hin rostet. Offensichtlich hat Senhor Costa irgendwann einmal diesen neuen Riesenkessel angeschafft. »Wir schöpfen den Schaum ab, und dann kommt der gekochte und gesäuberte Saft in meine Wundermaschine.«

Stolz präsentiert er uns eine überraschend moderne große

Maschine aus Stahl mit einem Vakuumzylinder. Ich komme kaum noch mit dem Übersetzen nach, weil er so begeistert seinen Vortrag hält. Anscheinend hat Senhor Costa seine Liebe zum Zucker von seinem Vater geerbt. »Die Zuckermasse wird hier in die Kristalle umgewandelt«, fasse ich schließlich zusammen. »Und die Melasse vom fertigen Zucker getrennt.«

»Was wird mit der Melasse gemacht?«, fragt der Reisemarschall. Ich übersetze.

»Den verkaufen wir an Rumbrenner. Und aus dem Zuckerrohrsaft machen wir selbst Cachaça, Zuckerrohrschnaps.«

Der Reisemarschall gibt mir drängende Zeichen. Fragen Sie, ob er uns ein paar Flaschen überlässt, sollen sie bedeuten. Ich gehorche. »Natürlich, so viel Sie wollen«, lacht Senhor Costa. »Wenn Sie mich fragen, Gräfin, bekommen Sie hier den besten am ganzen Amazonas. Aber ich gebe zu, ich bin natürlich befangen.«

Als wir zum Haus zurückgehen, frage ich Senhor Costa, was wohl aus der Plantage werden wird, wenn auch Luz sie nicht übernimmt, sondern in die Stadt zieht.

»Nun ja, vielleicht übernimmt sie Annas Sohn«, zwinkert er. »Ich mache mir keine Sorgen. Es wird alles kommen, wie Gott es will.« Er sieht zum Wald hinüber, der hinter den Zuckerrohrreihen aufragt. »Wissen Sie, nichts bleibt ewig. Wenn wir eines Tages nicht mehr da sind, dann wächst der Wald einfach über unsere Spuren hinweg, bis irgendwann niemand mehr ahnen kann, dass hier einmal Zuckerrohr wuchs und Menschen lebten. Das passiert nicht zum ersten Mal und sicher nicht zum letzten Mal. Es ist falsch zu glauben, dass wir den Regenwald beherrschen. Umgekehrt ist es wahr: Für eine kurze Zeit lässt er uns gewähren.«

Als wir zurückkommen, hat Mariana für uns im oberen Stockwerk die leeren Zimmer der Kinder zurechtgemacht. Es gibt in jedem zwei weiche Betten, die eine willkommene Abwechslung zu unseren harten Feldpritschen sind. Außerdem bekommen wir warmes Wasser und Seife – nach den letzten Tagen der Katzenwäsche ist das ein Luxus. Ich wasche mir die Hände und das Gesicht; die Seife ist billig und grob und riecht nach Leinöl, aber sie ist besser als nichts.

Zum Abendessen ist der Tisch auf der Veranda gedeckt. Die Teller sind aus einfacher Keramik, die Löffel verbogen, aber die Aussicht ist schön, und über die Veranda weht ein lauer Wind vom Wasser her.

»Meine Schwiegereltern haben im Grunde auf dieser Veranda gelebt«, erzählt Mariana. »Meine Schwiegermutter saß den ganzen Tag hier draußen und nähte oder stickte, und mein Schwiegervater trank hier seinen Cachaça zum Feierabend.«

Auch wir bekommen nun alle ein Glas von Senhor Costas Zuckerrohrschnaps. Er brennt in der Kehle; ich huste, obwohl ich nur einen kleinen Schluck genommen habe.

»Ja, der Cachaça ist etwas, woran man sich gewöhnen muss«, stellt Senhor Costa gut gelaunt fest. »Oder man wächst damit auf, so wie ich. In Brasilien nennt man ihn auch Feuerwasser, weil er brennt. Oder den Herzöffner, weil man nach ein paar Gläsern sagt, was einem auf dem Herzen liegt.« Er sieht auf sein halb gefülltes Glas mit der beinahe durchsichtigen Flüssigkeit. »Der Cachaça ist der Rum des kleinen Mannes, hat mein Vater immer gesagt, und er fließt in den Adern Brasiliens – abgesehen von Manaus, da fließt der Champagner, wie man so hört.«

Zum Abendessen stellt Mariana einen einzigen großen

Topf auf den Tisch. Es ist der Topf, der schon auf dem Herd köchelte, als wir ankamen. Sie hat den Inhalt mit schwarzen Bohnen und Reis gestreckt, damit es für alle reicht. Das Fleisch ist vollkommen zerkocht und nicht mehr feststellbar, von welchem Tier es stammt; aber die dickflüssige Soße ist würzig und gehaltvoll. Wir haben zwei Flaschen Rotwein aus unserem Proviant zum Essen beigesteuert, jetzt, wo wir mit dem Alkohol nicht mehr haushalten müssen. Senhor Costa schnuppert genießerisch an seinem Glas, bevor er den ersten Schluck nimmt. »Wein kriegen wir nicht oft«, sagt er, »das ist etwas Besonderes hier draußen. Sehen Sie nur, wie schön die Farbe in diesem Abendlicht aussieht.«

Ich lächele. Senhor Costa schafft es, aus allem etwas Poetisches zu machen, selbst aus einem Glas Rotwein, dessen Rand einen Sprung hat. Zu seinen Füßen liegen die beiden Hunde, die wir bei unserer Ankunft nur bellen hörten. Sie haben sich inzwischen als zwei struppige schwarze Riesenschnauzer entpuppt, die zu Füßen ihres Herrchens warten, ob etwas für sie abfällt. Senhor Costa kann bittenden Blicken nicht lange widerstehen und gibt ihnen ein bisschen zerfasertes Fleisch.

Die Hitze des Tages klingt langsam ab, der Himmel färbt sich wieder in den glühenden Farben des Sonnenuntergangs, und auch die Nachtschwalben fehlen nicht. Ein Boot legt an. Mariana bemerkt es als Erste. »Das müssen Gabriel und Roberto sein. Sie haben Glück, für sie wird es auch noch reichen.«

Aber es kommt nur ein Mann auf die Veranda; er ist jung und hat einen mürrischen Ausdruck im Gesicht. Sein Bart wächst stoppelig, und obwohl er jung ist, hat er einige Zahnlücken.

»Roberto, wo ist Gabriel?«, fragt Senhor Costa auf Portugiesisch.

Robertos Gesicht wird wenn möglich noch missgelaunter. »Verschwunden«, brummt er. »Als wir einen Zwischenhalt gemacht haben.« Er spuckt aus. »Der Feigling.« Sein Blick bleibt an Kitó hängen, er beäugt ihn misstrauisch.

Senhor Costa lässt sich nicht aus der Ruhe bringen. »Setz dich, es ist noch Eintopf da. Und dann erkläre mir, warum Gabriel ein Feigling ist.«

»Seit wann essen wir mit Wilden?«, murrt der Arbeiter leise, aber vernehmlich, setzt sich dann aber und löffelt seine Portion Eintopf, die Mariana ihm in einen Teller geschöpft hat. Sein Blick wandert dabei von einem zum anderen.

»*Boa noite*, wir kommen aus Deutschland«, sage ich und verbeiße mir ein Grinsen, als Roberto mich erschrocken ansieht. Anscheinend hat er nicht damit gerechnet, dass ich Portugiesisch spreche.

Senhor Costa stellt uns vor. »Also«, hakt er dann noch einmal nach. »Was ist mit Gabriel?«

Roberto lässt sich Zeit mit der Antwort. Er angelt nach einem Stück des groben Brotes, das Mariana zum Eintopf gereicht hat. »Der hat sich mit einem angelegt«, erzählt er dann knapp. »Letzte Woche. Ein Arbeiter vom Nachbarn.« Er lacht auf. »Gabriel hat den ganz schön vermöbelt. Dem fehlen jetzt mehr Zähne als mir. Wär fast draufgegangen, der Kerl.«

Ich übersetze für die anderen. Max runzelt die Stirn. »Hier gibt's Nachbarn?«, fragt er. »Ich dacht', die Costas wären hier allein im Urwald.« Ich frage nach.

»O ja, wir haben Nachbarn«, erklärt der Senhor und wirft den Hunden noch einen Happen zu. »Aber vermutlich nicht in Ihrem Sinne. Es ist eine Rinderfarm, zwei Stunden weit von hier nach Süden.«

»Jedenfalls hat Gabriel jetzt Angst, dass man sich an ihm rächt.«

Mariana seufzt. »Das ist das dritte Mal, dass Gabriel sich mit jemandem von dort anlegt. Hört das denn nie auf?«

»Das ist alles wegen Lino.« Roberto scheint allmählich aufzutauen. Zwar wirft er Kitó immer noch ab und zu misstrauische Blicke zu, aber er schöpft sich nun selbst noch einmal Eintopf nach und isst mit deutlichem Genuss. »Damals hat es angefangen. Als irgendwer Lino, einen von der Rinderfarm, aus Versehen totgeschlagen hat. Seitdem rächt sich immer irgendjemand bei irgendwem.«

Ich reiße die Augen auf. »Wie bitte? Und der Mörder ist noch frei?«

Der Arbeiter lacht auf. »Ich weiß nicht, wie das in Deutschland ist, aber hier draußen gibt es keine Polizei, die Mörder sucht und einsperrt. Keinen Richter und auch keinen Arzt.«

Ich übersetze. »Und was passiert, wenn jemand krank wird?«, fragt Veronika.

»Am besten wird man nicht krank«, antwortet Mariana. »Ich kann Verletzungen ganz gut selbst versorgen und nähen, dafür brauchen wir keinen Arzt. Als sich Annas Sohn vor ein paar Jahren das Bein gebrochen hat, habe ich es geschient, und es ist wieder gut zusammengewachsen.«

»Ja, meine Mariana ist unsere Krankenschwester.« Der Senhor lächelt seine Frau liebevoll an. »Hier draußen muss man anders leben. Wir haben ja nicht einmal einen eigenen Priester.« War er eben noch ernst, spielt jetzt ein vergnügtes Lächeln um seine Lippen.

Luz seufzt. »Das musste ja so kommen. Papa liebt diese Geschichte und erzählt sie immer, wenn er die Gelegenheit dazu bekommt.«

»Was für eine Geschichte?«

Senhor Costa reibt sich die Hände. Mariana zündet derweil ein paar einfache Kerzen an, deren Schein die bläuliche Dämmerung erleuchtet, die sich allmählich auf der Veranda ausbreitet.

»Die Geschichte, wie meine Kinder getauft wurden«, sagt er vergnügt. »Wissen Sie, bei Ihnen und in den Städten wird ein Kind natürlich gleich nach der Geburt getauft, damit es in den Himmel kommt, falls es stirbt. Aber hier im Dschungel gibt es keinen Priester und keine Kirche, und meine liebe Frau brachte sechs gesunde Kinder zur Welt, die getauft werden sollten. Also habe ich es selbst gemacht. Ich bin nämlich der Ansicht, dass es dem lieben Gott einerlei ist, wer das Wasser über das kleine Kinderköpfchen schüttet und auch, ob es Weihwasser oder Amazonaswasser ist.«

»Und das ist die Geschichte?«

»Nein – die Geschichte ist, dass ich irgendwann, als Luz auf der Welt war und Mariana und ich wussten, dass wir kein siebtes Kind mehr bekommen würden, beschloss, dass es nun doch Zeit wurde, dass sie alle noch einen Priester und eine Kirche von innen sehen sollten. Es war Mariana wichtig, und also überlegte ich, wie ich es am besten machen konnte. Am Ende habe ich einfach alle meine Kinder auf mein Zuckerboot gesetzt und bin mit ihnen nach Manaus gefahren. In diese große, elegante, moderne Stadt. Wir haben sehr gestaunt, als wir da waren. Ich war viele Jahre nicht in Manaus gewesen, und bei meinem letzten Besuch war es noch bei Weitem nicht so prächtig. Ich bin mit den Kindern in die Kirche gegangen. Sie hätten das Gesicht des Priesters sehen sollen, als ich sie vor ihm aufstellte wie die Orgelpfeifen und ihn bat, dass er sie alle auf einmal taufen sollte – und bitte schnell, weil wir am selben Tag wieder zurück in den Dschungel fahren müssten.«

Ich übersetze, und auch die anderen lachen.

»Hat er es denn getan?«, fragt der Reisemarschall.

Auch ohne dass ich übersetze, versteht der Senhor. Er nickt. »Natürlich hat er das, und wir waren schon eine Stunde später wieder auf dem Weg zurück nach Hause.«

Es ist erst der Anfang von Senhor Costas Erzählungen. Bis es vollkommen dunkel geworden ist, erzählt er eine Anekdote nach der anderen. Sein Fundus ist unerschöpflich, und wir lachen viel. Auf der Veranda ist es gemütlich; die Kerzen verbreiten einen warmen Schein, die Luft ist lau, der Wind säuselt im hohen Zuckerrohr. Nachtfalter, einer größer als der andere, flattern und summen im Licht der Kerzen, verbrennen sich um ein Haar an den Flammen, verschwinden wieder in der Dunkelheit oder fliegen mit einem satten Geräusch gegen die Fensterscheiben des Hauses. Max zündet seine unvermeidliche Pfeife an und teilt den Tabak mit Senhor Costa, der ihm seinerseits einen Zigarillo schenkt. Ich könnte ewig so sitzen, denke ich. Es ist ein wunderbarer Abend.

Nur Mariana sieht ab und zu besorgt in die Dunkelheit.

»Was denkst du, *meu querido?*«, fragt der Senhor und legt seine große, schwielige Hand auf ihre.

»Gabriel ist dort draußen«, sagt sie leise, »irgendwo in der Dunkelheit. Gott weiß, was ihm passieren könnte.«

»Vielleicht holt ihn die Anakonda«, schlägt Luz leidenschaftlos vor.

»Anakonda?«, wiederholt Max, der das Wort aufgeschnappt hat, und beugt sich vor, um sich von Senhor Costa den Zigarillo anzünden zu lassen.

»Eine Riesenschlange«, erklärt Kitó. »Sie lebt hier am Fluss und kann gut schwimmen.«

Veronika starrt ihn entsetzt an. »Ist sie größer als die Grüne Jararaca?«

»Sehr viel größer.«

»Großmutter sagte immer, dass, wer schon einmal eine Anakonda gesehen hat, weiß, warum der Teufel im Paradies eine Schlange war«, steuert Luz nicht gerade hilfreich bei. »Die haben starre schwarze Augen und einen ganz scheußlichen Kopf.«

»Luz!«, versucht Mariana sie zu bremsen.

»Und Menschen fressen können sie auch«, vollendet Luz mit zufriedenem Grusel. »Das sagen alle.«

»Hör auf, unseren Gästen Angst einzujagen«, fordert Mariana.

»Aber es ist doch wahr! Ich habe einmal eine Anakonda gesehen, die ein Wasserschwein gefressen hat«, verteidigt sich Luz. »Ganz ausgebeult und träge lag sie da.«

»Ein Wasserschwein ist noch kein Mensch«, hält ihre Mutter dagegen.

Der Reisemarschall, Max und Veronika sehen mich fragend an. Ich übersetze eine harmlosere Version des Gesprächs.

»Gabriel ist bestimmt nicht von einer Anakonda gefressen worden«, beendet Senhor Costa das Thema. »Vermutlich geht es ihm gut, und morgen ist er wieder da, wenn ihm klar wird, dass er sich nicht ewig allein im Wald wird verstecken können. Dazu isst er viel zu gerne Marianas Puddingkuchen.«

Bald dreht sich das Gespräch wieder um Leichteres. Max erzählt von den Schmetterlingen, die er gefangen hat, der Reisemarschall steuert ein paar Geschichten aus München bei, und wir versuchen, den Costas das Leben in Deutschland zu beschreiben, das so anders ist als ihres hier im Urwald. Aber das alles kann nicht verhindern, dass wir alle hin und wieder beklommen in die tiefschwarze Dunkelheit hinaussehen, die das Farmhaus umgibt, und zum Fluss, der wie eine riesige, glänzende dunkle Schlange an der Plantage vorbeigleitet.

Später, als wir schließlich in die Betten kriechen, flüstert Veronika vom Nachbarbett: »Finden Sie es hier auch so schaurig, Hoheit? All dieses Gerede von Schlangen und Mördern, dieser Wald und das einsame alte Haus hier …«

Ich lausche auf die Geräusche; irgendwo knarren Dielen, draußen vor dem offenen Fenster raschelt das Zuckerrohr im Nachtwind. Ein Kauz ruft; einen Moment später schlägt einer der Hunde an und bellt einsam durch die Dunkelheit.

»Aber Senhor Costa und seine Frau sind doch sehr nett«, sage ich.

»Ja, aber ich wollte hier draußen trotzdem um keinen Preis wohnen. Dass Luz hier weg will, verstehe ich. Das würde ich auch wollen.«

In dieser Nacht träume ich von langen grünen Pflanzenreihen, von weißen Bergen voller süßer Kristalle, von Wasserschweinen und von einer riesigen Schlange im Priestergewand.

Villa AmSee

Lindau, Bodensee, kurz vor Weihnachten 1924

Der nächste Morgen begann klar und kalt. Die fahle Wintersonne schien durch die Fenster des Arbeitszimmers im oberen Stock, in das sich Therese und Veronika nach dem Frühstück zurückgezogen hatten. Gerade legte Veronika eine Liste mit den Formaldehydpräparaten an.

»Und das hier?«, fragte sie und hielt mit spitzen Fingern ein weiteres Glas hoch. »Was ist das?«

Therese rückte sich die Brille zurecht. Ihr Gesicht hellte sich auf. »Oh, das ist ein Kreta-Wasserfrosch. Ein ganz besonderes und seltenes Exemplar. Ich habe es von Professor Virchow geschenkt bekommen, zu Weihnachten vor fünfundzwanzig Jahren, wenn ich mich richtig erinnere.«

Veronika betrachtete das Tier, das in der Konservierungslösung säuberlich erhalten schwamm. Es war tatsächlich ein Frosch mit grasgrünem Rücken und langen Beinen.

»Ich verschenke eher Socken zu Weihnachten«, murmelte sie.

»Dieser Wasserfrosch ist sehr spezifisch«, erzählte Therese währenddessen weiter. »Er lebt ausschließlich auf Kreta und auch dort nur in niederen Lagen und wenn das Wasser sauerstoffreich genug ist. Auf der ganzen Welt gibt es außerhalb der Insel keinen einzigen wie ihn.«

»Mhm«, machte Veronika.

»Er erinnert mich immer an die Galapagos-Finken, die Darwin entdeckt hat. Sie leben nur auf dieser einen Inselgruppe und sonst nirgends. Und wiederum einige sind nur ganz besonderen Inseln innerhalb von Galapagos zuzuordnen.«

Veronika notierte wenig beeindruckt ein paar Stichworte zu dem Präparat und vergab eine Nummer, bevor sie es beiseite stellte und nach dem nächsten griff. Dann aber hielt sie inne.

»Virchow«, sagte sie nachdenklich. »Professor Virchow – irgendwie kommt mir der Name bekannt vor.«

Therese lächelte. »Bestimmt sogar. Er war ein sehr berühmter Arzt. Und ein furchtbar netter Mann. Ich habe ihn damals auf dem Anthropologenkongress hier in Lindau kennengelernt und zu mir zum Mittagessen eingeladen. Danach haben wir uns ab und an Briefe geschrieben. Meine Sammlung an Bromelien und Orchideen hat ihn beeindruckt.«

Veronika kramte in ihrem Gedächtnis. »Moment – war das aber nicht auch der Arzt, der schrecklich viele Leichen seziert hat?« Angeekelt sah sie auf den grünen Frosch im Glas.

»Doch. Er hat durch seine Arbeit mit den menschlichen Zellen viel entdeckt.« Therese wirkte nicht im Mindesten aus der Ruhe gebracht. »Und mit diesem Frosch hat er mir eine wirkliche Freude gemacht. Nicht viele Menschen besitzen einen Kreta-Wasserfrosch.«

»Du bist zu beneiden.« Veronika grinste. Dann hob sie wieder den Stift. »Gut, machen wir weiter.«

Therese schüttelte den Kopf. »Nein, lass uns eine Pause

machen. Draußen ist das Wetter so schön, und wir sitzen schon den ganzen Morgen hier oben.« Sie sah zum Fenster hinaus. »Was hältst du davon, zum See zu gehen?«

Sie füllten sich die Manteltaschen mit alten Brotwürfeln, die Gunda in einer Blechdose in der Küche aufbewahrte. »Die Enten werden mich schon vermisst haben«, sagte Therese. »Gestern und vorgestern haben sie nichts bekommen, dabei füttere ich sie sonst fast jeden Vormittag.«

Sie gingen durch den Garten hinunter ans Seeufer. Die Luft war eisig und glasklar, noch kälter als gestern. Therese hob schnuppernd die Nase. »Riechst du das? Es riecht nach Schnee. Vielleicht bekommen wir dieses Jahr wieder einmal weiße Weihnachten.«

»Schnee riecht nach nichts.«

»O doch!« Therese steckte die Hände in die Manteltaschen. »Es ist so ein kalter, sauberer Duft.«

Am See unten war der kleine private Anlegesteg der Villa im Schilf halb versteckt. Das Schilf war jetzt, im Winter, schon lange vertrocknet, und die gelblichen langen Stiele und Blätter bildeten einen interessanten Kontrast zum Grün des Rasens und dem Blau des Wassers, in dem sich heute der wolkenlose Himmel spiegelte. Zwei Boote waren am Steg vertäut, ein einfaches Ruderboot, mit dem Martin ab und an hinaus zum Fischen fuhr, und ein kleines elegantes Segelboot, das jetzt winterfest gemacht auf den nächsten Sommer wartete. Und dann lag dort noch etwas im Wasser …

»Nein! Das darf doch nicht wahr sein!«, rief Veronika. »Das ist doch nicht das, was ich denke?!«

Therese nickte. »Das ist das Kanu, das wir damals in Brasilien hatten.«

»Unglaublich.« Veronika ging in die Hocke und strich mit der Hand über das alte Holz. »Dass es noch heil ist, kann ich kaum glauben. Das ist sechsunddreißig Jahre her!« Sie fühlte das geschnitzte Tropenholz unter den Fingern, verwittert, aber ansonsten immer noch gut in Schuss. »Du musstest es damals unbedingt mitnehmen, obwohl der Reisemarschall deswegen Gift und Galle spuckte«, lachte Veronika. »Ich hätte nie geglaubt, dass ich es noch einmal sehe.«

»Ich bin froh, dass ich mich damals durchgesetzt habe.« Therese sah liebevoll auf das alte Kanu. »Immer wieder bin ich damit auf den See hinausgepaddelt. Und meine Nichten und Neffen haben es natürlich geliebt, als sie klein waren. Sie fanden es aufregend, in einem echten brasilianischen Kanu zu fahren.«

Veronika richtete sich auf. »Wie lange bist du schon nicht mehr damit unterwegs gewesen?«

»Ach, seit Jahren nicht mehr. Ich bin eine alte Frau geworden, falls es dir entgangen ist, krank und alt ...«

»Aber jetzt bin ich dabei, und ich kann dir helfen. Ach, bitte, Therese, es wäre doch schön, wenn wir noch einmal mit diesem Kanu aufs Wasser fahren, mit dem wir damals schon einmal zusammen unterwegs waren.«

Therese sah sie zweifelnd an. »Ich weiß nicht.« Dann gab sie sich einen Ruck. »Na gut, versuchen wir es.«

Es dauerte einige Zeit, bis sie beide im Kanu saßen. Thereses Knie und ihr Rücken waren in den letzten Jahren weniger beweglich geworden, und es fiel ihr nicht leicht, die kauernde Haltung einzunehmen, die das Kanu forderte. Schließlich war es geschafft.

»Geht es gut?«, fragte Veronika besorgt.

»Sagen wir, ich sitze.«

Die Freundin balancierte ihr nach und kauerte sich ebenfalls auf dem Boden des Kanus nieder. Dann streckte sie die Arme aus und löste das Tau, mit dem das Kanu am Steg befestigt gewesen war. Sie wollte schon nach beiden Paddeln greifen, aber Therese nahm ihr eines davon aus der Hand.

»Lass es mich versuchen. Wenn schon, denn schon.«

Sie brauchten nicht so lange wie erwartet, um in einen gleichmäßigen Rhythmus zu finden. Zu Thereses Überraschung schienen sich ihre Arme und Hände noch an die richtigen Bewegungen zu erinnern, und wie von selbst begann sie, so zu paddeln, wie sie es damals in Brasilien gelernt hatte. Bald glitten sie lautlos über das glitzernde Wasser dahin, das an diesem Tag so tiefblau schimmerte, dass es Therese an einen Saphir erinnerte. Mit jedem Paddelschlag fühlte sie sich ein bisschen jünger, hatte sie den Eindruck, die Müdigkeit und die Unruhe der letzten Monate abzuschütteln. Sie atmete tief die kalte Luft ein, füllte ihre Lungen damit und spürte, wie sich das unsichtbare Band, das sich sonst um ihre Brust spannte, zu lockern begann.

»Oh, siehst du, da sind meine Enten!«, rief sie freudig und zeigte auf die beiden Wasservögel, die neugierig näher kamen. »Und dort, der Haubentaucher. Der schnappt sich auch oft ein paar Stücke. Na kommt schon näher, habt ihr mich vermisst? Wundert ihr euch, dass ich euch heute auf dem Wasser entgegenkomme?«

Sie legte das Paddel beiseite und zog die raschelnde Papiertüte aus der Manteltasche. Bei dem Geräusch schienen die Enten sofort an Tempo zuzulegen. Therese füllte die erste Handvoll und warf sie den drei Vögeln zu. Sofort schnappten die Enten nach den Brotwürfeln, die sich langsam mit

Wasser vollsogen. Der Haubentaucher wahrte mehr Zurückhaltung und näherte sich nur langsam, um dann seinen hellen Hals zu strecken und elegant ein einziges Brotstückchen aus dem Wasser zu fischen. Therese ließ der ersten Portion sogleich eine weitere folgen. »Warte nur, bald kommt auch noch das zweite Entenpaar.«

Veronika zog nun auch ihre Futtertüte hervor. »Gehört das Blässhuhn dort auch zu deiner gewohnten Kundschaft?«, fragte sie. Der kleine schwarze Vogel mit dem weißen Fleck auf der Stirn paddelte mit seinen gut sichtbaren großen Füßen etwas unentschlossen auf sie zu.

»Nein, das ist neu. Wirf ihm doch etwas zu; wir wollen mal sehen, ob es ihm schmeckt.«

Kurz darauf landeten, wie sie angekündigt hatte, zwei weitere Enten auf dem Wasser. Sie zogen eine dreieckige Spur im Wasser hinter sich her, als sie auf der Oberfläche flügelschlagend aufkamen und dann zielstrebig Kurs auf das Kanu nahmen. Therese lächelte und blinzelte in die Sonne. »Da kommen ja die Nachzügler.« Sie warf ihnen Brot zu. »Ich habe mich schon oft gefragt, wie die Enten wohl verabreden, wann sie wohin fliegen. Sagt Herr Ente zu Frau Ente: ›Liebling, lass uns hinüber zu dieser Villa fliegen. Es müsste wieder an der Zeit sein, dass die alte Frau Futter verteilt?‹«

Veronika prustete los. »Du bist verrückt. So etwas habe ich mich noch nie gefragt.«

Sie fütterten eine Weile schweigend die Wasservögel, sahen zu, wie die Tiere die Brotwürfel aus dem dunkelblauen Wasser fischten, und genossen die Sonne. Veronika legte den Kopf schief. »Ich finde übrigens nicht, dass die Männer hübscher sind«, stellte sie fest.

»Wovon redest du?«

»Na, von den Enten.« Veronika legte den Kopf schief. »Es heißt doch immer, die Erpel seien schöner als die Enten.«

Therese nickte. »Natürliche Selektion. Darwin hat darüber geschrieben: Die hübschesten Männchen werden von den Weibchen am ehesten ausgewählt, und so entstehen solche Merkmale.«

»Ja, schon, aber ich finde sie eben gar nicht so hübsch.«

»Gut, dass du keine Ente bist.«

»Ich meine, ja, die Männchen haben diesen grün schillernden Kopf und die silbrigen Seiten, aber besonders freundlich sehen sie damit nicht aus. Der gelbe Schnabel ist außerdem so merkwürdig streng, und sie schauen immer, als hätten sie sich gerade über etwas geärgert.« Sie warf ihre letzte Handvoll dem Blässhuhn zu. »Die weiblichen Enten dagegen haben dieses warme gesprenkelte Braun, zu dem der blaue Fleck an der Seite hübsch aussieht. Und ihr Schnabel ist auch ganz anders. Er ist so warm orangefarben, und es sieht aus, als würden sie ein wenig lächeln.«

Therese schwieg verblüfft und betrachtete die Enten. Schließlich lachte sie auf. »Veronika, du hast recht! Die Enten lächeln tatsächlich. Bestimmt werde ich jetzt immer beim Entenfüttern an dich denken.«

Ihre Tüten waren leer, und sie paddelten langsam zurück ans Ufer. Therese genoss jede Minute auf dem Wasser. Wie hatte sie vergessen können, dass sie es so sehr liebte, auf Wasser dahinzugleiten? Schon als Kind war sie gerne geschwommen, gerudert, gesegelt. Sie war über Weltmeere gereist, war über den Amazonas gefahren – endlich wieder auf dem Wasser zu sein, ließ sie sich so lebendig fühlen wie schon lange nicht mehr. Sie betrachtete den See, sah die Spiegelung des

Himmels in seiner stillen Oberfläche, spürte das raue, alte Tropenholz des Kanus unter ihren Fingern und das Licht der Sonne in ihrem Gesicht.

Als sie schließlich wieder am Steg anlegten und sie mit Veronikas Hilfe ausgestiegen war, sah sie die Freundin an. »Danke«, sagte sie ehrlich.

»Wofür?«

»Dafür, dass du mich überredet hast. Ich habe das Wasser vermisst.«

Veronika zwinkerte ihr zu. »Gern geschehen.«

Amazonas, Brasilien

Juli 1888

Am nächsten Morgen verabschieden wir uns von den Costas. Mariana will uns ein Huhn mitgeben. »In Brasilien …«, beginnt sie.

»Reist man nicht ohne Huhn«, vollende ich den Satz. »Danke, aber wir haben schon drei.«

»Sie fahren jetzt weiter nach Manaus?«, fragt Luz neidisch.

»Ja. In ein paar Tagen sind wir dort. Aber zuerst werden wir noch ein paarmal haltmachen und Pflanzen sammeln.«

»Können Sie mich nicht mitnehmen?«

»Nein.« Ich lächele sie an. »Ich denke, deine Eltern sind froh, wenn du noch ein wenig bei ihnen bleibst. Aber ich kann dich verstehen, ich wollte auch immer fort von zu Hause und etwas anderes sehen.«

»Ist es bei Ihnen zu Hause auch so einsam und fade?«

Ich denke an die vielen Bankette, Empfänge, Bälle, Jagden, zu denen ich meinen Vater begleiten, die Reden, die ich in München halten muss, wenn der Prinzregent verhindert ist, die Menge an dienstbaren Geistern, die durch die Residenz huschen und mir jeden Handgriff abnehmen, ob ich es will oder nicht – diese merkwürdige Welt, in der ich gewöhnlich lebe. »Nein«, sage ich, »nicht so wie hier. Es ist auf eine andere Art einsam.«

Senhor Costa verkauft uns drei Flaschen von seinem besten

Cachaça, und wir schenken ihm ein paar unserer Fleischkonserven zum Abschied. Die ganze Familie begleitet uns zum Steg hinunter, auch Anna und ihr kleiner Sohn kommen, um uns zu verabschieden. Max feuert die Dampfmaschine an, und wir legen ab. Die Costas winken, wir winken zurück, bis uns die Arme schwer werden. Immer kleiner werden die Gestalten am Ufer und das einsame Farmhaus. Irgendwann macht der Fluss eine Biegung und verschluckt sie endgültig, als hätte es sie nie gegeben. Wir sind wieder allein mit uns und der Wildnis.

Leise, kaum merklich verändert sich das Wetter. Mein Barometer zeigt immer größeren Tiefdruck an, die Luft wird feuchter und feuchter. Irgendwann, nachdem wir ein paar Stunden gefahren sind, liegt sie wie ein schwerer, heißnasser Teppich auf dem Fluss und auf uns. Das Sonnenlicht ist diesig geworden, scheint nur noch fahl durch die Millionen kleinster Wassertröpfchen in der Luft. Bald fühlen wir uns wie im Dampfbad. Unsere Kleider saugen sich voll Wasser, und gegen Mittag sehen unsere Haare aus wie durch einen Bottich gezogen.

»Gräfin, ich denke, es hat keinen Sinn, noch weiterzufahren«, sagt der Reisemarschall. »Die Zeltplanen saugen sich genauso voll wie unsere Kleider, und wenn sie zu nass sind, lassen sie sich nur schwer aufbauen. Wir sollten uns einen Lagerplatz suchen und die Zelte aufschlagen, solange es noch geht.«

Er hat recht; die Luft wird immer feuchter. Etwa eine halbe Stunde später taucht tatsächlich eine Lichtung auf, nicht besonders groß und nicht besonders schön, aber wir haben keine Wahl. Inzwischen ist die Luft nicht mehr feucht, sondern regelrecht nass. Auf der Lichtung wachsen einige Bitterholzsträucher und ein paar Buritipalmen. Das Gras ist besonders stachelig, die oberste Schicht des Lehmbodens dagegen hat die Luftfeuchtigkeit der letzten Stunden allmählich aufgeweicht und glitschig gemacht. Der Reisemarschall hatte mit seinen Befürchtungen recht: die Zeltleinen sind noch schwerer als sonst, und wir brauchen lange, bis wir sie schließlich festgezurrt haben. An ein Lagerfeuer ist bei dieser Nässe überhaupt nicht zu denken, wir müssen mit kaltem Essen und ungekochtem Flusswasser vorliebnehmen, das wir mit Senhor Costas Zuckerrohrschnaps vermischen.

Nach dem Essen gehe ich ins Arbeitszelt, um nach meinen Herbarbögen und den neu gepressten Blüten und Blättern zu sehen. Als ich eine der Kisten mit den schon fertigen Papierbögen anhebe, um sie zum Klapptisch zu tragen, sehe ich, dass sie einen nassen Fleck auf dem Boden hinterlässt. Sofort befällt mich ein ungutes Gefühl. Schnell klappe ich die Kiste auf. – Es ist schlimmer als ich dachte! Kondenswasser läuft an den Innenseiten der Kiste hinunter. Entsetzt starre ich auf den zuoberst liegenden Papierbogen. Es ist ausgerechnet der mit der getrockneten *Vanilla gardneri*, meinem bisher aufregendsten und kostbarsten Pflanzenfund. Der Bogen ist vollkommen durchweicht. Veronikas hübsche Schrift, in der sie die wichtigsten Eckdaten notiert hat, dazu in Klammer die Tupí-Bezeichnung, die uns Kitó diktierte, ist zu blauen Wolken zerlaufen. Der Leim, der die liebevoll getrockneten und festgeklebten Pflanzenteile der Vanilla festgehalten hat, hat sich gelöst, und jedes einzelne davon ist nass geworden.

»Prinzessin?« Veronika tritt neben mich und sieht die Bescherung. »O nein«, haucht sie. »Heißt das, das ist …«

»Ruiniert?« Ich beiße die Zähne aufeinander. »Ja, das heißt es.« Mir steigen vor Wut die Tränen in die Augen. Noch einmal werde ich die Vanilla nicht trocknen können; sie ist unwiederbringlich verdorben. Und dass ich noch einmal das Glück haben werde, eine dieser Pflanzen in diesem Meer aus Grün zufällig zu finden, glaube ich nicht.

Fieberhaft blättere ich mich durch die restlichen Papierbögen in der Kiste. Etwa ein Drittel davon ist durchweicht. In den übrigen Kisten sieht es kaum besser aus. Die getrockneten Pilze riechen muffig; die Seiten meiner Notizhefte wellen sich.

Veronika sieht mich betreten an. »Vielleicht finden wir das meiste doch noch einmal«, versucht sie, mich zu trösten. »Und es ist sicher nicht alles verdorben.« Sie greift nach einem Kästchen, in dem wir vor ein paar Tagen leere Schildkröteneier am Ufer gesammelt haben. Sie klappt es auf; im nächsten Moment lässt sie es mit einem schrillen Schrei fallen. Wir sehen beide auf die Eierschalen, die herausgefallen sind. Heerscharen weiß glänzender Ameisen krabbeln heraus, genauso wie aus dem offenen Kästchen. Ich starre für einen Moment auf die Ameisen, dann flüchte ich regelrecht aus dem Zelt.

Mitten im heißen Dampf sitzt Max seelenruhig wie immer am Ufer und angelt. Er hat es irgendwie geschafft, trotz der feuchten Luft seine Pfeife anzuzünden. Ich lasse mich neben ihn fallen; dass mein Kleid schmutzig von der aufgeweichten Erde wird, ist mir endgültig gleich.

»Na?«, fragt er.

»Die *Vanilla gardneri*, ist verdorben. Und eine Menge anderer Herbarbelege auch. – Nicht zu vergessen: Die Schildkröteneier haben Ameisen angelockt.« Ich beiße die Zähne zusammen, um nicht aufzuschluchzen.

Er schweigt. Er kennt mich lange genug, um zu wissen, dass mir Schweigen mehr hilft als eine Menge guter Ratschläge. Ich beuge mich vor und nehme ihm die Pfeife aus dem Mundwinkel. Vorsichtig ziehe ich daran. Der Rauch ist scharf, ich huste.

»Vorsicht«, sagt er nur. »Die ist stark, wenn man noch nie geraucht hat.« Ich ziehe noch einmal, dieses Mal klappt es besser. Eine Weile sitzen wir schweigend da.

»Des is' net des Ende der Welt, Hoheit.«

An diesem Abend essen wir früh und kriechen sofort danach in unsere klammen Zelte, auf die klammen Feldbetten und unter unsere klammen Decken. Der Nebel wird immer dichter.

Irgendwann in der Nacht weckt mich Veronika.

»Hoheit!«, flüstert sie und tippt mich an die Schulter. »Hoheit, bitte, wachen Sie auf!«

Mühsam öffne ich die Augen. Es ist mitten in der Nacht, und Veronikas Gesicht sieht verängstigt aus.

»Was ist denn los?«, frage ich schlaftrunken.

»Hören Sie das?« Veronika klingt ängstlich. »Ich glaube, da schleicht etwas um das Zelt.«

Ich lausche angestrengt in die Dunkelheit. Tatsächlich höre ich es nun auch; ein Rascheln und Schnaufen, merkwürdige Laute, die klingen wie ein Knurren.

»Das muss ein großes Tier sein«, wispert Veronika. »Und es läuft rund um das Zelt.«

Wieder dieses Schnaufen, Schritte wie von einem schweren Körper. Nun bin auch ich hellwach. Ich schlage die Decke zurück. Sofort habe ich das Gefühl, dass mein Nachthemd klamm wird. Die Luft im Zelt ist nass, überall rinnt

Kondenswasser hinunter. »Wie konnte ich in diesem Dampf überhaupt schlafen?«, murmele ich.

»Das ist bestimmt ein Jaguar!« Veronika krallt ihre Finger panisch in meinen Arm, ohne sich noch um die Etikette zu scheren. Ich gebe zu, diese Möglichkeit elektrisiert mich. Es wäre eine Entschädigung für diesen furchtbaren Tag, einen wilden Jaguar zu sehen.

»Wir müssen die Männer aufwecken!« Veronikas Flüstern klingt allmählich hysterisch. »Nur sie können uns retten.«

Ich bedenke sie mit einem spöttischen Blick. Das Zelt der Männer ist mindestens zehn Meter von unserem entfernt, und das Schnarchen, das von dort herüberdringt, lässt keinen Zweifel zu, dass dort alle tief und fest schlafen.

»Wenn wir jetzt schreien, kommt der Jaguar wohl erst recht – wenn es ein Jaguar ist. Wollen Sie das?«

Sie schüttelt den Kopf. »Aber was sollen wir dann tun? Wir haben nichts, womit wir uns verteidigen könnten.« Sie hat recht. Die Machete und auch das Jagdgewehr ist im Zelt der Männer, ebenso alles andere, was man als Waffe benutzen könnte. Ich sehe mich suchend um. Neben meinem Bett hängt das Barometer. Es ist das schwerste meiner Messgeräte, aus massivem Stahl und Glas. Nicht viel, um sich gegen eine Raubkatze zu verteidigen, aber besser als nichts.

Währenddessen scheint das Tier uns immer näher einzukreisen. »Da!«, schreit Veronika auf. Ein dunkler Schatten zeichnet sich für einen Moment an der Zeltwand ab. Es ist nur ein Augenblick und nur undeutlich zu erkennen, aber das Tier muss tatsächlich groß sein. Nun reicht es mir. Ich nehme das Barometer fest in eine Hand und gehe entschlossen zum Zelteingang.

»Hoheit, nein, das ist viel zu gefährlich«, versucht Veronika, mich zurückzuhalten.

»Wollen Sie hier im Zelt warten, bis, was auch immer dort draußen umherschleicht, von selbst die Idee hat, hier hereinzukommen?«

»Nein, bloß nicht.«

»Sehen Sie.« Ich mache mich los und knüpfe den Zeltverschluss auf. Draußen empfängt mich eine eigenartige Nachtstimmung. Der Nebel geistert in Schwaden und Schlieren über die Lichtung, zwischen den Zelten hindurch und hängt in den Bäumen. Der Mondschein verfängt sich silbrig in der feuchten Luft.

Da – ich höre wieder das Schnauben und das Rascheln im Gras. Es klingt tatsächlich Furcht einflößend. Für einen Moment frage ich mich, ob ich verrückt bin, hier draußen so schutzlos zu sein; lediglich mit einem Barometer bewaffnet. »Finden wir es heraus«, murmele ich mir selbst zu. Ich schleiche zur Ecke des Zeltes, warte einen Moment und mache dann einen schnellen Schritt nach vorne aus meiner Deckung.

Dort im Nebel steht tatsächlich ein großes Tier. Einen Moment lang starren wir uns an, Auge in Auge. Das Wesen hat lange Beine, eine lange Schnauze und kleine Ohren, dazu sanfte, große Augen. Ich pruste erleichtert los.

»Hoheit? Geht es Ihnen gut?«, ruft Veronika aus dem Zelt.

»Ja, mir geht es gut. Ihr Jaguar ist bloß ein Flachlandtapir.«

Der Tapir verharrt noch einen Moment ängstlich, dann plötzlich rennt er los auf seinen im Vergleich zum plumpen Körper erstaunlich schlanken Beinen in Richtung der Bäume. Im nächsten Moment hat ihn die Dunkelheit verschluckt.

Am nächsten Tag ist der Nebel immer noch da. Er hängt zwischen den Bäumen, schluckt die Geräusche der Welt.

»Ich will heute in den Wald«, verkünde ich beim Frühstück.

»Nein, das ist unmöglich bei diesem Nebel«, wehrt der Reisemarschall ab. »Wir könnten uns verlaufen.«

»Nicht, wenn wir genügend Lampen mitnehmen und uns den Weg merken.« Ich seufze. »Bitte, ich muss heute etwas tun, neue Pflanzen sammeln.« Ich denke wieder an die ruinierten Stücke im Arbeitszelt. »Ich muss aufholen, was ich verloren habe, verstehen Sie?«

Er sieht mich zweifelnd an. Ich kann es ihm dieses eine Mal nicht verdenken; ich weiß selbst, dass es unvernünftig ist. Der Nebel ist allzu dicht und der Wald auch ohne Schwaden und Wolken unübersichtlich. Aber ich kann nicht anders, ich muss irgendetwas tun. Nach dem Frühstück brechen wir also auf.

Wieder einmal erscheint der Wald vollkommen verändert. Der Nebel umschließt die Farne und Wurzeln, schleicht lautlos um die Stämme. Manchmal steht er zwischen den riesenhaften Bäumen wie eine wattige weiße Säule, dann tanzt er wie ein zartes Gespinst zwischen den Lianen und um die Sträucher. Er schluckt unsere Schritte, die Vogelstimmen. Eine Harpyie ruft irgendwo mit ihrem hohen, durchdringend klagenden Laut. Es klingt schaurig durch den Nebel, der allen Sonnenschein schluckt. Mir fallen die sagenhaften Harpyien ein, nach denen diese Greifvogelart benannt ist, die grausigen Dämonen des Sturms aus der griechischen Mythologie, halb Vogel und halb Frau, mit riesigen Klauen. Die Harpyie ruft wieder. Unsere Laternen scheinen golden durch den Dunst, die des Reisemarschalls tanzt wie immer uns anderen voraus. Der Nebel ist warm, fast heiß. Es ist ein merkwürdiges Gefühl, als würde man durch ein Dampfbad gehen. Er legt sich auf unsere Gesichter, durchweicht die Haare und die ohnehin schon längst klammen Kleider. Ein paar Brüllaffen röhren durch den Dunst hoch über uns. Hier und da leuchten die roten Aaronstabblüten durch das diesige Grau, und ein Opossum raschelt zwischen den Farnen. Als ich die Laterne hochhalte, um es besser sehen zu können, sieht es ertappt auf. Für einen Moment erstarrt es, die weiß-schwarzen Ohren aufgerichtet, die rosafarbene Nase schnüffelt in der Luft. Dann dreht es sich um und verschwindet mit seinem schaukelnden Gang zwischen den Sträuchern.

Diese wattige, verzauberte Welt lässt die Farben, wenn sie denn durch den Dunst blitzen, noch viel leuchtender wirken als sonst. Die Farnwedel, die aus den Wolken ragen, sind sattgrün, die Helkonien, die im heißen Dampf auf den Lianen schaukeln, leuchten geradezu orange. Wir entdecken auf einem vor sich hin modernden Baumstumpf ein paar leuchtend bunte kleine Frösche. »Oh, die sind ja hübsch«, sagt Veronika. »Und so winzig.« Die Haut der Frösche ist schwarz und gelb, sogar die Füße mit den langen Zehen haben ein hübsches Zitronengelb. Veronika streckt die Hand nach einem der Frösche aus. »Die sind giftig«, warnen Kitó und ich sie wie aus einem Mund. Veronika zieht die Hand zurück.

»Diese kleinen Frösche? Frösche können doch nicht giftig sein!« Der Reisemarschall sieht mich ungläubig an.

»Das sind Baumsteigerfrösche. Ihre Haut ist giftig«, erkläre ich.

Kitó nickt. »In meinem Dorf haben wir mit dem Gift die Pfeilspitzen für die Jagd bestrichen.«

Veronika sieht auf die bunten Fröschchen. »Ich wusste gar nicht, dass hier noch etwas anderes als die Schlangen giftig ist.«

»Der halbe Wald ist giftig.« Kitó zuckt die Achseln. »Beeren, Lianen, Rinden, Tiere.«

»Wie beruhigend«, murmelt Veronika.

Max und ich befördern zwei der Frösche vorsichtig in eine meiner noch leeren Kistchen und geben ihnen ein paar Blätter und ein Stück Baumrinde zur Gesellschaft mit. Dann gehen wir weiter. Immer wieder halte ich hoffnungsvoll nach einer neuen *Vanilla gardneri* Ausschau, aber alles, was im Nebel auftaucht, ist ein Faultier. Es hängt einfach an einem dicken Ast über uns; bahnt sich träge mit seinen langen Armen und den langen Klauen kopfüber einen Weg.

Sein Fell ist zottelig und grünlich, als würde Moos darauf wachsen. Es wirkt wie eine merkwürdige Kreatur, wie es dort durch den Nebel kriecht, völlig unbeeindruckt von uns. Überall in diesem Teil des Waldes wachsen Lianen, ich habe den Eindruck, es sind mehr als sonst. Sie kriechen auf dem Boden, schlingen sich um die Stämme und Äste, hangeln sich wie Tentakeln eines riesigen Wesens von Baum zu Baum. Manche Sträucher scheinen sie geradezu zu erwürgen.

»Ich finde diesen Wald irgendwie gruselig«, flüstert Veronika hinter mir. »Oder ist es nur wegen des Nebels?«

Kurz darauf verharrt die Laterne des Reisemarschalls vor uns.

»Was ist los? Haben Sie eine Vanilla entdeckt?«, frage ich.

»Nein«, kommt die Antwort dumpf aus dem Nebel. »Aber etwas anderes.« Ich trete neben ihn und halte meine Lampe höher, die anderen machen es uns nach.

»Oh«, sage ich nur.

»Mei, was is' des?«, fragt Max.

Es ist ein bizarrer Anblick. Vor uns wachsen auf einigen Quadratmetern Wald eine große Menge derselben Baumart. Sie haben schmale Stämme mit heller Rinde und schlanke Kronen, die zwischen den Urwaldriesen rechts und links regelrecht bescheiden wirken. Es ist schon eigenartig genug, dass in diesem sonst so üppigen Durcheinander von vielen verschiedenen Arten auf diesem Fleck nun eine Baumart so besonders häufig ist. Viel merkwürdiger aber ist, dass um jeden einzelnen Baumstamm mit dicken Tauen etwas gebunden wurde. Als ich näher herangehe, sehe ich, dass es Tongefäße sind; einfache Schalen, die an den Bäumen befestigt wurden. Über jeder der Schalen ist eine tiefe Wunde in den Stamm geritzt, und aus diesen Wunden tropft ein zäher, dickflüssiger weißer Saft. Er sammelt sich träge in den Schalen. Als ich meinen Finger in eine tauche, ist der Saft klebrig auf meinen Haut.

»Kautschuk«, erklärt Kitó. »Das sind alles Kautschukbäume.«

Es ist ein befremdlicher Anblick, diese Armee von verwundeten Bäumen, aus denen wie Tränen das neue weiße Gold Brasiliens rinnt; dieser Beweis, dass hier mitten im unberührten Wald Menschen gewesen sind und die Bäume anzapfen – dabei sind wir meilenweit von Manaus entfernt.

Ich greife nach dem Notizheft in meiner Tasche und nach meinem Bleistift und mache ein paar grobe Skizzen. Unglaublich, dass hier im tiefsten Dschungel der Saft gesammelt wird, der später einmal die Gummistiefel und die gedämpften Kutschenreifen in Europa ergeben wird. Ich fülle mir ein bisschen Saft in eines meiner Glasfläschchen, dann ziehen wir weiter. Aus irgendeinem Grund bin ich froh, als wir den beklemmenden Anblick der benutzten Bäume hinter uns gelassen haben und sich der Nebel um sie herum wieder schließt.

Irgendwann lichtet sich der Dunst ein wenig und gibt zumindest den Boden des Waldes wieder frei. Wir sammeln Farne und ein paar Pilze, außerdem leuchtend orangefarbene Beeren. »Hoheit, schauen Sie mal, dort drüben wächst eine Ananas auf dem Boden!«, ruft Veronika plötzlich begeistert.

Sie hat recht. Als wir genauer hinsehen, erkennen wir, dass sich vor uns ein ganzes Ananasfeld zwischen den Bäumen und Sträuchern ausbreitet. Wie Köpfe stehen sie aufrecht und recken ihren grünen Schopf empor; hier und da leuchten auch ihre roten Blüten, die sich noch nicht in Früchte verwandelt haben. Ich habe schon Ananas in Gewächshäusern wachsen sehen, aber es ist etwas völlig anderes, sie wild und so unvermittelt im Wald zu sehen. Ich gehe in die Hocke und ernte zwei reife Früchte, außerdem noch ein paar Blätter und eine der karmesinroten Blüten. Plötzlich fällt mein Blick auf etwas anderes. Es ist eine Bewegung, nur ein paar Zentimeter von meiner Hand entfernt. Ich blinzele, dann erst erkenne ich, was da vor mir sitzt. Zwei haarige Beine recken sich mir angriffslustig entgegen, die restlichen sitzen fest auf einer Ananas. »Oh.« Unwillkürlich springe ich auf. Mein Fuß verfängt sich in einer Wurzel, ich taumele zurück, und im nächsten Moment fühle ich lauter spitze Stacheln in meinem Rücken.

»Prinzessin!«

Der Reisemarschall ist mit wenigen Sätzen bei mir. »Was ist passiert?«

»Das weiß ich nicht«, gebe ich kläglich zu, »ich glaube,

ich hänge fest.« Vergeblich versuche ich, mich frei zu machen, aber die Stacheln in meinem Rücken halten mich fest. Wenn ich irgendetwas erreiche, dann nur, dass sie sich noch mehr in meine Haut und mein Kleid verhaken. Ich lege vorsichtig meinen Kopf in den Nacken und sehe über mich. Der ganze hohe Stamm sitzt voller spitzer Stacheln – ich bin in einen Sandbüchsenbaum geraten. Er wird auch Teufelsbaum genannt, und ich verstehe nun, wieso.

»Seien Sie bitte vorsichtig«, sage ich zum Reisemarschall, während der versucht, mich zu befreien. »Wenn die Stacheln abbrechen, kann ein ätzender Saft herausfließen.«

»Ich gebe mir Mühe, Hoheit«, knurrt er, »aber da sind sicher Hunderte Dornen, und Sie haben ganze Arbeit geleistet, sich darin zu verfangen.«

Inzwischen sind auch die anderen herangekommen. Veronika steht mir am nächsten. »Sehen Sie irgendwo am Boden die großen nussartigen Früchte von diesem Baum?«, frage ich sie. Irritiert sieht sie mich an, sucht aber dann tatsächlich auf dem Boden.

»Ja.«

»Gut, bitte sammeln Sie welche davon ein«, ersuche ich sie, während ich immer noch im Baum hänge. »Aber passen Sie auf – wenn man Pech hat, explodieren sie.«

»Das klingt ja verlockend«, murmelt Veronika. Dann aber liest sie doch zwei davon auf, steckt sie schnell in die Botanisiertrommel, die ich habe fallen lassen, und schließt eilig den Deckel wieder. Kitó hilft inzwischen dem Reisemarschall, mich aus den Stacheln des Baumes zu befreien. Schließlich ist es geschafft. Mein Rücken brennt wie Feuer, und der Stoff ist zerrissen. Ich fühle, wie kleine Blutstropfen herunterrinnen – oder ist es Schweiß? Ich ärgere mich über mich selbst. Im Urwald sollte man nicht unbesehen gegen irgendetwas taumeln.

»Übrigens, Hoheit«, Max, der ein paar Schritte entfernt zwischen den Ananas steht, grinst triumphierend, »ich hab das Viech mal eingesackt. Hoffe, des is' Ihnen recht.« Er hält triumphierend ein Sammelglas in die Luft. Darin sitzt die Vogelspinne.

Der Rückweg kommt mir endlos vor. Mein Rücken tut höllisch weh, jede Bewegung schmerzt. Einmal taucht ein Ozelot auf, eine gefleckte kleine Raubkatze, die eigentlich nachtaktiv ist. Wie ein Traum erscheint sie in einer Nebelschwade und verschwindet sofort wieder. Kitó macht immer wieder halt und sammelt eine bestimmte Lianenart. Ich frage nicht, was er da tut, sondern konzentriere mich darauf, mich zusammenzureißen und nicht zu jammern. Das Brennen am Rücken wird immer schlimmer. Ich bin zum ersten Mal erleichtert, als wir endlich den Wald hinter uns lassen und am Lager ankommen. Den Rest des Nachmittags verbringe ich auf dem Bauch liegend im Zelt auf meinem Feldbett, während Veronika meine Wunden versorgt und mit einer Pinzette jede einzelne abgebrochene Dornenspitze herauszieht.

»Wie sieht es aus?«, frage ich schließlich.

»Nun ja, Ihre Haut ist wirklich sehr rot«, antwortet Veronika zögernd. Ich höre ihrer Stimme an, dass es noch schlimmer ist, als sie zugeben will.

»Wie geht es dir?«, ruft Kitó von draußen.

»Es brennt höllisch.«

Ich höre, wie er den Zeltverschluss aufknüpft.

»Kommen Sie bloß nicht ins Zelt!«, ruft Veronika entsetzt, »die Prinzessin ist nicht vollständig angezogen.«

»Keine Sorge.« Er streckt bloß seine Hand ins Zelt. Darin hält er meinen Mörser. »Streich ihr das auf den Rücken. Das hilft.«

Im Mörser sind Stücke der Lianen, die er gesammelt hat. Er hat sie sorgfältig mit dem Stößel zerdrückt. Ein wässriger Saft ist ausgetreten, der frisch riecht.

»Was ist das?«, frage ich.

»Tupí-Medizin.«

Damit ist er wieder verschwunden.

Veronika sieht mich fragend an. Ich nicke. »Versuchen wir es.«

Vorsichtig reibt sie etwas von dem Pflanzensaft auf meinen geschundenen Rücken. Tatsächlich wird das Brennen sofort besser. Ich seufze erleichtert auf und sehe zu dem Glas hinüber, in dem die Vogelspinne sitzt. Max hat ihr noch ein paar Blätter spendiert. Das Tier hebt seine Vorderbeine und tastet damit entlang der gläsernen Wände.

»Oh, sehen Sie!«, rufe ich, »ihre Fußsohlen sind türkis!«

Draußen bricht die Sonne durch die nasse Luft. An den Zeltwänden trocknet dampfend das Kondenswasser. Der Nebel hat sich gelichtet.

»Wie ist dein Rücken?«, fragt mich Kitó am nächsten Tag, als wir endlich wieder um ein kleines Lagerfeuer sitzen und unseren Morgenkaffee trinken. Die Luft ist trockener geworden, allerdings liegt nun eine merkwürdige Spannung darin, wie ein leises Flirren.

»Es ist schon viel besser, danke. Was war das – diese Tupí-Medizin?«

»Das ist der Saft einer Lianenart, der Wunden schnell heilen lässt. Wenn man ihn allerdings gären lässt, wird der Saft tödlich giftig. Darum steht er bei uns sowohl für Geburt als auch für Tod.« Er zieht aus der Tasche eines meiner Glasfläschchen. »Ich habe noch mehr davon. Du solltest es noch ein paarmal verwenden, bis es ganz abgeheilt ist.«

»Danke.«

Weil der Nebel sich verzogen hat, beschließen wir, noch an diesem Morgen weiterzufahren. Die nächsten beiden Tage verbringen wir wieder auf dem Wasser und im Wald. Die Sonne brennt, die Luft scheint allmählich fast zu glühen. Die Spannung, dieses merkwürdige Flirren, das der Nebel in der Luft hinterlassen hat, wird stärker. Währenddessen heilt mein Rücken, und der Wald entschädigt mich für meine verdorbenen Herbarbelege: Wir finden in diesen Tagen so viele Blüten und Pflanzen wie nie zuvor.

Am dritten Tag, wir sind wieder auf dem Wasser unterwegs, beginnen sich Wolken am Horizont aufzutürmen. Ein eigenartiger, heißer Wind kommt auf.

»Münchner Föhnwetter«, stellt Max fest, während er die Dampfmaschine neu befeuert. »Dass man hier net davon verschont bleibt, hätt' ich auch net gedacht.« Münchner Föhn, der warme Fallwind, der Max zuverlässig Kopfschmerzen beschert, solange ich ihn kenne. Auch jetzt runzelt er ab und an die Stirn und reibt sich über den Schädel.

Veronika, Kitó und ich haben unter unserem Sonnensegel und neben den Hühnern den Arbeitstisch aufgeklappt und sortieren Pflanzen, die wir gestern gesammelt haben. Der Vogelspinne und den Fröschen geht es gut, die Hühner kollern zufrieden. Doch während wir arbeiten, wandern unsere Blicke immer häufiger hinauf zum Himmel. Max versucht zu angeln, gibt es aber bald auf. »Die Fische beißen net. Ich glaub, es gibt an Unwetter.«

Tatsächlich wird der heiße Wind stärker, das Flirren der Luft und die Wolkenberge ebenfalls. Die Hitze sitzt brütend und Unheil verkündend über der Landschaft. Wir beschließen, bei der nächsten Lichtung zu halten und unser Lager aufzuschlagen, bevor das Gewitter uns erreicht hat. Aber – zum ersten Mal auf unserer Reise bleibt der Wald an beiden Uferseiten in den nächsten Stunden geschlossen. Es ist wie verhext, nirgends öffnet sich eine Lichtung, nicht einmal ein kleiner Flecken Grasland oder Lehmboden, auf dem wir die Zelte aufstellen könnten. Im Gegenteil, der Wald wächst durchgängig dicht am Ufer, es gibt kaum eine Böschung. Die grüne Wand steht undurchdringlich da.

Unterdessen wird der Himmel dunkler und dunkler, es kann nicht mehr lange dauern. »Eine Stunde noch«, murmelt der Reisemarschall, »höchstens zwei.«

Ich breite mit ihm zusammen die Landkarte auf unserem Tisch aus. »Hier müssten wir etwa sein.« Er tippt auf einen Punkt im Flusslauf. »Und dort«, sein Finger wandert nicht weit von dort zu einem Punkt im Waldland, »müsste ein Fort sein, glaube ich. Das kann nicht weit entfernt sein. Vielleicht eine halbe Stunde, wenn wir uns beeilen.«

Eine heiße Windbö fährt unter die Landkarte, lässt sie flattern. »Eine halbe Stunde?«, frage ich.

Er nickt.

»Gut, versuchen wir es.«

Max schippt so viele Kohlen auf einmal in den Dampfkessel unserer treuen Steam Launch wie noch nie und heizt ihr ordentlich ein. Es funktioniert – wir nehmen an Fahrt auf. Währenddessen verdunkelt sich der Himmel immer weiter, es ist beinahe, als würde die Nacht heute früher einbrechen. Die Affen in den Bäumen am Ufer kreischen lauter als sonst, die Zikaden scheinen in einem Crescendo zu zirpen. Es ist, als würde die gesamte Natur das drohende Unwetter fühlen, und allmählich wird es auch uns auf dem kleinen Boot mitten auf dem Fluss unheimlich.

»Da, haben Sie gesehen? Ein Licht. Das muss das Fort sein!«, ruft der Reisemarschall schließlich und deutet ans Ufer. Tatsächlich, dort zwischen den dichten grünen Bäumen leuchtet etwas auf. Wir sind erleichtert, und Max macht dem Boot noch einmal mehr Dampf.

»Wo ist das Licht nun?«, fragt Veronika nach zehn Minuten. Sie hat recht. Nichts leuchtet mehr zwischen den Kronen. Der Wald steht hier genauso dicht und hoch wie überall sonst in den letzten Stunden.

»Da ist kein Fort«, bemerkt Kitó trocken. »Da ist überhaupt nichts.«

Der Reisemarschall studiert noch einmal verzweifelt die Karte. »Das kann nicht sein«, murmelt er immer wieder, »es muss doch hier irgendwo sein.«

Währenddessen läuft uns die Zeit davon. Der Himmel ist mittlerweile vollkommen schwarz, und wir fahren direkt in das Unwetter hinein. In der Ferne grollt es schon; die Windböen rauschen durch den Wald, ein merkwürdiges, unheimliches Geräusch.

»Was machen wir nun?« Veronika klingt ängstlich.

»Nun ja, was sollen wir schon tun?« Ich zucke nüchtern die Achseln. »Wir werden das Gewitter hier auf dem Boot überstehen müssen.«

Sie schüttelt den Kopf. »Nein, das geht doch nicht. Dieses Boot ist nicht gerade – nun ja … sicher. Und der Fluss ist tief und weiß Gott, welche Tiere dort drin leben. Ist es nicht auch gefährlich, bei Gewitter auf dem Wasser zu sein?«

»Schon, aber …«

»Und Schwester Elisabeth!« Allmählich klingt sie hysterisch.

»Was ist mit ihr?« Ich runzele die Stirn.

»Sie hat gesagt, dass man Malaria bekommt, wenn man nachts ungeschützt draußen schläft.«

»Nun ja«, antworte ich gedehnt, »aber wenn das Boot ohnehin auseinanderbricht oder von einem Blitz getroffen wird oder wir von Krokodilen und Anakondas gefressen werden, dann müssen wir uns zumindest über die Malaria keine Gedanken machen. Die entwickelt sich erst nach und nach.«

Veronika starrt mich entsetzt an.

»Wir sollten die wenige Zeit, die wir haben, nutzen, um uns einen Unterstand zu bauen«, mischt Kitó sich ein. »So werden wir und deine Sammlungen vielleicht wenigstens nicht vollkommen durchnässt.«

Er hat recht. Der Wind peitscht inzwischen schon über das Wasser, das Grollen ist lauter geworden. Der Reisemarschall und Kitó übernehmen das Kommando, und wundersamerweise sind sie sich dieses eine Mal einig.

»Wir müssen das Sonnensegel befestigen«, kommandiert der Reisemarschall, »und alles Gepäck und die Sammlungen darunter stapeln.«

»Max, wir müssen das Boot drosseln«, fügt Kitó hinzu. »Und wir sollten ein paar der Zeltplanen als Decken für uns verwenden.«

Verbissen arbeiten wir die nächsten Minuten, während die ersten Blitze gespenstisch über den Wald und das Wasser zucken. Für Augenblicke ist alles grell erleuchtet, dann versinken wir wieder in dieser merkwürdigen, gräulichen Dunkelheit.

Wir schaffen es gerade noch, bis das Gewitter über uns losbricht. Zusammengekauert sitzen wir unter dem festgezurrten Sonnensegel, haben die Zeltplanen schützend über uns gezogen und sehen zu, wie das sonst so ruhige Wasser des Amazonas mit einem Mal schäumende Wellen schlägt, wie der Wind die mächtigen Bäume biegt, wie die Blitze über den Himmel zucken. Neben uns gackern die Hühner; zwischen dem krachenden Donner hören wir das schrille Kreischen der Affen und Vögel. Veronika neben mir beginnt zu beten, auch mir ist mulmig zumute. Der Fluss treibt unser Boot wie ein Blatt mal hierhin und mal dorthin. Bitte, lieber Gott, lass es halten, denke ich. Noch nie habe ich mich der Natur derart ausgeliefert gefühlt.

Irgendwann kommt der Regen. Es ist kein Regen, wie ich ihn aus München kenne. Es ist eher, als hätten sich die Schleusen des Himmels geöffnet. Ich habe noch nie einen solchen Regen erlebt. Er fällt sintflutartig auf die Bäume, den Fluss, auf unser Boot. Sturzbäche rinnen an unserem Sonnensegel hinab, triefen hinunter von den Bäumen, als würde jemand über uns ganze Eimer ausgießen. Und es scheint nicht enden zu wollen. Irgendwann gleitet die Dunkelheit des Gewitters in das Dunkel der Nacht über. Und auch wenn der Regen immer noch prasselt, wird der Donner irgendwann leiser, die Blitze ferner.

»Wir haben es geschafft«, murmelt Veronika neben mir müde.

Wir sind alle erschöpft von der Anspannung der letzten Stunden. Während der Regen weiterprasselt, fällt einer nach dem anderen in einen unruhigen Schlaf.

Ich liege eingequetscht zwischen Veronika und Kitó. Über meinem Kopf scharren die Hühner in ihrem Käfig. Ich liege da und sehe zum Sonnensegel hinauf, höre dem Regen zu, diesen Wassermassen, die auf uns niedergießen und die ganze Welt zu waschen scheinen. Ich höre Veronikas gleichmäßige Atemzüge. Selbst jetzt sieht sie aus wie ein Engel.

Und ich fühle Kitós warmen Körper dicht an meinem. Noch nie lag ein Mann so nahe neben mir. Ich liege ganz still. Wenn ich ehrlich bin, ist es nicht unangenehm. Nein, es ist sogar schön. Ich spüre seine Wärme, höre seinen regelmäßigen Atem. Ich drehe ganz vorsichtig den Kopf, sodass ich ihn ansehen kann. Er schläft. Sein Arm liegt wie zufällig auf meiner Schulter. Mein Herz klopft. Was ist das?, denke ich. Schon seit ich ihn das erste Mal gesehen habe, ist da etwas, das mich zu ihm zieht. Es ist anders als bei Otto, der mir vertraut ist, seit wir Kinder waren. Die Liebe zu Otto ist so tief, so innig, aber auch so anders als dieses Herzklopfen, das ich nun empfinde. Kitó ist mir so vollkommen fremd, und zugleich habe ich mitunter das Gefühl, als könnte er mir in die Seele schauen. Als gäbe es da ein tiefes Verstehen und eine Anziehung, die ich nicht erklären kann.

Was ist das?, frage ich mich noch einmal. Ich weiß es nicht. Ich weiß nur, dass ich plötzlich, obwohl ich im strömenden Regen auf einem wackeligen Boot mitten auf dem Amazonas liege, nirgendwo anders lieber wäre als genau hier. Neben ihm, mit klopfendem Herzen.

Villa AmSee

Lindau, Bodensee, kurz vor Weihnachten 1924

Therese blieb auch den Mittag über voller Tatendrang. Ihr Husten hatte nachgelassen, ihre Müdigkeit, die sie sonst kaum noch verließ, war wie weggeblasen.

»Lass uns zu Mamas Kapelle fahren«, sagte sie nach dem Essen. »Ich war schon lange nicht mehr dort, und heute fühle ich mich endlich wieder einmal so, als würde ich den Aufstieg schaffen.«

»Ich wusste gar nicht, dass deine Mutter eine Kapelle hat bauen lassen.«

»Das hat sie auch nicht.« Therese griff schon nach ihrem Mantel. »Papa hat es für sie getan. Du wirst schon sehen.«

Martin fuhr sie mit dem Wagen. Dieses Mal nahmen sie nicht die Landstraße am See entlang wie beim letzten Mal, als sie Richtung Lindau gefahren waren, sondern er lenkte das Automobil nach Norden, in die Wiesen hinein. Es war eine sehr ländliche Gegend, mit kleinen versprengten Dörfern, ab und an einem einzelnen großen Bauernhof zwischen sanften grünen Hügeln. Hier und da unterbrach ein Waldstück die Weiden. Sie durchquerten Aeschach, dann kamen sie durch Oberreutin und schließlich an den Tobelbach, ein kleines Flüsschen, dem sie folgten. Die Landstraßen lagen verlassen da. Hier hatte kaum jemand ein Automobil, die Bauern waren höchstens mit dem Fahrrad unterwegs. Zwei

Kinder, ein Junge in Lederhosen und ein Mädchen mit dicken Zöpfen, trieben eine Schar leuchtend weißer Gänse über eine Wiese, an der sie vorbeikamen.

»Was für eine Idylle«, seufzte Veronika.

»Ein wenig wie bei *Heidi*, mit all den hohen Bergen im Hintergrund.« Sie lachte. »Das Buch habe ich oft meinen Kindern vorgelesen, und sie haben es geliebt. Sie haben gebettelt, bis wir mit ihnen in einem Sommer in die Schweiz fuhren.«

»Und, hat es ihnen gefallen?«

»Ja, aber ich glaube, sie waren enttäuscht, nirgends den Alp-Öhi zu finden.« Die Gänse flatterten und schnatterten, sie fuhren weiter. Ein größerer Hügel, höher als die anderen, kam in Sicht. Darauf stand eine kleine Kapelle, von zwei winterkahlen Bäumen flankiert.

»Ist es das?«, fragte Veronika.

»Das ist es«, antwortete Therese feierlich. »Schau, wie schön die Kapelle dort steht. Mama hätte sie genauso haben wollen.«

Martin hielt am Fuß der Weißensberger Halde, und sie stiegen aus. Ein Spazierweg führte in einer sanften Steigung darum herum hinauf zur Kuppe.

»Bist du sicher, dass du es schaffst?«

»Ich werde es zumindest versuchen.« Therese rückte ihren Hut gerade. »Wenn ich es schaffe, dann heute. Allein schon, weil das Wetter so herrlich ist. Wir werden oben eine klare Sicht haben.«

Sie machten sich im strahlenden Sonnenschein zu dritt auf den Weg. Therese hatte Martin angeboten, beim Wagen bleiben zu können, aber er hatte darauf bestanden, sie zu begleiten, und nun begriff sie auch, wieso. Er ging mit unverhohlener Begeisterung neben Veronika. Die schien dagegen seine bewundernden Blicke gar nicht zu bemerken; in ihrem warmen Mantel, mit einer weißen Pelzmütze auf dem Kopf und vom kalten Wind geröteten Wangen wirkte sie noch jünger als sonst.

»Es ist wunderschön hier«, sagte sie gerade zu niemandem Bestimmtem. »Schon jetzt bin ich traurig, dass ich irgendwann wieder fahren muss.«

Martin fasste sich ein Herz. »Wie lange werden Sie denn bleiben?«, wagte er zu fragen.

Veronika seufzte. »Ende dieser Woche, denke ich. Ich kann meinen Mann nicht so lange allein lassen – und immerhin steht Weihnachten vor der Tür.«

»Diese Woche schon.« Martin klang enttäuscht. Nach einer Pause fragte er: »Mögen Sie denn Weihnachten gerne?«

»Natürlich. Jeder mag doch Weihnachten, nicht wahr? Die Plätzchen, der Tannenduft, die Kerzen, die Romantik …«

Martin nickte. Offensichtlich zermarterte er sich das Hirn, wie er fortfahren konnte. »Mein Vater schlägt jedes Jahr unseren Tannenbaum«, sagte er schließlich. »Er ist Förster, wissen Sie.«

»Wie schön.« Veronika steckte die Hände in die Manteltasche und warf ihm einen ihrer schmelzenden Blicke zu. »Förster zu sein, stelle ich mir wunderbar vor. Man ist immer draußen bei den Tieren und auf der Jagd …«

Therese musste sich ein Lachen verbeißen. Es war unübersehbar, wie sich Martin bei Veronikas bewundernden Worten aufplusterte. »Auf die Jagd gehe ich auch«, sagte er prompt, wobei er seine Stimme um einige Tonlagen tiefer rutschen ließ.

»Wie aufregend«, hauchte Veronika.

Therese wurde es allmählich zu bunt. Sie unterbrach das Gespräch. »Martin, wenn wir schon über deinen Vater sprechen – hast du ihn wegen der Frühlingsplatterbsen gefragt?«

Martin runzelte ärgerlich die Stirn, dass sie seine Unterhaltung mit der Angebeteten störte. Erst als er Thereses belustigtes Gesicht sah, grinste er ertappt und räusperte sich. »Ja, Prinzessin, und er sagt, Sie können in diesem Jahr im Laubwald wieder dieselbe Stelle benutzen wie im letzten.«

»Gut. Bitte danke ihm von mir.«

Veronika sah fragend von einem zum anderen. »Frühlingsplatterbse? Was soll das denn sein?«

»Meine Lieblingsblume.« Therese hielt ihr Gesicht in die Sonne. Sie horchte in sich hinein. Die Hälfte des Aufstiegs war geschafft, und ihre Lunge blieb bisher ruhig. Noch kein einziges Mal, seit sie losgegangen waren, hatte sie gehustet, und jetzt schaffte sie es sogar, zu sprechen und gleichzeitig weiterzugehen: »Viele kennen diese Pflanze gar nicht, weil sie ziemlich unscheinbar ist und leicht mit Unkraut verwechselt werden kann«, erklärte sie. »Aber sie hat so hübsche blau-violette Blüten; schon als Kind haben sie mir furchtbar gut gefallen. Und als ich hierherzog, fiel mir auf, dass es in den Lindauer Wäldern weit und breit keine Frühlingsplatterbsen gibt.«

»Aha. Und was hat das mit dem Laubwald zu tun?«

»Ich habe mir letztes Jahr Samen gekauft und sie hier im Wald ausgesät.«

Veronika verzog lachend das Gesicht. »Therese, das ist doch verrückt. Niemand sät Samen im Wald aus – dort wächst alles von alleine.«

»Nun, die Frühlingsplatterbse schafft es dort ja anscheinend nicht ohne Hilfe.« Therese blinzelte ins Licht. »Und ich wollte der Sache auf den Grund gehen. Ich meine, wieso wächst sie in den Münchner Stadtwäldern, aber nicht hier? Es sind dieselben Bäume, und der Boden kann kaum anders sein. Ich habe eine Art Versuchsreihe gemacht und an mehreren Stellen im Wald die Samen gesät.« Plötzlich prustete sie los. »Übrigens hat mich dabei einer der Schuljungen vom Lindauer Gymnasium beobachtet. Er hat es natürlich brühwarm in der Schule weitererzählt, dass die verrückte Prinzessin mit Blumensamentütchen durch den Wald läuft.«

»Und woher weißt du das?«

Sie hatten beinahe die Kuppe erreicht. Therese blieb für einen Moment stehen, um zu verschnaufen. »Ich spende dem Gymnasium für den Biologieunterricht ab und zu ein paar meiner ausrangierten Präparate. An einem Tag war ich unangemeldet dort, um dem Schuldirektor eine neue Spende anzubieten. Die Tür zu seinem Büro stand offen, und ich war ausgerechnet genau in diesem Moment im Flur, in dem der arme Direktor seinen Schüler zur Rede stellte, was diesen Tratsch über mich im Wald anging. ›Aber es ist eben wirklich so‹«, ahmte sie die Stimme des Jungen nach. »›Die Prinzessin läuft im Wald herum und sät etwas.‹ – ›Das ist doch Unsinn‹, herrschte der Direktor ihn an. ›Solche frechen Behauptungen können dich und mich in Schwierigkeiten bringen! Ihre Hoheit ist sehr großzügig mit unserer Schule in den letzten Jahren.‹ – ›Ach Herr Direktor‹, sagte darauf der Junge tröstend. ›Sie müssen sich sicher keine Sorgen machen. Die alte Schachtel kann Sie bestimmt nicht hinauswerfen.‹«

Therese lachte. »Ihr hättet die Gesichter der beiden sehen sollen, als ich im nächsten Moment im Türrahmen auftauchte und freundlich grüßte.«

»Und was hast du gesagt?«

»Nichts!« Sie zuckte amüsiert die Schultern. »Er hatte doch vollkommen recht. Die Blumensamen habe ich im Wald ausgesät – und eine alte Schachtel bin ich unverkennbar ebenfalls. Übrigens sind meine Frühlingsplatterbsen im letzten Jahr hervorragend aufgegangen. Und ich hoffe, in diesem Jahr wird es genauso werden. Und irgendwann, wenn ich nicht mehr da bin, wird es im Lindauer Wald überall Frühlingsplatterbsen geben.« Sie sah zur Kapelle auf der Hügelkuppe. »Kommt, nehmen wir das letzte Stück in Angriff.«

Die kleine Kapelle war schlicht, mit weißen Wänden und einem halbrunden Grundriss. Das Dach war mit roten Ziegeln gedeckt, und ein schlichtes Kreuz war darauf angebracht. Im Inneren stand nur ein kleiner Altar mit einem einfachen Kruzifix und einer Marienfigur. Jemand hatte Barbarazweige dort abgelegt, dieselben, die in der Villa in Gundas Vasen standen.

Eine kleine Sitzbank stand unter den beiden Linden vor der Kapelle; im Sommer waren die Bäume dicht belaubt, jetzt streckten sie ihre kahlen Äste dem blauen Winterhimmel entgegen. Nachdem sie mit Veronika in der Kapelle gewesen war, setzte sich Therese dort nieder. Martin stand abseits und rauchte eine Zigarette.

Das Holz der Bank war kalt, aber Therese fühlte es kaum. »Man kann doch wirklich verstehen, warum Mama so gerne hier war.«

Veronika nahm neben ihr Platz. »O ja, man hat eine sehr schöne Aussicht von hier oben.«

Der Ausblick war tatsächlich atemberaubend. Die ganze

Landschaft lag vor ihnen: die Dörfer, durch die sie gefahren waren, Lindau und die kleineren Waldstücke, in denen Therese ihre Pflanzensamen aussäte, der Bodensee, eine glatte blaue Fläche, die die Sonne spiegelte – und dahinter die hohen schneebedeckten Gipfel der Berge.

»Das dort sind die Drei Schwestern«, sagte Therese und deutete auf ein Bergmassiv. »Und dort drüben der Säntis. Ich habe sie alle bestiegen, und das ist erst ein paar Jahre her, kannst du dir das heute vorstellen?« Sie lehnte sich auf der Sitzbank zurück. »Mama saß hier oft stundenlang im Sommer. Sie sah in die Landschaft, stickte, las oder erzählte uns Kindern etwas. Unsere Gouvernante war nie besonders froh, wenn wir hierher einen Ausflug machten, weil sie dann Picknick und Spielsachen für uns Kinder mitschleppen musste.« Der kalte Dezemberwind strich um den Hügel und sirrte leise in den Ohren. »Mama hat damals oft hier gebetet. Sie sagte, sie wollte eine Kapelle bauen lassen, falls Gott sie gesund machen und noch länger bei uns Kindern und Papa bleiben lassen würde.« Sie seufzte. »Aber Gott erhörte sie nicht.«

Kurz blieb es still. Veronika sah hinaus auf den See.

»Als Mama dann starb«, fuhr Therese schließlich fort, »da hat Papa an ihrer statt diese Kapelle gebaut, im Gedenken an sie. Und jedes Jahr an ihrem Todestag sind wir hier hinaufgefahren und haben an sie gedacht.«

»Das ist schön.« Veronika wandte sich der Freundin zu. Therese war blass, man sah ihr die Anstrengung des Aufstiegs nun doch an, und ihr Atem ging flach. »Therese«, fragte sie zögernd. »Hast du Angst? Ich meine … hast du Angst davor, wenn es … zu Ende geht?«

Therese lächelte. »Nein, ich bin eher neugierig. Du kennst mich, ich will immer den Dingen auf den Grund gehen, etwas

Neues entdecken. Es ist wie mit den Frühlingsplatterbsen – ich will wohl einfach wissen, was dahintersteckt.« Sie hielt ihr Gesicht in die Sonne und sah hinüber zu den hohen Bergen. »Und wie die Dinge stehen, werde ich es wohl bald erfahren, da mache ich mir nichts vor. Auch wenn ich hoffe, noch ein paar so gute Tage wie heute haben zu können.« Sie atmete tief durch, ihr Atem beruhigte sich, jetzt, wo sie saß, allmählich. »Aber nein, Angst habe ich keine. Ich habe mich mein ganzes Leben nicht gefürchtet, da werde ich jetzt nicht mehr damit anfangen.«

Sie saßen eine Weile schweigend nebeneinander und genossen die Aussicht, die Sonne, die Berge und die grünen Hügel. Der See blitzte freundlich zu ihnen hinauf. Und über ihnen segelte eine Krähe am strahlend blauen Himmel.

Manaus, Brasilien

August 1888

Am nächsten Morgen erreichen wir Manaus.

Frisch gewaschen leuchtet uns der blaue Himmel entgegen; von den Bäumen den Waldes tropft das Regenwasser. Alles scheint mit einem Mal wieder so strahlend und hell, als wäre das Unwetter von gestern Nacht nur ein merkwürdiger, düsterer Traum gewesen. Wie gerädert stehen wir am Bug der Steam Launch und sehen der Stadt entgegen, die das Ziel unserer Reise ist. Unsere Kleider sind zerknittert, die Frisuren aufgelöst, jeder Knochen schmerzt von der Nacht auf den harten Bohlen des Bootes, zusammengekauert unter dem Sonnensegel.

»Unglaublich«, haucht Veronika.

»Sagenhaft«, sagt der Reisemarschall.

»Jo mei, net schäbig«, brummt Max.

Kitó schweigt und sieht auf die Stadt, die wie eine Fata Morgana aus dem Grün und dem Wasser auftaucht. Seit dem Morgen haben wir nichts miteinander gesprochen. Ich weiche ihm aus, verwirrt von dem Herzklopfen in der vergangenen Nacht. Es wird wohl das Beste sein, wenn ich nicht weiter darüber nachdenke. Es gibt auch genug, was mich ablenkt – Manaus beispielsweise.

Die Stadt wurde in den letzten Jahrzehnten aus dem Boden gestampft. Noch in der Mitte des Jahrhunderts gab es hier nur ein paar Hütten von Sklavenjägern und einige Dörfer der Manaó, von denen die Stadt ihren Namen erhalten hat. Dann wurden Europa und Nordamerika süchtig nach Gummi – für Autoreifen, für Maschinen, inzwischen auch für Gummistiefel und Regenmäntel –, und Manaus wurde über Nacht zu einer der reichsten Städte der Welt. Nur hier wächst der Kautschuk in den Wäldern, und die Stadt hat das Monopol auf den Handel damit. Unermesslich reiche Kautschukbarone leben hier und haben die Stadt innerhalb kürzester Zeit zu einer modernen Metropole gemacht. Man spricht schon vom Paris im Regenwald, und jetzt, wo wir auf die Stadt zufahren, kann ich verstehen, was gemeint ist.

Manaus liegt am Zusammenfluss des Rio Negro und des Amazonas. Das dunkle Wasser des einen trifft auf das sandig-helle des anderen, und eine ganze Weile vermischen sie sich nicht, sondern fließen nebeneinanderher. So liegt die Stadt an einer breiten, zweifarbigen Wasserfläche, was schon allein ein spektakulärer Anblick ist. Dazu kommt der moderne große Hafen mit hydraulischen Kränen, die beiden Luxusdampfer, die dort am Kai liegen, die teuren Segeljachten, die wie Sahnehäubchen auf dem Wasser in der Sonne schaukeln, und die hohen eleganten Häuser, die sich hinter dem Hafen erheben. Dass dies alles so unvermittelt im Urwald auftaucht, Tausende Kilometer von der nächsten größeren Stadt entfernt und nachdem wir für so lange Zeit nur den Wald, die Tiere, unsere Zelte und den Fluss hatten, macht den Anblick noch surrealer.

Ein Schiffshorn tutet, der sanfte Morgenwind trägt die Rufe der Hafenarbeiter, das Quietschen und Ächzen der Stahlkräne, den Qualm der Frachtschiffe zu uns herüber. Wir sind wieder in der Welt, die wir kennen, angekommen.

Unsere Steam Launch nimmt sich zwischen all den modernen Seglern und Dampfern noch bescheidener aus, als sie es sowieso ist, und als wir aussteigen und uns umsehen, wird mir bewusst, wie abgerissen wir aussehen müssen. Alles hier ist furchtbar adrett: der Hafenkai ist mit Marmorplatten gepflastert, das lang gestreckte Zollhaus könnte ebenso in München oder Hamburg stehen mit seiner hübschen Backsteinfassade und den kunstvoll schmiedeeisernen Toren. Moderne Maschinen verladen die schweren Kautschukballen, nirgendwo streunen Hunde oder liegt Abfall. Dafür flanieren Damen in prächtigen Kleidern nach der neuesten Mode am Hafen entlang, am Arm ihrer Herren, die Frack tragen und weiße gestärkte Vatermörderkragen. Die Blicke, die sie uns zuwerfen, lassen keinen Zweifel daran, wie zerknittert wir wohl aussehen.

»*Madame Princesse?*«

Ich drehe mich um. Ein Butler in englischem Anzug und weißen Handschuhen verbeugt sich vor mir. Er spricht Französisch mit britischem Akzent. »Ja, das bin ich«, antworte ich überrascht. »Aber …«

»Doktor Durand lässt bitten. Ich soll Sie zu ihm bringen.«

Doktor Durand ist der einzige Mensch in Manaus, den ich kenne. Vor vielen Jahren habe ich ihn auf einem Bankett in München kennengelernt. Damals war er noch ein ambitionierter Medizinstudent, den mein Freund Max von Pettenkofer im Labor vor Justus von Liebig kennengelernt hatte. Später hörte ich, dass er nach Manaus ausgewandert sei, und so schrieb ich ihm, als ich diese Reise plante. Er lud uns prompt ein, bei ihm zu übernachten.

»Bitte«, sagt der Butler noch einmal und verweist auf eine elegante kleine Kutsche mit offenem Verdeck, vor der zwei nervöse Araber tänzeln.

»Ähm, was ist mit dem … Gepäck?« Ich wende mich um und deute auf die Steam Launch. Die Kisten zeigen längst deutliche Spuren der Reise, sind lehmverschmiert und zum Teil noch taunass. Die Hühner machen den Eindruck nicht besser – die Diskrepanz zwischen ihnen sowie Doktor Durands elegantem Butler und der Kutsche könnte kaum größer sein.

Der Butler bemüht sich, nicht allzu schockiert zu wirken. »Das Gepäck wird nachgeliefert, Princesse. Machen Sie sich keine Sorgen.«

Wir steigen also in die gefederte und mit Samtkissen ausgelegte Kutsche. Selbst die Kutschen von Papa sind kaum luxuriöser.

»Woher wussten Sie, wann wir ankommen?«, fragt der Reisemarschall den Butler in seinem etwas eingerosteten Schulfranzösisch.

»Das wusste ich nicht«, erwidert der würdevoll, wobei er darauf achtet, mit seinen polierten Lederschuhen auf keinen Fall an meinen schmutzigen Saum zu stoßen. »Ich warte seit vier Tagen am Hafen. Seit Doktor Durand mir gesagt hat, dass die Princesse ankommen wird.«

Die Fahrt ist ein Erlebnis. Um uns herum ist der Urwald, über Tausende Kilometer erstreckt sich nur Grün und Wasser, und doch ahnt man davon plötzlich kaum etwas. Die Straßen sind breit und gut gepflastert, nirgends hüpft ein Urubu, der sich als natürliche Müllabfuhr betätigt, und dennoch ist alles beinahe unwirklich sauber. Lange elegante Häuserreihen, mehrere Stockwerke hoch, erheben sich entlang der Straßen. Hier und da gibt es kleine Parks oder Plätze. Wären die Sittiche nicht, die in den Bäumen sitzen, und wäre die Luft nicht tropisch heiß und feucht, könnte man wirklich vergessen, dass man in Südamerika ist. Eine Menge Kutschen und Passanten sind unterwegs, Zeitungsjungen verkaufen alle möglichen Ausgaben – auch die englische *Times* und die deutsche *Gartenlaube*. Es ist, als hätten wir geblinzelt und seien durch einen merkwürdigen Zauber in eine Art neues Europa versetzt worden, sauber und ganz frisch.

Wir halten vor einem hübschen Stadthaus mit einem Vorgarten und einem schmiedeeisernen Tor, hinter dem ein Spaniel mit seidigem Fell kläfft.

»Hier wohnt der Doktor?«, frage ich.

»Ganz recht«, bestätigt der Butler blasiert. Er steigt aus, wir folgen ihm. Als ich aussteige, berühre ich für einen Moment Kitós Hand. Ich zucke zurück, als hätte ich mich verbrannt.

Doktor Durand erwartet uns schon. Er ist nicht in Frack gekleidet wie die Männer, die wir auf den Straßen gesehen haben, sondern trägt einen leichten hellen Leinenanzug und Sandalen, was deutlich besser zum Klima passt. Er empfängt uns sehr freundlich. »Prinzessin, es ist mir eine Freude! Wir haben uns sehr lange nicht mehr gesehen – umso begeisterter war ich, als Ihr Brief eintraf.«

»Vielen Dank für die Einladung.« Ich sehe mich um. »Ich kann es immer noch nicht glauben, dass es Sie nach Brasilien verschlagen hat. Warum eigentlich?«

»Oh, das erkläre ich Ihnen lieber beim Essen, wenn wir mehr Zeit haben. Jetzt will ich Ihnen zuerst meine Familie vorstellen.«

Als ich Doktor Durand kennenlernte, war er Junggeselle aus guter Pariser Familie. Nun ist er verheiratet und hat zwei Kinder, eine Tochter namens Antoinette und einen Jungen, der Maurice heißt. Madame Joana Durand, seine Ehefrau, ist eine kleine, zierliche Person mit einem freundlichen Gesicht, dunklen Haaren und dunklem Teint und mandelförmigen Augen. Ich sehe sie überrascht an.

»Ja«, lacht sie und interpretiert meinen Blick vollkommen richtig, »ja, unsere Ehe ist wohl eine Seltenheit und auch ein kleiner Skandal in der Stadt, könnte man sagen. Mein Vater war Portugiese, aber meine Mutter war …«

»… eine Tupí.«

Alle drehen sich zu Kitó um, der den Satz vollendet hat.

»Ganz recht.« Joana lächelt und mustert ihn neugierig.

Der Doktor führt uns durch das Haus. Es ist geradezu spartanisch eingerichtet, gemessen an der geschmückten neubarocken Fassade und dem eleganten Viertel, in dem es liegt. Die Möbel sind allesamt aus tropischem Holz, es gibt keine Teppiche auf den Böden, keine Bilder an den Wänden, es gibt keine Tapeten und keinen Nippes in den Regalen. Alles ist luftig und auf das Nötigste beschränkt.

»Das ist nur vernünftig«, sagt er. »Wir halten es so, wie es die Brasilianer tun. Unter Teppichen verstecken sich nur Ameisen und Spinnen, hinter den Bildern und zwischen Porzellanfiguren und dergleichen genauso. Praktisch alles kann Termiten anlocken, und Tapeten schimmeln bei dieser feuchten Luft schnell. So ist es gesünder.«

Auch unsere Gästezimmer – eines für Veronika und mich, eines für die Männer – sind karg, aber sauber und hübsch. Wir waschen und frisieren uns endlich und schlüpfen in frische Kleider, nachdem unser Gepäck tatsächlich nachgeliefert wurde. Einigermaßen präsentabel erscheinen wir eine Stunde später zum Mittagessen in dem nüchternen Speisezimmer. Die Fenster sind geöffnet, ein warmer Luftzug streicht durch den Raum. Auf dem Tisch steht frisches Obst, dazu kaltes Huhn und ein Auflauf aus Süßkartoffeln.

Die Kinder sitzen brav beim Essen dabei, während wir von München erzählen und der Doktor sich nach einer Menge Bekannten erkundigt.

»Wie geht es denn meinem lieben Max von Pettenkofer?«, fragt er freundlich.

»Oh, es geht ihm gut. Vor fünf Jahren hat Papa auf sein Betreiben hin ein neues Abwassersystem für die Stadt bauen lassen, damit München sauberes Trinkwasser hat. Und er forscht zur Cholera.«

»Ja, Max war nie zu bremsen. Er arbeitet unermüdlich daran, immer neue Entdeckungen zu machen.« Der Doktor lächelt. »So ähnlich halte ich es hier. Das habe ich wohl von ihm gelernt.«

»Sie forschen hier in Manaus auch?« Bisher hatte ich geglaubt, er arbeite hier nur als Hausarzt der reichen Bürger.

Monsieur Durand nimmt sich noch etwas von den Süßkartoffeln. »O ja, darum bin ich doch überhaupt erst hierher nach Brasilien gezogen.« Er isst einen Bissen. »Justus von Liebig sagte immer, man müsse sich verändern, um Veränderungen zu erreichen. Ich wollte über den Tellerrand schauen, sehen, ob vielleicht hier im Regenwald der Schlüssel zur Lösung medizinischer Fragen liegt, über die wir uns heute noch die Köpfe zerbrechen.«

»Und, hatten Sie Erfolg?«, fragt der Reisemarschall interessiert.

»Nun ja, ich interessiere mich vor allem für die Tuberkulose und die Frage nach ihrer Heilung. Ich habe einige Patienten hier in der Stadt, die daran leiden. Und auch in Europa gibt es viel zu viele Schwindsuchtkranke. Es wird Zeit, dass wir endlich ein Mittel dagegen finden. Bisher ist das, was wir Ärzte entgegenzusetzen haben, wie ein Kampf gegen Windmühlen.«

»Und warum forschen Sie ausgerechnet hier daran?«

»Der tropische Urwald ist voller Pflanzen, die noch kaum entdeckt sind, Wirkstoffe, von denen wir in Europa noch gar nichts wissen. Möglicherweise liegt also hier der Schlüssel für neue Behandlungen. Meine Frau hat mir einiges über die Tupí-Medizin erzählt, aber vor allem lerne ich bei meinen Besuchen in den Dörfern im Wald. Ich fahre oft zu Tupí-Siedlungen, auch zu den Maué und den Mundurucú. Ich kann einige ihrer Krankheiten behandeln oder Wunden versorgen, und gleichzeitig lerne ich von ihnen.« Er beugt sich vor. »Wussten Sie beispielsweise, dass die großen Blattschneiderameisen wunderbar dafür geeignet sind, Wunden zu verschließen? Die Tupí lassen sie in die Wundränder beißen, anschließend köpfen sie die Tierchen. Die Köpfe mit den festgebissenen Zangen bleiben in der Wunde stecken und verschließen sie gut, bis sie verheilt ist. Danach fallen sie einfach ab.«

Veronika sieht angewidert auf das Stück Hühnerfleisch, das auf ihrem Teller liegt.

Begeistert fährt der Doktor fort: »Und das Beste daran ist, dass sich auf diese Art der Wundverschluss viel seltener entzündet als bei unserer herkömmlichen Methode mit Nadel und Faden. Es ist wirklich wunderbar.«

»Könnt' nur sein, dass sich des bei uns net so recht durchsetzen will«, bemerkt Max sarkastisch.

Monsieur Durand lacht. »Nein, vielleicht tatsächlich nicht – dazu sind wir Europäer wohl zu zimperlich. Aber der Urwald sowie die Erkenntnisse der Menschen, die hier seit Jahrtausenden leben, haben noch viel mehr zu bieten. Viele Pflanzen, vor allem Lianen, haben wirkungsvolle Säfte. Viele sind einerseits giftig, andererseits können sie, richtig angewandt, als Medizin wahre Wunder vollbringen.«

Ich denke an den Saft, der meine Wunden so schnell geheilt hat. Mein Blick streift Kitó. »Ja«, sage ich, »das ist mir auch schon aufgefallen.«

»Ich stehe noch am Anfang meiner Forschungen, aber Sie merken mir sicher meine Begeisterung an«, fährt der Arzt fort und nippt an seinem Wein. »Übrigens will ich morgen wieder zu einem Tupí-Dorf hinausfahren. Falls Sie mich begleiten möchten, Princesse? Und natürlich auch alle anderen?« Er blickt in die Runde.

»Wirklich? Sie würden uns mitnehmen? Ich will schon seit wir hier sind unbedingt ein solches Dorf besuchen!« Ich setze mich kerzengerade auf. »Wir haben bisher nur eine verlassene Yanomami-Maloca gefunden.«

»Es wird mir eine Freude sein, Sie mitzunehmen, Princesse.«

Der Reisemarschall wirkt wie erwartet weniger begeistert. »Ist das aber nicht sehr gefährlich?«, fragt er sofort. »Es soll doch viel Gelbfieber und Malaria geben, und diese Stämme haben alle möglichen Pfeile und Waffen. Damit kann in den falschen Händen Gott weiß was passieren.«

»O ja, dasselbe denke ich auch immer, wenn ich diese übermütigen jungen Reichen hier in Manaus mit zu viel Champagner und ihren juwelenbesetzten Pistolen sehe«, gibt der Doktor süffisant zurück. »Keine Sorge, Reisemarschall, Sie können mir vertrauen. Die Bewohner dieses Dorfs kennen mich gut und sind freundlich. Und Fieber können Sie hier in der Stadt genauso bekommen – glauben Sie mir, ich behandele diese Kranken.« Er prostet uns zu. »Also ist es abgemacht: Morgen fahren wir gemeinsam zu den Tupí.«

Nach dem Essen brechen wir allerdings zuerst einmal auf in die Stadt. Der Doktor muss zu einem der Patienten in der Stadt, und auch Joana kann uns nicht begleiten. Stattdessen schicken sie uns ein Dienstmädchen mit, damit wir uns auch ganz bestimmt nicht verlaufen. Lucienne ist, wie die anderen Angestellten der Durands, mit dem Doktor aus Paris hierhergezogen. Sie ist ein rothaariges, blasses Ding mit einer Himmelfahrtsnase, die überhaupt nicht begeistert davon ist, mit uns zu Fuß durch die sonnenheißen Straßen zu laufen. »Der Doktor hat noch eine zweite Kutsche«, sagt sie.

»Ja, aber ich möchte Manaus lieber zu Fuß erkunden. So sieht man mehr von der Stadt, finden Sie nicht?«

Sie verschränkt die Arme und geht missmutig neben mir her. Ihr schwarzes schweres Wollkleid ist lang und muss furchtbar heiß sein bei diesen tropischen Temperaturen. Dazu trägt sie eine blütenweiße gestärkte Schürze und ein ebensolches Häubchen. Bei jedem Schritt lugen unter dem Rocksaum feste Nagelstiefel hervor.

»Ist diese Uniform nicht schrecklich heiß?«, frage ich. »Der Doktor selbst trägt doch Leinenkleider und die Madame welche aus Seide. Sie werden sicher Verständnis haben, wenn auch Sie etwas Luftigeres anziehen wollen.«

»Der Doktor hat es mir schon oft angeboten.«

»Aber Sie möchten es nicht?«

Lucienne sieht mich hochnäsig an. »Ich bin ein ordentliches Pariser Dienstmädchen. Das ändert sich nicht, nur weil ich nun hier in Brasilien lebe. Der Butler sieht das genauso und auch die anderen Dienstmädchen im Haus. Wir wollen auf keinen Fall so werden wie diese halbwilden Flittchen.«

Wie um ihren Worten Nachdruck zu verleihen, kommen uns in diesem Moment zwei dieser »halbwilden« Dienstmädchen mit einem Korb voll Wäsche entgegen. Auch ihre Kleider sind bodenlang, aber aus dünnen, leichten Stoffen, und ihre Füße stecken in Sandalen. Für das Klima scheint mir ihre Aufmachung allemal vernünftiger. »Sehen Sie!« Aber Lucienne rümpft die Nase. »Keine Pariserin, die etwas auf sich hält, würde so herumlaufen. Und heißt es nicht immer, Manaus sei das neue Paris?«

Für den Rest des Nachmittags hüllt sie sich in dumpfes Schweigen. Mit einem hat sie allerdings recht – dass Manaus entschlossen zu sein scheint, französische Eleganz in den Urwald zu bringen. Die Straßenzüge der Innenstadt sind gesäumt von prächtigen Stadtvillen und hübschen Mietshäusern mit barocken Fassaden. Wir sehen das beeindruckende Rathaus, die große, der Muttergottes geweihte Kathedrale, die Stadtbibliothek und die Markthalle »Mercado Municipal«. Deren riesiges, kunstvolles Eisengerüst wurde von Gustave Eiffel persönlich entworfen und aus Paris hierher an den Amazonas verschifft. Unter den Arkaden und zwischen den Marktpavillons flanieren die Herren in englischen Tweedanzügen und Seidenhemden, die Damen in ausladenden Kleidern und mit getrimmten Pudeln an den Leinen. Auch die meisten Läden in der Stadt sind französisch. Es gibt Confiserien mit beeindruckenden Tortenkreationen, die der Hitze trotzen, eine Unmenge an Juweliergeschäften, dazu Parfümerien, französische Modeschneidereien und zwei elegante große Kaufhäuser, die es spielend mit den Grands Magasins du Printemps in Paris aufnehmen können. Vor kleinen Cafés sitzen die europäischen Bewohner von Manaus, die erfolgreichen Geschäftsmänner, Stadträte und Kautschukbarone an kleinen Tischen im Schatten, rauchen Zigarren und trinken Kaffee oder Cognac, ihre Damen daneben Champagner. Zeitungsjungen bieten nicht nur die Nachmittagsausgabe der Stadtzeitung von Manaus an, sondern auch die großen englischen, französischen und deutschen Ausgaben.

Max macht an einem Tabakladen halt und deckt sich dort mit neuem Pfeifentabak ein. Der Reisemarschall kauft einem der kleinen Burschen eine Ausgabe des Stadtanzeigers ab, und ich entdecke einen kleinen Laden, der zur Abwechslung keine Hüte, Parfums oder Schmuck verkauft. »All Exotic« steht auf Englisch auf dem schmiedeeisernen Ladenschild. Der Verkäufer ist ein junger Brite. Ich grüße ihn und sehe mich im Laden um. Er ist klein und bis zum letzten Winkel vollgestopft mit Dingen. Es gibt hübsche Schalen mit fremdartigen Malereien, fein gewebte Hängematten, Flechtkörbe in allen Größen und geschnitzte Masken, sogar ein Kanu wird verkauft und verschiedene Felle. »Madame, kann ich Ihnen behilflich sein?«, spricht mich der Verkäufer an.

»Nein danke, ich sehe mich nur um«, antworte ich. »Sie haben außergewöhnlich schöne Stücke.«

Er bedankt sich mit einer eloquenten kleinen Verbeugung. »Das sagen viele, Madame.«

»Haben Sie also viel Kundschaft? Wissenschaftler und Volkskundler oder etwa Zoologen?« Ich streiche über das Fell einer Langschwanzkatze.

»Oh, nun … nein. Meine Kundschaft sind die Damen und Herren der Stadt, die ein wenig Exotik in ihre Häuser bringen wollen. Oder Urlaubsreisende, die ein Mitbringsel suchen.«

Ich sehe die schönen Masken an, die kunstvollen Schnitzereien. Sie sind viel zu schade und zu interessant, um nur als Nippes in irgendwelchen Stadtvillen zu verschwinden. »Verstehe«, antworte ich trocken.

Als ich beladen mit Einkäufen gemeinsam mit Veronika und Lucienne wieder aus dem Laden komme – ich habe unter anderem ein Ozelotfell und einen gut erhaltenen Tapirschädel für die Bayerische Staatssammlung gekauft, außerdem eine Maske und eine hübsch gefärbte Schale –, kommt mir der Reisemarschall aufgebracht entgegen. Max wirkt ebenfalls betreten, Kitó vertreibt sich die Zeit damit, ein paar Sittiche zu beobachten, die auf einer der schmiedeeisernen Straßenlaternen sitzen.

»Was ist passiert?«, frage ich.

»Hier!« Der Reisemarschall hält mir ohne weitere Erklärung die Titelseite der Nachmittagszeitung entgegen. »Lesen Sie selbst.«

Ich starre darauf; zuerst sehe ich nicht, was er meint. Dann fällt mein Blick auf eine etwas kleinere Meldung, direkt neben den Börsenmeldungen.

»Bayerische Prinzessin in Manaus eingetroffen.« Darunter ein paar halb gare Zeilen über mich und meine angebliche Vergnügungsreise.

»Oh«, sage ich. Dann zucke ich die Achseln. »Nun ja, das war zu erwarten, dass es irgendwann einmal auffliegen wird. Ich finde, das Inkognito hat sogar länger gehalten als gedacht.«

»Ach ja«, schnaubt der Reisemarschall. »Ich wüsste doch sehr gerne, wer uns hat auffliegen lassen. Ich nehme einmal an, irgendein Dienstbote hat sich etwas dazuverdient.« Sein Blick trifft Lucienne, die empört den Kopf schüttelt. »Oder Ihr Tupí hat geplaudert.«

Nun werde ich langsam wütend. »So ein Unsinn. Kitó interessiert sich angenehmerweise gar nicht dafür, welchen Titel ich habe. Er hätte überhaupt keinen Grund, mich an irgendjemanden zu verraten.« Ich hole Luft. »Hören Sie auf, irgendjemanden zu verdächtigen. Nicht Lucienne, nicht Kitó, auch sonst keinen. Die Katze ist aus dem Sack, daran können wir nichts ändern. Es wird schon nicht so schlimm werden.«

Allerdings muss ich zugeben, dass ich mit einem Mal das Gefühl habe, von den Passanten angestarrt zu werden. Die Frau mit dem wagenradgroßen Hut dort drüben – sieht sie mich nicht an, als wüsste sie, wer ich bin? Die Herren am Cafétisch blicken auch so merkwürdig zu mir herüber … »Unsinn, Therese«, murmele ich mir selbst zu. Laut sage ich: »Lassen Sie uns zurück zu den Durands gehen. Wir haben nun sowieso genug zu schleppen, und es ist heiß.«

Doch ich werde den Eindruck nicht los, beobachtet zu werden. Schließlich hält eine schwarz lackierte Kutsche neben uns.

»Wenn das nicht die Prinzessin ist!«, sagt eine Stimme auf Deutsch.

Die Pferde wiehern; der Mann, der aus der Kutsche springt, wartet kaum, bis die Räder stillstehen. Er ist eine eigenartige Erscheinung; sehr groß, mit weißblonden Haaren und einem dichten, ebenso weißblonden Schnurrbart. Sein Anzug ist aus einem schimmernden blauen Stoff, wie ich ihn noch nie gesehen habe. Er zieht seinen Hut, wobei er mit der anderen Hand seinen goldbeschlagenen Spazierstock schwenkt, für den er eigentlich noch viel zu jung ist. »Prinzessin Therese von Bayern, habe ich recht?«

Ich mustere den Mann. »Woher wissen Sie das?«

»Nun, unsere Stadt ist nicht so riesig, dass sich Neuigkeiten darin nicht schnell verbreiten würden. Und wenn ich die Zeitung lese und eine unbekannte weiße Frau mit einigen Begleitern in unseren Straßen sehe – am selben Tag, an dem die Prinzessin von Bayern in unserer schönen Stadt eingetroffen sein soll –, nun, da zähle ich eins und eins zusammen.« Er lächelt mich an. Seine Augen sind irritierend, von einem merkwürdigen, kalten Blau. »César Scholz, Madame«, stellt er sich nun vor. »Ich nehme an, mein Name ist Ihnen ein Begriff?«

Das ist er; ich habe von ihm gelesen, und auch Senhor Oliviera auf der *Manauense* hat von ihm erzählt. César Scholz, ein deutschstämmiger Brasilianer, ist seit Jahren der erfolgreichste Kautschukhändler der Welt und der reichste Mann Brasiliens. Sein Reichtum ist sagenhaft, genau wie die extravaganten Feste, die er geben soll. Er sieht mir an, dass ich weiß, wer er ist, und lächelt zufrieden. »Genau der und kein anderer.«

»Nun, wie schön, Sie kennenzulernen, Herr Scholz.«

»Die Freude ist ganz meinerseits.« Er greift nach meiner Hand und küsst sie überschwänglich. »Es ist aufregend, eine richtige Prinzessin in der Stadt zu haben.« Er zwinkert mir zu. »Der Kaiser kommt nicht gerade oft nach Manaus, und er bringt auch höchst selten die Prinzessin mit, die obendrein ein sterbenslangweiliges Geschöpf ist.«

Ich mustere ihn kühl. »Meine Mutter war eine gute Freundin der Kaiserin«, sage ich. »Und ich fand Kronprinzessin Isabella immer sehr freundlich.«

Anstatt betreten zu sein, lacht César schallend. Dieser Mann hat ein Selbstbewusstsein, das beinahe mit Händen zu greifen ist. Er ist ein eigenartiger Mann.

»Nun, verzeihen Sie, Prinzessin, dass ich Ihre Busenfreundin beleidigt habe. Ich werde es wiedergutmachen. Heute Abend gebe ich für Sie bei mir ein Fest.«

»Nein, das ist doch nicht …«

»Wo wohnen Sie?«, wechselt er plötzlich das Thema.

»Bei Doktor Durand. Und bevor Sie ihn auch sterbenslangweilig finden – er ist ebenfalls ein Freund von mir.«

»Und von mir.« Der Kautschukbaron lässt seinen Spazierstock durch die Finger gleiten. Erst jetzt sehe ich, dass der Knauf ein Affenkopf aus Gold ist; die Augen sind geschliffene Rubine. »Er ist mein Hausarzt – besser gesagt, der Hausarzt meiner Frau.«

Sein unsteter Blick wandert über meine Begleiter, dann zurück zu mir. »Gut, nun, es ist also abgemacht: Heute Abend das Fest bei mir? Sie werden ganz Manaus kennenlernen, wenn Sie kommen. Nun, zumindest den Teil von Manaus, den es sich kennenzulernen lohnt.«

Ich drehe mich zu den anderen um. Der Reisemarschall scheint geneigt zu sein, die Einladung anzunehmen. Max stopft gelassen seine Pfeife, Veronikas Augen leuchten bei den Aussichten, auf ein elegantes Fest zu kommen. Mein Blick bleibt an Kitó hängen. Er erwidert ihn – und überrascht mich damit, dass er zustimmend nickt.

»Schön, Herr Scholz«, antworte ich, »wir werden kommen.«

»Wunderbar!« Er springt wieder in die Kutsche, die Pferde traben an. »Und bringen Sie den Doktor mit. Bringen Sie jeden mit, den Sie möchten – nur nicht die Kronprinzessin!«

Sein Lachen verfolgt uns noch bis zur nächsten Straßenecke.

Die Durands begleiten uns nicht nur, sie leihen uns auch die passenden Kleider. »Die Feste von Senhor Scholz sind die elegantesten in der ganzen Stadt«, erzählt Joana, während sie mir in das schöne Seidenkleid hilft, das eigentlich ihr gehört. Es hat einen satten, purpurroten Farbton und eine kleine Schleppe und steht den Kleidern, die ich in München habe, in kaum etwas nach. »Einmal hat er ein Fest gegeben, in dem Schauspielerinnen aus Rio de Janeiro in flüssiger Schokolade badeten. Ein anderes Mal hatte er eine Menge kleiner Kaimane im Haus, alle an Leinen und diamantbesetzten Halsbändern. Man weiß nie, was einen bei César Scholz erwartet.«

Ich sehe sie prüfend an. »Sie mögen ihn nicht.«

Joana zuckt die Achseln. »Er ist … schwierig. Sehr mächtig hier in Manaus. Und er ruft ständig meinen Mann zu den unmöglichsten Uhrzeiten zu sich.«

»Ja, er hat heute erwähnt, Monsieur Durand sei der Hausarzt seiner Frau.«

»Das stimmt, aber er ruft ihn zu selten wegen ihr und zu oft wegen sich selbst. Ständig glaubt er, krank zu sein – dabei ist er vermutlich der gesündeste Mensch der Stadt. Wegen jedem Kratzen im Hals lässt er trotzdem sogleich meinen Mann rufen.« Sie reicht mir den passenden Schmuck zum Kleid. »Allerdings bezahlt er sehr gut.«

Das Perlencollier ist hübsch und passt gut zu dem Kleid, ebenso wie die Ohrringe.

»Ist es wahr, dass er aus einfachen Verhältnissen stammt?«, frage ich, während ich den Schmuck anlege.

»Ja, er erzählt gerne, dass sein Vater ein einfacher Hamburger Auswanderer war, nicht besonders erfolgreich. Seine Mutter soll Portugiesin gewesen sein, eine Sängerin mit einem etwas zwielichtigen Ruf. Andere würden versuchen, das zu verschweigen, aber Senhor Scholz gefällt genau das, glaube ich. Er schockiert gerne die gute Gesellschaft.« Sie wendet sich mir zu. »Brauchen Sie auch einen Hut oder werden Sie so gehen?«

»Nein, keinen Hut. Veronika ist beim Frisieren begabt.«

Joana legt den angebotenen Hut beiseite. »Zu Geld kam Senhor Scholz erst hier in Manaus. Er war klug, hat vor allen anderen begriffen, wie wichtig Kautschuk in Europa für die neuen Industrien sein würde. Er besitzt heute den Großteil aller Waldgebiete, in denen Kautschuk wächst. Seine Kautschuksammler sind eine richtige Armee, die er in alle Himmelsrichtungen schickt.« Joana zieht ein hübsches rosafarbenes Kleid mit kleinen Röschen darauf aus dem Schrank. »Glauben Sie, das würde Ihrer Gesellschaftsdame gefallen?«

»Ganz bestimmt sogar.«

Um halb sieben brechen wir auf. Es ist schon dunkel, und die Kutsche der Durands rattert durch die von einer Menge Straßenlaternen beleuchtete tropische Dunkelheit quer durch die ganze Stadt. Am Ende halten wir vor einer Art Palast. Das Haus ist riesig, größer als alle anderen Stadtvillen, an denen wir vorbeigefahren sind. Es hat etwas Klobiges an sich mit seiner in Quadern unterteilten Fassade, der Menge an barocken Balkonen und einer geradezu verwirrenden Menge von Freitreppen. Überall verteilen sich Lampen, die von eleganten Frauenskulpturen aus Bronze gehalten werden. Die vielen hohen Fenster des Hauses sind allesamt taghell erleuchtet, der Schein dringt hinaus in den Garten und auf die Straße. Dazu ist der Weg zum Eingang von brennenden Fackeln gesäumt. Zwei Diener in Livree verneigen sich tief, während sie für uns das große Portal aufziehen. Die Türen sind mit Gold beschlagen, darauf ranken sich Blüten und plastische, glänzend polierte Tierköpfe.

Auch im Inneren umfängt uns purer Glanz. Der Boden ist aus weißem feinstem Marmor, an den Wänden verteilen sich riesige Spiegel in barocken Goldrahmen, die mit farbigen Edelsteinen besetzt sind. Überall brennen goldene große Kerzenleuchter, die jeden Saal in warmes, geheimnisvolles Licht tauchen. Die Gäste verteilen sich auf die prächtigen Innenräume genauso wie auf den nächtlichen Garten, zu dem sämtliche Flügeltüren offen stehen. Kellner gehen umher mit Tabletts voller edelstem russischem Kaviar, Jakobsmuscheln in Aspik, kandierten Blüten und komplizierten schneeweißen Zuckergebilden. Riesige goldene Schalen stehen gefüllt mit exotischen Früchten bereit. Eine Tanzkapelle spielt. Die Musik und das Stimmengewirr mischen sich zu einem einzigen Klangteppich, der die Räume erfüllt. Die Frauen tragen ausnahmslos prächtige, schimmernde Seidenkleider in allen erdenklichen Farben und eine solche Menge Schmuck, wie ich sie selbst auf den größten Festen in München noch nicht gesehen habe. Sie erinnern mich an die schillernden Kolibris, die wir im Wald beobachtet haben. Genauso schwirren sie herum; lachen zwitschernd, unterhalten sich. Dazwischen mischen sich die Herren in den dunklen Fracks. Die Luft ist warm, geschwängert von den vielen süßen Parfums der Damen; es riecht nach Moschus und Jasmin, Orangenblüte und Sandelholz. Im Garten sprudelt ein hoher Springbrunnen; aber die Fischfiguren und Marmornymphen spucken nicht Wasser aus, sondern feinsten Champagner.

Ich sehe mich staunend in dieser überbordenden, verschwenderischen Pracht um, die etwas Unwirkliches an sich hat. »So stelle ich mir die Feste im alten Rom vor.«

»Und da kommt fei scho der Kaiser Nero«, tuschelt Max.

Tatsächlich eilt César Scholz mit ausgebreiteten Armen auf uns zu. Seinen Spazierstock hat er nicht mehr dabei, dafür trägt er im Gegensatz zu allen anderen Männern einen blendend weißen, schimmernden Anzug. Seine Schuhe blitzen, und ich muss zweimal hinsehen, bis ich erkenne, dass sie tatsächlich mit Diamanten besetzt sind. Ich kann mich wieder nicht entscheiden, ob er gut oder bizarr aussieht. »Ah, Prinzessin!«, ruft er nun so laut, sodass auch die Gäste um uns herum aufmerksam werden. »Es ist mir eine Ehre.« Dann begrüßt er auch meine Begleiter. Dem Doktor tätschelt er dabei gönnerhaft die Schulter. »Irene!« Er winkt jemandem in der Menge zu. »Komm und begrüße unsere Ehrengäste.«

Die Frau, die sich aus einer Gruppe von plaudernden und lachenden Damen löst und auf uns zukommt, ist hochgewachsen. Sie trägt anstelle der farbig schillernden Roben der übrigen Frauen ein schlichtes cremefarbenes Gewand, das ihren Körper fließend umspielt und mich an eine antike Statue erinnert. Ihre alabasterfarbene Haut bewirkt ein Übriges. Die Haare haben eine ungewöhnlich rotblonde Farbe und fallen in üppigen, gewellten Kaskaden halb offen über ihre Schultern. Das Gesicht ist edel, mit einer geraden, feinen Nase, hohen Wangenknochen und einem geschwungenen Mund. Um den Hals liegt ein großer tiefgrüner Smaragd in Tropfenform, ansonsten trägt sie keinen Schmuck. Trotzdem sieht sie kostbarer aus als jede andere in diesem Raum. Irene Scholz ist, das gebe ich neidlos zu, die schönste Frau, die ich jemals gesehen habe. Selbst Veronikas puppenhafter Schmelz verblasst neben ihr.

»Willkommen«, sagt sie mit einer kultivierten, etwas trägen

Stimme und versinkt in einem anmutigen Knicks. Dann sieht sie Doktor Durand an. »Doktor, wie schön, Sie zu sehen.«

Er verbeugt sich artig. »Wie geht es Ihnen, Madame Scholz?«

Sie lächelt. »Ich denke, ich sollte mich wieder ausruhen.«

»Tu das, meine Liebe, tu das«, erwidert César Scholz ohne sichtbare Anteilnahme. »Ich werde solange unsere Gäste vorstellen.«

Die nächste Stunde ist ein Rausch aus Farben, Gold, Glanz, Champagner und dem Begrüßen der guten Gesellschaft von Manaus. Wir lernen den Bürgermeister kennen, sämtliche Stadträte und all die anderen Kautschukbarone, von denen, daran lässt er selbst keinen Zweifel, César Scholz der König ist. Er stellt uns einem berühmten Schauspieler vor, zwei Diplomaten und einem Bischof. Schließlich nimmt er mich beiseite. »Prinzessin, es gibt etwas, das ich nur Ihnen zeigen möchte«, sagt er vertraulich und beugt sich zu mir. Ich kann sein Rasierwasser riechen, es ist ein scharfer Geruch. Er lächelt mich an. Es ist ein raubkatzenartiges Lächeln. »Es ist etwas ganz Besonderes.«

Ich folge ihm durch die Gänge und eine breite Marmortreppe hinauf. Die Wände sind – abgesehen von Spiegeln – leer, nur ein einziges großes Porträt einer halb nackten Frau hängt am Kopfende des Flurs, die neckisch hinter einem ausgeklappten Fächer hervor den Betrachter ansieht. Sie hat ganz ähnlich irritierende Augen wie César. »Meine Mutter«, sagt er, als er meinem Blick folgt. »Sie war Rio de Janeiros begehrteste Kurtisane, wussten Sie das?«

»Ich hatte gehört, sie sei Sängerin gewesen.«

Er grinst. »O ja, das ist das, was man offiziell erzählt.«

Madame Durand hat recht, denke ich, seine verruchte Herkunft gefällt ihm offensichtlich. Ich folge meinem Gastgeber bis zu einer hohen Flügeltür, vor der er stehen bleibt. »Das hier«, raunt er mir zu und wirkt so stolz wie ein kleiner Junge, »ist mein Allerheiligstes. Selbst meine Frau hat es nie betreten. Aber Sie, Prinzessin, Sie dürfen hinein.«

»Warum ausgerechnet ich?«

Die kalten Augen blicken plötzlich fast treuherzig. »Weil ich glaube, dass Sie mich verstehen, Prinzessin. Ich habe es sofort gespürt – diese Verbundenheit, die zwischen uns ist. Empfinden Sie das nicht auch so?«

Ohne auf meine Antwort zu warten, stößt er die Tür auf. Der Raum dahinter ist vollkommen leer bis auf ein rechteckiges Podest in der Mitte. Ein großer Kristallleuchter hängt direkt darüber, eine andere Lichtquelle gibt es nicht. Die hohen Wände und der Marmorboden werfen das Geräusch unserer Schritte gespenstisch zurück, als wir hineingehen. Suchend sehe ich mich um, ich verstehe immer noch nicht, worum es überhaupt geht. Was genau soll ich verstehen?

»Das …«, César deutet auf das Podest, »… das ist mein Schatz.«

Auf dem gewaltigen Rechteck steht ein Glaskasten wie aufgebahrt, darin ist das Modell einer Stadt zu sehen. Es dauert einen Moment, bis ich erkenne, dass es Manaus ist. Ich entdecke den Hafen, an dem wir am Morgen angekommen sind, das Rathaus, die Markthalle, sogar die Straße, in der die Durands wohnen – aber etwas irritiert mich.

»Nun?« César sieht mich erwartungsvoll an. »Was denken Sie?« Auf eine merkwürdige Art mischt sich in seinem Blick List und kindliche Begeisterung, Kälte und der Wunsch, verstanden zu werden. Um ihm nicht mehr in die Augen sehen zu müssen, sehe ich wieder auf das Modell. Es ist Manaus und doch wieder nicht. In der Mitte fehlen einige komplette Straßenzüge. Stattdessen erhebt sich, weit höher als alle anderen Häuser, ein riesiges Gebäude mit einem Kuppeldach und hohen, schlanken Säulen.

»Was ist das?«

»Das, liebe Prinzessin«, César richtet sich wieder auf, »das wird mein Geschenk an die Stadt sein: das Opernhaus von Manaus.«

»Ein Opernhaus?«, wiederhole ich und starre verständnislos auf das Modell. Das ist grotesk; das Gebäude ist viel zu riesig für die Stadt.

»O ja, aber es wird nicht nur irgendein Opernhaus sein.« Er schreitet auf und ab, als wäre er zu aufgeregt, um stillzustehen. »Es wird *das* Opernhaus werden, das schönste, größte, prächtigste, das die Welt je gesehen hat. Eines Tages …«, er bleibt stehen, »… eines Tages wird man von Europa aus nach Brasilien fahren, um Wagner zu hören.«

»Wagner …«, echoe ich wieder. Die Situation ist absurd, der Plan ist absurd. Aber César scheint mein Befremden gar nicht zu bemerken. Stattdessen breitet er die Arme aus. »*Die Zauberflöte, La Traviata, Der Ring des Nibelungen* – alles das wird man hier in einer nie gekannten Qualität hören. Dieses Haus, mein Haus, wird diesen Genies gerecht werden, wie es keine Oper in Europa oder Nordamerika je tun wird.«

»Aber Sie müssten ganze Straßenzüge und eine Menge Häuser abreißen, um es überhaupt bauen zu können«, werfe ich ein.

»Na und?« Er lächelt. Es ist ein Raubtierlächeln. Seine Augen blitzen. Er ist verrückt, denke ich, dieser berühmte

Mann, der reichste Mensch Brasiliens, ist einfach vollkommen verrückt.

»Ich … ich denke, man vermisst uns schon bei Ihrem Fest«, sage ich. Sein Lächeln vertieft sich. Es ist, als würde er mein Unbehagen spüren und sich daran weiden. Oder bilde ich mir das nur ein?

»Aber Prinzessin …« Nun klingt er enttäuscht. Ich fliehe beinahe aus dem Raum, so schnell, wie es die Höflichkeit gerade noch zulässt.

Ich finde Veronika auf einer Art Polsterlandschaft aus tiefblauem Samt, die mich an orientalische Gemälde erinnert. Wie hingegossen liegt dort auch Irene Scholz, ihren Kopf auf ein großes Kissen gestützt.

»Prinzessin«, sagt sie mit ihrer melodisch-trägen Stimme und sieht mich leise amüsiert an. »Haben Sie das Modell meines Mannes bewundert?«

»César sagte, dass Sie …«

Der amüsierte Zug um ihren Mund vertieft sich. »Dass ich nicht in Blaubarts Kammer gehe?«

»Ja, so ähnlich …« Offenbar habe ich Irene Scholz unterschätzt.

»Blaubart?« Veronika sieht verständnislos zwischen uns hin und her. »Ist das nicht dieses schaurige Märchen von einem grausamen König mit toten Ehefrauen in einer geheimen Kammer?«

»Doch, das ist es.« Irene greift nach ein paar Weintrauben in einer der Obstschalen. »Soweit ich weiß, ist es französisch. Das passt hierher, hier muss alles französisch sein. Französischer Champagner, französische Mode, französisches Parfum. Was für ein Unsinn.«

»Aber wieso vergleichen Sie Ihren Ehemann mit dieser grausigen Sagengestalt?«

Irene lächelt und steckt sich eine Weintraube in den Mund. »Warum nicht? Es passt doch recht gut, finden Sie nicht?«

»Wie haben Sie César kennengelernt?«, frage ich.

Irenes Blick gleitet über die Gästemenge und findet ihren Mann, der sich gerade mit dem Reisemarschall und dem Bürgermeister unterhält. Max und Kitó sind verschwunden; von Weitem sehe ich im Garten den Doktor und Joana. »Oh, er sah mich in Rio de Janeiro in der Oper. Er ist ja völlig besessen von Opern. Ich war dort mit meinen Eltern, schließlich war ich erst sechzehn. Die ganze Zeit beobachtete er mich in der Loge durch sein Opernglas. In der Pause kam er und stellte sich mir vor. Er sagte, ich würde aussehen, wie er sich Isolde vorstellte – die Figur aus *Tristan und Isolde.*« Sie zuckte die Achseln. »Er sammelt schöne Dinge, und er wollte mich haben. Also bekam er mich. Zu César Scholz sagt niemand Nein hier in Brasilien, auch meine Eltern nicht.«

»Stimmt es, dass er der reichste Mann des ganze Landes ist?«, fragt Veronika beeindruckt.

»Ja, das ist er wohl.« Irene lässt sich zurück in die Polster sinken und reckt ihren schwanengleichen Hals. »Aber wissen Sie, das interessiert mich nicht sehr.«

»Nein?«, fragt Veronika. »Aber Sie müssen doch ein fantastisches Leben führen. Dieses Haus ist wundervoll und auch der Garten und die Feste, die es hier so oft geben soll … ich finde es aufregend.«

»Tatsächlich, tun Sie das? Wissen Sie, was ich aufregend fände?« Irene lächelt ihr Sphinxlächeln. »Ich würde gerne einmal etwas *tun*. Verstehen Sie – einfach etwas *getan* haben, das muss wundervoll sein. Ich war immer nur ein Ziervogel in einem Käfig.«

»Aber Sie sind doch jung. Sie können noch so vieles tun«, werfe ich ein. Diese Frau, der Mann, dieses Haus – allmählich zerrt es an meinen Nerven. Es ist eine merkwürdige, unwirkliche Welt aus Glanz und Marmor, passend zu dieser Stadt, die mir auch so unwirklich erscheint.

»Nein.« Irene schüttelt den Kopf. »Für mich ist es zu spät. Mir bleibt nicht mehr viel Zeit.«

Plötzlich begreife ich. Doktor Durand, der hier oft zu Besuch ist, seine besorgte Nachfrage, sein Forschungsschwerpunkt, von dem er uns erzählt hat. Irenes überirdisch blasse Haut und ihre ätherische Erscheinung, die mich an das erinnert, was ich mit dreizehn bei meiner Mutter gesehen habe. »Ich muss mich wohl ausruhen«, höre ich Irene wieder sagen. Sogar ihre schleppende Stimme erklärt sich nun. »Sie haben Tuberkulose«, sage ich.

Sie nickt. »Weit fortgeschritten. Sie verläuft sehr rasch bei mir. Der gute Doktor Durand tut alles, was er kann, um mich zu retten. Aber wir wissen beide, dass ihm das nicht gelingen wird.«

»Das tut mir leid«, sage ich.

Auch Veronikas Blick ist mitleidig geworden.

»O nein, das muss es nicht«, sagt Irene heiter und streicht sich eine Strähne aus dem Gesicht. »Es gibt nichts, woran ich hänge, wissen Sie.« Wieder spielt dieses Lächeln um ihren schönen Mund. »Nur dass ich wohl nicht mehr erfahren werde, ob mein Mann sein verrücktes Opernhaus tatsächlich bekommt – das finde ich ein wenig schade.«

»Prinzessin, da sind Sie ja!« César kommt überschwänglich strahlend auf uns zu. Anscheinend hat er die Enttäuschung von vorhin schon wieder vergessen. »Nun kommt der große Höhepunkt, die Überraschung des Festes. Eigens für Sie, Hoheit!«

Ich erwarte schon beinahe wieder Krokodile mit Diamantenhalsbändern, so wie Joana es erzählt hat. »Woraus besteht die Überraschung denn?«, frage ich vorsichtig.

Er lacht jovial. »Als würde ich Ihnen das verraten. Nein, Sie müssen schon mit mir hinaus in den Garten kommen.«

Nach und nach versammeln sich alle draußen. Die Luft ist schwer und süß vom Jasmin, der überall zwischen den Statuen, den Brunnen, den kleinen Teichen und den brennenden Fackeln blüht. Herr Scholz bittet mich und meine Begleiter auf einen erhöhten Platz, einen künstlichen Hügel mit einem Pavillon mitten im Garten. Die Tanzkapelle ist aus der Villa an den Fuß des Hügels umgezogen und beginnt, getragene Melodien zu spielen. Allmählich tritt gespannte Stille ein. Alle Gäste sehen zu uns und dem Gastgeber hinauf. Irene steht neben ihm, fragil und in einen dünnen Mantel gehüllt, obwohl es warm ist. Im Mondlicht sieht sie noch blasser und noch unwirklicher aus als bisher.

»Liebste Prinzessin«, beginnt César mit lauter Stimme, »es ist Manaus eine Ehre, Sie willkommen zu heißen. Und damit Sie uns auch niemals vergessen ...« Er macht eine Kunstpause. Mitten in die Pause hinein steigt sprühend und funkelnd die erste Rakete in den Nachthimmel. Die Menge seufzt und jubelt. Noch eine Rakete und noch eine; währenddessen beginnen im ganzen Garten verteilt, bunte Feuersäulen zu zünden. Bald sind wir eingehüllt in buntes Licht, Feuerwerkskörper, die am Himmel sternenförmig in tausend kleine leuchtende Teilchen zerfallen. Dazu spielt die Tanzkapelle Musik aus der *Götterdämmerung*. Die Menge applaudiert. Ich stehe neben Herrn Scholz, der zufrieden auf sein Werk blickt. »Gefällt es Ihnen, Prinzessin?«

»Es ist wunderschön.« Es stimmt, das Feuerwerk ist atemberaubend. Aber die künstlichen Farben in der Dunkelheit, die schwere Melodie von Wagners *Götterdämmerung*, die totenblasse Irene, die stumm dasteht und in den Himmel sieht, die Unterhaltung mit ihr, die in meinem Kopf noch nachhallt, die Erinnerung an das Funkeln in den Augen des Kautschukbarons, oben in Blaubarts Kammer, das alles macht mich beklommen mitten in all der üppig aufleuchtenden Pracht.

»Auf Sie, Hoheit.« César wendet sich mir zu und hebt sein Champagnerglas. Er trinkt es in einem Zug leer, dann sieht er sich suchend um. Ein paar Schritte neben mir steht Kitó. Als er ihn entdeckt, hellt sich sein Gesicht auf. »He du! Bring mir noch einmal Champagner, ja?« Dann blickt er wieder zufrieden hinauf zum Himmel, wo die Raketen in immer neuen Höhepunkten verglühen. »Ist das nicht fantastisch?«

Ich sehe mich nach Kitó um. Er ist verschwunden. »Das war kein Kellner«, zische ich Herrn Scholz zu. »Sie haben meinem Dolmetscher gerade Ihr Glas gegeben.«

»Ach ja?« César zuckt die Achseln. »Diesen Leuten schadet es nicht zu arbeiten. Schauen Sie sich nur meine emsigen Kautschuksammler an.«

Plötzlich habe ich keine Lust mehr, höflich neben diesem Mann zu stehen und sein Feuerwerk zu bewundern. »Entschuldigen Sie mich«, murmele ich und warte seine Erwiderung nicht ab. Stattdessen bahne ich mir einen Weg durch die Menge. Ich sehe mich nach Kitó um, aber überall blicken mir nur fremde Gesichter entgegen. Die bunten Funken und Rauchwolken der Feuersäulen tauchen den Garten und die Menschen in ihr zuckendes, merkwürdiges Licht. Schließlich entdecke ich ihn doch; er steht neben dem Champagnerbrunnen. Eine einsame Gestalt, die niemand beachtet. Alle sind damit beschäftigt, in den Himmel zu sehen, das Feuerwerk zu bestaunen. Kitó hält das Glas in der Hand, das ihm César gegeben hat. Er beugt sich damit nach vorne, füllt es unter einer der perlenden Champagnerfontänen. Dann, ganz langsam, greift er in die Tasche seines Fracks. Er zieht etwas heraus, es ist glatt und glänzend. Ich erkenne es wieder – es ist das Fläschchen, das er sich vor Tagen von mir ausgeliehen hat, um darin den Lianensaft für meinen Rücken anzusetzen. Mittlerweile, gegoren in der Hitze, muss aus dem Saft längst Gift geworden sein. Geburt und Tod. Kitó entkorkt das Fläschchen und hält es über das gefüllte zarte Champagnerglas. Langsam, ganz bedächtig, kippt er es immer weiter. Nur noch Augenblicke, dann wird das Gift heraussträufeln, direkt in den Champagner unseres Gastgebers. Ich will rufen, ihn daran hindern, aber ich stehe da wie erstarrt. Es ist eine surreale Szene; das bunte Licht, die nach Jasmin duftende, parfümierte Nacht, die herausgeputzte Gästemenge, die aufseufzt, weil über ihr die nächste Rakete in einen Sternenregen zerfällt. Und da ganz unbeachtet und unbemerkt der Tupí, der gerade dabei ist, den reichsten Mann des Landes zu vergiften.

Plötzlich, noch bevor sich Gift und Champagner wirklich vermischen, hält Kitó inne. Er lässt das Fläschchen fallen. Es fällt auf den dunklen Rasen; Geburt und Tod versickern zwischen den Grashalmen. Kitó stellt behutsam das Glas auf dem Brunnenrand ab. Dann dreht er sich um und geht einfach durch die Menge davon, ohne sich noch einmal umzusehen. Am Himmel verglühen die letzten Funken; die Tanzkapelle spielt den letzten Tusch. Um mich herum applaudieren die Gäste. Ich merke erst jetzt, dass ich die ganze Zeit den Atem angehalten habe. Gebannt blicke ich auf das Champagnerglas und versuche zu begreifen, was ich gerade gesehen habe.

Villa AmSee

Lindau, Bodensee, kurz vor Weihnachten 1924

»Da kommen sie.« Therese und Veronika standen in der offenen Tür zur Kiesauffahrt und sahen den Gästen entgegen, die durch den dunklen Winterabend auf sie zukamen. Die vier gingen zu Fuß auf der Weidenallee, die zur Villa führte. Sie wurde nur von ein paar alten Gaslampen beleuchtet, die Thereses Vater einmal hatte aufstellen lassen. In dem schummrigen Licht waren sie kaum mehr als vier Silhouetten mit dunklen Hüten und wehenden Mänteln. Eine der vier schob ein Fahrrad neben sich her.

»Ich bin gespannt auf deine Freundinnen.« Veronika hob fröstelnd die Arme. »Auf diese Frauen, mit denen du das Lazarett geleitet hast. Sie müssen wirkliche Patriotinnen sein.«

Die Frauen, die nun die Villa erreichten und in den Schein des hellen Lichts aus den Fenstern traten, hatten auf den ersten Blick keinerlei Gemeinsamkeiten. Da war Martha, eine kräftige, zupackende Bäuerin mit grauen Haaren und einer matronenhaften Figur. Ihre Füße steckten in groben Schuhen, der Mantel war abgetragen und geflickt und das Kleid darunter eher traditionell als modisch. Die Frau, die das Fahrrad geschoben hatte, hieß Rena und trug eine Krankenschwesteruniform. Sie war die einzige der Frauen, die tatsächlich eine medizinische Ausbildung hatte. Mittlerweile arbeitete sie als Gemeindekrankenschwester in Aeschach. Helene Dorsch, die Frau des Apothekers, war eine unscheinbare graue Maus mit leiser Stimme. Sie gab Veronika schlaff die Hand und lächelte verlegen. »Gräfin von Löwenstein, das ist aber eine Ehre.«

Die jüngste der vier, Charlotte, war erst um die dreißig; eine hübsche Frau mit geschliffenen Manieren. Sie trug einen Pelzmantel, der einmal teuer gewesen sein musste, wenn er auch nicht den modischsten Schnitt besaß. Goldene Ohrringe blitzten an ihren Ohrläppchen, und die Füße steckten in wunderschön gefertigten Schuhen, aber ihre Hände waren rau genug, um zu wissen, dass sie mit ihnen arbeitete. Ihr Gesicht war, abgesehen von ein wenig Lippenstift, ungeschminkt. Veronika musterte sie verwirrt; sie schien sich keinen Reim darauf machen zu können.

»Es freut mich besonders, Gräfin.« Charlotte lächelte gewinnend, als sie sich die Hand gaben. »Therese hat uns schon viel von Ihnen erzählt. Wie schön, Sie nun einmal persönlich kennenzulernen.«

Nachdem sich alle aus ihren Mänteln geschält, die Hüte und Handschuhe an der Diele ausgezogen hatten, bat Therese die kleine Gesellschaft ins Speisezimmer. An der Art, wie selbstverständlich sich die Frauen hier bewegten, wie sie ihre Plätze einnahmen und Gunda begrüßten, konnte man erkennen, wie vertraut sie mit der Villa waren und wie viele Abende sie hier schon miteinander verbracht hatten. Der Tisch war an diesem Abend besonders festlich eingedeckt: das Geschirr mit dem aufgeprägten Wittelsbacher Wappen, dazu passendes Silberbesteck, schwere, mit viel Stärke behandelte Leinenservietten. Ein großer Kerzenleuchter bildete gemeinsam mit ein paar gebundenen

Tannenzweigen und goldenen Christbaumkugeln den Tischschmuck; das warme Licht der Kerzen ließ die Stimmung noch feierlicher werden. Aus der Ecke erklang leise Musik von einem Grammofon.

Therese saß als Gastgeberin am Kopfende, Veronika rechts neben ihr, dann kam Helene. Auf der gegenüberliegenden Seite saßen Charlotte und Rena. Martha thronte als die älteste der Gäste am anderen Tischende.

Gunda schenkte den Aperitif ein, dann verschwand sie in der Küche. Therese hob ihr Glas: »Auf den heutigen Abend. Es ist schön, dass fünf Frauen hier anwesend sind, die mich bei ganz entscheidenden Momenten in meinem Leben begleitet haben und denen ich dankbar bin.«

»Hört, hört«, wisperte Rena grinsend.

»Auf euch.«

»Und auf dich, Therese. Danke für die Einladung.«

Sie prosteten sich zu.

»Nun, Gräfin, wie gefällt es Ihnen hier bei uns in Lindau?«, fragte Martha neugierig. »Ich hoffe, Therese hat Ihnen die schönsten Seiten gezeigt.«

»O ja, das hat sie!« Veronika lächelte. »Es ist wunderschön. Die Stadt auf der Insel ist hübsch, und hier so direkt am Wasser zu wohnen, gefällt mir. Ich bin zum ersten Mal am Bodensee.«

»Dann sind Sie also nicht so reiseverrückt wie unsere Therese – und das, obwohl Sie in Brasilien dabei waren?«

»O nein, ich reise nicht. Brasilien war eine große Ausnahme, und es war damals auch eigentlich gar nicht vorgesehen, dass ich mitkommen sollte. Meine Tante hatte mich in letzter Minute geschickt.«

»Aber am Ende war ich sehr froh, dass du dabei warst.«

»Nur am Ende?«, fragte Charlotte lauernd. Alle lachten.

Die Vorspeise wurde serviert, eine Weile plätscherten die Gespräche dahin. Die vier Frauen erzählten einigen Tratsch aus Lindau, Veronika steuerte Geschichten aus Rosenheim und München bei, und Therese erzählte von ihrem Ausflug auf den See und zur Kapelle. Ihre Wangen waren gerötet, sie sah glücklich aus.

»Ich habe gehört, Sie haben meinen Mann schon kennengelernt?«, sprach Helene schließlich Veronika an.

»O ja, den Apotheker Ihres Lazaretts damals«, antwortete Veronika lebhaft. »Ein sehr freundlicher Mensch.«

»Das ist er«, nickte Rena. »Wisst ihr noch, als er uns gegen Kriegsende Chloroform besorgt hat, obwohl es kaum noch welches gab? Stellt euch vor, wir hätten operieren müssen …« Sie schüttelte sich.

Veronika wurde blass.

»Oh, entschuldigen Sie – wir sind wohl abgestumpft, was solche Themen beim Essen angeht.« Rena schnitt eine Grimasse. »Wir haben irgendwann munter unser Mittagessen auf dem Operationstisch gegessen – wenn gerade kein Patient darauf lag, selbstverständlich.«

Gunda trug die Suppe ab und die Hauptspeise auf: Rehrücken mit Klößen und Rotkraut. Der Geruch nach Wacholder, Lorbeer und Zimt erfüllte den Raum.

»Das Reh hat Martin höchstpersönlich gejagt«, bemerkte Therese, während sie alle die ersten Bissen von dem zartrosa Fleisch nahmen. Sie sah belustigt zu Veronika. »Ich glaube, er wollte dich beeindrucken.«

Die winkte ab. »Unsinn, ich bin ihm doch viel zu alt.«

»Nein, er himmelt dich an! Das kann dir kaum entgangen sein.«

Veronika errötete geschmeichelt.

»Jedenfalls ist das Fleisch sehr gut«, kam Martha auf das eigentliche Thema zurück. »Wild – das erinnert mich immer an diesen furchtbar kalten Kriegswinter …«

»Der Steckrübenwinter«, warf Charlotte ein.

»Richtig, der Steckrübenwinter.« Martha schmunzelte. »Der Winter also, in dem Prinzessin Therese von Bayern beschloss, selbst mit der Flinte auf die Jagd zu gehen.«

Alle außer Veronika begannen zu lachen. Die sah erstaunt ihre Freundin an. »Du? Ich kann mir dich kaum mit einem Gewehr in der Hand vorstellen.«

Therese schmunzelte. »Na ja, damals war ich eben finster entschlossen, unsere Patienten über den harten Winter zu bringen. Die Lieferungen wurden immer knapper, selbst für eine Prinzessin war es schwer, an genügend Nahrungsmittel zu kommen. Da wollte ich etwas unternehmen. Also …«

»Also?«, fragte Veronika neugierig.

»Also ging sie auf Hasenjagd«, gluckste Martha. »Ist einfach in der Dunkelheit losgezogen mit der alten Flinte ihres Vaters unter dem Arm und in seinen gefütterten Winterstiefeln. Ich sehe es heute noch vor mir.«

»Und, hast du etwas erlegt?«

»Das hat sie«, antwortete Charlotte gedehnt, »aber keinen Hasen und auch kein Reh. Therese – bitte, erzähl ihr doch, was du wirklich getroffen hast.«

»Das frisch angelieferte Bierfass des Nachbarn.«

Die Frauen brachen in schallendes Gelächter aus.

»Sie hätten es sehen sollen, Veronika«, prustete Charlotte. »Das ganze schöne Bier – in diesem Winter war selbst das ein kostbares Gut – spritzte in alle Richtungen und gefror sofort auf dem eisigen Boden.«

»Man hätte hier wohl zum ersten Mal auf Bier Schlittschuh fahren können«, warf Therese ein. »Wir haben aus der Not eine Tugend gemacht und das restliche Bier aufgefangen. Das hat unsere Patienten fast genauso gefreut wie eine ordentliche Mahlzeit.«

»Und was hat der Nachbar dazugesagt?«, fragte Veronika.

»Nichts«, grinste Therese. »Ich habe es ihm nie gebeichtet. Wahrscheinlich hat er es kaum bemerkt; er hatte schon immer den ganzen Keller voller Bierfässer. Allerdings habe ich ihm später, nach dem Krieg, anonym ein Fass zusenden lassen.«

»Mein Mann hat auf unserem Bauernhof am nächsten Tag zwei Hammel geschlachtet und uns einen davon überlassen – damit kamen wir ein paar Tage lang über die Runden.« Martha schöpfte sich Rotkraut nach. »Und zwei Wochen später hat es getaut. Da war der Steckrübenwinter dann vorbei.«

Veronika sah neugierig in die Runde. »Wie kam es eigentlich, dass Sie alle in Thereses Lazarett gearbeitet haben?«, fragte sie. »Ich meine, Sie sind alle so …«

»… verschieden?«, beendete Rena den Satz trocken.

Veronika nickte.

»Ich kann nicht für die anderen sprechen. Ich kam dazu, weil Therese mich kannte. Ich arbeitete schon eine ganze Weile in Lindau als Krankenschwester, und so kam sie auf mich zu und hat gefragt, ob ich mit ihr ein Lazarett aufbauen wollte – und ich wollte.«

»Ich kam, weil meine Söhne in den Krieg gingen«, sagte Martha. »Sie wollten damals unbedingt für Deutschland kämpfen. Ganz aufgeregt stiegen sie in den Zug, der sie zum Schlachtfeld bringen würde, an einem warmen Augusttag. Ich weiß es noch wie heute.«

»Ja, so war die Stimmung in diesem Sommer«, stimmte Therese zu. »Man hatte das Gefühl, halb Deutschland war begeistert davon, dass es Krieg geben sollte. Ein großes Abenteuer. In München nahm mein Bruder damals als König eine jubelnde Parade nach der anderen ab.«

»Ich habe mir aber natürlich schreckliche Sorgen um meine Jungen gemacht«, fuhr Martha fort. »Sie glaubten fest, dass der Krieg gut ausgehen und sie in ein paar Wochen wieder als Helden nach Hause kommen würden. Aber ich war mir da nicht so sicher. Als ich hörte, dass die Prinzessin ein Lazarett einrichten wollte, habe ich mich darum sofort freiwillig gemeldet. Ich hatte die Hoffnung … nun ja, dass meine Jungen vielleicht dort eingeliefert würden und ich sie gesund pflegen und auf sie achtgeben könnte. Und wenn nicht, dass ich dann zumindest für die Söhne anderer Mütter so da sein konnte, wie ich es mir auch für meine Buben wünschte.«

Kurz war es still.

»Ich habe von meinem Mann von dem Lazarett erfahren«, nahm dann Helene den Faden wieder auf. »Therese hatte ihn gefragt, ob er sie mit Medikamenten und Verbänden beliefern würde, und er sagte zu. Unsere einzige Tochter hatte damals gerade geheiratet, und ich hatte eine Menge Zeit. Also meldete ich mich bei der Prinzessin, und sie hat mich sofort genommen.«

»Wie hätte ich auch die Frau meines Apothekers ablehnen können?«, neckte Therese zwinkernd. »Nein, du warst eine wunderbare Ergänzung. Martha, Rena und ich sind eher zupackend und laut. Du dagegen bist leise, geduldig und eine gute Zuhörerin. Das brauchten wir und die Patienten auch.«

»Und Sie?«, fragte Veronika Charlotte. Bei dieser hübschen, kultivierten Frau konnte sie sich kaum vorstellen, dass sie blutige Verbände wechselte oder Spuckschalen leerte.

»Oh, bei mir war es ganz anders. Ich kann nicht behaupten, dass ich aus selbstlosen Motiven ins Lazarett gekommen bin.« Charlotte lachte leise auf.

»Das stimmt. Dafür war deine Geschichte die romantischste«, warf Martha ein.

Veronika sah Charlotte gespannt an. »Oh, wenn das so ist, dann will ich sie unbedingt hören.«

Charlotte griff nach ihrem Glas, in dem der Rotwein im Kerzenlicht wie ein Rubin glänzte, und nahm einen Schluck, bevor sie zu erzählen begann. »Ich war damals gerade erst neunzehn«, sagte sie. »Und meine Eltern hatten den perfekten Ehemann für mich gefunden.«

»Wer sind Ihre Eltern?«

»Baron und Baronin Kaltenberg.«

»Die kenne ich!«, sagte Veronika überrascht. »Nicht sehr gut zwar, aber Ihr Vater ist mit meinem Mann bekannt, Major Rudolf von Löwenstein.«

Charlotte nickte. »Das glaube ich gerne. Meine Eltern bewegen sich nur in den besten Kreisen. Dementsprechend wollten sie natürlich auch, dass ich einen Mann aus sehr gutem Hause heiratete. Im Herbst 1917 hatten sie gerade den passenden Herrn gefunden: General Reineck, über zwanzig Jahre älter als ich.«

»Oh.«

Charlotte nippte wieder an ihrem Wein. »Ja, so habe ich damals auch reagiert. Ich wollte ihn nicht; er war mir viel zu alt, und obendrein liebte ich ihn ganz bestimmt nicht. Meine Mutter behauptete zwar, dass die Liebe mit der Ehe kommen würde, aber darauf wollte ich nicht zählen. Also …«, sie sah in die Runde, »… also packte ich eine Tasche und lief einfach von zu Hause weg. Es war übrigens ein scheußlicher Tag, kalt und stürmisch, und es regnete. Ich kannte in Lindau nicht viele Menschen – wir hatten lange in Österreich gelebt, und außerdem hatte ich die letzten Jahre auf einem Internat verbracht. Ich wusste also nicht so richtig, wohin ich überhaupt laufen sollte. Da fiel mir Therese ein, die ich flüchtig kannte. Dass sie ein Lazarett führte, wusste ich gar nicht. Man kann sich also vielleicht meine Überraschung vorstellen, als ich vor vier Frauen in Gummischürzen stand, eine davon die Prinzessin selbst.«

»Ich sehe dich noch vor mir stehen an diesem Tag«, warf Therese ein. »Es regnete in Strömen, du warst völlig durchweicht und hattest diesen eleganten Koffer dabei, der viel zu vollgestopft war.«

»Natürlich, ich musste doch so viele Kleider wie möglich mitnehmen.«

»Und deinen Schmuck«, bemerkte Rena trocken. »Sie hatte sogar ein Diadem dabei, wie wir später erfuhren.«

Charlotte lachte. »Nun ja, ich wollte auf meiner Flucht wohl auf alles vorbereitet sein.«

»Jedenfalls standest du in der Tür, würdigtest die Verwundeten in ihren Betten keines Blickes, sondern sagtest nur …«

»… kann ich hierbleiben?«, vollendete Charlotte den Satz. »Und du sagtest Nein.«

Therese lachte. »Natürlich sagten wir Nein. Du warst noch ein halbes Schulmädchen. Ich kannte deine Eltern und nahm an, dass du völlig verwöhnt warst. Du wirktest, als würdest du beim ersten Tropfen Blut in Ohnmacht fallen.«

»Und was passierte, dass ihr eure Meinung geändert habt?«, fragte Veronika gespannt.

»Fred«, antworteten alle wie aus einem Mund.

»Wie? Wer ist Fred?«

»Während Charlotte noch so dastand, fuhr der Rot-Kreuz-Wagen vor und brachte neue Patienten«, erklärte Rena. »Einer davon war Fred; ein junger Bursche mit flachsblonden Haaren und einem Lausbubengesicht. Fred, der Sohn eines Schusters aus Lindau. Ich kannte ihn. Er war in einem ganz schrecklichen Zustand, völlig verdreckt und im Fieberwahn. Er nahm kaum etwas wahr von dem, was um ihn herum passiert. Als man ihn auf der Bahre an Charlotte vorbeitrug, die immer noch dort in der Tür stand, griff er nach ihrer Hand.«

»O ja, ich erinnere mich heute noch, wie heiß seine Finger waren, so hoch war sein Fieber«, bestätigte Charlotte.

»Jedenfalls klammerte sich dieser arme Junge an Charlotte fest und ließ sie auch nicht los, als wir ihn auf den Operationstisch legten«, fuhr Rena fort. »Er zog sie einfach mit, und sie stolperte hinterher. Es ging Fred wirklich sehr schlecht, und ich konnte keine Rücksicht mehr auf zartbesaitete Schulmädchen nehmen, also beschloss ich, einfach meine Arbeit zu machen, während sie neben dem Tisch stand und weiter seine Hand hielt. Ich schlug die Decke zurück, mit der ihn die Sanitäter zugedeckt hatten, und da sah ich sein Bein …« Sie schüttelte sich. »So eine schlimme Wunde habe ich in all den vier Kriegsjahren selten gesehen. Sein Fuß und der Unterschenkel waren richtiggehend zerfetzt, und das, was davon noch da war, hatte sich schwer entzündet, daher auch das hohe Fieber. Ich wusste, dass er sterben würde, wenn das Bein nicht sofort amputiert würde.«

»Und der Arzt war gerade nicht da«, ergänzte Helene.

»Richtig. Der Arzt, den wir uns mit einem anderen Lazarett teilen mussten, würde ganz bestimmt nicht rechtzeitig kommen. Also beschloss ich, es selbst zu tun.«

Veronika riss die Augen auf. »Sie haben ein Bein amputiert?«

»Ich hatte schon oft dabei assistiert und wusste, was zu tun war. Außerdem *musste* ich es einfach versuchen. Hätte ich das nicht getan, wäre der Junge ganz sicher gestorben. So hatte er zumindest eine Chance. Therese und Martha halfen mir; wir betäubten Fred mit Chloroform, und dann machte ich mich an die Arbeit.« Sie sah zu Charlotte hinüber, deren Ohrringe im Kerzenlicht funkelten. »Und die ganze Zeit stand dieses Mädchen daneben, hielt Freds Hand und zuckte mit keiner Wimper. Da wussten wir, dass wir sie falsch eingeschätzt hatten.«

Charlotte lachte. »Ja, danach hatte ich die Feuertaufe bestanden. Ich durfte bleiben, und Therese schickte meinen Eltern einen Brief, damit sie wenigstens wussten, wo ich war. Auch wenn mein Vater natürlich tobte. Aber zurück nach Hause ging ich nicht. Dazu war ich viel zu gern bei Therese und den anderen und arbeitete im Lazarett mit.«

»Hat Fred überlebt?«

Rena nickte stolz. »O ja. Er brauchte natürlich lange, um sich zu erholen und zu lernen, sich auf nur einem Bein fortzubewegen. Aber er haderte nie, ganz im Gegenteil. Er heiterte uns und die anderen Patienten oft auf, spielte abends für uns alle Mundharmonika oder erzählte Geschichten. Er war wirklich ein Sonnenschein, sobald das Fieber erst einmal gesunken war.«

»Nur nachts …«, sagte Helene leise.

»Was war nachts?«

»Da träumte er oft schlecht. Er schreckte schreiend hoch. Das war, wenn die Bilder von der Front wiederkamen. Er hat uns viel erzählt; davon, wie schrecklich es in den Schützengräben war, wie grauenvoll die Bomben dröhnten und wie rechts und links seine Freunde starben.«

Rena nickte. »Nach und nach haben wir verstanden, was der Krieg mit den Männern machte. Wir bekamen immer häufiger Patienten, die am ganzen Körper zitterten, als würden immer noch die Artilleriegeschosse um sie herum einschlagen. Viele schliefen kaum noch oder starrten mit diesem merkwürdig abwesenden Ausdruck vor sich hin. Wieder andere fanden an nichts mehr Freude, wollten nur noch einsam und allein sein. Sie ertrugen vor allem nicht mehr die Anwesenheit von anderen, die sie an den Krieg erinnerten oder die ihnen immer noch einreden wollten, dass dieser Krieg etwas Heldenhaftes sei. Dieser Krieg war nicht heroisch – er war ein Monster.«

Therese fing Veronikas Blick auf. Ob sie sich plötzlich an Rudolf erinnert fühlte? Ob sie anfing, darüber nachzudenken, dass es möglicherweise der Krieg war, der ihn so verändert hatte – ganz gleich, wie viele glänzende Abzeichen er dort gesammelt haben mochte?

Sie wechselten bald das Thema, erzählten lustige Anekdoten aus der Stadt, machten Scherze. Der Nachtisch wurde aufgetragen. Aber Veronika wurde immer stiller.

»Wissen Sie denn, was aus Fred geworden ist?«, fragte Veronika Charlotte später, als die Gäste in der Diele ihre Mäntel wieder anzogen.

»O ja, er wartet zu Hause auf mich.«

Veronika riss die Augen auf. »Sie haben ihn geheiratet?«

Charlotte grinste. »Ja, Sie schauen beinahe so entsetzt wie meine Mutter, als ich ihr sagte, dass ich anstelle des Generals einen mittellosen einbeinigen Schustersohn heiraten würde.«

»Nun ja …«

»Letzten Endes geht es doch darum, dass man glücklich ist, meinen Sie nicht? Fred macht mich glücklich – und ich ihn auch, das hoffe ich zumindest. Wir essen die meiste Zeit Heringe und Kartoffeln, weil das billig ist, und wir wohnen in einer kleinen Wohnung, bei der ständig der Kanonenofen kaputt ist. Aber das alles macht mir nichts aus, solange ich nur mit ihm zusammen sein kann. Ich bin schrecklich froh, dass ich ausgerechnet an diesem verregneten Herbsttag in Thereses Lazarett kam und Fred sich meine Hand ausgesucht hat, um sich daran festzuhalten.«

Veronikas Blick wanderte zu dem Schmuck und dem teuren Pelzmantel, den hübschen Schuhen.

»Ach, lassen Sie sich davon nicht täuschen. Meine Mutter drängt mir ab und zu etwas aus ihrem Kleiderschrank auf, weil sie es nicht ertragen könnte, würde ich herumlaufen wie die Schustersfrau, die ich bin. Die Schuhe hat übrigens Fred für mich gemacht – sind sie nicht hübsch?«

Veronika sah den vier Frauen nach, als sie die Weidenallee hinuntergingen, die sie vor ein paar Stunden heraufgekommen waren. Sie wirkte gedankenverloren.

»Willst du noch einen Tee im Salon, bevor wir zu Bett gehen?«, fragte Therese.

»Wie bitte? Oh, nein, ich bin müde. Ich denke, ich sollte schlafen gehen.« Sie begann die Treppe nach oben zu steigen.

Sie hatte die Arme um sich geschlungen, als ob sie fröre, obwohl es im Haus warm war. Auf der Hälfte der Treppe blieb sie stehen und drehte sich noch einmal um. Ihr Gesicht war blass. »Gute Nacht.«

»Gute Nacht, Veronika.«

Amazonas, Brasilien

August 1888

Am nächsten Morgen steckt ihnen der vorangegangene Abend noch in den Knochen, und sie sitzen einsilbig am Frühstückstisch der Durands. Alle sind müde, Max reibt sich den verkaterten Kopf, Kitó sitzt schweigend am Tisch und starrt vor sich hin. Immer wieder grübele ich über das nach, was ich gestern Abend in Césars Garten beobachtet habe. Ich wünschte, es wäre nur ein Traum gewesen – aber ich weiß, dass es das nicht war. Was habe ich da gesehen, denke ich, und warum? Es wird auf jeden Fall das Beste sein, dass wir noch an diesem Morgen aus der Stadt aufbrechen.

Nach dem Frühstück packt der Doktor seinen Arztkoffer und ich das Nötigste meiner Forschungsutensilien. Dann fahren wir mit der Kutsche zum Hafen, wo Monsieur Durand zielstrebig auf einen abseits gelegenen Steg zusteuert.

»Was wollen wir denn dort?«, fragt der Reisemarschall misstrauisch. »Unsere Steam Launch liegt weiter links.«

»Mit einer Steam Launch kommt man aber nicht an den Ort, an den wir wollen.« Der Doktor bleibt stehen. »Dafür braucht man dies hier.«

Zwei Kanus liegen am Steg. Sie sind aus einem einzigen langen Stamm gearbeitet, an den Seiten sind geometrische Muster als Schmuck eingeritzt. Sitzbänke gibt es nicht, man muss auf dem Boden des Kanus knien und paddeln. Der Doktor macht es uns vor.

»Nein«, wehrt der Reisemarschall vehement ab. »Nein, das erlaube ich Ihnen nicht, Prinzessin. Es ist reiner Wahnsinn – schon allein die Idee, in diese Dörfer zu fahren, aber noch mehr, das in einem solchen Gefährt zu tun. Ihnen könnte Gott weiß was passieren.«

»Sie erlauben es nicht?«, wiederhole ich sarkastisch.

Er sieht mich an. In seinem Gesicht spiegeln sich widerstreitende Gefühle. Er weiß, dass ich die Prinzessin bin und ich keine Erlaubnis brauche. Andererseits will er nicht klein beigeben. »Wenn Sie ertrinken oder Gelbfieber oder Malaria bekommen oder von einem giftigen Pfeil niedergestreckt werden«, erklärt er schließlich, »dann erklären Sie das bitte Ihrem Vater und nicht ich.«

»Natürlich. Wenn Sie mir einfach kurz vor dem Ertrinken etwas zum Schreiben in die Hand drücken, tue ich das gerne.«

Der Doktor macht uns vor, wie wir die massiven Paddel bedienen müssen, dann verteilen wir uns in die Kanus. Ich komme hinter dem Doktor zu sitzen, wiederum hinter mir sitzt Max. Kitó, der Reisemarschall und Veronika nehmen das andere Kanu. Unser Gepäck versuchen wir so gleichmäßig wie möglich zu verteilen. Und schließlich fahren wir los. Vom ersten Moment an genieße ich das Gefühl, in diesen schmalen Booten ganz unmittelbar auf dem Wasser dahinzugleiten. Der Morgen ist klar und noch nicht zu heiß. Es ist der perfekte Tag, denke ich, um zu den Tupí zu fahren.

Die erste Viertelstunde paddeln wir noch auf dem Amazonas, dann biegen wir in einen schmalen Wasserarm ein, der hier Igarapé genannt wird. Es ist ein ganz neues Erlebnis für uns, die wir bisher nur auf dem breiten Strom unterwegs waren. Nun verstehe ich auch, warum ein größeres Boot wie unsere Steam Launch hier unmöglich gewesen wäre. Die Kanus dagegen bahnen sich mühelos einen Weg auf dem schmalen Flusslauf; das Ufer rechts und links ist so nahe, dass wir bequem die Tiere und Pflanzen vom Boot aus sehen. Auf beiden Seiten wachsen eine Menge Inajápalmen und Wollbäume, außerdem verschiedene Wasserpflanzen und Schilfrohr. An den Uferböschungen trinken Wasserschweine und wälzen sich im lehmigen Schlamm, einige Glattstirnkaimane sonnen sich mit offenen Mäulern.

»Sind die gefährlich?«, fragt Veronika und deutet auf die kleinen Krokodile, die immerhin eine Menge Zähne besitzen.

Der Doktor schüttelt den Kopf. »Diese Arten sind zu klein, um Ihnen etwas zu tun, Mademoiselle. Nur der Schwarze Kaiman ist groß und gefährlich.«

Rosalöffler staken durch das Wasser auf der Suche nach Fischen. Mücken nehmen wir kaum wahr, dafür flattern viele kleine, lindgrüne Schmetterlinge über das Wasser. In den Bäumen und Palmen sitzen grüne Soldatenaras und ihre hellroten Verwandten. Einmal stören wir einen Schwarm kleiner weiß-blauer Wellensittiche auf. Ein paar Sumpfhirsche verstecken sich halb im hohen Gras und fliehen, als wir näher heranpaddeln, dafür scheinen die Jabirus gar keine Scheu zu haben. Diese großen, etwas merkwürdigen Schreitvögel auf ihren hohen Beinen und mit den imposanten schwarzen Schnäbeln beobachten uns nur träge. Ihr Gefieder ist weiß, auf der Brust prangt ein roter Fleck. Ich mache eine Aufnahme von ihnen, weil sie so brav stehen bleiben, und messe bei der Gelegenheit auch die Wassertemperatur. Das Wasser des Igarapé ist warm wie eine Badewanne; die

Sonne brennt allmählich heiß auf uns herunter. Die kauernde Haltung ist anstrengend, und auch wenn ich die Aussicht genieße und das lautlose Dahingleiten des Kanus, sehne ich mich nach zwei Stunden nach einer Pause.

Wir ziehen zur Rast die Kanus an Land und lassen uns im Schatten von ein paar Palmen nieder. Madame Durand hat uns großzügig mit Proviant versorgt, den wir uns jetzt schmecken lassen. Anschließend strecken wir uns im Gras aus und dösen für ein kurzes Mittagsschläfchen ein.

Ich kann nicht lange geschlafen haben und habe wirr geträumt, als mich ein Schrei weckt. Verschlafen blinzele ich in den hellen Amazonasmittag. »Was ist denn passiert?«

Wieder schreit jemand auf, dieses Mal ist es Veronika, die neben mir gedöst hat. Auch sie springt in die Höhe. Als ich mich nun aufsetze, erstarre ich. Direkt vor uns, nur drei oder vier Meter entfernt, liegt ein großes Krokodil im Gras und schlägt angriffslustig mit dem Schwanz.

»O mein Gott!« Ich bin nun auch mit einem Satz auf den Füßen. Das Krokodil ist riesig; ich schätze es auf etwa fünf Meter. Der Körper ist kraftvoll, die Haut am Rücken ist dunkel, das Maul breit.

»Ist das ein …?«, wispert Veronika.

»Ein Schwarzer Kaiman.« Ich höre die Angst auch in der Stimme des Doktors. Das Krokodil taxiert Max, dem es am nächsten ist. Von uns anderen scheint es kaum Notiz zu nehmen. Auge in Auge verharren sie einander gegenüber, Max wirkt wie gelähmt. Es ist ein unwirklicher Moment, alles ist still. Ich sehe mich fieberhaft um. Die Kanus sind zu weit weg, als dass wir uns einfach alle hineinflüchten und davonfahren könnten. Außerdem liegt das Krokodil zwischen uns und dem Wasser. Der Wald hinter uns ist zu weit entfernt, als dass ein wütendes Krokodil, das sich an Land erstaunlich schnell fortzubewegen in der Lage ist, einen Menschen nicht einholen würde.

»Wo ist deine Jagdflinte?«, fragt Kitó durch zusammengebissene Zähne den Reisemarschall. »Die hast du doch sonst immer dabei, weil du so gerne schießt.«

»Ausgerechnet jetzt liegt sie im Kanu«, antwortet der Reisemarschall, ebenfalls durch die Zähne. »Ich hatte nicht gedacht, dass ich sie beim Mittagsschlaf brauchen würde.«

Im nächsten Moment ist die unheimliche Ruhe vorbei. Der Kaiman schnellt nach vorne. Seine Kiefer öffnen sich, die langen Zahnreihen schimmern weiß. Er schnappt zu; ein gruseliges Geräusch. Max macht einen Satz nach hinten. Veronika kreischt auf und schlägt sich die Hand vor den Mund.

»'s wär net schlecht, wenn einer eine Idee hätt'!«, ruft Max. »Des schiache Vieh frisst mich sonst.«

Das Krokodil nimmt einen neuen Anlauf. Mir fällt nichts Besseres ein; ich reiße meinen Hut vom Kopf und werfe ihn in die Richtung des Krokodils. Es klappt – zumindest für einen Augenblick ist es abgelenkt und hält verwirrt inne. Allerdings nur für einen Augenblick, dann beginnt es wieder, sich auf Max zu konzentrieren. »Jemand muss etwas tun, jemand muss etwas tun«, jammert Veronika in einem fort.

»Ach ja, was denn?«, ruft der Reisemarschall entnervt. »Haben Sie vielleicht eine Idee? Oder Sie, Tupí? Haben Sie mit so etwas keine Erfahrung?« Er wirft nun auch seinen Hut, und wieder bringt es einen kurzen Moment Verschnaufpause. Uns gehen die Dinge aus, die man werfen kann. »Klatschen!«, ruft Kitó. »Unser Dorfältester sagte immer, das macht Krokodile nervös.« Wir beginnen also alle, laut in die Hände zu klatschen. Das Geräusch hallt über die Lichtung, scheint das Krokodil aber nicht zu stören. Im Gegenteil – es wirkt noch wütender. Wieder lässt es seinen gewaltigen Körper auf Max zuschnellen. Wieder reißt es den riesigen Kiefer auf. Max steht wie erstarrt. Ich schließe die Augen.

»Ha!«

Ein dumpfer Schlag hallt durch die heiße Mittagsluft, dann noch einer. Vorsichtig öffne ich ein Auge. Veronika steht da wie eine Rachegöttin. Über sich hoch erhoben hält sie eines der schweren Paddel. Irgendwie muss es ihr gelungen sein, als wir alle auf Max starrten, zu den Kanus zu rennen und sich eines der Paddel zu greifen. Sie lässt es auf den Kaiman hinuntersausen; mit aller Kraft schlägt sie auf die dicke ledrige Haut ein. Das Krokodil hält irritiert inne. Wieder und wieder schlägt sie zu; ihre Frisur ist halb aufgelöst, das Kleid verschwitzt, aber das stört sie nicht. »Du Biest!«, ruft sie. »Lass uns in Ruhe!«

Das Krokodil dreht sich um. Für einen Moment befürchte ich, dass es nun Veronika angreifen wird. Aber dann setzt es sich tatsächlich Richtung Wasser in Bewegung. Der Körper beschreibt S-Kurven, während es zum Fluss rennt. Einen Moment später ist es darin verschwunden.

Wir alle sehen verblüfft auf Veronika, die langsam das Paddel sinken lässt. Sie keucht und wischt sich ein paar Haarsträhnen aus dem Gesicht.

»Veronika!« Ich starre sie verdattert an. »Das war … großartig!«

Sie schaut selbst erstaunt auf das Paddel in ihrer Hand. »Ich hab einfach etwas getan«, schnauft sie, mehr zu sich selbst. »Einfach etwas … gemacht. So wie Frau Scholz es gesagt hat.« Sie lacht glücklich auf. »Geht es Ihnen allen gut? Ihnen auch, Hoheit?«

»Therese«, sage ich. »Wer Max und uns alle vor einem riesigen Krokodil rettet, der sollte mich unbedingt Therese nennen.«

Nachdem wir uns von dem Schrecken etwas erholt haben, fahren wir weiter und erreichen das Tupí-Dorf am Nachmittag. Als Erstes sehen wir allerdings keine Hütten, sondern nur einen hohen Palisadenzaun zwischen den Bäumen und Palmen. Außerdem ein paar spielende Kinder am Ufer und Frauen, die in einer offenbar künstlich angelegten Bucht Flechtkörbe im Wasser schwenken.

»Was machen diese Frauen da?«, frage ich den Doktor, während wir langsam näher heranpaddeln.

»Sie fischen«, erklärt er. »Sie verwenden dazu eine giftige Pflanze, die sie zerhacken und in die Körbe legen. Wenn das Gift ins Wasser kommt, lähmt es die Fische. Man kann sie dann ganz einfach in die Körbe sammeln.«

»Sind dann nicht auch die Fische giftig?«

»Nein, eigenartigerweise nicht.«

Als wir näher kommen, halten die Frauen in ihrer Arbeit inne und sehen uns entgegen. Der Doktor winkt ihnen zu. Sie winken zuerst zurück, aber als sie bemerken, dass eine Menge fremder Menschen bei ihm ist, lassen sie die Arme sinken und rufen stattdessen die Kinder zu sich. Gemeinsam mit ihnen verschwinden sie hinter den hohen Palisaden. Innerhalb von Augenblicken ist das Ufer völlig leer.

»Was hat das zu bedeuten?«, frage ich.

Doktor Durand antwortet nicht. Aber ich erkenne an seiner angespannten Haltung, dass er besorgt ist. Vielleicht war unsere Fahrt zu den Tupí umsonst.

Wir paddeln ans Ufer, steigen aus und ziehen die Kanus

an Land. Der Doktor ruft laut eine Begrüßung auf Tupí. Ich sehe, wie Kitó unwillkürlich das Gesicht verzieht und trotz der angespannten Situation beinahe lachen muss. Ganz offenbar lässt die Aussprache des Doktors zu wünschen übrig. Zunächst passiert nichts, dann erscheinen drei Männer in der Öffnung des Palisadenzauns. Sie wirken nicht besonders freundlich; auf dem Rücken tragen sie Köcher mit Pfeilen. Plötzlich werde ich doch ein wenig nervös. Was, wenn der Reisemarschall recht hatte? Dann war es meine Schuld; ich wollte unbedingt hierherkommen.

Der Doktor deutet auf uns und sagt ein Wort. Die Männer wirken daraufhin irritiert.

»Was haben Sie gesagt?«, frage ich ihn durch die zusammengebissenen Zähne, weil ich die ganze Zeit angestrengt lächele.

»Freunde«, antwortet der Doktor. »Ich habe gesagt, dass Sie Freunde sind.«

Ich sehe zu Kitó. Er formt mit dem Mund unhörbar das Wort Süßkartoffel. Ich grinse. Kitó scheint genug zu haben. Er tritt nach vorne und spricht die Männer an. Es ist das erste Mal, dass ich ihn in seiner Muttersprache reden höre, abgesehen von den einzelnen Begriffen für Pflanzen und Tiere, die er mir auf der Reise diktiert hat. Die Sprache klingt fremd und schön zugleich.

Langsam ändert sich die Haltung der Männer. Sie antworten Kitó, kurz unterhalten sie sich. Dann tritt der älteste der Männer vor und richtet das Wort an Kitó. Er ist klein und gedrungen, auf den Wangen hat er eine dunkle Bemalung in geometrischen Mustern.

»Das ist der Dorfälteste«, erklärt Kitó. »Er ist einverstanden, dass wir bleiben.«

Der Mann spricht erneut.

»Er sagt, dass du deine Jagdflinte nicht mit ins Dorf bringen darfst«, übersetzt Kitó an den Reisemarschall gewandt.

»Wieso das?«

»Weil sie hier wohl nichts Gutes von einem Weißen mit Waffe erwarten.«

Widerwillig nimmt der Reisemarschall die Flinte ab und legt sie in eines der Kanus. Nun nickt der Älteste. Wir dürfen eintreten.

Das Dorf ist beinahe vollständig von Palisaden umgeben; einem Zaun aus spitz geschnitzten Hölzern, etwa zwei Meter hoch. Dahinter liegt ein großer staubiger Platz, auf dem die Maloca steht. Im Gegensatz zu den Yanomami bauen die Tupí ihre Malocas als großes, lang gestrecktes Haus mit geschlossenen Wänden und einem dichten Palmdach. Vor der Maloca spielen Kinder, Frauen bereiten Essen, und ein paar Riesenschildkröten kriechen frei umher. Neben der Maloca erstreckt sich der Dorfgarten, der sich in zwei Hauptteile gliedert: in einem Teil wird ausschließlich Maniok angebaut. Die Pflanzen haben handförmige grasgrüne Blätter und wachsen recht hoch. Als eine Frau bemerkt, dass ich mich dafür interessiere, zieht sie eine Pflanze mit den Wurzeln aus der Erde und zeigt mir die Knollen. Sie sind länglich und von einer hellen braunroten Farbe. Jeder Wurzelballen besteht aus mehreren Knollen, die zuerst geschält, dann zerkleinert und dann in Wasser eingeweicht werden. Die Frauen zeigen uns, wie die eingeweichten Maniokfrüchte anschließend in kleinen Öfen, die sich über den Dorfplatz verteilen, geröstet werden. Erst dadurch entsteht das eigentliche Mehl.

Im zweiten Gartenteil wächst alles, was kein Maniok ist: Bananen, Ananas, Süßkartoffeln, Mais. Ich bin erstaunt, wie viel Frucht alles trägt. »Verwenden die Tupí Dünger?«, frage ich Kitó. Er schüttelt den Kopf. Als ich genauer hinsehe, fällt mir aber auf, dass die Erde im Garten deutlich dunkler ist als der gewöhnliche gelblich-lehmige Amazonasboden, den wir inzwischen zur Genüge kennen. Ich hebe ein bisschen von der Erde auf und zerreibe sie zwischen den Fingern. Sie ist locker und leicht. »Was ist das?«, fragte ich den Ältesten. »Schwarze Erde«, antwortet er schlicht. »Sie ist einfach da.« Ich betrachte die Erde. Sie scheint wirklich außergewöhnlich fruchtbar zu sein. Die Farbe erinnert an … Holzkohle. Ich nehme eine Probe davon mit.

Man lädt uns in die Maloca ein. Drinnen ist es recht dunkel, aber nicht stickig, was wohl an den Wänden aus Palmmatten und anderen geflochtenen Pflanzenfasern liegt. Im Inneren hängen unter dem hohen Dach eine Menge Hängematten, außerdem gibt es mehrere Feuerstellen. »Für jede Familie eine Feuerstelle«, übersetzt Kitó. »Es gehört sich nicht, dass alle zusammen kochen und essen, außer an besonderen Tagen.«

Veronika blickt skeptisch. »Heißt das, sie finden es unanständig, voreinander zu essen, laufen aber gleichzeitig fast nackt herum?«

Sie hat recht. Männer und Frauen tragen beide nur eine Art kurzen Rock um die Hüften, mehr nicht. Die Brüste der Frauen sind nackt, sieht man von langen Ketten ab, die viele von ihnen als Schmuck um den Hals tragen. Einige Männer tragen wie der Dorfälteste eine Bemalung im Gesicht. Der Anblick ist allerdings ungewohnt für uns, wo es in München schon aufreizend ist, nur die Knöchel zu zeigen. Der Reisemarschall zuckt zusammen, als eine Frau neben ihm ungeniert ihrem Säugling die Brust gibt.

Der Doktor beginnt mit seiner Arbeit und behandelt seine Patienten. Ich sehe mich weiter in der Maloca um. In einer Ecke schläft ein Wesen, das ich zunächst nicht zuordnen kann. Erst als ich näher komme, sehe ich, dass es ein schwarzer Klammeraffe mit langen Armen und Beinen ist. Er ist anscheinend zahm. Als ein Kleinkind auf ihn zukrabbelt und ihn streichelt, wacht er kaum auf.

Ich hole meinen Zeichenblock aus dem Kanu und mache ein paar Skizzen. Außerdem fotografiere ich die Maloca. Ein paar Kinder beobachten mich dabei. Sie hüpfen kichernd um mich herum und schauen zu, was ich zeichne. Langsam werden wir warm miteinander.

Es soll ein Festessen für uns am Abend geben. Darum gehen die Männer auf die Jagd.

»Können wir mitkommen?«, frage ich Kitó.

»Nur Männer gehen auf die Jagd.«

»Nun ja, es sind ja drei Männer, wenn wir den Doktor nicht mit einrechnen. Also bleiben nur Veronika und ich, und vielleicht können sie eine Ausnahme machen.«

Er sieht mich zweifelnd an.

»Bitte, versuchen Sie es! Es wäre bestimmt schrecklich interessant, so eine Jagd mitzuerleben.«

Er seufzt. »Na schön, einen Versuch mache ich. Aber wenn der Älteste sagt …«

»… ja, dann akzeptiere ich es, versprochen.«

Ich beobachte, wie Kitó zu dem Mann hinübergeht und mit ihm spricht. Der sieht zu mir hinüber, ich winke. Kitó sagt wieder etwas. Der Dorfälteste mustert mich lange.

Schließlich nickt er zögernd. Wir dürfen mitkommen. Insgesamt sind es sieben Tupí-Männer mit Blasrohren und Pfeilköchern auf dem Rücken und wir fünf. Der Doktor ist immer noch mit seinen Patienten beschäftigt.

»Wie haben Sie das gemacht?«, frage ich Kitó, während wir in den Wald aufbrechen.

»Ich habe ihm gesagt, dass du ohnehin merkwürdig bist. Du sammelst Insekten und Rinde, klebst Pflanzen in Bücher und misst dauernd die Temperatur von beinahe allem. Da kommt es auf ein bisschen Jagen auch nicht mehr an.«

Ich will empört sein, muss dann aber doch lachen.

Er zwinkert mir zu. Wir gehen ein Stück. Der Wald ist hier leichter zu begehen als überall sonst, wo wir bisher waren. Es ist dem Boden anzumerken, dass hier die Dorfbewohner häufig unterwegs sind, um zu jagen oder Brennholz zu sammeln. Richtige Schneisen, auf denen wir uns mühelos fortbewegen können, ziehen sich zwischen den Bäumen hindurch.

»Finden Sie das auch?«

»Was?«

»Dass ich merkwürdig bin.«

Er lächelt.

Im selben Moment bleibt der Älteste stehen. Er macht uns ein Zeichen – wir sollen still sein. Folgsam bleibe ich stumm stehen und sehe hinauf in die hohen Kronen über uns. Irgendwo dort oben raschelt und pfeift es. Ich kann allerdings kein Tier entdecken. Der Älteste greift nach dem Blasrohr, das ihm einer der jüngeren Männer reicht. Es ist deutlich länger, als ich mir ein solches Rohr vorgestellt hatte, ungefähr zwei Meter lang. Er legt einen vergifteten Pfeil in das obere Ende des Rohrs ein, dann balanciert er es geübt zu seinem Mund und legt den Kopf in den Nacken. Kurz verharrt er; wir warten gespannt. Im nächsten Moment schießt der Pfeil mit einem einzigen kräftigen Luftstoß nach oben und verschwindet zwischen den Zweigen. Wieder hören wir ein vogelartiges Pfeifen und ein Rascheln, dann stürzt etwas zu Boden. Einer der Männer bahnt sich den Weg ins Unterholz. Er bückt sich, und im nächsten Moment hält er einen großen Amazonashokko in die Luft, ein großer schwarzer Hühnervogel, der in den Bäumen nistet. Der Pfeil steckt noch im Gefieder.

»Unglaublich!«, staune ich. »Ich habe den Vogel nicht einmal gesehen, geschweige denn hätte ich einen Pfeil auf ihn schießen können.«

Die Männer zeigen uns das Blasrohr. Es ist aus der langen Wurzel einer Stelzenpalme gefertigt, leicht und stabil. Der Reisemarschall bittet darum, es auch einmal versuchen zu dürfen. Der Älteste erklärt ihm die richtige Atemtechnik, dann hilft er ihm, einen Pfeil einzulegen und das lange Rohr auf dem Mund zu balancieren, was nicht so einfach zu sein scheint. Nach ein paar Fehlversuchen schafft es der Reisemarschall aber tatsächlich, den Pfeil zumindest aus dem Rohr hinauszukatapultieren. »Wie soll man mit so etwas zielen können?«, fragt er ratlos, nachdem er ein paar weitere Versuche unternommen hat und der Pfeil jedes Mal ziellos durch die Luft fliegt – zum Vergnügen der Tupí.

»Du musst auf das Rohr sehen, wenn du zielst«, sagt Kitó. »Weil du dadurch schielst, hast du das Gefühl, zwei Rohre zu sehen, habe ich recht?«

Der Reisemarschall versucht es. »Stimmt, ich sehe es doppelt.«

»Und jetzt musst du das Ziel, das du treffen willst, so platzieren, dass es in der Mitte dieser zwei eingebildeten Rohre ist.«

Der Reisemarschall zielt. Er pustet so, wie der Älteste es vorgemacht hat. Und tatsächlich – dieses Mal schießt der Pfeil viel geordneter hervor und bleibt in einem Baum stecken.

Kitó nickt zufrieden. Der Reisemarschall strahlt. Am Ende des Tages bringen wir fünf große Hokkos und drei Agutis, eine große Nagetierart, die an Hasen ohne lange Ohren erinnert, zum Dorf zurück. Ein Aguti hat der Reisemarschall erlegt. Ihm ist anzusehen, dass aller Ärger über die vielen verfehlten Affen verflogen ist. Stolz trägt er das Aguti zu einer der Frauen, die für die Zubereitung des Festmahls zuständig sind, und scheint dieses Mal sogar darüber hinwegsehen zu können, dass sie halb nackt ist.

Es wird noch länger dauern, bis das Essen fertig ist. Die Frauen sind damit beschäftigt, das Wild und die Fische vorzubereiten, außerdem backen sie aus dem Maniokmehl eine Art Fladen. Der Duft von gebratenem Fleisch und Gewürzen, die ich noch nie im Leben gerochen habe, zieht durch das Dorf, während ich versuche, einige Tupí zu überreden, sich von mir mit der Rollfilmkamera fotografieren zu lassen. Die Kinder sind gerne bereit, finden das Aufstellen vor der Maloca ein lustiges Spiel, aber die Erwachsenen sind skeptisch.

»Was ist das?«, fragt mich einer der jungen Männer, der beim Jagen dabei war und den ich mit seinem Pfeilköcher auf dem Rücken gerne aufnehmen würde. »Eine Kamera«, lasse ich ihm über Kitó erklären. »Etwas, das die Wirklichkeit aufnimmt und ein Bild daraus macht.«

Um ihn zu beruhigen, dass es nicht gefährlich ist, lasse ich mich selbst von Veronika fotografieren. »Sehen Sie, es passiert nichts Schlimmes. Ich habe einfach nur ein Bild von Ihnen, das ich mit in meine Welt nehmen kann.«

Zögernd erklärt er sich schließlich bereit, für mich zu posieren. Damit ist der Bann gebrochen: Ich darf auch einige junge Frauen mit ihren hübschen Ketten aus Perlen und bunten Federn fotografieren, ebenso wie andere Jäger. Einer tut mir sogar den Gefallen, das Blasrohr anzusetzen und sich so aufnehmen zu lassen. Ich fotografiere Frauen, die Maniok reiben, und einen älteren Mann, der in seiner Hängematte liegt und sich ausruht. Alle, denke ich, haben etwas so Stolzes in sich, etwas in sich Ruhendes, um das ich sie beneide. Die Menschen in diesem Dorf wollen nirgendwo anders sein als hier, sie fragen sich nicht, ob anderswo das Leben besser, aufregender, schöner, reicher wäre. Sie nennen mich einfach nur Therese, und das ist schön.

Das Festmahl ist fertig, als die Sonne gerade hinter den Baumkronen versinkt und den Platz vor der Maloca in orangefarbenes Licht taucht. In der Mitte ist ein großes Feuer angezündet worden, darum herum verteilen sich kreisförmig alle Speisen, auf sehr großen grünen Blättern angerichtet. Jeder kann sich nehmen, was er möchte; wir als Gäste sind die Ersten, dann bedient sich der Dorfälteste, dann alle anderen. Es gibt Maniokfladen und gebratenen Fisch und Fleisch – die Hokkohühner, die wir heute gejagt haben, schmecken mir ganz besonders , außerdem gekochte Süßkartoffeln und eine in Fett geröstete Bananenart, die viel weniger süß ist als die, die wir kennen. In einer Schale, so ähnlich wie die, die ich in dem Laden in Manaus gekauft habe, ist eine recht feste gelbliche Paste, die zu Fleisch und Gemüse gegessen wird. Sie schmeckt sehr gut, aber nach nichts, was ich kenne. Ich frage, was es ist.

»Schildkrötenbutter«, antwortet eine Frau, die nahe bei

mir sitzt. »Das ausgelassene Fett einer Riesenschildkröte vermischt mit dem Eigelb von Schildkröteneiern.«

Irgendwann sehe ich mir die gigantischen Blätter an, auf denen das Essen wie auf Platten angerichtet ist. Sie kommen mir vage bekannt vor; grasgrün und elastisch, mit Lamellen an der Unterseite und einer Art schmalem, hochgeklappten Rand, wodurch sie sich umso besser als Tellerersatz anbieten.

Ich bin ganz aufgeregt. »Das sind Blätter der *Victoria regia*!«, rufe ich. »Die Amazonas-Riesenseerose. Das ist unglaublich!«

Kitó übersetzt für mich beim Dorfältesten. Der nickt. »Ja, die wachsen in einem See im Wald, nicht sehr weit von hier.«

Ich glaube nicht, dass ich seit der *Vanilla gardneri* begeisterter war. Die *Victoria regia* ist eine Legende unter Amazonasreisenden, die sich für Pflanzen interessieren. Viele, die hier waren, haben sie nie gesehen. Andere, die mehr Glück hatten, schwärmen davon. Ich kenne diese Pflanzen nur aus Gewächshäusern, aber nicht in der Wildnis.

»Oh, bitte, wir müssen dorthin fahren! Fragen Sie ihn, ob es schwierig zu finden ist.«

Der Älteste schüttelt den Kopf. »Immer nur dem Igarapé nach«, übersetzt Kitó.

Mein Herz schlägt schneller – ich bin mir ganz sicher, wie ich den nächsten Tag verbringen werde: auf der Suche nach den Amazonas-Riesenseerosen.

Die Dunkelheit fällt wie immer schnell und samtschwarz. Das hohe große Feuer lodert in unserer Mitte, und der Dorfälteste erzählt eine Geschichte für uns.

»Vor langer, langer Zeit, als die Tiere noch die Welt beherrschten«, beginnt seine Erzählung, »da war der Jaguar der König des Waldes.«

Unwillkürlich denke ich an den gefangenen, wütenden Jaguar im Käfig des Konsuls.

»Der König des Waldes beherrschte nicht nur den Wald, er konnte auch jede Sprache seiner Tiere sprechen – die der Vögel genauso wie die der Wasserschweine und die der Affen. Und er hütete ein großes Geheimnis, denn er besaß als einziges Wesen auf der Erde das Feuer. Jeden Abend erhellte es seine Nacht, war warm und freundlich, und er kochte darauf sein Essen. Alle anderen saßen, sobald es dunkel war, in der Dunkelheit und mussten das, was sie fanden, roh verzehren.«

Er macht eine Pause. Das Feuer wirft einen hellen Schein auf sein faltiges, freundliches Gesicht. Seine Haare sind noch schwarz wie die der anderen, überhaupt hat keiner im Dorf graue Haare, gleichgültig wie alt er ist. Aber sein Gesicht verrät, dass er ein alter Mann ist, der schon viel gesehen und der schon oft hier am Feuer gesessen und eine Geschichte erzählt hat.

»Eines Tages aber musste der Jaguar, der König, auf eine weite und lange Reise gehen. Und er bat einen Ara und einen Wellensittich, die gerade in der Nähe auf einem Baum saßen, dass sie auf sein Feuer aufpassen sollten, bis er wiederkam. Die Vögel versprachen es, und der Jaguar ging fort. Doch sobald er gegangen war, hüpften die Vögel neugierig an das brennende Feuer. Sie spürten, dass es wärmte, und sahen, dass es Licht brachte, und es gefiel ihnen sehr gut. Sie wollten es für sich behalten und nie wieder hergeben. Also griffen sie mit ihren Schnäbel danach und versteckten es in einem morschen Baum. Der Wellensittich bekam dabei ein sehr heißes, glühendes Stück Holz zu fassen und versengte sich den Schnabel, der einmal lang gewesen war. Darum haben alle Wellensittiche nur so einen kleinen Schnabel – es erinnert daran, wie damals ihr Vorfahre das Feuer stahl. Sie versteckten es jedenfalls, und jedes Mal, wenn es dunkel wurde, flatterten sie zu dem ausgehöhlten Baum und erfreuten sich an dem Lichtschein, der nun nur noch ihnen gehörte. Doch eines Tages kamen Menschen an dem Baum vorbei, und sie sahen den Schein, der herausleuchtete. Sie blickten in die Höhle, sahen das Feuer und liebten es sofort. Unbedingt wollten sie es haben, nie mehr wollten sie ohne dieses wunderbare Feuer leben. So stahlen sie es aus dem Baum und brachten es in ihr Dorf, wo sie es anzündeten und sich jeden Abend an dem Lichtschein erfreuten, so wie wir es heute tun.« Er lächelt.

»Und was wurde aus dem Jaguar?«, frage ich.

»Er kam wieder zurück von seiner Reise und sah, dass sein Feuer verschwunden war. Er zog durch den ganzen Wald, um es wiederzufinden, und schließlich kam er zu dem Dorf. Aus der Dunkelheit heraus beobachtete er, wie die Menschen um das Feuer saßen und sich Geschichten erzählten, und da wusste er, dass sie es nicht mehr zurückgeben würden. Seitdem jagt der Jaguar bei Nacht und frisst seine Beute roh, wir Menschen aber erfreuen uns am Feuer und kochen und haben Licht in Nächten wie diesen.«

»Das war eine schöne Geschichte«, seufzt Veronika.

Wir sehen alle auf den Schein des Feuers, die züngelnden Flammen, die hoch in die Luft schlagen. Funken steigen in den Himmel hinauf.

Eine Schale mit einem Getränk wird herumgereicht. Es ist trüb und erinnert an das sandige Flusswasser. Jeder nippt daran und reicht es dann weiter.

»Was ist das?«, frage ich Kitó.

»Guarana.«

Es ist die Pflanze mit den roten Früchten, die wir schon selbst im Wald gesehen haben. Humboldt hat schon geschrieben, dass ein Sud daraus so wach macht wie starker Kaffee. Ich probiere vorsichtig, als ich an der Reihe bin. Es schmeckt herb, aber auch nach Honig, mit dem es anscheinend gesüßt wurde. Bilde ich es mir ein, oder bin ich schon nach den wenigen Schlucken tatsächlich hellwach, geradezu aufgekratzt?

All die Mühen und Anstrengungen des Tages fallen von mir ab, und ich bin vollkommen hier, in diesem Moment.

Die Frauen beginnen zu singen. Die Klänge sind fremd in meinen Ohren, es dauert eine Weile, bis ich eine Melodie erkenne. Ein paar Männer tanzen im Schein des Feuers. Ich sehe hinauf in den Himmel, höre die Gesänge, spüre die stampfenden Schritte der Tanzenden auf dem Lehmboden des Amazonas. Ich schließe für einen Moment die Augen. Natürlich weiß ich, dass auch dies hier kein Paradies ist. Die Tupí sind Menschen wie wir: Sie werden krank, sie kennen Gefahren, sie führen Krieg. Sie lachen und weinen. Und sie werden ausgebeutet. Nein, ich mache mir nichts vor, selbst dies ist nicht das Paradies. Und doch, hier, tief im brasilianischen Regenwald, fern von elektrischen Straßenbahnen und eleganten Häusern, von gepflasterten Straßen und Champagner, bin ich endlich ganz ich selbst. Ich bin keine Prinzessin, keine Hoheit, keine Gräfin, nicht einmal eine Suchende mehr. Ich bin einfach nur Therese.

Villa AmSee

Lindau, Bodensee, kurz vor Weihnachten 1924

In der Nacht begann es zu schneien. Am nächsten Morgen lag der Garten unter einer pudrig weißen Decke; die Schneeflocken glitzerten im fahlen Winterlicht, hüllten die Landschaft und den See ein wie ein feiner Vorhang aus lauter kleinen Kristallen.

»Komisch«, sagte Gunda, während sie das Frühstück servierte. »Hab noch nie erlebt, dass es hier schon vor Weihnachten schneit.«

»Stimmt, aber ich wünsche es mir immer.« Therese nahm einen Schluck aus ihrer Kaffeetasse. »Jedes Jahr hoffe ich darauf, dass wir schon vor Weihnachten Schnee bekommen. Und dieses Jahr ist dieser Wunsch endlich in Erfüllung gegangen – ein richtiges Geschenk.«

Gunda runzelte die Stirn. »Alles, was ich weiß«, brummte sie, »ist, dass ich vorhin ausgerutscht bin, als ich die Zeitung hereinholen wollte. Und dass auf den Straßen bald kein Durchkommen mehr sein wird, wenn es so weiterschneit. Wir werden hier festsitzen wie im Gefängnis. Aber klar, für andere isses ein Geschenk.«

Therese kleckste sich Honig auf ihr Butterbrot. Sie sah dabei zu, wie die bernsteinfarbene Flüssigkeit langsam darauf zerlief.

Veronika kam ins Zimmer. Sie wirkte müde, ihr war anzusehen, dass sie die halbe Nacht nicht geschlafen hatte. Ihre Haut war blass, und zum ersten Mal war sie nicht geschminkt.

»Veronika.« Therese sah sie prüfend an. »Ist alles in Ordnung?«

»Natürlich.« Veronikas Miene blieb undurchdringlich. »Warum fragst du?«

»Oh … aus keinem besonderen Grund. Versuch den Kaffee, er ist heute noch besser als sonst.«

Veronika schloss die Hände um die heiße Tasse und sah aus dem Fenster. »Es sieht schön aus, wenn es schneit«, sagte sie schließlich gedankenverloren. »Als Kind habe ich Schnee geliebt. Er fällt so weich, und wenn es geschneit hat, ist die Welt so viel stiller.«

»Ja, da hast du recht.«

»Ich habe mit meinem Vater dann gerne Schneemänner gebaut«, fuhr Veronika fort. Therese hatte das Gefühl, dass sie mehr zu sich selbst sprach als zu ihr. »Er war selten zu Hause, als Admiral. Ständig unterwegs für den Kaiser. Aber wenn er zu Hause war, an Weihnachten, nahm er mich auf seine starken Schultern und ging mit mir durch den Winterwald. Er hat mich die ganze Zeit getragen, und ich versuchte, an die verschneiten Äste und Zweige über mir zu kommen, aber es gelang mir nie. Er …«, sie sah in ihre Tasse, als wäre darin ein Mittel gegen ihre Erschöpfung zu finden, »… er war so stark. Mein Held in strahlender Uniform.«

Sie räusperte sich, dann fragte sie in leichterem Tonfall: »Was ist das für ein merkwürdiges Scharren?«

»Das ist Martin. Er versucht, die Einfahrt frei zu halten. Aber der Schnee fällt wohl zu schnell. Wir werden eingeschneit werden.«

»Na wunderbar«, seufzte Veronika. »Heißt das, wir können hier nicht weg?«

»Willst du denn weg?«

Veronika sagte nichts. Sie griff zur Marmelade und verteilte etwas davon auf ihrem Brot. Ihre Bewegungen, die Anspannung ihrer Schulter verrieten einen merkwürdigen, unterdrückten Zorn. Sie ließ Therese an einen Vulkan kurz vor dem Ausbruch denken.

»Vielleicht gibt es ja dieses Jahr eine Seegfrörne, wenn es so früh Frost gibt«, sagte sie, um die Wogen zu glätten und die Freundin zu entspannen.

»Was soll das denn sein?«, murmelte Veronika und biss in ihr Brot.

»Seegfrörne nennen die Leute hier es, wenn der Bodensee zufriert. Es kommt sehr selten vor, weil er so tief ist – und noch seltener betrifft es den ganzen See. Nur alle hundert Jahre oder noch seltener. Es wäre etwas ganz Besonderes, es zu erleben. Die letzte Gfrörne ist schon beinahe sechzig Jahre her. Damals konnte man von hier aus über das Eis bis nach Bregenz hinüberschlittern. Gundas Vater hat mir davon erzählt.«

»Ist ja schön.«

Therese bedachte Veronika mit einem forschenden Blick.

»Bist du fertig mit dem Frühstück?«, fragte die kühl. »Ich dachte, wir können heute Morgen früh mit der Arbeit beginnen.«

»Also, ich denke, wir machen mit den lebendigen Tieren weiter und dann mit den ebenso lebendigen Pflanzen«, sagte Veronika und blickte auf ihre Liste. »Wenn wir dann noch Zeit haben, können wir anschließend mit den Briefen beginnen. Das wird sowieso eine Menge Arbeit, wenn ich bedenke, wie viele Papierstapel sich hier überall verteilen.«

Das Licht im Arbeitszimmer hatte sich durch den Schnee verändert. Es schien heller, aber auch kälter zu sein, ein merkwürdig weiß-graues Licht, das über die Bücher, die Papiere und Topfpflanzen, über die Gesteinssammlungen, Bücher, Aufsätze und das ausgestopfte Krokodil fiel, das dort oben stumm an der Decke schwebte.

Von draußen war weiterhin das rhythmische Geräusch der Schneeschaufel zu hören, Martins aussichtsloser Kampf gegen den Schnee. Die Flocken waren noch größer geworden und schwebten wie Daunen vom Himmel. Millionen kleiner Tupfen, die zu uns herunterfallen, dachte Therese, während sie am Fenster stand und hinaufblickte.

Veronikas Laune schien sich seit dem Frühstück nicht gebessert zu haben. Nun stand sie mit verschränkten Armen vor dem Aquarium. »Also … lass uns mit den Fischen anfangen. Welche Sorten sind hier drin?« Sie betrachtete ohne Begeisterung die bunten kleinen Fische verschiedener Arten, die zwischen den Wasserpflanzen herumsausten oder am Boden gründelten. Das Wasserbecken war vollständig aus Glas und stand über einem Heizkörper, um die Wassertemperatur für die tropischen Fische möglichst hoch zu halten. »Im Sommer stelle ich es nach draußen in die Sonne«, erklärte Therese, »aber dann wuchert es sofort mit Algen zu. Den Fischen gefällt das wohl, aber ich sehe sie dann kaum noch. Besonders ausgereift ist das System mit der Aquarienhaltung von exotischen Fischen noch nicht.« Sie nahm auf dem Schreibtischsessel Platz. »Nun, soll ich dir die Arten aufzählen?«

Veronika nickte. Immer noch wirkte sie angespannt.

»Die rosafarbenen kleinen Fische mit den schwarzen Flecken und den gelben Flossen sind Schmetterlingsbarben«, begann Therese. »Sie stammen aus dem Kongo, und ich glaube, sie sind meine Lieblingsfische geworden. Findest du sie nicht auch hübsch?«

»Aber ja«, murmelte die jetzt und griff nach ihrer Liste. »Und wie viele von diesen Schmetterlingsbarben hast du?«

»Das weiß ich nicht. Die müsste man zählen. Sie haben sich gut vermehrt – als einzige Art übrigens. Ich habe es wohl noch nicht geschafft, für alle die besten Bedingungen zu schaffen.«

Veronika seufzte. »Die schwimmen alle wild durcheinander, und es sind eine Menge. Die kann man nicht zählen.«

»Dann schreibe doch einfach zehn Fische auf. Viel mehr oder weniger werden es nicht sein.«

Veronika notierte, was Therese ihr diktierte. Dann sah sie auf. »Die nächsten.«

Therese stand auf und ging zu ihr hinüber. Sie stellte sich vor die Aquarium-Scheibe und sah hindurch. »Das dort mit den blauen Flecken ist ein Achtbindenbuntbarsch aus Mexiko.« Sie tippte gegen das Glas. »Davon habe ich ganz bestimmt bloß zwei. Dann wären da noch die fünf roten Bitterlingsbarben. Und die Blauen Neon – das sind die ganz kleinen Fischchen mit den leuchtend blauen Streifen. Sie stammen aus dem Orinoco, gar nicht weit weg vom Amazonas.«

»Großartig«, murmelte Veronika.

»Und meine Neuzugänge: die chinesischen Schleierschwänze. Auf die bin ich ganz besonders stolz. Siehst du, wie hübsch ihre Schwanzflosse im Wasser weht, wenn sie schwimmen. In China züchtet man sie schon seit Hunderten von Jahren. Ursprünglich stammen sie von den Goldfischen ab.«

Veronika schrieb mit verbissener Miene mit. Sogar den Füllfederhalter umklammerte sie merkwürdig krampfhaft. Therese wurde es endgültig zu bunt. Sie nahm der Freundin den Stift aus der Hand. »Veronika«, sagte sie sanft. »Was ist los mit dir? Willst du es mir nicht erzählen?«

»Dir?« Veronika drehte sich plötzlich heftig zu ihr um. »Du und deine Freundinnen sind doch schuld an allem.«

»Wie meinst du das?«

»Na ... gestern Abend. Ihr erzählt mir von eurem ach so wunderbaren Lazarett, von dem schrecklichen Krieg und davon, wie kaputt und verrückt diese Männer waren, die vom Schlachtfeld kamen. Dass sie nicht mehr schlafen konnten, an nichts mehr Freude hatten, sich völlig veränderten ... na, woran erinnert dich das?«

»An ... Rudolf.« Therese seufzte. »Veronika, ich gebe gern zu, dass ich das schon die ganze Zeit gedacht habe. Schon als du das erste Mal erzählt hast, wie er sich verändert hat und seit wann.«

»Nein!« Veronika schüttelte den Kopf. »Nein, er ist nicht so einer.«

»*So einer?*«

»Ja, einer von diesen Männern, die mit so etwas nicht fertigwerden. Er ist ein Held, er ist ein Major, groß und unerschütterlich und stolz und ...«

»Veronika, wäre es dir wirklich lieber, einen Mann zu haben, der fremdgeht und sich nicht mehr für dich interessiert, als einen, der ganz einfach traumatisiert ist von dem, was er vor sechs Jahren erlebt hat?«

»Natürlich wäre es das. Solche Männer kenne ich nicht. Ich habe dir vorhin von meinem Vater erzählt.«

»Ja, und allmählich begreife ich auch, warum. Du willst immer noch die Prinzessin sein, die der strahlende Held auf Händen trägt. So wie damals, in Brasilien.«

Sie standen sich aufgebracht gegenüber. Veronikas puppenhaftes Gesicht war vor Wut rot angelaufen. »Was wäre so schlimm daran? Jede Frau will das.«

»Nein, nicht jede.«

»Rudolf ist perfekt. Er war es schon immer, seit ich ihn getroffen habe. Der vollkommene Mann. Ich war verrückt nach ihm.«

»Ich weiß. Ich erinnere mich noch, wie du damals von kaum etwas anderem sprechen konntest.«

»Und nun tut ihr so, als wäre er wahnsinnig geworden und ich eine dumme Frau, die nichts begreift. So habe ich mich gestern gefühlt.«

»Das war doch gar nicht unsere Absicht. Wir haben nur erzählt, wie es war. Du kannst dir die Realität nicht so zusammensetzen, wie du es gerne willst, Veronika. Dieser Krieg war grauenvoll. Das war kein Krieg, wie wir ihn früher hatten, mit heldenhaften Degenkämpfen Mann gegen Mann. Die neuen Waffen haben den Soldaten keine Ruhe gegönnt, kaum jemand konnte ihnen ausweichen. Die Granaten Tag und Nacht, das muss doch Spuren hinterlassen. Wäre es nicht so, dann wäre Rudolf wohl aus Stein, und das willst du doch sicher auch nicht.« Sie holte Luft. »Veronika, falls wir recht haben – und ich denke, es ist so –, dann kann sich doch auch alles wieder ändern. Er braucht nur die richtige Hilfe, einen Arzt, der ihn gut betreut, Verständnis …«

Veronika sah sie fassungslos an. »Du meinst, mein Mann braucht einen Therapeuten?«

»Ja, warum denn nicht? Man kann bei so etwas verschiedene Methoden anwenden. Es geht darum, das Trauma zu überwinden und wieder vom Schlachtfeld nach Hause zu finden – bildlich gesprochen. Ich weiß, du willst den strahlenden Helden nicht verlieren, den du damals geheiratet hast. Aber vielleicht kannst du ihn auf genau diese Art wiedergewinnen, verstehst du? Glaub mir, ich weiß, wovon ich spreche – in den Lazarettjahren habe ich viel darüber gelernt und …«

»O ja!«, unterbrach sie Veronika wütend. »Du glaubst immer, dass du weißt, wovon du sprichst. Du denkst, dass du das ganze Wissen der Welt für dich gepachtet hast, dass es nichts – wirklich überhaupt nichts – gibt, worüber du nicht bestens Bescheid weißt.« Inzwischen schrie sie beinahe. »Aber ich habe eine Neuigkeit für dich: Die große Therese von Bayern weiß auch nicht alles. Du kennst dich vielleicht mit diesen verdammten Fischen aus, mit Fröschen und Schlangen. Du hast meinetwegen die halbe Welt bereist und jedes langweilige Buch über Pflanzen gelesen, das jemals gedruckt wurde. Du hast von mir aus diesen Ehrendoktor und schreibst besserwisserisch-gelehrte Aufsätze. Aber ich sage dir eins – von dem, was wirklich wichtig ist, hast du keinen blassen Schimmer. Du glaubst, mir meine Ehe erklären zu können, meinen Mann. Dabei warst du nie verheiratet. Kein Mann hat dich je angefasst, und du weißt überhaupt nicht, was Liebe ist!« Sie hob zornig den Kopf. Ihre Augen blitzten. »Darum hast du dich auf all diese anderen Sachen gestürzt. Man muss sich eben um Frösche und Aquarien kümmern, wenn man nie erlebt hat, was Liebe und Leidenschaft ist. Darum bist du so viel gereist und im Dreck herumgekrochen, um Blätter und Käfer zu sammeln, weil du sonst nichts in deinem Leben hattest. Wie traurig, Therese, du tust mir leid. Aber glaube bloß nicht, dass du mir etwas zu meiner Ehe raten kannst, dass du meinen Mann besser verstehst als ich oder dass du auch nur im Ansatz begreifst, was es heißt, jemanden zu lieben. Du bist doch nur …«, sie holte Luft und schleuderte Therese das Ende des Satzes regelrecht entgegen, »… du bist doch nur eine alte Jungfer!«

Mit diesen Worten drehte sich Veronika auf dem Absatz um und stürmte aus dem Zimmer. Einen Moment später fiel die Tür krachend hinter ihr ins Schloss.

Therese sah ihr sprachlos nach.

Amazonas, Brasilien

August 1888

»Das ist nicht Ihr Ernst, Hoheit!«

»Reisemarschall, die *Victoria regia* im Regenwald sieht man nur einmal im Leben – diese Chance werde ich nie wieder haben!« Ich greife nach ein paar Glasfläschchen und meiner Botanisiertrommel. »Und ich habe nicht vor, sie mir entgehen zu lassen.«

Er sieht mich wütend an. »Haben Sie nicht so etwas auch schon über den Ausflug hierher gesagt?«

»Stimmt – und ich bin schrecklich froh, dass wir da sind. Sie nicht auch?«

»Wir hatten vereinbart, dass wir heute Morgen zurück nach Manaus fahren. Unser Dampfer legt übermorgen ab.«

»Richtig – übermorgen. Da ist es doch vollkommen gleichgültig, ob wir heute oder morgen in Manaus zurück sind.«

»Hoheit!« Er schreit nun fast. Noch nie habe ich ihn so zornig gesehen. »Ich bin der Reisemarschall. Ich bin für die Organisation verantwortlich, für die Reiseroute, dafür, wann wir wo sein werden.«

»Ich weiß …«

»Ihr Vater hat mich dafür eingesetzt.«

»Ja, richtig, aber …«

»Aber das ist Ihnen vollkommen gleichgültig!« Er beginnt, wütend auf und ab zu gehen. »Sie machen doch ohnehin nur, was Ihnen gefällt. Sie haben Lust, in gottverlassene Dschungeldörfer zu reisen, also tun wir das. Sie möchten plötzlich zu irgendeinem *verfluchten* See im tiefsten Dschungel fahren, um *verdammte* Seerosen anzuschauen – natürlich, warum nicht?«

Der Reisemarschall flucht nie. Es gehört zu seiner peniblen, sorgfältigen Art, niemals die Beherrschung zu verlieren. Daran, dass er gleich zwei Flüche in einem Satz unterbringt, erkenne ich, wie groß sein Zorn ist. Abgesehen davon ist mit jedem Wort seine Stimme noch lauter geworden. Einige Tupí sehen schon zu uns hinüber. Wir starren uns wütend an. Keiner will weichen.

»Das sind nicht irgendwelche Seerosen«, zische ich. »Das sind die Riesenseerosen, die es nur hier gibt.«

»Und wenn es sie ausschließlich an einem einzigen winzigen Flecken gäbe: nein!«

»Wir sind doch heute Abend schon wieder zurück. Der Dorfälteste hat gesagt, dass die Fahrt nicht sehr weit ist.«

»Oh, was für eine genaue Zeitangabe«, faucht der Reisemarschall sarkastisch. Sein Gesicht ist rot angelaufen vor lauter Ärger, die Schlittenhundeaugen funkeln mich wütend an. Ich bin mir sicher, wären wir nicht irgendwo im Regenwald und hätten nur zwei Kanus, um in die Stadt zurückzufahren, würde er jetzt seine Stellung endgültig kündigen. Aber auch er weiß, dass das nicht geht. Wir müssen miteinander immerhin noch zurück nach Europa fahren.

»Reisemarschall, Sie brauchen doch auch gar nicht mitzukommen«, schlage ich sanft vor. »Sie bleiben hier mit dem Doktor im Dorf, und ich fahre mit Max, Kitó und Veronika weiter zu den Seerosen. Heute Abend sind wir zurück, und morgen früh fahren wir nach Manaus.«

Er starrt mich an. »Veronika ist krank«, sagt er.

»Wie bitte?«

»Sie hat Angst, dass sie Malaria hat. Das ist wieder typisch für Sie – Sie bekommen nichts mit, sobald es irgendwo eine *gottverlassene* Pflanze gibt, die Sie sehen wollen.«

Veronika ist tatsächlich krank. Sie liegt in der Morgensonne in einer Hängematte, die die Tupí für sie zwischen zwei Pfirsichpalmen aufgehängt haben. »Sie meinen, dass die Sonne gut ist, wenn man krank ist«, sagt sie matt, als ich zu ihr komme.

»Sie waren doch eben beim Frühstück noch gesund«, wundere ich mich.

»Ja, es kam ganz plötzlich. Mir ist heiß und kalt, und ich habe solche Halsschmerzen.«

Ich lege meine Hand auf ihre Stirn. Sie ist tatsächlich fieberheiß. Sie sieht mich mit großen Augen an, Angst steht darin. »Ich habe Malaria, nicht wahr? Oder vielleicht Gelbfieber? Sicher sterbe ich.« Ihre Unterlippe zittert. »Ich werde sterben, bevor ich Rudolf geheiratet habe. Oh, das ist so schrecklich.«

Ich sehe zum Doktor hinüber, der auf der anderen Seite der Hängematte steht und gerade ein paar Tropfen Arznei auf einen Löffel aus seinem Arztkoffer träufelt. »Sie sterben nicht, Mademoiselle«, sagt er beruhigend. »Niemand, der Malaria oder Gelbfieber hat, hat zugleich auch Halsschmerzen und Schnupfen. Sie haben bloß einfach eine Erkältung. Wenn ich ehrlich sein soll – die einzige Gefahr, die besteht, ist die für die Tupí. Sie sollten heute also unbedingt hier draußen liegen bleiben und keinem der Dorfbewohner zu nahe kommen, um sie nicht anzustecken.«

»Nur eine Erkältung?«, frage ich.

Er nickt. »Ganz sicher.« Er reicht Veronika den Löffel mit der Medizin. »Morgen oder übermorgen geht es ihr sicher schon wieder wesentlich besser. Kein Grund zur Sorge.«

»Die Erkältung hast du bestimmt bekommen, weil wir diese Gewitternacht in nassen Kleidern auf dem Fluss verbracht haben.« Ich drücke ihre Hand. »Bestimmt bist du bald wieder gesund.«

»Aber zu den Riesenseerosen kann ich leider wohl nicht mitkommen.«

»Nein – du bleibst hier und ruhst dich heute aus, und Monsieur Durand wird nach dir sehen.«

Er nickt. »Es gibt ohnehin noch ein paar Patienten, die ich gestern noch nicht behandelt habe. Außerdem wollen mir ein paar Frauen eine Wurzel zeigen, die gegen Zahnschmerzen hilft.« Er lächelt. »Das klingt spannend, finde ich. Und Ihre Mademoiselle ist bei mir in guten Händen.«

»Gut, dann werden also nur Max, Kitó und ich fahren.«

»Der Reisemarschall nicht?«, fragt Veronika, die schon wieder ein bisschen mehr Farbe im Gesicht hat.

»Ich muss froh sein, wenn der Reisemarschall je wieder ein Wort mit mir wechselt«, antworte ich trocken. »Nein, ich denke, er kommt nicht mit.«

Eine Stunde später fahren wir los, in den strahlenden Morgen hinein. Das Kanu liegt gut im Wasser, wir haben nun auch mehr Platz, weil ich nur meine Kamera, meinen Zeichenblock und ein paar Glasröhrchen und Kästchen mitgenommen habe. Dazu etwas Proviant, Reste vom Festmahl am Abend, für unsere Mittagsrast. Zum Abendessen, wenn es dunkel wird, wollen wir längst wieder zurück sein.

Der Igarapé führt uns immer weiter in den Wald hinein. Ich sitze auf dem vordersten Platz im Kanu, und so breitet sich vor mir ganz unverstellt der Wald und der kleine Fluss aus, der immer schmaler wird. Die Bäume stehen so dicht am Ufer, dass bald über uns nur noch ein schmaler Spalt blauer Morgenhimmel frei ist. Das Wasser des Igarapés ist klar, lange nicht so sandig wie das des Amazonas und nicht sehr tief. Ich habe mein Lot nicht mitgenommen, aber ich schätze ihn auf lediglich zwei, höchstens drei Meter Tiefe. Ein paar kleinere Buntbarscharten sind zu erkennen, und nach etwa einer Stunde sehen wir auch einen Schwarm Fische mit rötlich-schillernden Schuppen: Piranhas, die angeblich ganze Pferde innerhalb von Minuten auffressen können.

»Glaubt ihr, dass es hier auch Zitteraale gibt?«, frage ich, als wir die Piranhas hinter uns gelassen haben. Bei Humboldt, und auch bei anderen Reiseschriftstellern, habe ich von dieser eigenartigen Fischart gelesen, die starke Stromstöße absondern kann.

»Hoffentlich net«, antwortet Max, der hinter mir sitzt. »Mir würd's langen, von Piranhas gefressen zu werden, ich muss net vorher auch noch 'nen Schlag kriegen.«

Am Ufer sitzt zwischen den Bäumen und Farnen ein dunkelbraunes Aguti und sieht zu uns hinüber. Als wir näher kommen, stößt es einen merkwürdigen, bellenden Laut aus und verschwindet im Unterholz. Wir fahren an Pfeffersträuchern vorbei, an Goldregen-Orchideen und an den mächtigen Palisadenholzbäumen, die es in diesem Teil des Waldes besonders häufig zu geben scheint. Im Wasser wachsen moosgrüne Büschelfarne und Teppiche aus Wasserhyazinthen mit hübschen lichtblauen Blüten. Es ist ein traumhafter Anblick. Immer weiter verschmälert sich der Wasserlauf, windet sich tiefer und tiefer in den Dschungel. Allmählich wird der blaue Spalt über uns immer schmaler, und irgendwann ist er ganz geschlossen. Das Grün hüllt uns ein, die Baumkronen über unseren Köpfen berühren sich längst. Die Fahrt dauert schon viel länger, als ich es erwartet habe. »Das liegt daran, dass dir ein Tupí den Weg beschrieben hat«, erklärt Kitó trocken. »Bei uns gibt es keine Zeit wie bei euch. Wenn uns ein Weg kurz vorkommt, ist er kurz. Wenn er lang wirkt, ist er lang.«

»Des heißt ja, der gleiche Weg kann mal lang und mal kurz sein«, wirft Max ein. »Je nachdem, wer ihn paddelt und ob der grad Hunger hat oder net.«

»Ja, genau das heißt es. Dem Ältesten kam dieser Weg wohl kurz vor.«

Wir sind inzwischen so tief im Dschungel, dass die Lianen bis zur Wasseroberfläche hinabhängen. Ab und zu müssen wir einer ausweichen, an die wir sonst mit den Köpfen stoßen würden. Auf den tiefen Lianen hüpfen Amazonasfischer, kleine Vögel mit grünblau schillernden Köpfen und langen Schnäbeln, die klackernde Rufe ausstoßen. Wir sehen Fächerpapageien und einen Paradiesglanzvogel. Das Zirpen der Zikaden wird lauter, je mehr uns der Wald einhüllt, und mischt sich mit dem Quaken der Frösche irgendwo an den feuchten Ufern und im Wasser. Eine fingerlange Raupe fällt von einer der Schlingpflanzen direkt in meinen Schoß. Auf dem Blau meines Kleides leuchtet sie zitronengelb mit rotbraunen Borsten. Ich pflücke sie vorsichtig von meinem Schoß und übergebe sie Max, der sie liebevoll in ein Kästchen sperrt und noch ein paar Blätter dazugibt. Ich bin gespannt, ob sie sich in meiner Obhut verpuppen wird und welche Art Schmetterling daraus wohl schlüpfen könnte.

Noch nie in all den Wochen waren wir so tief im Wald. Das Dorf der Tupí, Manaus, überhaupt die ganze Welt scheint mit jeder Stunde, die wir auf dem Igarapé dahingleiten, weiter weg zu sein, während wir uns wie Zwerge in diesem unendlichen, gewaltigen Grün verlieren. Wir fahren in das Herz des Waldes, tief hinein, wo uns niemand finden wird und ich auch gar nicht gefunden werden will. Und irgendwann, ganz unvermittelt, öffnet sich das Grün, das uns verschlungen hat, und gibt den Blick frei auf das Paradies.

»Do legst di nieder!«, wispert Max hinter mir.

Er hat recht. Alles, was wir in den letzten Wochen gesehen haben, der Dschungel, die bunten Blüten, die Papageien und Schmetterlinge, alles verblasst gegen diese Schönheit, die sich nun vor uns ausbreitet. Wie ein gut gehütetes Geheimnis liegt der See da. Still und unberührt breitet er sich aus, bewacht von den hohen Urwaldriesen, umkränzt von sattgrünem Gras. Das Wasser spiegelt den blauen Himmel, glitzert im Sonnenlicht. Nirgends habe ich so viele verschiedene Blüten gesehen wie an diesem Fleckchen Erde. Sie leuchten überall im Gras am Ufer, und darüber flattern die buntesten Schmetterlinge, die man sich denken kann. Zwei Aras segeln über das Wasser, ein cremefarbener großer Reiher steht am Rand und blickt auf den See, als würde er sein Spiegelbild darin betrachten. Aber das größte Wunder von allem sind die Seerosen. Wie riesige grüne perfekte Kreise breiten sich ihre Blätter auf der Oberfläche aus, dazwischen recken sich geschlossene große weiße Blütenköpfe aus dem Wasser. Ein Vogel landet auf einem der Blätter, das unter dem Gewicht kaum auch nur in Bewegung gerät.

Mein Herz ist ganz erfüllt von dieser Schönheit. Es ist, als würde dieser See mit seinen majestätischen Rosen und das

Ufer mit seinen Hunderten bunten Blütensprengseln in einer ganz besonderen Art leuchten. Es ist, als würden sogleich Feen tanzen und Nixen aus dem Wasser auftauchen.

Als unser erstes Staunen vorbei ist, machen wir uns daran, dieses Paradies zu erkunden. Wir steigen aus und ziehen das Kanu ans Ufer, dann mache ich mich daran, die ersten Aufnahmen zu machen. Vor allem die Seerosen will ich natürlich fotografieren.

Ich habe von den gigantischen Ausmaßen der Blätter der *Victoria regia* gelesen. Ich habe von den Blüten gelesen, die nur zwei Nächte lang blühen, um dann wieder im Wasser zu versinken. Ich kenne ihre Systematik auswendig, weiß, dass sie zur Familie der Seerosengewächse gehört und zur Unterfamilie der *Nymphaeoideae*. Aber nun, da ich sie wirklich vor mir sehe, bin ich einfach nur sprachlos.

»Ist sie nicht schön, Max?«, frage ich ihn, als er sich neben mir im Gras niederlässt.

»Doch. Unsre bayerischen Seerosen san dagegen wie Zwergerl.«

»Alle glauben, dass es John Lindley war, der sie entdeckt und nach der englischen Königin benannt hat. Aber das stimmt nicht.«

»Nicht? Wer war es dann?«

»Ein verschrobener Böhme namens Thaddäus Haenke.« Ich lächele und kann immer noch nicht den Blick von den Seerosen abwenden. »Das klingt nur nicht so elegant wie die englische Geschichte.« Der Reiher hebt eines seiner langen dünnen Beine und setzt es auf das Blatt. Es schwankt nur ein wenig, gibt aber nicht im Mindesten nach. Dann zieht er das zweite Bein nach und steht auf dem Seerosenblatt mit dem ganzen Gewicht seines großen Körpers. Er geht darauf herum, völlig unbekümmert, während das Blatt ihn spielend leicht trägt.

»In England brach vor ein paar Jahren ein richtiges Fieber nach diesen Seerosen aus. Man baute *Victoria-regia*-Gewächshäuser und versuchte, sie zu züchten. Man stellte Kinder darauf, die von den Seerosenblättern getragen werden konnten.«

Ich knie nahe ans Wasser und greife nach einem der Blätter. Es ist glatt und elastisch. Als ich den Rand anhebe, kommen darunter kompliziert angeordnete Lamellen zum Vorschein. »Siehst du das, Max? Damit schwimmt sie so stabil. Darum kann sie den Reiher dort drüben tragen. Die Lamellen wirken wie Polster unter der Oberfläche.« Ich lasse das Blatt zurück aufs Wasser gleiten. »Der Glaspalast der Weltausstellung in London vor dreißig Jahren wurde danach gebaut. Und auf dem Dach gab es eine riesige gläserne Seerosenblüte.« Ich sehe zu den noch geschlossenen gewaltigen Blütenköpfen. »Und jetzt sitzen wir hier und sehen sie wirklich, an dem Ort, wo sie hingehören. Max, ich glaube, das ist das Schönste, was es gibt.«

Er sieht mich an und schmunzelt.

Die nächsten Stunden vergehen wie im Flug. Ich mache Aufnahmen, fertige Skizzen an, vermesse Blätter und Blüten der Seerose. Wir streifen aber auch durch das Gras am Ufer und bestimmen die Blüten, die uns dort entgegenleuchten. Max fängt einige Schmetterlinge, und wir beobachten die Reiher und kleineren Vögel, die uns auf der Lichtung Gesellschaft leisten. Ein paar Kapuzineraffen beobachten uns aus den Kronen der hohen Bäume, die undurchdringlich den See umstellen. Ich sammele mit Kitó zusammen Orchideen und Wasserhyazinthen, wir sehen im klaren Wasser des Sees einem Schwarm kleiner bunter Fische zu und beobachten einen grasgrünen Makifrosch mit großen braunen Augen, der gelassen zwischen den Halmen am Ufer sitzt und sich auch von dem Reiher kaum aus der Ruhe bringen lässt. Wir vergessen die Zeit vollkommen an diesem verwunschenen, verzauberten Ort. Irgendwann ist es zu spät, um noch rechtzeitig ins Dorf zurückzufahren, bevor es dunkel wird.

»Was sollen wir tun?« Ich sehe meine Begleiter an.

Kitó zuckt die Achsel. »Wir müssen bleiben. Es wäre verrückt, in diesem dichten Wald und auf dem schmalen Wasser durch die Nacht zu fahren. Denk an den Kaiman von heute Mittag – die jagen auch nachts.«

Ich seufze. »Der Reisemarschall wird einen Wutanfall bekommen. Und die arme Veronika und der Doktor werden sich Sorgen machen.«

»Das ist aber nicht zu ändern.«

»Wir haben noch ein Problem.« Max verzieht das Gesicht. »Wenig Proviant und koa Zelt.«

Ich sehe zu den Seerosen hinüber. Einerseits habe ich ein schlechtes Gewissen gegenüber den anderen, die im Tupí-Dorf auf uns warten. Andererseits bietet sich mir unverhofft die Möglichkeit, eine ganze Nacht das Blühen der *Victoria regia* zu beobachten. »Ich bin nicht sehr hungrig«, sage ich. »Lasst mir die Bananen übrig, den Rest könnt ihr essen. Und vielleicht können wir uns eine Art Laubhütte zum Übernachten bauen. Genügend Blätter und Astwerk gibt es hier ja.«

Die Hütte haben wir bald gebaut. »Erinnert mich an früher.« Max betrachtet unser provisorisches Werk. Dicht belaubte Zweige lehnen sich an einen dicken Stamm, ein paar

Meter vom Ufer entfernt. »Mit meinen Vettern hab ich im Wald a' solche Hüttn gebaut.«

Kitó entfacht ein kleines Feuer, dann teilen wir den Proviant unter uns auf. Die Bananen reichen mir tatsächlich; ich bin viel zu aufgeregt, weil bald die Blütezeit beginnt. Als die Sonne sinkt, glüht der See geradezu, und die noch geschlossenen Blütenköpfe der *Victoria regia* beginnen allmählich ihre Blätter zu lockern. Das Wunder steht kurz bevor. Ich sitze glücklich am Ufer, den Zeichenblock auf den Knien, warte und bin ganz in meiner Welt versunken.

Als es dunkel wird, sitzen Max und Kitó am Lagerfeuer, während ich weiter die Blüten beobachte. Die cremefarbenen Gebilde beginnen sich zu verändern. Sie scheinen zu spüren, dass die Nacht kommt und ihr kurzes Leben beginnt. Ganz allmählich fangen sie an, sich für die Tropennacht zu öffnen.

So wunderschön der Ort bei Tageslicht war, nun, in der Nacht, scheint er noch viel verzauberter. Der Mond spiegelt sich hell im Wasser, die Sterne über dem Wald funkeln zu Tausenden. Der Schein des Lagerfeuers und das Licht des Mondes reichen, damit ich zeichnen kann. Ich halte alle Stadien der Blüte fest: geschlossen, sich langsam öffnend, halb erblüht, ganz erblüht. Über Stunden sitze ich so da und beobachte, sauge diese Schönheit und den besonderen Moment auf, und die Zeit vergeht wie im Flug. Die riesigen Seerosenblüten sind nun beinahe vollständig offen. Ihre pudrig weißen, spitz zulaufenden Blütenblätter strecken sich dem Sternenhimmel entgegen, und ganz langsam mischt sich ihr süßer, lockender Duft mit der Nachtluft. Vögel rufen im Wald, am Ufer quaken Frösche. Ich könnte so ewig sitzen und staunen.

»Max ist schlafen gegangen.« Kitós Stimme reißt mich aus meinen Gedanken. Ich drehe mich um; tatsächlich ist das lodernde Lagerfeuer verwaist, und nur Max' Füße schauen noch aus der Laubhütte hervor.

»Sie sehen aus, als ob sie träumen würden, finden Sie nicht?«, frage ich und deute auf die Blüten. »Einen wunderschönen, kurzen Traum. Nur zwei Nächte, dann werden sie vergangen sein.«

Kitó setzt sich neben mich ins Gras. »Es gibt eine alte Geschichte«, sagt er, »die mir meine Mutter einmal erzählt hat. Von einer wunderschönen Prinzessin, die sich für ihren Liebsten geopfert hat. Der Mondgott hatte Erbarmen und ließ sie nicht sterben, dafür verwandelte er sie in eine Seerose. Darum blüht sie nur nachts, weil sie ihm dankt.«

Ich lächele. »Sie blüht nachts, um die Nachtkäfer anzulocken, die ihren Blütenstaub dann weitertragen.«

Eine Weile sitzen wir schweigend nebeneinander und sehen auf das Wasser. Ein Nachtfalter schwirrt um eine der Blüten, angezogen von ihrem Duft. Die allgegenwärtigen Zikaden zirpen ihr Nachtlied.

»Kitó«, beginne ich schließlich zögernd, »ich habe Sie gesehen.«

»Wie meinst du das?«

»Vorgestern Abend bei dem Fest. Ich habe Sie mit dem Champagner gesehen, verstehen Sie?«

Kurz ist es still. Dann sagt er leise: »Ja, ich verstehe.«

»Was haben Sie da getan?«, platzt es aus mir heraus. »Wollten Sie … nun ja, Sie wollten doch sicher nicht wirklich – César Scholz vergiften.«

»Doch, das wollte ich.«

Ich schlucke. Plötzlich fühlt sich die laue Nacht kühler

an. Ich hatte es nicht glauben wollen, nun muss ich es wohl glauben. »Aber warum?«, frage ich schließlich.

»Das ist eine lange Geschichte.«

»Erzählen Sie sie mir. Jetzt, wo ich weiß, dass Sie fast zum Mörder geworden wären, habe ich auch das Recht zu erfahren, wieso – finden Sie nicht?«

Er lächelt flüchtig. »Du glaubst immer, dass es dein Recht ist, alles zu erfahren, alles zu erforschen. Du kannst nicht ruhen, bevor du alles vermessen, aufgeschrieben und verstanden hast.«

Ich antworte nicht, einerseits weil er recht hat, andererseits weil ich will, dass er weiterspricht.

»Es hat alles vor zehn Jahren angefangen«, fängt er schließlich an. »Ich lebte damals in einem Dorf, so wie das, in dem wir gestern waren. Das Dorf war meine kleine Welt, alles was ich kannte, war unsere Maloca, unser Maniokgarten, meine Eltern und Geschwister, meine Freunde, der Wald und die Tiere. Ich war glücklich dort.«

Ich muss an das denken, was ich gestern am Feuer bei den Tupí gefühlt habe – diese Zufriedenheit, das Gefühl, nicht mehr zu brauchen.

»Ich war verliebt damals, in ein Mädchen aus unserem Dorf. Sie hieß Moema, das bedeutet in unserer Sprache süß. Das war sie auch, hübsch und süß mit langen dunklen Haaren, und sie sang so schön. Sie wollte meine Frau werden. Es war die glücklichste Zeit in meinem Leben.« Er bricht ab, sammelt sich kurz. Dann fährt er fort. »Das Einzige, was unser Leben im Dorf störte, waren die Weißen. Sie kamen immer öfter, wollten mit unserem Ältesten verhandeln. Im Wald um unser Dorf, dort wo wir jagten und Holz sammelten, gab es eine Menge Kautschukbäume. Mehr als sonst überall. Darum wollten sie, dass wir wegziehen und ihnen den Wald geben. Aber unser Ältester, er hieß Inajé, war sehr mutig. Er sagte Nein und schickte sie weg, und am Anfang gingen sie tatsächlich wieder. Aber ich wusste, tief drinnen …«, er klopft an seine Brust, »… dass sie immer wütender wurden und nicht aufgeben würden.«

Er schweigt wieder, ich dränge ihn nicht.

»Dann kam dieser eine Tag. Ich bin in den Wald gegangen, einfach so. Das habe ich oft gemacht, weil ich gerne allein war mit den Tieren und den Pflanzen. Moema hatte am Tag zuvor gesagt, dass sie bald ihre Hängematte neben meine hängen würde. Das bedeutet bei uns, dass wir Mann und Frau sein würden. Ich freute mich sehr.« Er seufzt. »Ich weiß nicht, wie lange ich an diesem Tag im Wald unterwegs war. Später habe ich mich oft gefragt, was wohl gewesen wäre, wäre ich früher zurückgegangen – oder später. Als ich zurück zum Dorf kam, hörte ich einen Mann wütend brüllen. Ich versteckte mich hinter einem Baum. Von meinem Platz aus konnte ich zwischen den Zweigen sehen, dass die Weißen wiedergekommen waren. Zwei der Männer, die schon öfter bei uns gewesen waren, und ein dritter Mann, den ich noch nie gesehen habe. Er war groß und hatte weißblonde Haare, dazu einen fast weißen Schnurrbart. Ich weiß noch, dass ich mich wunderte, wie ein Mensch so helle Haare haben konnte. Er stand da und rauchte eine Zigarre. Seine Begleiter übernahmen das Reden. Sie brüllten und drohten; beide hatten Gewehre umgehängt. Inajé stand vor ihnen, ganz ruhig. Er war immer ruhig, ein freundlicher, kluger alter Mann. Die Arme hatte er vor der Brust verschränkt, er schien entschlossen, den drei Männern auch dieses Mal die Stirn zu bieten. Ich konnte auch meine Eltern

schen und einen meiner Brüder. Das ganze Dorf stand ein paar Meter hinter dem Ältesten und beobachtete alles. Der blonde Mann nahm die Zigarre aus dem Mund. Er beugte sich vor und sagte irgendetwas. Er klang ruhig, nicht so wütend und Furcht einflößend wie die anderen beiden. Ich weiß noch, dass ich zunächst dachte, er sei freundlich. Ich war sogar erleichtert, dass er es nun war, der mit dem Ältesten verhandeln wollte. Er schien auch Tupí zu sprechen, zumindest ein wenig. Inajé sagte wieder, dass wir nicht gehen würden. ›Bist du sicher?‹, fragte der Blonde. Das konnte ich verstehen. Inajé nickte. Daraufhin drehte der fremde Mann sich um. Ich atmete in meinem Versteck erleichtert aus, weil ich glaubte, es sei vorbei. Aber dann sagte der Mann noch etwas. Es war ganz ruhig und freundlich, so wie vorhin. Darauf hoben seine beiden Begleiter ihre Waffen und schossen. Inajé stand einfach da, fast erstaunt, einen ganzen langen Moment. Dann kippte er vornüber und blieb auf der Erde liegen.«

Ich sehe ihn entsetzt an. »Sie haben euren Dorfältesten erschossen?«

Aber Kitó wirkt, als würde er mich kaum noch wahrnehmen. Er ist völlig versunken in seiner Erinnerung. »Für einen Moment war es ganz still, dann begann eine Frau zu schreien. Es war eine meiner Tanten. Auch die anderen schrien jetzt. Mein Vater rannte zum Ältesten und beugte sich über ihn. Aber auch ich in meinem Versteck konnte sehen, dass er tot war. Und dann brach die Hölle los. Die Weißen hoben wieder ihre Gewehre und schossen und schossen. Ich höre noch den Lärm, höre die Schreie. Sie schossen und schossen. Es hörte überhaupt nicht auf. Ich hätte zu meiner Familie rennen sollen, ihnen helfen. Aber stattdessen konnte ich mich nicht rühren. Ich kauerte hinter meinem Baum und hielt mir die Ohren zu. Und ich sah, wie der blonde große Mann dastand und zusah und seine Zigarre rauchte, als wäre das alles nichts.« Er macht eine Pause. »Irgendwann war es still. Die drei Weißen gingen. Es dauerte eine Weile, bis ich mich hinter meinem Baum hervorwagte und ins Dorf ging. Sie waren alle tot. Meine Eltern, meine Geschwister, meine Tanten. Auch die Alten und Kranken in ihren Hängematten in der Maloca und die Kinder, die am Zaun gespielt hatten. Überall war Blut. Der Geruch nach Schießpulver lag in der Luft, wie etwas Fremdes, Grauenvolles.«

»Darum können Sie die Flinte des Reisemarschalls nicht leiden«, murmele ich. »Das ist verständlich.«

»Es war so unglaublich still. Noch nie war es im Dorf so still gewesen – niemand sang, keine Kinder lachten, kein Säugling weinte. Sogar die Vögel und die Zikaden waren für den Moment verstummt. Im Garten fand ich Moema. Sie hatte gerade Maniok ernten wollen. Nun lag sie zwischen den hohen Halmen, als würde sie schlafen. Ihre Haare flossen auf den Boden, und ihr Gesicht sah so schön aus. Ich streichelte es, aber sie wachte nicht auf. Unter ihr breitete sich Blut aus, das in die Erde versickerte.«

Eine ganze Weile schweigen wir. Dann frage ich: »Wie ging es weiter?«

»Ich habe ihnen allen die letzte Ehre erwiesen. Es dauerte Tage, bis ich die Körper verbrannt hatte. Ich habe die Asche verstreut unter den Bäumen, unter denen wir gelebt haben, auf dem Platz vor der Maloca, wo die Frauen immer das Essen bereitet und wo wir als Kinder gespielt hatten. Dann ging ich – ich hatte ja meine ganze Welt verloren. Niemand, den ich kannte, lebte noch. Ich ging monatelang. Ab und zu kam ich zu anderen Dörfern. Tupí, Manaó, Yanomami und noch ein paar andere. Ein paar haben mich weggejagt, aber die meisten haben mich für eine Zeit lang bei sich aufgenommen.«

»Daher kennen Sie so viele Sprachen.« Es war keine Frage, sondern eine Feststellung.

»Ich bin nie sehr lange geblieben. Irgendwann zog es mich immer wieder weiter. Nach Monaten bekam ich ein Fieber und brach im Wald zusammen. Jemand fand mich und brachte mich nach Santarém zu den Schwestern. Es gefiel mir dort nicht; diese schreckliche Oberin. Ich bin von dort weg, sobald ich wieder ein bisschen zu Kräften gekommen war. Jetzt weißt du auch, warum ich an dem Abend in der Station abgehauen bin. Ich wollte da nicht wieder sein. Die Mutter Oberin hat mich nicht erkannt. Für die meisten Weißen sehen wir alle gleich aus. Aber ich habe mich sofort an sie erinnert.« Er sieht hinüber zu den Seerosen. »Irgendwann kam ich nach Belém, wo die Konsulin mich aufgelesen hat. Mir war da schon alles gleichgültig; was sollte ich noch in diesem Leben? Alle waren tot, die mir etwas bedeutet hatten, und ich war völlig allein. Aber wenigstens hatte ich bei der Konsulin etwas zu essen, ein Bett zum Schlafen und konnte in Ruhe nachdenken. Ich lernte eure Sprache und auch das Lesen und Schreiben. Ich konnte die Zeitung der Weißen lesen. Eines Tages stand darin etwas von César Scholz, dem Kautschukbaron von Manaus. Ich wusste sofort, dass das der blonde Mann war. Seitdem hatte ich ein Ziel.«

Ich nicke langsam. »Nach Manaus zu kommen und Ihr Dorf zu rächen.«

»Ja.«

»Darum waren Sie plötzlich so interessiert, als ich Ihnen damals beim Konsul erzählt habe, dass wir nach Manaus fahren würden.«

»Du warst ein Geschenk der Ahnen. Es war die Chance, auf die ich so lange gewartet hatte.«

»… und all diese Zeit, in der Sie mit uns unterwegs waren, mit mir Pflanzen bestimmt, mit Max Schafkopf gespielt haben – da war Ihr einziges Ziel, César Scholz zu vergiften.«

»Das Gift war Zufall. Ich hätte ihn auch erschießen oder erstechen können. Dass es das Gift wurde, lag an deinem Rücken und der Medizin, die ich dir dafür geben wollte.«

»Geburt und Tod.«

»Ja. Es ist immer beides.«

»Aber du hast es nicht getan«, sage ich leise.

Er senkt verzweifelt den Kopf. »Ist es nicht verrückt? Ich habe geglaubt, am Ziel zu sein, als wir César trafen und er dich einlud. Ich dachte, jetzt passiert es. Es war perfekt, ganz einfach. Und dann – konnte ich es einfach nicht. Ich bin feige.«

Ich denke an den Kautschukbaron mit den kalten Augen. An den Irrsinn, den ich darin gesehen habe. An diesen Palast aus Marmor, Gold, Spiegeln und Feuer.

»Nein«, sage ich und lege ohne nachzudenken meine Hand auf Kitós, »nein, Sie sind nicht feige. Sie haben ein Herz. Das unterscheidet Sie von ihm – er ist ein Monster. Aber Sie … Sie sind ein Mensch geblieben, trotz allem, was Ihnen passiert ist. Ich bin froh, dass Sie es nicht getan haben.«

Er sieht mich an, und ich erwidere seinen Blick. Seine Augen, in denen ich mich von Anfang an verloren habe, sein Lächeln, das mir schon beim ersten Mal das Herz schneller klopfen ließ.

»Du bist schön, Therese«, sagt er leise.

»Nein, bestimmt nicht. Ich war noch nie schön.«

»Doch, du weißt es nur nicht. Du bist klug. Du willst die Welt verstehen. Du liebst das, was du tust. Ich habe es all diese Wochen beobachtet – die Art, wie du einen Schmetterling ansiehst oder diese Seerosen heute Nacht oder jetzt mich, ist schön.«

Ich spüre, wie stark mein Herz pocht. »Ich will alle Wunder sehen«, flüstere ich.

Er zieht mich an sich, seine Hände, die mich halten. Ich fühle sein Herz genauso schlagen wie meines, lasse mich fallen in seine Arme. Seine Lippen liegen auf meinen, und ich fühle seine Wärme, als er mich leidenschaftlich küsst. Über uns funkeln die Sterne; das Kreuz des Südens. Die Zikaden singen, und die Seerosen träumen auf dem Wasser im Mondlicht. Dies, denke ich staunend, dies hier ist das größte Wunder von allen.

Villa AmSee

Lindau, Bodensee, kurz vor Weihnachten 1924

Therese stand im russischen Salon am Fenster und sah hinaus in die Schneelandschaft. Der Schnee fiel mittlerweile sanfter, die dicken Flocken hatten sich in kleine, feine Kristalle verwandelt, die glitzernd und federleicht herabrieselten. Im Kamin knackte das Feuer. Im Raum war es warm, so warm wie an dem Nachmittag, an dem sie hier gestanden und auf Veronikas Ankunft gewartet hatte. Es fühlte sich an, als sei es Jahre her. Und nun hatten sie sich fürchterlich gestritten, und im Haus war es still. Nicht einmal Geschirrklappern aus der Küche oder das Scharren von Martins Schneeschaufel war mehr zu hören. Auch Lora krächzte nicht, sondern saß still in ihrem offenen Käfig und sah ebenfalls aus dem Fenster. Vielleicht gefiel ihr der Schnee ebenso wie Therese; immerhin gab es dort, wo sie herkam, so etwas nicht.

Therese dachte an die letzten Tage. Sie dachte an die Ausflüge mit Veronika, an ihre Gespräche, an all die ausgelassenen Momente. Sie hatte sich seit Langem nicht mehr so lebendig und gesund gefühlt wie in den letzten Tagen. Natürlich machte sie sich nichts vor. Es war lediglich eine Atempause, eine kurze Zeit der Besserung. Bald schon würde sich das Band erneut um ihre Brust legen und das Atmen schwerer machen, sie würde wieder mehr husten und schwächer werden. Irgendwann wäre sie so blass wie Irene Scholz oder wie ihre Mutter vor so vielen Jahren. Sie würde nur noch im Bett liegen, zu schwach, um aufzustehen. Natürlich wusste sie, dass es so kommen würde. Aber noch war es noch nicht so weit. Noch konnte sie hier stehen, aus dem Fenster sehen und nachdenken. War es ihr letzter Schnee? Vermutlich, dachte sie nüchtern. Vielleicht wird es mir im Frühling noch recht gut gehen, möglicherweise auch noch im Sommer. Aber dass sie ein weiteres Mal Weihnachten, ein weiteres Mal Schnee erleben würde, bezweifelte sie.

Thereses Gedanken wanderten zu Veronika. Ihre zornigen Worte hallten in ihrem Kopf nach. Sie sah sie wieder vor sich stehen, rot vor Wut, in ihrem Blick den Ausdruck von Verletztheit und Überforderung. Sie wusste, dass Veronika mit ihrem Ausbruch nicht sie persönlich gemeint hatte, trotzdem war es verletzend gewesen. Therese stellte sich Rudolf vor, den stolzen, hochdekorierten Major, um den damals, als sie heirateten, Veronika von all ihren Freundinnen beneidet wurde. Sie sah ihn vor ihrem inneren Auge irgendwo in Rosenheim in seinem stillen Arbeitszimmer sitzen, stumm und krank, ohne dass jemand seine Krankheit in den letzten Jahren bemerkt hatte. Vielleicht war er sich selbst nicht einmal dessen bewusst, was mit ihm los war. Er war aufgewachsen in einem Kaiserreich, das Krieg und Soldatentum feierte. Nein, möglicherweise wusste er selbst nicht, dass er nie wirklich von den Schlachtfeldern zurückgekehrt war. Therese erinnerte sich an all die Männer, die sie im Lazarett erlebt hatte, mit ihren glanzlosen Augen und dem stumpfen Ausdruck im Gesicht. Sie verstand die einsamen Stunden des Majors, seine langen Spaziergänge alleine und dass er nicht mehr zu Gesellschaften gehen wollte, zu denen alle anderen Männer ebenfalls in Uniform kamen und er der stolze Major sein sollte. Sie hatte das Gefühl, seine Einsamkeit regelrecht fühlen zu können – und Veronikas Einsamkeit, wenn sie sich einen neuen Hut oder ein neues Kleid kaufte, in der Hoffnung, dass ihr Mann sie dann wieder wahrnahm.

»Dieser verdammte Krieg, Lora«, sagte sie zu dem Papagei. »Er hat alles verändert.«

Aber nun war er vorbei, es war Friede und die Welt eine andere geworden. Es gab mittlerweile Wahlen, die Währung war stabil geworden, es wurde wieder getanzt und Feste gefeiert. Die Zeiten wurden besser. Sie wünschte dasselbe auch Veronika und Rudolf.

Draußen sprang ein rotbraunes Eichhörnchen in großen Sprüngen über die Schneedecke und sank dabei fast ganz ein, bevor es sich auf eine alte Eiche rettete. Ein paar Blaumeisen flatterten vor dem Fenster und pickten die Körner auf, die Gunda für sie verstreut hatte. Unter ihrer rauen Schale hatte sie einen sehr weichen Kern. Im Winter fütterte sie immer die Vögel, und wenn der Frost besonders hart wurde, legte sie sogar Nüsse für die Eichhörnchen aus. Der See lag dunkel da zwischen all der weißen Pracht. Von einer Seegfrörne waren sie noch weit entfernt, das Wasser war still und schluckte die rieselnden Flocken.

Es klopfte zaghaft. Therese holte Luft. »Herein«, sagte sie dann.

Die Tür öffnete sich langsam. Veronika schob sich ins Zimmer. Für einen Moment stand sie nur verlegen da, dann räusperte sie sich: »Entschuldige, wenn ich störe.«

»Du störst nicht.«

Es war still im Raum. Dann seufzte Veronika. »Therese, es

tut mir leid. Ich habe mich vorhin furchtbar benommen. Du bist meine Freundin – und meine Gastgeberin. Ich hätte dich niemals so anschreien dürfen.«

Therese atmete erleichtert aus. Sie lächelte. »Schon in Ordnung.«

»Nein, das ist es nicht.« Veronika ging die paar Schritte zu einem der Sessel vor dem Kamin und setzte sich behutsam auf die Kante. »Es ist überhaupt nicht in Ordnung. Nichts ist in Ordnung. Das … das, was du da andeutest, was die Frauen gestern erzählt haben, das macht mir alles einfach Angst. Ich will nicht, dass Rudolf …«

»Ich weiß.«

»Charlotte hat anscheinend überhaupt keine Schwierigkeit damit, einen kranken Mann zu haben. Er hat nur ein Bein, aber sie ist glücklich mit ihm. So etwas könnte ich nicht.«

»Verspricht man nicht bei der Hochzeit, dass man in Krankheit und Gesundheit beieinanderbleibt.«

»Ja, aber …« Veronika biss sich auf die Unterlippe. »Ich habe nie gedacht, dass das einmal passieren würde. So bin ich nicht. So ist meine ganze Familie nicht und ist auch nie so gewesen. In meiner Familie wird man nicht krank und schon gar nicht – auf diese Weise. Bei uns soll alles glänzen, so wird es erwartet. So war es immer.«

Therese wandte sich dem Vogelkäfig zu. Lora hüpfte darin gut gelaunt und spannte die Flügel aus, anscheinend bereitete sie sich auf einen neuen Ausflug im Haus vor.

»Aber so ist das Leben nicht, Veronika. Menschen werden krank oder sind hässlich. Sie verlieren ihre Haare, sie haben keinen Erfolg, und manche Träume erfüllen sich nie. Das Leben glänzt nicht immer – das tut es nur manchmal. Dazwischen liegen andere Dinge.«

»Ja, vielleicht.« Veronika ließ eine lange Pause folgen. »Weißt du, als gestern die Frauen von diesen traumatisierten Männern erzählten, da habe ich Rudolf gleich erkannt. Und auch als du vor ein paar Tagen in Lindau im Café das mit dem Krieg ansprachst – ich war froh, dass der Apotheker uns unterbrochen hat. Vielleicht habe ich es ja schon all die letzten sechs Jahre begriffen und es nur nicht wissen wollen.«

»Warum nicht?«

Veronika zuckte die Achseln. »Wenn man den Freundinnen erzählt, dass man glaubt, der Mann habe eine Geliebte, dann bleibt letztlich alles beim Alten. Der Mann bleibt, der er ist. Die meisten Männer haben irgendwann Affären, nicht wahr? Und man selbst bleibt ebenfalls gleich. Die Freundinnen bemitleiden einen und haben etwas zu tratschen. Mehr passiert nicht. Aber wenn man sagt, dass der Mann verrückt geworden ist …«

»Er ist nicht verrückt. Er hat nur schlimme Dinge gesehen und erlebt.« Therese streckte ihren Finger durch die offene Käfigtür dem Papagei entgegen. Der Vogel ließ sich streicheln. »Du und Rudolf, ihr habt eine echte Chance, wenn ihr offen miteinander sprecht. Lass ihn erzählen oder lass ihn schweigen, nur tu es mit ihm gemeinsam. Versuche, ihn zu verstehen, und erzähle ihm, wie du dich fühlst. Dein Mann ist kein Held, und ihr lebt nicht im Märchen. Er ist ein Mensch wie du auch.«

Veronika schüttelte den Kopf. »Ich weiß nicht, ob ich das kann.«

»Aber natürlich kannst du das.« Therese schmunzelte. »Du hast ein riesiges Krokodil in die Flucht geschlagen, weißt du nicht mehr? Ich kann es bezeugen. Wenn du das schaffst, kannst du auch mit deinem Mann sprechen. Außerdem – man kann alles tun für denjenigen, den man liebt.«

Sie ging zu Veronika hinüber und setzte sich neben sie. »Ich weiß, du glaubst, dass ich keine Ahnung von Liebe habe. Aber da muss ich dich enttäuschen.«

Veronika sah sie überrascht an. »Wovon sprichst du?«

»Erinnerst du dich an Otto?«

»Natürlich. Der verrückte König Otto, anstelle dessen dein Vater regiert hat. Er ist vor ein paar Jahren gestorben. Es hieß immer, dass er nicht einmal mehr wusste, wer er war, und dass er fürchtete, verfolgt zu werden. Er muss wirklich völlig wahnsinnig gewesen sein.«

Therese sah sie an. »Ich habe ihn geliebt«, sagte sie schlicht. »Mein ganzes Leben lang.«

Veronika starrte sie an.

»Wir wollten heiraten, das haben wir uns schon versprochen, als wir noch halbe Kinder waren. Unsere Eltern waren auch dafür. Seine Mutter, die alte Königin, war sehr freundlich zu mir. Aber dann wurde er krank.«

Veronika griff nach Thereses Hand. »Wie schrecklich für dich! Therese, ich hatte ja keine Ahnung.«

»Nein, wie auch? Ich habe nie darüber gesprochen. Ich habe ihn oft besucht, so oft jedenfalls wie es seine Ärzte erlaubten. Ich war seine einzige Besucherin. Das war meine einzige Angst auf all meinen Reisen – dass ich vielleicht nicht mehr zurückkommen würde und Otto dann gar niemanden mehr hätte. So lange ich für ihn da sein konnte, an ihn denken, ihn besuchen, solange war er nicht allein auf dieser Welt.« Sie schwieg und sah in die Flammen. »Liebe vergeht nicht einfach, nur weil sich die Umstände verändern. Nur weil man jemanden nicht mehr sieht oder weil er krank wird oder weil er sich nicht einmal mehr an dich erinnern kann, weil sein Verstand immer verwirrter wird. Nein, sie bleibt trotzdem. Das ist das Merkwürdige, wenn man jemanden wirklich liebt.«

»Hast du deswegen nie geheiratet?«

»Wen hätte ich heiraten sollen, wenn ich doch ihn liebte? Ich habe jeden, den mir Papa oder meine Brüder vorgeschlagen haben, abgelehnt. Ich habe nie erklärt, warum. Irgendwann haben sie es wohl einfach aufgegeben.«

»Es tut mir so leid, Therese. Ich meine, du hast nie geheiratet, du hast nie Kinder gehabt, du hast …«, Veronika biss sich auf die Lippen. »Nun ja, das mit Otto war doch eine sehr andere Liebe als die normale zwischen Mann und Frau. Leidenschaft, wenn man sich einfach unwiderstehlich von dem anderen angezogen fühlt, wenn jede Berührung und jeder Blick durch Mark und Bein geht – das ist etwas anderes.«

»Ach«, Therese lehnte sich zurück, »ich hatte trotzdem ein sehr schönes Leben. Ich konnte tun, was mich glücklich gemacht hat und was mich wirklich interessierte. Auf diese Art war ich sehr frei.« Sie lehnte sich zurück. »Und diese Leidenschaft, von der du sprichst, wer sagt dir, dass ich die nicht auch kenne?«

»Aber du hast doch gerade gesagt …«

Über Thereses Gesicht huschte ein Lächeln. Sie sah mit einem Mal im Schein des Feuers sehr viel jünger aus. »Es gibt da noch eine Geschichte, eine, die ganz anders ist. Eine, an die zu denken ich mir selbst so viele Jahre nicht mehr gestattet habe. Aber jetzt, wo du da bist und wir so viel über Brasilien sprachen und all diese Erinnerungen wieder hochkamen, da ist es, als wäre es gestern gewesen.«

Veronika sah die Freundin neugierig an. »Erzählst du sie mir?«

»Ja, ich denke, es wird Zeit dafür.« Therese sah in die Flammen, die hell loderten. Das Holz knackte, draußen fiel weiter der Schnee. Aber als sie nun zu sprechen begann, war der Salon in Lindau plötzlich erfüllt vom Zirpen der Zikaden, vom Bellen der Baumfrösche, vom Kreischen der Affen und der Hitze und dem Licht längst vergangener Tage irgendwo in Brasilien. Und von einem Mann mit kaffeebrauner Haut, grünen Augen und einem untrüglichen Gespür für Pflanzen.

Draußen begann der Schnee wieder dichter zu fallen, und am Abend waren sie endgültig eingeschneit. Es machte nichts aus. Das ganze Haus war erfüllt von Erinnerungen, vom Duft nach Tannenholz und von Geschichten über Liebe.

Amazonas, Brasilien

August 1888

Am nächsten Morgen wache ich unter dem Laubdach auf. Das erste Licht scheint durch die Zweige und zwischen den Blättern über mir. Irgendwo in den Baumriesen über mir singt ein Vogel hell und melodisch. Ich liege eine Weile da und höre ihm zu. Ich bin als Einzige wach; Kitó und Max schlafen noch. Obwohl es gestern Nacht spät war, als Kitó und ich uns irgendwann in unserer provisorischen Hütte auf ein dünnes Polster aus Pflanzenwedeln legten, bin ich kaum müde. Leise, um die beiden anderen nicht zu wecken, stehe ich auf und krieche unter dem Laubdach hervor. Draußen begrüßt mich eine leuchtende Morgenröte. Das sanfte Rosa spiegelt sich im See, und die Seerosen, die gestern Nacht so herrlich blühten, haben sich geschlossen. Mein Kleid ist zerknittert und meine Frisur zerzaust, aber das stört mich nicht. Ich stehe einfach da und genieße den Augenblick, diesen Moment in unserem kleinen verwunschenen Paradies, fern von der ganzen Welt.

»Guten Morgen, Prinzessin.« Ich drehe mich um. Max ist aus der Hütte gekrochen und reckt und streckt sich ausgiebig. »Ich hab Sie gar net reinkommen hören gestern Nacht.«

»Ich war spät noch draußen und habe die Seerosenblüte beobachtet. Kitó hat mir Gesellschaft geleistet.«

»Soso.«

Täusche ich mich oder lächelt er?

»Wir sollten bald aufbrechen, Prinzessin. Der Reisemarschall grantelt bestimmt schon dem armen Tupí die Ohren voll.«

Kurze Zeit später sind wir alle wach und abreisefertig. Das Kanu ist mit dem Wenigen gepackt, das wir dabeihatten. Alles, was wir gestern gesammelt und was ich gezeichnet habe, ist sicher verstaut. Unsere Laubhütte lassen wir stehen. Sie wird mit der Zeit in sich zusammenfallen, und dann wird niemand mehr wissen, dass wir hier einmal diese vollkommene Nacht am See verbracht haben.

»Moment!«, rufe ich und greife nach dem kleinen Botanisiermesser, das ich immer in der Tasche mit mir trage. »Eins noch.«

Ich laufe zum See zurück und knie mich ans Ufer. Mit den Armen angle ich nach der Seerosenblüte, die am nächsten ist. Gerade als ich befürchte, vornüber ins Wasser zu fallen, erwische ich sie. Mit dem Botanisiermesser löse ich die Blüte vorsichtig von ihrem Stängel unter Wasser. Als ich sie hochhebe, ist sie schwerer als gedacht – ein cremefarbener geschlossener Ball aus samtigen Blütenblättern. Ich laufe damit zu Max und Kitó zurück, die auf mich warten. »So«, sage ich zufrieden, »jetzt können wir fahren.«

Die rosafarbene Morgenröte weicht immer mehr einem strahlend blauen Himmel, während wir auf dem Igarapé von unserem kleinen Paradies davontreiben. Zu meinen Füßen liegt die Seerosenblüte, und ich bin sehr vorsichtig, sie nicht aus Versehen zu zerdrücken. Die meiste Zeit fahren wir schweigend. Jeder hängt seinen Gedanken nach. Kitó und ich weichen einander verlegen aus, was sollten wir auch sagen? Zum Glück sitzt man im Kanu hintereinander, sodass sich unsere Blicke ohnehin nicht begegnen. In mir ist alles aufgewühlt. Ich denke an die letzte Nacht, an all die Gefühle, die ich empfinde, wenn ich Kitó sehe, wenn er mich berührt, mich küsst. Ich denke an Otto. Muss ich ein schlechtes Gewissen haben, weil er nun nicht mehr der einzige Mann in meinem Herzen ist? Ich weiß, dass ich sie beide liebe. Es ist, als hätte sich mein Herz geweitet, hätte genug Gefühl für zwei. Ist es richtig? Ich will nicht mehr darüber nachdenken. Lieber sehe ich in das Grün, durch das wir fahren, beobachte die ersten Affen des Tages, die keckernd und kreischend über uns den Morgen begrüßen. Eine Sumpfhirschmutter stakt mit ihrem Kalb durch das Unterholz nahe am Ufer. Ein rotviolett schimmernder Karminvogel flattert vorbei. Das Blätterdach über uns öffnet sich immer mehr, der Streifen Himmel wird breiter und breiter und die Luft heißer. Am Mittag sehen wir den Palisadenzaun des Tupí-Dorfes zwischen den Zweigen schimmern. Kinder spielen wieder im Wasser, und ein ungeduldiger Reisemarschall tigert am Ufer auf und ab. Die Kinder lachen und winken, als sie uns entdecken. Der Reisemarschall bleibt stehen. »Oh, oh«, brummt Max hinter mir. »Jetzt wird glei' gwuiselt.«

»Wo sind Sie gewesen?« Der Ärger des Reisemarschalls entlädt sich schon, als wir noch kaum aus dem Kanu gestiegen sind. »Wissen Sie, welche Sorgen ich mir gemacht habe?«

»Wir waren am Seerosenteich und haben die *Victoria regia* gefunden«, antworte ich und halte ihm vorsichtig die große Seerosenblüte entgegen. »Schauen Sie, ist sie nicht wunderschön?«

Der Reisemarschall starrt wütend darauf. Anscheinend habe ich ihn damit aus dem Konzept gebracht. »Ähm – ja. Trotzdem …«, sagt er etwas verwirrt.

Ich beschließe, ihm gleich auch den restlichen Wind aus den Segeln zu nehmen. »Es tut mir sehr leid, dass Sie sich Sorgen machen mussten, Reisemarschall«, sage ich also. »Es war zu spät, um noch vor Einbruch der Dunkelheit zurückzufahren, und so sind wir eben geblieben.«

Max zwinkert. »I hab guat auf sie aufgepasst, wie Sie sehn«, fügt er an. »Alles net so wild.«

Bevor der Reisemarschall etwas erwidern kann, kommen die Dorfbewohner, um uns zu begrüßen. Ich zeige auch ihnen meine Seerosenblüte, und die Kinder berühren sie ganz vorsichtig und beinahe ehrfürchtig.

Auch der Doktor und Veronika kommen zum Ufer. Veronika sieht schon wieder viel rosiger aus und hustet kaum noch. Auch der fiebrige Ausdruck ist verschwunden. »Geht es dir besser?«, frage ich, nachdem wir uns begrüßt haben.

»O ja. Man hat mir einen merkwürdigen Honig gegeben. Hat scheußlich geschmeckt, irgendwie bitter, aber er hat erstaunlich geholfen. Ein paar Stunden später war der Husten beinahe weg, und ich habe mich sehr viel besser gefühlt.«

Monsieur Durand lächelt. »Eine sehr interessante Medizin«, sagt er. »Und meine Patienten habe ich auch inzwischen alle versorgt. Wir können jetzt also beruhigt nach Manaus zurück.« Er blickt mich interessiert an. »Wie war denn Ihr Ausflug zu den Seerosen?«

Unwillkürlich streift mein Blick Kitó. »Er war schöner, als ich es überhaupt beschreiben kann«, sage ich.

Das ganze Dorf verabschiedet uns. Der Älteste überreicht uns mit großer Geste die Abschiedsgeschenke: den Panzer einer Riesenschildkröte und den eines Gürteltiers und – darüber freue ich mich am meisten – das Blasrohr, mit dem wir vor zwei Tagen gemeinsam auf der Jagd waren. Sogar der Reisemarschall wirkt gerührt.

Der Abschied fällt mir schwer. Ich habe mich bei den Tupí wirklich wohlgefühlt. Ich hatte mir immer vorgestellt, dass es interessant wäre, ein solches Dorf zu besuchen, zu dokumentieren, wie das Leben dort ist, einige Fotografien aufzunehmen und sie zu studieren. Aber dass ich mich dort auch schlicht willkommen fühlen würde, dass ich dort endlich nichts anderes als ich selbst würde sein können, ohne alle Pflichten und Ehren, einfach nur Therese und dass das ein unerwartetes Gefühl von Glück sein würde, hatte ich nicht erwartet. Der Dorfälteste macht eine kleine Verbeugung, als er sich von mir verabschiedet. Ich mache sie ihm nach. Ein wenig beneide ich diese Menschen um ihr Leben. Es mag einfach sein, aber es ist gewiss zufriedener als viele Leben, die in unserer Welt geführt werden.

Die Kanus sind voll mit unserem Gepäck und den Geschenken. Winkend fahren wir davon und hören noch lange das vergnügte Lachen der Tupí-Kinder am Fluss. Die Luft ist brennend heiß, die Sonne scheint uns jetzt, auf dem Rückweg, ungehindert ins Gesicht. Selbst unsere Hüte schützen uns kaum. Als wir am frühen Abend in Manaus ankommen, haben alle außer Kitó einen Sonnenbrand.

Madame Durand empfängt uns zum Abendessen und mit überraschender Gelassenheit.

»Haben Sie sich keine Sorgen gemacht, weil wir einen ganzen Tag später kommen als geplant?«, frage ich erstaunt.

»O nein«, lacht sie. »Ich kenne meinen Mann. Er findet sehr oft irgendetwas Interessantes, dem er spontan nachgehen muss, bevor er wieder nach Hause kommen kann. Oder es finden sich mehr Patienten vor Ort als erwartet. Oder sonst irgendetwas passiert. Es ist vielleicht mein Tupí-Erbe, dass mich das nicht aus der Ruhe bringt. Wussten Sie, dass die Tupí keine Zeit im eigentlichen Sinn kennen, sondern sie so angeben …«

»… wie sie sie gefühlt haben?«, vollende ich den Satz lachend. »Ja, das ist mir zu Ohren gekommen.«

»Na, sehen Sie.« Joana schmunzelt. Dann betrachtet sie unsere sonnenverbrannten Gesichter und Arme. »Ich denke, Sie sollten sich erst einmal ein bisschen abkühlen und waschen. Ich bring Ihnen eine Salbe auf die Zimmer, die gut bei Sonnenbrand hilft.«

Veronika und ich waschen uns auf unserem Zimmer und teilen die Salbe. Ich stelle die Seerosenblüte in eine Vase mit Wasser auf meinen Nachttisch, dann gehen wir hinunter zum Abendessen. Während des Essens erzählen wir Joana von unseren Erlebnissen bei den Tupí und führen auch das Blasrohr vor.

»Und haben Ihnen auch die Seerosen gefallen?«, fragt Madame Durand Veronika.

»Ich konnte leider nicht mitkommen, weil ich erkältet war.«

»Tatsächlich? Aber Sie wirken schon wieder ganz gesund.«

»Ja, die Tupí haben mir eine Medizin gegeben.« Veronika sieht Hilfe suchend zum Doktor. Der fördert aus seinem Arztkoffer ein kleines Salbenglas hervor, in dem sich eine zähe goldgelbe Substanz mit grünen Einsprengseln befindet.

»Ich habe etwas davon mitgenommen, um es zu untersuchen. Es war wirklich erstaunlich, wie schnell es wirkte – eine Art Honig versetzt mit Pflanzen. Aber die Tupí konnten mir keinen Pflanzennamen nennen, den ich kannte.«

»Kann ich das einmal sehen?« Kitó streckt die Hand aus. Der Doktor reicht ihm das Glas. Er schaut kurz darauf, öffnet es und riecht daran. »Das ist vergorener Honig«, sagt er dann, »gemischt mit gehackten Blättern eines Animebaumes. Der Pflanzensaft hilft gut gegen Husten.«

Doktor Durand sieht ihn aufmerksam an. »Sind Sie sich sicher?«

»Ganz sicher. Ich erkenne es am Geruch.«

Für den Rest des Abends vertieft sich Doktor Durand mit Kitó in eine Diskussion über Dschungelarznei. Wir anderen essen bald auf und fallen dann todmüde von der anstrengenden Fahrt in der Sonne in die Betten.

Die Seerose auf meinem Nachttisch ist inzwischen beinahe ganz rosafarben. Während Veronika schon schläft und ich allmählich ebenfalls eindöse, höre ich aus dem unteren Stock immer noch die Stimmen von Doktor Durand und Kitó.

Am Morgen wache ich davon auf, dass Lucienne mit ihrer hohen Stimme im Flur französische Lieder singt. Sie verteilt Kannen mit warmem Wasser vor den Türen, und ich stehe auf, um unsere hereinzuholen. Veronika schläft noch tief und fest; auf ihrer Nase leuchtet der Sonnenbrand vom Vortag. Ich stelle die volle Kanne auf die Kommode neben die Waschschüssel und betrachte mich im Spiegel. Mein Sonnenbrand ist so gut wie verschwunden, dafür ist mein Gesicht so gebräunt wie noch nie. Sogar ein paar Sommersprossen habe ich bekommen, die ich sonst nie habe. Ich gehe zum Fenster und sehe hinaus auf das erwachende Manaus in der Morgensonne. Ich kann kaum glauben, dass wir heute abreisen werden. Die Seerosenblüte auf meinem Nachttisch ist verblüht. Überall um die Vase verteilt liegen die großen, samtigen Blätter und der Blütenstaub. Als ich über die Reste der Seerose streiche, fallen auch die restlichen Blütenblätter ab. Auch der süße Duft, den ich in der Nacht am Waldsee gerochen habe, ist verflogen. Die zwei Tage der Pracht sind endgültig vorbei.

Das Frühstück verläuft kurz und ziemlich schweigsam, abgesehen vom Reisemarschall, der regelrecht aufgekratzt wirkt bei der Aussicht, zurück in Richtung Europa zu fahren. Wir verabschieden uns von Joana, die uns noch einmal ein großzügiges Proviantpaket überreicht, dann machen wir uns mit der Kutsche auf den Weg zum Hafen. Doktor Durand begleitet uns; unser Gepäck hat der Butler schon vorausgeschickt – außerdem das Kanu, mit dem wir zu den Seerosen gefahren sind. Doktor Durand will es uns schenken – »zur Erinnerung an diesen besonderen Ausflug«, sagt er. Ich bin mir sicher, dass ich mich auch so erinnern werde. Diese Nacht werde ich nie vergessen. Aber ich sage nur: »Danke.«

Auf der Fahrt sehe ich schweigsam aus dem Fenster. Es fühlt sich an, als sei es Jahre her, dass wir in derselben Kutsche denselben Weg gefahren sind, nach unserer ersten Ankunft in Manaus. Seitdem ist so viel passiert, und wir haben so viel erlebt.

Der Hafen von Manaus ist trotz der frühen Morgenstunde schon voller Menschen. Sie alle drängen voran, um auf die *Frankfurt* zu steigen, den großen deutschen Dampfer, der am Kai wartet. Es ist ein riesiges Schiff, noch größer als die *Manauense.* Seine drei mächtigen Schlote ragen gewaltig in den Himmel, der Schiffskörper ist beinahe so lang wie die gesamte Anlegestelle, und alle Matrosen, die uns begegnen, salutieren zackig. Einige von ihnen helfen den Passagieren beim Einsteigen, wieder andere verladen unser Gepäck.

»Achtung! Seien Sie damit vorsichtig«, rufe ich, als ich zufällig sehe, wie zwei der Männer einander meine Kisten ziemlich unsanft zuwerfen. »Da sind seltene Pflanzen und lebende Tiere darin.«

»Lebende Tiere?« Einer der Matrosen runzelt die Stirn. »Papageien? Die gehören doch in einen Käfig.«

Als ich seinem Blick folge, entdecke ich erst, dass tatsächlich mehrere Fahrgäste Vogelkäfige mit bunten Papageien und Sittichen dabeihaben. Außerdem sehe ich solche mit Schalen und Flechtkörben, wie sie der junge Brite verkauft – wohl alles exotische Mitbringsel, die nun nach Hamburg oder Berlin mitreisen.

»Nein, keine Papageien«, antworte ich. »Es sind eher Käfer, Schmetterlinge, Raupen und eine Vogelspinne.«

Der Matrose sieht angewidert auf die Kiste in seiner Hand. »Das ist aber merkwürdig, Fräulein«, sagt er. »So etwas nimmt doch keiner von einer Urlaubsreise mit.«

»Ich war ja auch nicht auf einer Urlaubsreise, sondern …«

Kitó taucht neben mir auf. »Kann ich mit dir sprechen?«, fragt er unvermittelt.

Ich nicke dem Matrosen zu und folge Kitó, der mich ein wenig abseits der Menge zieht. Ich sehe ihn fragend an.

»Ich bleibe«, sagt er.

»Was meinst du?«

»Dass ich nicht mit euch nach Belém zurückfahre. Ich bleibe in Manaus.«

Ich starre ihn an. »Aber doch nicht um – nun ja, du weißt schon?«

»Nein, nicht um César Scholz zu vergiften.« Er lacht bitter auf. »Keine Sorge. Ich will nur einfach hierbleiben.«

»Aber wieso?«

»Was soll ich in Belém? Dort gehöre ich nicht hin. Ich gehöre auch nicht nach Manaus, aber hier bin ich umgeben von Regenwald, und ich kann in Ruhe überlegen, wie es mit mir weitergehen wird. Außerdem – der Doktor hat vorgeschlagen, dass ich vorerst bei ihm bleibe. Er glaubt, dass wir zusammen forschen könnten. Er hat das medizinische Wissen, aber ich kenne mich nun einmal ein bisschen mit den Pflanzen und Bäumen aus.«

»Ein bisschen? Es gibt vermutlich niemand, der mehr über den Wald weiß als du.«

Wir sehen uns an. Diese grünen Augen, die mich von Anfang an so in ihren Bann gezogen haben … Ich spüre, dass er recht hat. Ich wehre mich nicht dagegen, obwohl eine verzweifelte Stimme in mir sich Gehör zu verschaffen versucht. Er sollte hierbleiben. Er sollte mit dem Doktor gemeinsam forschen. Aber ich bin noch nicht bereit, ihn loszulassen. Ich hatte gedacht, dass wir wenigstens noch die paar Tage bis Belém miteinander haben würden.

»Ich will nicht, dass …« Ich beiße mir auf die Lippen. Es wäre egoistisch, ihn zu bitten, trotzdem mitzufahren. Ich weiß, dass er versteht, was ich sagen will. Er lächelt.

»Wir wussten, dass wir uns verabschieden müssen. Ob es nun in zwei Tagen oder in fünf oder in hundert wäre – das würde nichts ändern.« Er sieht mich an. »Ich würde dich zum Abschied küssen, aber ich nehme an, dass das nicht geht.«

»Nein, das geht nicht.«

Stattdessen nimmt er verstohlen meine Hand. Seine Finger schlingen sich um meine. Ich weiß nicht, was ich sagen soll. Es gibt so vieles zu sagen und doch gar nichts.

»Meine Seerose ist heute Morgen verblüht«, sage ich schließlich.

»Ihre zwei Tage waren vorbei«, sagt er. Ich nicke.

»Aber solange sie waren, waren sie wunderschön«, fügt er hinzu.

»Ja, das waren sie.«

Sein Blick versinkt in meinem, für einen Moment gibt es nur uns mitten im Getümmel von Passagieren und Gepäck.

»Leb wohl – Prinzessin«, sagt er mit seiner warmen, tiefen Stimme. Seine Hand lässt mich los, und er geht immer weiter zurück. Ein paar Augenblicke später hat sich die Menge zwischen uns schon geschlossen.

»Gräfin!«, der Reisemarschall taucht auf, »Gräfin, wir müssen an Deck.«

Ich seufze. »Nun also doch wieder ›Gräfin‹?«

»Natürlich – wir sind ab jetzt Gott sei Dank zurück in der Zivilisation. Da gilt wieder das Inkognito.«

Ich bleibe noch einen Moment stehen, dann drehe ich mich um und folge ihm an Bord. Als der Dampfer kurz darauf ablegt, stehe ich mit den anderen an Deck. Der Doktor und Kitó stehen am Kai zwischen all den anderen, die in Manaus bleiben werden. Manche winken, andere rufen etwas zum Abschied. Kitó steht einfach nur da; aber ich weiß, dass er mich sieht.

Allmählich nimmt der Dampfer an Fahrt auf. Wir verlassen den Hafen, fahren hinaus auf die große Wasserfläche, dort, wo der Rio Negro in den Amazonas fließt. Das zweigeteilte Wasser legt sich zwischen uns, immer mehr und mehr davon. Ich schaue zurück zum Hafen, bis ich ihn in all dem Grün und Blau nicht mehr sehen kann.

Es ist merkwürdig, auf dem Dampfer zu sein. Die letzten Wochen waren wir auf der Steam Launch und dem Kanu so nahe am Wasser, direkt am Wald, an den Pflanzen und den Tieren. Wir konnten fahren und anhalten, wo immer wir wollten. Jetzt liegt mit einem Mal wieder ein meterhoher Schiffsbauch zwischen uns und dem Fluss, und der Wald scheint erneut lediglich eine Art grüne Wand zu sein, an der wir in einiger Entfernung vorbeifahren. Es kommt mir beinahe wie ein Traum vor, dass wir dort vor ein paar Tagen noch zwischen den Urwaldriesen herumgegangen sind.

Das Kreischen der Affen ist ebenfalls leiser geworden, genauso wie das Zirpen der Zikaden. Nur noch ihr Echo wird über das Wasser zum Schiff getragen, das in dem breiten Fluss in der Mitte fahren muss, wo das Wasser tief genug für diesen Koloss von Dampfer ist. Schmetterlinge erreichen uns hier nicht, und die Wasserschweine und Otter am Flussufer sind ohne mein Fernglas nur kleine braune Punkte im Grünen.

Ich bin in einer merkwürdigen Stimmung, seit wir von Manaus aufgebrochen sind. Ich kann es nicht recht benennen, was ich fühle. Es ist, als hätte sich ein melancholischer Schleier über alles gelegt. Ich erinnere mich an Kitó, denke nahezu immerfort an ihn; nachts träume ich von ihm anstatt von Otto, und selbst wenn ich im Speisesaal über meiner Suppe sitze oder im Salon versuche, einen der seichten Romane zu lesen, die die Schiffsbibliothek anbietet, nimmt er immer wieder meine Gedanken gefangen. Ich sehe sein Gesicht überall, manchmal halte ich einen der Passagiere einen Augenblick lang für ihn, und mein Herz klopft – bis derjenige sich umdreht und ich sehe, dass es jemand anderes ist. Die Papageien und Sittiche, die so viele als Mitbringsel mit nach Hause nehmen wollen, hängen in ihren Käfigen an Deck unter einem Dachvorsprung, das hat der Kapitän so bestimmt. Sie krächzen und zwitschern den ganzen Tag vielstimmig, aber merkwürdigerweise deprimiert mich dieser Wald aus Käfigen mit den bunten Vögeln darin eher noch mehr.

In der Kabine, die ich mir wieder mit Veronika teile, liegt ein angefangener Brief an Papa auf dem Schreibtisch, ansonsten habe ich bisher kein einziges Notizbuch aufgeschlagen und nicht eine einzige Messung gemacht. Das Barometer, das Thermometer, das Cyanometer liegen völlig unbenutzt da. Beim Essen sitze ich neben einer älteren Dame aus Hamburg, die mir ständig von den Pralinen in den französischen Confiserien von Manaus vorschwärmt.

»Und haben Sie diese köstlichen Törtchen gesehen, mit Schokolade und glasierten Kirschen, meine liebste Gräfin Elpen?«

»Nein«, seufze ich und schüttele den Kopf.

»Wie überaus bedauerlich. Da haben Sie aber bestimmt das Beste verpasst, was Manaus zu bieten hat! – Uh, es ist furchtbar heiß heute, nicht wahr? Ich bin froh, wenn ich wieder im Hamburger Klima bin. Es ist doch so viel gesünder …«

So vergehen die Tage, während wir unablässig an der grünen Wand vorüberziehen und nachts die Sterne über dem Amazonas leuchten.

Am fünften Tag endlich kommen wir in Belém an. Ich hatte eigentlich den Moment gefürchtet, die Einladung des Konsuls anzunehmen und eine Nacht bei ihm zu Gast zu sein, anstatt auf dem Dampfer zu bleiben, der morgen weiterfährt – aber nun kann ich es kaum erwarten, vom Schiff zu kommen.

Belém ist ein Déjà vu: die Barke, der Rudermann mit dem Strohhut, der helle Hafen voller Menschen und Licht, die Mangobäume entlang der Straßen und die bunten Fassaden der Häuser, sogar die schwarzen, träge umherschreitenden Urubus kommen mir nun beinahe heimatlich vor. Der Reisemarschall winkt uns wieder eine Kutsche heran, in der wir bis zum nächsten Halt der Maultierbahn fahren und dort umsteigen. Die Maultiere ziehen die Bahn genauso zuverlässig und gemächlich voran wie beim letzten Mal. Sie bringen uns an den Stadtrand mit seinen großen Villen und Gärten und halten vor dem Anwesen des Konsuls. Es liegt still in der späten Nachmittagssonne und sieht so streng aus wie immer. Wir steigen aus. Hier hat alles angefangen, denke ich, hier haben wir am Dinnertisch gesessen, ohne zu wissen, was uns in den nächsten Wochen am Amazonas alles erwarten würde. Und hier habe ich Kitó zum ersten Mal gesehen.

»Was denkst du, was sie sagen werden, wenn sie erfahren, dass wir ihren Gärtner nicht mehr dabeihaben?«, fragt Veronika, die neben mir steht und ebenfalls zum Haus hinübersieht.

»Ich nehme an, die Konsulin findet bald ein neues Projekt, dem sie Manieren und Zivilisation beibringen kann«, gebe ich zurück und ziehe eine Grimasse. »Wir werden sehen.«

Der Konsul und die Konsulin erwarten uns wie beim letzten Mal förmlich und etwas steif. »Gräfin, was für eine Erleichterung, Sie wohlbehalten zu sehen«, dröhnt der Konsul, nachdem alle Verbeugungen und Knickse absolviert sind. »Wir hatten schon fast geglaubt, Sie wären von Krokodilen gefressen oder in irgendwelchen Kochtöpfen gelandet. Man hört ja immer wieder, dass dergleichen passiert.«

»Nein, uns geht es gut.« Ich beschließe, gleich den unangenehmen Teil hinter mich zu bringen. »Ich muss Ihnen allerdings sagen, dass Kitó in Manaus geblieben ist.«

»Wer?« Der Konsul sieht mich verdattert an.

»Unser Gärtner«, hilft ihm die Konsulin mit spitzem Mund auf die Sprünge. »Den wir der Gräfin ausgeliehen hatten – weißt du nicht mehr, Liebster?«

»O ja … natürlich, der Gärtner …« Es ist dem Konsul anzusehen, dass er sich immer noch nicht wirklich erinnert. Er bittet uns ins Haus. Während er den Reisemarschall und Max in ein Gespräch verwickelt und Veronika versucht, ihr von der Bahnfahrt zerknittertes Kleid glatt zu streichen, nimmt die Konsulin mich vertrauensvoll beiseite.

»Bitte, machen Sie sich keine Sorgen«, sagt sie mit einem süßlichen Lächeln. »Kitó war zwar ein guter Gärtner, aber ich weiß zur Genüge, dass man diese Wilden zu nichts überreden kann, was sie nicht wollen. Sie haben sicher Ihr Möglichstes getan.«

»Nun ja.« Ich betrachte diese Frau mit dem strengen Gesicht und den mausbraunen Haaren angewidert. »Aber was soll ich sagen – er wollte unverständlicherweise einfach nicht mehr hierher zurück.« Ihr entgeht mein Sarkasmus.

»O ja, es ist schlicht unmöglich, diese Leute zu begreifen.« Sie seufzt. Ihr Blick bleibt an meinem Kleid hängen. Es ist dasjenige, das ich mir am Sandbüchsenbaum zerrissen habe und das Veronika mittlerweile geflickt hat. Missbilligung schleicht sich in ihre Miene. »Nun, Sie möchten sich sicher erst einmal frisch machen«, bemerkt sie ölig. »Wenn Sie wünschen, werden die Dienstmädchen ein warmes Bad für Sie vorbereiten.«

Ich verbeiße mir ein Lachen. Wenn die Konsulin schon

von unserem Anblick schockiert ist, nachdem wir immerhin bereits fünf Tage an Bord der *Frankfurt* waren, was hätte sie erst gesagt, hätte sie uns im Dschungel gesehen? Aber mir ist alles recht, was mich von einem weiteren Gespräch mit dieser Frau erlöst. »Ein Bad klingt wunderbar.«

Wenig später sitze ich in einer großen, eleganten Badewanne in warmem, nach Maiglöckchen duftenden Wasser. Der Baderaum ist still, ein wenig abgelegen von Salon und Speisezimmer. Ich höre nur gedämpft die Stimmen der anderen; die befehlsgewohnte des Konsuls dringt am lautesten durch.

Das Bad ist angenehm, das muss ich zugeben. Ich lehne mich in der Wanne zurück und sehe aus dem Fenster hinaus in den Garten. Von hier aus kann ich sogar den Jaguarkäfig zwischen den Bäumen sehen.

Ich hole tief Luft und tauche ab. Nun ist es vollkommen still. Das warme, duftende Wasser umfängt mich.

Später, nach einem langen Abendessen und einer noch längeren Cocktailstunde, liege ich im Bett meines großen Gästezimmers, das ich allein bewohne. Der Reisemarschall, Veronika und Max haben ebenfalls jeweils ein eigenes Zimmer bekommen; das Haus scheint unerschöpflich zu sein. Zum ersten Mal seit Wochen schlafe ich alleine, und merkwürdigerweise fühle ich mich plötzlich einsam. Es ist eigenartig, keine fremden Atemzüge neben mir zu hören. Auch keine Zikaden, keine Baumfrösche, keine Nachtvögel – es ist vollkommen still. Das Mondlicht scheint durch die hohen Fenster, während ich mich hellwach hin und her wälze. Im Haus ist es auch absolut ruhig. Alle schlafen, bis hin zu den Dienstboten. Nur ich bin noch wach und finde keine Ruhe. Irgendwann gebe ich auf und schlage die Decke zurück. Ich greife nach dem Morgenmantel, den die Konsulin mir hat herauslegen lassen, und streife ihn über. Auf nackten Füßen schleiche ich mich hinaus in den Flur, die weite, geschwungene Treppe nach unten und durch die riesigen, hohen Räume mit den strengen Möbeln und den strengen Bildern überall. Ich stoße die gläserne hohe Flügeltür zum Garten auf und trete hinaus auf die Terrasse. Vielleicht hilft mir ein wenig frische Luft und ein Nachtspaziergang dabei, endlich einzuschlafen.

Es ist immer noch warm, obwohl die Sonne schon seit Stunden untergegangen ist. In der Luft liegt der Duft nach den Orangen und Zitronen, die in den großen Bronzetöpfen auf der Terrasse wachsen. Die Teerosen und der Rittersporn, die Vergissmeinnicht und Löwenmäulchen wiegen sich im sanften Nachtwind. Der weite englische Rasen liegt im Mondlicht vor mir, weit hinten flüstert das Grasland und noch weiter entfernt der Regenwald. Irgendwo ruft ein Käuzchen. Ich streife durch den silbrigen nächtlichen Garten, zwischen den alten Bäumen hindurch, und stehe schließlich unvermittelt vor dem großen Käfig. Der Jaguar liegt darin und sieht mich mit seinen runden bernsteinfarbenen Augen an. »*Boa noite*«, sage ich leise. Er spitzt die Ohren. Ich muss an die Geschichte denken, die der Dorfälteste der Tupí uns am Feuer erzählt hat, vom Jaguar, dem König des Waldes. Es kommt mir unwürdig vor, dass dieses schöne, kraftvolle, stolze Tier hier eingesperrt ist, eine Attraktion wie ein neuer Sessel, die der Konsul gerne seinen Gästen vorführt. Der Jaguar blickt mich immer noch an. Ich gehe auf den Käfig zu; er bleibt ganz ruhig, völlig anders als das letzte Mal mit dem Konsul, als er sich wütend gegen die Gitterstäbe warf.

Ohne nachzudenken, lege ich die Hand auf den Riegel der Käfigtür. Ich schiebe ihn vorsichtig zurück; die Tür springt lautlos auf. »Preußische Wertarbeit«, murmele ich. Der Jaguar beobachtet mich aufmerksam. »Komm«, sage ich. »Der Wald wartet auf seinen König.«

Das Tier steht zögernd auf. Vorsichtig setzt es einen Fuß auf das Gras außerhalb des Käfigs. Ich stehe nur da und beobachte es; Angst habe ich keine. Der Jaguar ist so ruhig und gelassen – und ich bin nicht der Konsul. Der Jaguar hebt witternd den Kopf, atmet die laue, schwere Nachtluft ein. Dann macht er die ersten paar Schritte auf den Rasen hinaus. Er steht da im Mondlicht, ein majestätisches, stolzes Wesen. Langsam scheint er seine Freiheit zu begreifen. Noch einmal sehen mich die bernsteinfarbenen Katzenaugen an. Dann dreht er sich um und trabt davon in Richtung Grasland, mit geschmeidigen, fließenden Schritten. Nach und nach wird er schneller; schließlich sprintet er in kraftvollen Sätzen, so als würden seine Muskeln sich an sein früheres Leben erinnern. Ein paar Augenblicke später ist er im hohen Gras verschwunden, auf dem Weg in Richtung des Waldes, der sich schwarz und ewig gegen den Nachthimmel abhebt.

Ich lächele. Plötzlich fällt die Melancholie, die mich seit Manaus begleitet, von mir ab. Ich drehe mich um und gehe ins Haus zurück; die Käfigtür lasse ich weit offen. Im Haus riecht es nach teurem Bohnerwachs und Maiglöckchen. Als ich mich dieses Mal ins Bett lege, schlafe ich sofort wie ein Stein.

»Und doch finde ich, dass es merkwürdig ist«, sagt der Reisemarschall nun schon zum wiederholten Mal. »Es ist einfach eigenartig, dass sich ausgerechnet in dieser einen Nacht, in der wir beim Konsul zu Gast sind, der Jaguar befreien konnte.«

»Ach ja?«, frage ich gedehnt und sehe zum Kutschenfenster hinaus. »Das ist gewiss nur Zufall.«

»Und wie er sich aufgeregt hat deswegen«, fährt der Reisemarschall fort. »Nun ja, das Tier war ja auch teuer.«

Aus den Augenwinkeln sehe ich, wie Max schmunzelt. Ich bin mir sicher, dass er Bescheid weiß.

»Halt!«, rufe ich plötzlich.

»Wie bitte?« Der Reisemarschall sieht mich verständnislos an. »Wir sind auf dem Weg zum Dampfer. Er wird in einer halben Stunde ablegen.«

»Ich weiß, es wird auch nicht lange dauern. Ich muss nur für einen Moment noch einmal auf diesen Markt.«

Der Marktplatz sieht aus wie das letzte Mal, voller kleiner bunter Stände unter den Mangobäumen und voller Besucher und Urubus. Ich schiebe mich durch das Gedränge zu einem ganz bestimmten Stand.

»Bom dia«, begrüße ich die Gewürzverkäuferin, »erinnern Sie sich noch an mich?«

Sie sieht mich für einen Moment forschend an, dann erhellt sich ihr Gesicht. »Sie sind die Frau, die auf dem Amazonas fahren wollte. Sie sind zurückgekommen!«

»Ja, das bin ich.« Ich sehe mich suchend um. »Haben Sie den Nasenbären mittlerweile verkauft?«

Die Verkäuferin lächelt. Sie bückt sich und hebt aus den Tiefen ihres Standes den kleinen Nasenbären hoch. Ich halte ihm meine Hand entgegen, er schnuppert freundlich daran.

»Er hat auf Sie gewartet, Senhora.«

Kurz darauf steige ich wieder in die Kutsche. Den kleinen zahmen Nasenbären halte ich auf dem Schoß.

»Oh, du nimmst ihn tatsächlich mit?« Veronika beugt sich begeistert vor und streichelt ihn.

»Ich hoffe, er mag München.« Ich lächele. »Gut, Reisemarschall, *jetzt* bin ich bereit für die Heimfahrt.«

Wir kommen noch rechtzeitig an den Hafen und finden schnell eine Barke, die uns hinüber zum Schiff rudert. Der kleine Nasenbär sitzt brav auf meinem Schoß und schnuppert.

»Riechst du das?«, murmele ich, »das ist das salzige Meer, auf dem wir nun eine ganze Weile fahren werden.«

Ich sehe zurück nach Belém; sehe die Palmen, die bunten Häuser. Ein letztes Mal spannt sich der blaue Tropenhimmel über uns, und ein letzte Mal sehen wir das leuchtende, unvergleichliche brasilianische Licht.

Villa AmSee

Lindau, Bodensee, kurz vor Weihnachten 1924

Inmitten des weißen Schnees sah der Wagen noch eleganter aus als sonst. Martin lehnte daran und rauchte eine Zigarette, während Veronika und Therese blinzelnd hinaus ins strahlende Sonnenlicht traten. Die Strahlen verwandelten die Schneedecke in ein funkelndes, blitzendes Etwas. Es sah aus, als sei alles mit Diamanten überzogen.

»Tja …«, sagte Veronika und sah Therese an.

»Ja …«, sagte die, »das war es wohl. Alle Arbeit ist getan – alle Dinge sind sortiert und bereit, weitergegeben zu werden. Die Bayerischen Sammlungen werden sich freuen.«

»Hoffentlich nicht zu schnell.« Veronika lächelte. »Ich hoffe doch, dass du uns im Sommer besuchen kommst.«

Sie umarmten sich. »Danke für deine Hilfe«, sagte Therese ehrlich. »Und danke – nun, dass du überhaupt da warst. Es war schön.«

»Das fand ich auch.« Veronika löste sich aus der Umarmung und sah die alte Freundin an. »Du hast mir die Augen für einiges geöffnet, Therese. Ich bin schrecklich froh, dass ich dich besucht habe.«

Thereses Miene hellte sich auf. »Und mit dir noch einmal nach Brasilien zu reisen, auch wenn es nur in der Erinnerung war, war sehr schön. Ich habe mich bestimmt dreißig Jahre jünger gefühlt.«

Veronika lachte.

»Schreib mir, wenn du zu Hause angekommen bist. Und versprich mir …«

Veronika nickte. »Ja, ich rede mit Rudolf.«

»Gut, aber das war nicht das, was ich meinte. Versprich mir, dass du es dir noch einmal überlegst mit Paulines Studium. Ich meine, ja, vielleicht wird sie so ähnlich verschroben wie ich und haust in Zimmern voller alter Steine und einer Menge archäologischer Bücher, aber solange sie das ebenso glücklich macht wie mich, wäre es das doch wert, oder nicht? Und auch sonst verlief mein Leben doch durchaus ziemlich aufregend …«, zwinkerte Therese, »zumindest seit du alles weißt.«

Veronika zögerte. Schließlich sagte sie: »Schön, ich denke darüber nach.«

»Mehr verlange ich gar nicht.«

Sie umarmten sich noch einmal. Als Veronika sich schon zum Gehen wandte, hielt sie noch einmal inne. »Du hattest doch von diesem grässlichen Buch gesprochen. Dem über Moorleichen …«

Therese grinste. »Ja, genau, es ist in München. Ich lasse es Pauline schicken.«

»Danke.«

Veronika wandte sich endgültig zum Gehen. Sie nahm die wenigen Treppenstufen, dann balancierte sie auf ihren eleganten Stiefeletten über den Schnee zum Wagen, dessen Verschlag Martin eifrig für sie aufriss. Sie stieg ein. Martin setzte sich hinter das Steuer und startete den Motor, im nächsten Augenblick fuhr der Wagen an. Veronika winkte hinter der Fensterscheibe. Therese hob den Arm und winkte zurück. Dann sah sie zu, wie der schwarz glänzende Wagen durch die verschneite Weidenallee fortfuhr. »Ja«, sagte sie nachdenklich, »es war wirklich schön, dass du da warst.«

Sie bereute es nicht, Veronika von Otto und Kitó erzählt zu haben. Beide hatten sie geprägt. Otto, den sie ihr ganzes Leben bis zu seinem Tod so still und aus vollem Herzen geliebt hatte, an den sie abends dachte, wenn sie einschlief, und bei jeder Kerze, die sie in der Kirche anzündete. Otto, dessen Ring eigentlich an ihrem Finger hätte stecken sollen, den sie geheiratet hätte, wäre das Leben anders verlaufen. Und Kitó, diesen fremden Mann, der Pflanzen genauso liebte wie sie und der Gefühle in ihr geweckt hatte, die sie bis dahin nicht gekannt hatte. Leidenschaft und Anziehung, das Wissen, dass der andere genauso empfand wie man selbst und dieses stumme Verstehen einer Seelenverwandtschaft. Manche Lieben waren nicht dafür gemacht, ewig zu dauern. Manche waren so kurz wie Gedichte oder wie das Blühen einer Amazonas-Seerose. Aber deswegen waren sie nicht weniger erfüllt von Liebe.

Der Wagen war verschwunden. Die sonnendurchflutete, glitzernde Allee lag wieder verlassen da.

»Prinzessin, sind Sie bereit für den Tee?« Gunda streckte den Kopf zur Tür heraus. Ihre nüchterne Miene ließ Therese lächeln und wieder ins Hier und Jetzt zurückkehren. »Ja, Gunda«, sagte sie. »Ja, ich bin bereit. Trinken wir Tee.«

Auf dem Atlantik

August 1888

Der Himmel ist weit und leer. Nicht einmal ein Basstölpel leistet mir Gesellschaft, während ich an Deck stehe. Seit gestern ist der blaue Himmel, der sich über ganz Brasilien und weit auf den Atlantik hinaus spannte, endgültig verschwunden, und stattdessen liegt eine hellgraue wattige Schicht Wolken über dem Meer, so weit das Auge reicht. Vielleicht wird es wieder Sturm geben, aber bisher ist das Wasser ruhig, und der Wind weht mir nur schwach um die Nase. Vier Tage sind wir nun auf dem Atlantik unterwegs, zwölfhundert Seemeilen haben wir schon zurückgelegt. Wir sind irgendwo auf dem weiten Meer, und es wird noch lange dauern, bis wir wieder Land sehen.

Ein paar Passagiere sind an Deck. Es ist die Zeit nach dem Nachmittagskaffee, und einige vertreten sich die Beine. Zwei elegante Damen gehen untergehakt und unterhalten sich eifrig. Ich kenne sie vom Speisesaal; sie sind Schwestern, gut betuchte Töchter eines Kölner Industriellen und auf Urlaubsreise in Argentinien und Brasilien gewesen. Die meiste Zeit sprechen sie über ihre vielen Nichten und Neffen oder nörgeln über irgendetwas auf dem Schiff. Außer ihnen sitzt an unserem Tisch zudem ein Kaufmann aus dem Schwäbischen und eine Familie aus Berlin mit zwei beständig plappernden und sich streitenden Kindern, die Melanie und Johannes heißen, denn diese Namen zischt die wütende Mutter fortwährend bei jedem Essen, wobei das beide Kinder kaum bremsen kann.

Die Unterhaltungen plätschern bei den Mahlzeiten und auch bei anderen Gelegenheiten auf dem Dampfer seit Tagen dahin; sie drehen sich meist um Deutschland, um Theaterstücke und Opern, die man nach der Rückkehr ansehen möchte, um Politik und unseren neuen jungen Kaiser, um Romane, die man angeblich unbedingt lesen sollte, das Essen an Bord oder, wenn beiden Gesprächspartnern gar nichts anderes mehr einfällt, um das Wetter. Alle sind sich darüber einig, dass sie froh sind, der brasilianischen Hitze entkommen zu sein. Ich dagegen habe das Gefühl, dass ich das Licht und die Sonne vermisse, die Hitze, die an den Nachmittagen die Erde beinahe zum Glühen brachte, und die lauen Nächte. Immer noch ist es mir nachts viel zu still; ich vermisse das Urwaldkonzert.

Die beiden Kölner Schwestern kommen in meine Nähe, sodass ich verstehe, worüber sie sich unterhalten. »Der Kapitän ist ein richtiger Griesgram«, bemerkt die eine gerade. »Ich habe ihn lediglich freundlich darauf hingewiesen, dass der Pianist abends im Salon ständig Mozart spielt. Ich bitte dich, Mozart ist doch keine Salonmusik! Chopin vielmehr, möglicherweise auch etwas von Liszt, aber doch sicher nicht andauernd Mozart.«

»O ja, da hast du vollkommen recht. Und er war nicht dankbar für deinen Hinweis?«

»Er hat geschnaubt. Denk dir nur, und dabei habe ich es doch nur gut gemeint …«

Sie entfernen sich; die nörgelnden Stimmen werden leiser.

Ich lache leise, während ich wieder aufs Meer hinaussehe. Unser Kapitän ist tatsächlich eine ziemlich griesgrämige Erscheinung, ein Hüne mit dunklem Bart und dunklen Augen, dazu einer lauten Stimme, mit der er ab und an seine Matrosen herumscheucht. Allerdings – sein Schnauben kann ich verstehen.

Diesen Nachmittag scheint der Kapitän allerdings gute Laune zu haben. Ein Matrose döst auf einem Hocker, den Rücken an die Reling gelehnt. Ein paar andere spielen auf dem Deck Boule. Die schwere Metallkugel rattert über die Bohlen, kurz darauf jubelt einer der Männer auf.

Außer mir steht an der Reling einige Meter entfernt ein junges Ehepaar. Ich habe mich mit ihnen vor ein paar Tagen im Salon unterhalten; die beiden sind erst ein Jahr verheiratet und haben eine Reise nach Rio de Janeiro unternommen, wo eine Tante der jungen Frau lebt. Nun stehen sie nebeneinander verträumt an Deck und sehen auf den Atlantik hinaus. Er hat seinen Arm um ihre Taille gelegt, man kann ihnen die Vertrautheit ansehen. Der Anblick versetzt mir einen merkwürdigen Stich.

Gestern Vormittag tauchten Wale auf. Sie bliesen ihre kräftigen Fontänen in die Luft, drehten und rollten ihre riesigen Körper an der Meeresoberfläche, schwammen dahin und durchbrachen mit ihren mächtigen langen Rücken für ein paar Momente das Wasser. Eine Menge Menschen stand an der Reling und sah zu. Es war ein unglaublicher Moment, diese Wale zu sehen – die noch viel größer waren, als ich sie mir jemals vorgestellt hatte. Ich bin mir sicher, dass es Pottwale waren, denn ich habe für einen Augenblick mit dem Fernglas den Kopf eines der Tiere gesehen, und abgesehen davon, dass er ganz gewaltig war, hatte er eine merkwürdig eckige Form, wie es typisch für Pottwale ist. Dazu kamen die Fontänen, die nicht senkrecht in den Himmel geblasen wurden, sondern in einem gewissen Winkel, wie es nur Pottwale tun. Ich stand mit den anderen ganz glücklich da und sah ihnen zu; es waren drei oder sogar vier Tiere, eines davon deutlich kleiner als die anderen, sodass ich glaube, dass es ein paar Walkühe mit einem Kalb waren. Ihre Haut war grau und wirkte recht glatt. Ich dachte an ein Buch, das ich vor ein paar Jahren gelesen hatte. Es war ein Roman, aber auch gespickt mit biologischen und zoologischen Beobachtungen, darum habe ich ihn gekauft; ein gewisser Herman Melville hatte ihn geschrieben, ein Amerikaner, und er wurde bisher nicht übersetzt, sodass ich ihn auf Englisch lesen musste. In der Geschichte geht es um den Kapitän eines Walfangschiffs, der von Rachedurst getrieben mit seinem Schiff die Weltmeere durchpflügt, auf der Suche nach einem riesigen weißen Pottwal, den er Moby Dick nennt und der ihm einmal ein Bein abgebissen hat. Es ist eine schaurige Geschichte, wobei ich nicht weiß, ob ich den riesigen wütenden Wal und den Kapitän schauriger finde oder nicht doch eher die detaillierten Beschreibungen, wie diese riesigen Tiere von den Walfangschiffen gejagt und ihr Fett dann an Bord ausgekocht wird, wie aus ihren riesigen Köpfen der teure Walrat gewonnen wird, der so gut in Lampen brennt. Auch wenn Melvilles Roman schon einige Jahrzehnte alt ist, fahren diese Art von Schiffen immer noch auf den Meeren herum, und es könnte gut sein, dass diese Wale eines Tages genauso enden werden wie die Wale in dem Buch. Ich hoffe es nicht, sie waren so wunderschön und gewaltig, wie sie dort aus der Tiefe auftauchten, ihre riesigen Körper leicht, beinahe elegant krümmten und dann wieder irgendwo in den Tiefen dieses weiten Blaus verschwanden.

Heute sind keine Fontänen zu sehen, keine Schwanzflossen, die aus dem glatten Atlantik auftauchen. Dafür beginnt es aus den hellgrauen wattigen Wolken zu regnen.

Veronika sitzt in dem kleinen Sessel, den es in unserer Kabine gibt, und liest in einem Buch, als ich hereinkomme. Sie sieht auf. »Kamen wieder Wale?«, fragt sie.

»Nein, dafür hat sich wohl eine der beiden Kölner Schwestern mit dem Kapitän angelegt.«

Sie grinst. »Bestimmt wegen der Klaviermusik. Gestern Abend hat sie mir im Salon schon erzählt, dass sie sich darüber beschweren will.«

Ich ziehe meinen Mantel aus, hänge ihn auf und gehe zum Schreibtisch hinüber. Seit mich die Melancholie verlassen hat, die ich in den ersten Tagen nach Manaus hatte, messe und beobachte ich wieder alles, was mir zwischen die Finger kommt. Unsere kleine Menagerie macht sich gut; ich habe den Obermaat überredet, uns eine leere Abstellkammer mit Fenster zu überlassen, in der Max und ich nun täglich unsere Insekten, Schmetterlinge und die Vogelspinne betreuen. Die bunte Raupe, die mir im Kanu in den Schoß fiel, hat sich inzwischen verpuppt. Sie hängt an einem Zweig, der wiederum in einem großen Glas auf dem Schreibtisch steht, weil es in unserer Kabine wärmer ist. Ich will nichts tun, was die Raupe hindern könnte, irgendwann in den nächsten Tagen als Schmetterling aus dem Kokon zu steigen. Neben dem Glas stapeln sich Bücher und Listen, in die ich meine neuesten Messungen eingetragen habe, außerdem ein angefangener Brief an Papa, den ich in Lissabon aufgeben werde.

Es gibt noch einen zweiten Brief, der ebenfalls nicht fertig ist und den ich nun unter ein paar Skizzen der Wale hervorziehe. »Lieber Otto«, steht dort und noch kaum viel mehr. Ich will ihm schreiben und weiß doch nicht, was ich ihm sagen soll. Es ist so merkwürdig, bisher war er der einzige Mann in meinem Leben und in meinem Kopf. Nun teilt er sich den Platz, und ich weiß nicht, wie ich das finden soll. Ich starre auf das Papier; wie soll ich ihm von Brasilien erzählen, wenn ich doch dabei immer an Kitó denke? Ich seufze und schiebe das Blatt Papier wieder unter die Skizzen. Nein, das kann so nicht weitergehen. Ich werde Kitó niemals wiedersehen. Und dass ich Otto liebe, daran hat sich nichts geändert. Nur noch für diese Überfahrt, denke ich, für die Zeit, in der ich zwischen beiden Welten bin, werde ich an Kitó denken. Sobald ich meinen Fuß auf festen Boden setze, werde ich die Erinnerungen irgendwo im hintersten Winkel verschließen. Otto ist es, der dann wieder meine Aufmerksamkeit braucht.

Es klopft an der Kabinentür. »Herein?«

Max streckt den Kopf herein. »Ähm, Prinzessin, es gibt ein Problem.«

»Was ist denn passiert?«

»Es geht um den Coatí. Des Viecherl ist scho wieder … na, ich glaub, des sollten S' lieber selber sehen.«

Meinen Nasenbären habe ich Coatí getauft, das Tupí-Wort für Nasenbär. Es ist nicht das erste Mal, dass er sich, seit wir auf dem Schiff sind, selbstständig gemacht hat.

»Ich hab nur einen Moment net hing'schaut, und gleich war er weg.« Max ringt in komischer Verzweiflung die Hände, während er mich in Richtung Kommandobrücke bringt.

»Und was hat er dieses Mal angestellt?«

»Nun ja, er hat wohl ein Talent dafür, sich überall dort umzuschauen, wo ein Nasenbär wirklich unwillkommen ist.«

»O nein!« Ich bleibe stehen. »Ist er schon wieder in die Kapitänskajüte?«

Max nickt. Vor zwei Tagen schon hat der Kapitän, noch schlechter gelaunt als sonst, mir Coatí zurückgebracht, nachdem er ihn in seiner Kabine auf der Kommandobrücke gefunden hatte.

»Aber jetzt ist es noch schlimmer«, raunt Max, während der große, finstere Mann in Kapitänsuniform schon auf mich zukommt.

»Gräfin Elpen!«, ruft er von Weitem mit seiner dröhnenden Stimme. »So geht es nicht weiter. Dieses verdammte Vieh …«

»Ja, Sie haben recht«, unterbreche ich ihn, »wir werden ihn ganz bestimmt ab jetzt endgültig am Ausbrechen hindern.«

»Das will ich hoffen«, zischt er. »Aber wie genau machen Sie ungeschehen, was er jetzt schon getan hat?«

»Was hat er denn getan?«

Mit bösen Vorahnungen folge ich dem Kapitän in seine Kajüte. Anklagend macht er eine ausholende Handbewegung. »Das.«

Es ist noch viel schlimmer, als ich es mir ausgemalt habe. Coatí hat offensichtlich den Kapitänsschreibtisch erkundet und dabei das Tintenfass umgestoßen. Nun verteilen sich im ganzen Raum, auf den Büchern, Landkarten, dem Boden, den Möbeln kleine tintenblaue Tapser.

»Sogar das Logbuch hat er komplett verfleckt!« Der Kapitän

reißt zornig die Augen auf. »Dieser verdammte Marder war einfach überall!«

»Nasenbär.«

»Wie bitte?«

»Das ist ein Südamerikanischer Nasenbär, kein Marder. Wobei er immerhin mit Mardern verwandt ist.«

»Das ist mir vollkommen gleichgültig, was es genau ist. Nur soll es aufhören, mein Logbuch dreckig zu machen. Sonst berechne ich Ihnen den Transport dieses Tieres zum vollen Personenpreis, haben wir uns verstanden? Das hier ist mein Schiff und kein Zoo.«

»Natürlich«, erwidere ich kleinlaut. »Es kommt nicht wieder vor.« Suchend schaue ich mich um. »Wo ist er überhaupt?«

»Das weiß ich nicht«, faucht der Kapitän. »Möglicherweise finden Sie ihn, wenn Sie den Pfotenabdrücken folgen.«

Ich entdecke Coatí schließlich zusammengekauert auf dem Brückennock. »Na«, murmele ich, »da bist du ja. Das war ganze Arbeit, die du da geleistet hast.«

Er sieht mich schuldbewusst an. Ich nehme ihn auf den Arm. »Schnell fort von diesem Wüterich«, flüstere ich in sein weiches Fell. Ich sehe die immer noch tintenblauen kleinen Pfoten und muss lachen. »Ich mag dich natürlich. Aber der Kapitän wird wohl nicht mehr dein Freund.«

Irgendwann später an diesem Tag, als das Abendessen vorbei ist, die Kölner Schwestern sich wegen der versalzenen Hummersuppe beschwert haben und die meisten Gäste schon im Salon sind, um die Abendzigarre zu rauchen, zu lesen oder dem Pianisten zuzuhören, der ganz bestimmt wieder Mozart spielt, stehe ich noch einmal draußen an Deck. Der Nieselregen hat aufgehört, dafür hat der Wind aufgefrischt. Er hat die Wolken verscheucht, und über dem Dampfer leuchten die Sterne. Das Kreuz des Südens ist nicht mehr zu sehen, ein untrügliches Zeichen dafür, dass wir immer weiter nach Norden und näher nach Europa kommen. Dort wird es bald Herbst sein.

Neben mir steht der Reisemarschall und sieht ebenso auf die nächtlich schwarzen Fluten, die das Mondlicht spiegeln. »Nun, *Gräfin*«, beginnt er mit einem seltenen Schmunzeln in der Stimme, »war die Reise zu Ihrer Zufriedenheit?«

»O ja!« Ich nicke. »Sie hat alles übertroffen, was ich mir jemals vorgestellt habe.« Nach einer Pause füge ich hinzu: »Danke.«

»Gern geschehen.«

»Ich weiß, ich bin nicht immer ganz einfach.«

»Nein, nicht unbedingt.«

Wir sehen uns an; seine Schlittenhundeaugen blinzeln belustigt. Jetzt, wo ich vermutlich wohlbehalten in München ankommen werde, wirkt er entspannter.

Eine starke Windbö lässt uns kurz schwanken; das Barometer steht schon seit ein paar Stunden auf Tiefdruck. Vermutlich wird der Sturm im Lauf der Nacht kommen. Arme Veronika, denke ich. Die letzten Tage ist sie von Seekrankheit noch verschont geblieben.

Ich halte meine Nase in den Wind, rieche das Salz in der Luft, sehe auf den klaren Mond am Himmel vor uns. »Es ist merkwürdig«, sage ich nachdenklich.

»Was denn?«

»Ich habe mein ganzes Leben, seit ich ein Kind war, davon geträumt, einmal nach Brasilien zu fahren und den tropischen Regenwald zu erforschen.«

»Ja, das weiß ich.«

»Und nun habe ich es getan, verstehen Sie? Es war mein großer Traum all die Jahre. Was kommt nun? Womit ersetzt man einen Lebenstraum, der sich erfüllt hat?«

»Ach«, er lacht leise, »so wie ich Sie kenne, wird Ihnen sehr bald etwas Neues einfallen.«

»Glauben Sie?«

»Bestimmt. Sie sind von der Neugier getrieben. Wenn Sie Brasilien nun erkundet haben, finden Sie sicher etwas anderes, das Sie interessiert. Sie werden wohl nie aufhören, den Dingen auf den Grund gehen zu wollen – ab und an in einer nachgerade nervtötenden Weise, wenn ich mir diese Bemerkung erlauben darf.«

Ich lache auf. »Ja, Sie haben vermutlich recht.«

Eine Weile schweigen wir und hängen unseren Gedanken nach.

»Wenn wir nach Hause kommen, haben wir einen neuen Kaiser«, sagt der Reisemarschall schließlich.

Ich nicke. »Es ist eigenartig – wir kommen in ein anderes Land zurück als das, was wir verlassen haben. Was die Zukunft wohl bringen wird, ist offen. Alles verändert sich.«

Auch ich habe mich verändert, denke ich. Ich bin nicht die Therese, die ich war, als ich zum ersten Mal hier auf dem Atlantik gefahren bin. Ich habe das brasilianische Licht gesehen, leuchtende Farben, tropische Schönheit, Grausamkeit, Leidenschaft – Liebe. Alle Wunder, kommt es mir in den Sinn, da kann man nicht mehr dieselbe sein.

Der Wind wird stärker. »Lassen Sie uns unter Deck gehen«, sagt der Reisemarschall. »Es wird kalt.«

Ich lege den Kopf in den Nacken und sehe hinauf zu den funkelnden Sternen.

»Noch fünf Minuten, Reisemarschall«, sage ich. »Nur noch fünf Minuten.«

Epilog

24. September 1925, spät abends, Schloss Löwenstein

Veronika saß im matt erleuchteten Schlafzimmer an ihrem Schminktisch. Draußen legte sich der späte Herbstabend zunehmend dunkel über die Landschaft. Gerade hatte sie ein Wagen von München nach Hause gebracht. Sie lauschte; im Schloss war es still. Den Bediensteten hatte sie schon am Nachmittag für den Rest des Tages freigegeben. Das einzige Geräusch, das zu hören war, war das Kläffen von Erdmann, Rudolfs Dackel, irgendwo im Erdgeschoss.

Veronika zog sich die feinen schwarzen Spitzenhandschuhe aus und legte sie fein säuberlich auf den Tisch. Dann hob sie die Arme und löste die Klammern, die den kleinen Hut mit Trauerschleier festgehalten hatten. Der Hut kam neben die Handschuhe. Veronika sah sich im Spiegel an. Das goldene Licht der schummrigen Lampen ließ sie weicher und jünger aussehen. Sie hatte die Augen dunkel geschminkt, die Lippen leuchtend rot, die Haut war blass von den letzten verregneten Wochen und dem hellen Puder. Die Spuren einzelner Tränen waren darin noch zu erkennen, die sie vorhin in München geweint hatte.

Es war eine würdevolle Feier gewesen, das Requiem in der Theatinerkirche am Odeonsplatz, nur ein paar Hundert Meter entfernt vom Palais Leuchtenberg, wo Therese aufgewachsen war. Alle Wittelsbacher waren gekommen: Thereses einziger noch lebender Bruder Leopold und Rupprecht, der Kronprinz, der die Reiseleidenschaft seiner Tante geerbt hatte, mit Antonia, seiner neuen jungen Frau. Außerdem der Erbprinz Albrecht und auch sonst jeder der Familie, der es auch nur irgendwie hatte möglich machen können, nach München zu reisen. Nicht nur die Familie war gekommen, sondern auch enge Freunde und Weggefährten Thereses, viele Professoren und Wissenschaftler, mit denen sie über Jahre Kontakt gehalten hatte und deren Namen Veronika von den Briefen kannte, die sie im vergangenen Jahr mit Therese in Lindau sortiert hatte. Münchner Museumsdirektoren, Botaniker und Zoologen; ein ganzer Zug kluger Köpfe, dachte Veronika, war ihr gefolgt, im Leben genauso wie im Sterben. Die Kirche war vom herbstlichen Dunkel und den Flammen eines wahren Kerzenmeeres erfüllt gewesen, der Hochaltar ganz in Schwarz ausgeschlagen, dazu ein blendend weißes Kreuz und das Wittelsbacher Wappen. Der Erzbischof hatte die Trauerfeier gehalten, der Sarg war über und über mit Blumen geschmückt. Jetzt, im September, gab es noch genügend davon. Während Veronika neben Rudolf in der Kirchenbank gesessen hatte, hatte sie gedacht, dass es nicht genügend exotische Blumen waren. Therese hatte die üblichen Trauerblumen bekommen, Nelken, Herbstastern, Dahlien. Ihr hätten Helkonien und Orchideen besser gestanden, dachte Veronika, während das Requiem von Mozart erklang und hier und da Taschentücher gezückt wurden. Therese war die älteste Wittelsbacherin gewesen, eine Art Tante für alle. Nun starb mit ihr auch eine ganze Welt, der Glanz der alten bayerischen Königsfamilie. Die Zeiten hatten sich geändert, ganz wie Therese selbst es bei Veronikas

Besuch in Lindau gesagt hatte. Draußen gab es nun eine Republik, Kinos und moderne Kunst. Die Zeit der Könige und Prinzessinnen war vorbei.

Nachdem der Sarg feierlich in die Fürstengruft der Theatinerkirche getragen worden war, dorthin, wo auch Thereses Eltern und die beiden bereits verstorbenen Brüder bestattet waren, und als die Trauergesellschaft sich vor der Kirche im Dunkel des Abends noch einmal versammelt hatte, hatte sich eine alte Dame den Weg zu Veronika gebahnt.

»Gräfin von Löwenstein?«, fragte sie. Man hörte ihrer Stimme einen leichten russischen Akzent an. Vage kam ihr Gesicht Veronika bekannt vor. Sie hatte genickt.

»Ich bin Olga«, hatte sich die Frau schlicht vorgestellt, aber Veronika war sofort im Bilde: Olga, die Nichte des russischen Zaren, die im Exil lebende Königin von Griechenland – und Thereses älteste Freundin.

Veronika hatte sich beeilt, in einen Knicks zu versinken. »Es ist mir eine Ehre, Sie kennenzulernen. Therese hat so viel von Ihnen erzählt.«

Ein warmes Lächeln hatte das Gesicht der alten Dame erhellt. »Und mir von Ihnen. Wissen Sie, ich war in den letzten Tagen bei ihr. Wir hatten viel Zeit zu reden.«

Veronika dachte noch darüber nach, was sie antworten konnte, da fuhr Olga schon fort: »Therese und ich kannten uns so lange, über siebzig Jahre. Als wir Mädchen waren, haben wir uns versprochen, uns nie alleine zu lassen. Und nun hat sie es wohl doch getan.« In Olgas Augen glitzerten für einen Moment Tränen. Dann straffte sie den Rücken. »Aber das war es nicht, was ich tun wollte – Sie mit meiner Trauer behelligen. Nein, ich soll Ihnen dies hier geben. Von Therese.«

Veronika sah überrascht auf den dicken Umschlag, den die alte Frau ihr entgegenstreckte. »Was ist das?«

»Das weiß ich nicht. Ich habe nicht hineingesehen. Therese sagte, Sie verstünden schon.«

»Nein … ich verstehe nicht …« Veronika nahm den Umschlag und befühlte ihn. Darin war ein schmales Buch mit biegsamem Umschlag, eher ein Notizheft. Auf dem Umschlag stand nur schlicht »Veronika« in Thereses Handschrift.

»Dann müssen Sie es wohl herausfinden.«

Damit hatte Königin Olga sie stehen lassen und war in der Menge der schwarz gekleideten Trauergäste verschwunden.

Die ganze Fahrt von München zurück hatte Veronika es nicht über sich gebracht, den Umschlag zu öffnen. Nun lag er vor ihr auf dem Schminktisch im stillen Schlafzimmer und wartete.

Veronika schluckte. Sie strich über das Papier, fuhr mit den Fingerspitzen die Schnörkel und Bögen ihres eigenen Namens nach, den Therese daraufgeschrieben hatte. Was sie ihr wohl so unbedingt noch hatte zukommen lassen wollen? Und warum mir?, dachte Veronika. Sie hatte doch andere, engere Freundinnen gehabt. Olga. Oder die Frauen aus der Lazarettzeit. Aber ihr, Veronika, hatte sie diesen letzten Gruß geschickt.

Veronika riss das Papier des Umschlags vorsichtig auf. Es war weich und gab leicht nach. Darin lag ein Heft mit rotem Einband – sonst nichts. Keine Notiz, keine Erklärung. Veronika nahm das Heft heraus und schlug es auf. Jede einzelne Seite war eng beschrieben. Ein Manuskript? Ein neues Buch oder ein wissenschaftlicher Essay, den Veronika verwalten sollte?

Dann fiel Veronikas Blick auf die Überschrift. *Geschichte*

meiner Liebe, stand dort in schwungvollen Buchstaben. Sie lächelte. Ja, dachte sie nun, jetzt verstehe ich es.

Sie überflog die ersten Seiten, las einzelne Sätze, Wörter. Es war die Geschichte, die Therese ihr vor über einem Jahr vor dem Kamin im russischen Salon erzählt hatte, während Lindau im Schnee versunken war, von Otto, von Kitó. Die geheime Geschichte von Thereses Liebe.

»Veronika?«

Rudolf streckte seinen Kopf zur Tür hinein.

»Hier bist du … ist alles in Ordnung?«

»Ja. Ich wollte es mir nur ein wenig bequemer machen und die Trauerkleider ausziehen.«

»Verstehe.« Sein Blick fiel auf das Heft vor ihr. »War das in dem Umschlag?«, fragte er neugierig.

»Ja. Von Therese – sie hat es mir überlassen. Sie dachte wohl, es wäre bei mir am besten aufgehoben.«

»Wie schön.« Er lächelte ihr zu. In seinem Blick lag Liebe. »Kommst du hinunter in den Salon? Wir könnten noch ein wenig zusammen vor dem Kamin sitzen.«

Veronika nickte und lächelte zurück. »Ich komme gleich.«

Er ging, sie sah ihm nach. Zwischen Rudolf und ihr hatte sich in den vergangenen Monaten so vieles geändert. Nachdem sie aus Lindau zurückgekehrt war, hatte sie Thereses Rat befolgt. Sie hatte mit Rudolf geredet – zum ersten Mal richtig geredet. Sie hatte Fragen gestellt, er hatte erzählt; am Anfang noch zögernd, aber schließlich hatte er ihr das Herz ausgeschüttet, hatte von all den schrecklichen Dingen erzählt, die ihn immer noch verfolgten, von den Schlachtfeldern und den Bomben. Sie hatte ihm zugehört und ihn schließlich in den Arm genommen. Nicht wie den Märchenhelden, den sie sich immer erträumt hatte, sondern wie der

Mann und Freund, den sie liebte. Therese hatte recht behalten – »wie immer«, murmelte Veronika schmunzelnd, »es ist ja wirklich fast zum Aus-der-Haut-Fahren, dass du immer recht hattest.«

Ihr Blick blieb an einem Absatz in dem Notizheft hängen. *»Ich hatte erfahren, was Liebe und Verstehen, was Meiden und Scheiden heißt«,* las sie dort in der leicht ungeduldigen, geneigten Handschrift ihrer Freundin, und es war, als würde sie noch einmal Thereses Stimme hören, die durch all die Jahre, die Reisen, die Abenteuer, den Schmerz und die Wunder widerhallte. *»Ich hatte gehofft und gebangt, geglaubt und mit allen Fasern meines Herzens geliebt, auch ich hatte das himmelhoch Jauchzen und zu Tode Betrübtsein kennengelernt, und für die wenigen Momente der Seligkeit war ein Leben des Kummers, der Sorge, des verzehrenden Sehnens kein zu hoher Preis gewesen.«*

Veronika lächelte.

Nachwort

Zwei Herzen schlagen in meiner Brust – die der (Kunst-)Historikerin und die der Romanschreiberin. Beides verträgt sich nur bedingt miteinander, weil ein Roman eben keine Biografie und diese Geschichte natürlich streng genommen erfunden ist. Trotzdem ist vieles wahr. Wahr ist allen voran Therese selbst, ebenso wie ihre Reise nach Brasilien 1888. Wahr ist ebenso, dass sie die letzten Jahre ihres Lebens in ihrer geliebten Villa AmSee in Lindau verbracht hat, wie eh und je fleißig damit beschäftigt, zu lesen, zu lernen und ihre Sammlungen zu verwalten. Und wahr ist, dass sie ihr Leben lang Otto, den psychisch kranken bayerischen König, geliebt hat.

Doch der Reihe nach: Therese Prinzessin von Bayern wird am 12. November 1850 als Tochter des späteren Prinzregenten und seiner Frau Auguste, einer gebürtigen Florentinerin, geboren. Mit drei Brüdern wächst sie im Palais Leuchtenberg am Odeonsplatz auf, dem größten Palais in München, einst von dem berühmten Architekten Leo von Klenze für Eugène de Beauharnais, Herzog von Leuchtenberg, erbaut. Therese, die mit ihrer Mutter Italienisch spricht, hat dort eine glückliche Kindheit mit Sommern in Lindau und der Nase oft in Büchern. Früh fällt auf, wie intelligent und sprachbegabt sie ist, außerdem sehr sportlich und mutig. Rudern, Segeln, Schwimmen, Reiten und Wandern liebt sie sehr, außerdem hält sie sich eine Menge Haustiere. Sie wird gemeinsam mit den Brüdern unterrichtet, wobei sie als Mädchen von Latein und Mathematik ausgeschlossen bleibt – zwei Fächer, die sie als Erwachsene nachlernt. Ihre Mutter stirbt an Tuberkulose, als Therese dreizehn ist und hinterlässt ihr ein schweres Erbe: Sie soll ab jetzt als »Engel der Familie« für den Vater und die Brüder sorgen. Zwei Jahre später verliebt sie sich unsterblich in ihren Cousin Otto, Bruder des »Märchenkönigs« Ludwig II. Sie will ihn heiraten, doch bald darauf zeigen sich bei Otto Anzeichen für eine schwere psychische Krankheit, vermutlich eine schizophrene Psychose. Als Ludwig II. unter ungeklärten Umständen im Starnberger See ertrinkt, wird Otto nur noch nominell König, der tatsächliche Regent Bayerns wird Luitpold – und Therese als Begleiterin ihres Vaters damit »Erste Frau im Staat«. Doch sie ist nicht glücklich: Der zerschlagene Traum einer Ehe mit Otto belastet sie sehr, sie kann sich mit der riesigen Münchner Residenz kaum anfreunden und auch nicht mit den vielen gesellschaftlichen Verpflichtungen. Otto besucht sie, so oft es seine Ärzte ihr erlauben; außerdem kümmert sie sich um dessen Mutter, Königin Marie, die um ein Haar ihre Schwiegermutter geworden wäre. Mögliche andere Heiratskandidaten lehnt sie ab – diesen oder keinen – und lässt sich diesbezüglich auch nicht von ihren Brüdern oder dem Vater unter Druck setzen. Stattdessen liest sie unermüdlich; ihr Wissensdurst ist riesig, vor allem was Botanik, Zoologie und Sprachen angeht. Am Ende wird sie zwölf Sprachen fließend sprechen und ist damit eine der wenigen Gelehrten ihrer Zeit, die fähig sind, sämtliche wissenschaftliche Texte in ihrer jeweiligen Originalsprache zu lesen.

Therese will reisen – einerseits weil sie sich für Fremdes interessiert, andererseits weil sie im Ausland wenigstens für eine Weile aus allen Zwängen ausbrechen konnte. »Könnte ich nur als Koffer mitgehen«, schreibt sie neidisch, als sie von Reiseplänen ihres Bruders Leopold erfährt – und erreicht tatsächlich, dass sie mitfahren darf. Fünf Monate reist sie mit Bruder und Schwägerin durch Nordafrika, Spanien und Portugal und veröffentlicht darüber 1880 ihre erste Publikation. Therese hat Blut geleckt. Sie will keine typische Frauenexistenz ihrer Zeit führen, sie will stattdessen reisen, forschen, wissenschaftliche Texte schreiben und etwas erleben. In den nächsten Jahren reist sie durch Skandinavien und Russland. 1888 erfüllt sich dann ihr großer Traum: eine Reise nach Brasilien. Sie ist seit Kindertagen von den südamerikanischen Tropen fasziniert; Alexander von Humboldt ist eines ihrer großen Vorbilder.

Thereses Reiseroute in Brasilien ist recht ausufernd, für den Roman habe ich sie sehr vereinfacht und deutlich verkürzt. Wahr ist, dass sie in Belém ankommt und auch, dass sie nach Manaus reist. Allerdings tut sie das nicht ausschließlich auf einer Steam Launch, und sie wohnt auch nicht nur in Zelten. Ein Großteil der Reise besteht eher aus Tagesausflügen in den Wald oder auf dem Wasser von verschiedenen Standorten aus; zwischendurch reist sie aber dann doch immerhin neun Tage am Stück auf eigene Faust durch den Wald. Wer die reale Reiseroute nachempfinden möchte, dem lege ich Thereses selbstverfassten Bericht der Brasilienreise ans Herz, der online auch über Projekt Gutenberg inklusive einiger ihrer Reisefotos eingesehen werden kann.

Therese ist auf ihren Reisen – sei es 1888 in Brasilien, 1893 in Nordamerika oder 1898 durch Kolumbien und Peru – auch ein Kind ihrer Zeit. Ihre Wortwahl und Haltung ist oft aus heutiger Sicht rassistisch und gelegentlich auch von kolonialem

Denken beeinflusst. Beim Sammeln ihrer Forschungsobjekte hat sie wenig Skrupel. Sie präpariert Insekten und Fische; und beim tatsächlich unternommenen Versuch, eine Urne aus einer verlassenen indigenen Begräbnisstätte auszugraben, geht sie mit deutlich geringerer Hemmung vor, als ich es im Roman dargestellt habe. Gleichzeitig wirkt sie oft bemerkenswert modern. Der Grundsatz, dass jeder Mensch, unabhängig von Hautfarbe und Herkunft, letztlich gleich und frei ist, ist ihr wichtig. Sie verurteilt sowohl die Sklaverei als auch die Ausbeutung der Indigenen und das arrogante Verhalten von Europäern diesen gegenüber. Obendrein spürt man ihr ehrliches Interesse an für sie fremden Kulturen und ein für eine Frau ihrer Zeit und ihres Standes ungewöhnliches Fehlen von Berührungsängsten. Sie schläft in einfachen Hütten ehemaliger Sklaven, in indigenen Dörfern genauso wie in europäischen Palästen. Neugierig und mit Enthusiasmus isst sie fremdartige Speisen vom Gürteltier bis zum Papagei und zeigt durchaus Bewunderung für die Lebensart der Indigenen.

Kitó ist meiner Fantasie entsprungen – allerdings hatte Therese zumindest kurzzeitig in Brasilien einen indigenen Begleiter. Er hieß Maximiliano Roberto, Sohn eines Spaniers und einer Frau aus dem Stamm der Mura. Es existiert sogar eine von Therese aufgenommene Fotografie von ihm,* die einen jungen Mann im Anzug, mit dunklem Haar und einem schönen, markanten Gesicht zeigt. Maximiliano muss ähnlich sprachbegabt gewesen sein wie Therese, denn laut ihren

* Therese bediente in Brasilien tatsächlich eine gerade erst erfundene Rollfilmkamera. Sie könnte damit als eine der ersten Reisefotografinnen in unserem Sinne gelten.

Aufzeichnungen sprach er fünfzehn indigene Sprachen. Von ihm erfährt sie viel über Sitten und Mythen der Mura und anderer Amazonas-Ethnien.

Während Maximiliano Roberto sie nur für wenige Tage begleitet, sind da noch drei Menschen, die während der gesamten Reise dabei sind und die sich zum Großteil auch im Roman widerspiegeln: Zum Ersten Max Auer, Thereses treuer Diener, dem sie bis zum Ende ihres Lebens weit über das normale damalige Maß einer Dienstherren-Beziehung hinaus verbunden bleibt. Er begleitet sie auf allen großen Reisen, ist talentierter Schmetterlingsfänger und lernt für sie sogar, Tiere zu präparieren. Als er auf der Südamerikareise 1893 kränkelt, überlässt sie ihm ihr Bett und schläft auf dem nackten Boden. Als Therese 1925 im Sterben liegt, reist Max, selbst vier Jahre älter als sie, eilig von München nach Lindau, um seine ehemalige Herrin und Reisegefährtin noch einmal zu sehen.

Auch der zweite Begleiter heißt Maximilian, dieses Mal Freiherr Maximilian von Speidel, Anfang dreißig, ein karrierebewusster Militär und Sohn eines Jugendfreundes von Luitpold. Wohl deshalb bestimmt er ihn zum Reisemarschall für Thereses Brasilienreise. Die Wahl ist nicht sehr glücklich; der penible, sparsame und nicht besonders flexible Freiherr hat sehr wenig mit der impulsiven und bis an die Grenze zum Leichtsinn mutigen Prinzessin gemeinsam. Das Reisetagebuch des Freiherrn hat sich wunderbarerweise erhalten, sodass wir auch seine Sicht der Dinge kennen. Er, der selbst im Tagebuch die Prinzessin meist konsequent ihrem Inkognito nach als »Gräfin (Elpen)« bezeichnet, ärgert sich darin über die ständigen Planungsänderungen der begeisterten Therese, ihre unerschöpfliche Energie und Unrast und kommt offenbar auch schlecht mit dem Fakt zurecht, dass sie als Prinzessin letztlich das Sagen hat, wenn er schreibt: »Es ist im äußersten Grade unangenehm, immer den Launen einer Frau gemäß handeln zu müssen, welche noch dazu jeden Augenblick ihre Absicht ändert (...)« 1913 werden Therese und Freiherr von Speidel allerdings tatsächlich noch einmal einen gemeinsamen Reiseversuch unternehmen, dieses Mal nach Griechenland.

Die weibliche Begleitung in Brasilien übernimmt Franziska Baronin von Lerchenfeld, kurzfristig als Vertretung für Gräfin Oberndorf eingesprungen. Über Franziska ist wenig bekannt; besonders eng mit Therese befreundet blieb sie wohl nicht, und einen späteren Besuch in Lindau wie bei meiner fiktiven Veronika gab es ebenfalls nicht.

Nicht fiktiv, allerdings vordatiert, ist die Geschichte des Kautschukbooms in Manaus. 1888 ist die Stadt gerade im Aufschwung, aber noch nicht so beeindruckend wie ein paar Jahre später – dementsprechend gewinnt Therese Manaus nicht sehr viel ab. Erst in den 1890ern schlägt die rasant steigende Nachfrage nach dem für die europäischen Industrien benötigten Gummi voll durch, und die Stadt mausert sich im Zeitraffer zu einer der modernsten und reichsten Städte der Welt – mitten im Urwald. Die elektrische Straßenbahn, die exorbitanten Gebäude, die europäischen Läden, Schmuck und Mode sind also nicht erfunden. Einzelne Kautschukbarone werden praktisch über Nacht unermesslich reich. Drei davon stehen in einer Art Mischung Pate für meinen César Scholz: Julio César Arana del Águila, Carlos Fermín Fitzcarrald und der deutschstämmige Waldemar Scholz. Alle drei führen ein brutales Kautschukimperium in Brasilien, Peru und Kolumbien, das ihren Reichtum ermöglichte. Die

Armee von benötigten Kautschuksammlern rekrutieren sie entweder per Schuldknechtschaft – sie vergeben Kredite, die dann über viele Jahre abgearbeitet werden müssen – oder über indigene Zwangsarbeiter, und das, obwohl die Sklaverei im Mai 1888 in Brasilien abgeschafft worden war. Tausende Indigene werden im Namen des Kautschuks ermordet, enteignet, versklavt und misshandelt. Währenddessen werden in Manaus rauschende Feste gefeiert. Speziell Waldemar Scholz ist für seine Extravaganzen berühmt; zahme Raubkatzen als Haustiere und für Champagnerbäder angeheuerte Schauspielerinnen sind an der Tagesordnung, das Stereotyp des sich mit einem Geldschein die Zigarre anzündenden Superreichen stammt von Scholz, der das tatsächlich gerne getan hat. Doch es ist ein kurzer Glanz: Schon in den 1910er-Jahren verliert Manaus sein Kautschukmonopol in der Welt, die Kautschukbarone sind bankrott. Das prächtige, gigantische Opernhaus von Manaus wird allerdings tatsächlich 1896 eingeweiht.

Während die furchtbaren Taten der Belgier bei der Kautschukgewinnung im Kongo als Kongogräuel inzwischen bekannt sind, ist die Schreckensherrschaft der südamerikanischen Kautschukbarone heute eher nur wenigen ein Begriff. Immerhin Fitzcarrald wird von Werner Herzog mit Klaus Kinski in der Hauptrolle mit *Fitzcarraldo* 1982, ein filmisches Denkmal gesetzt – dem ich das weißblonde Haar Césars und seine Opernhaus-Besessenheit entliehen habe.

Das schreckliche Schicksal so vieler Indigener im Amazonasgebiet seit dem ersten Eintreffen europäischer Siedler hat mich bei der Recherche und dem Schreiben dieses Buches immer wieder beschäftigt. Sklavenfänger, skrupellose Kautschukbarone, gierige Europäer auf der Suche nach dem sagenhaften El Dorado haben über Jahrhunderte die indigenen Völker auszurotten versucht oder für ihre Belange missbraucht. Ich habe mich bewusst dafür entschieden, dass meine Figur Kitó ein Tupí ist, weil das Schicksal der Tupí exemplarisch für das von vielen indigenen Ethnien steht: einst die größte indigene Gruppe Brasiliens, ist sie heute mehr oder weniger vollständig verschwunden. Ihre Angehörigen wurden getötet, versklavt oder – mehr oder weniger absichtlich – mit Europäern assimiliert, bis ihre Kultur weitgehend verschwunden war. Immerhin: Ihre Sprache bildet den Sprachstamm zahlreicher heute gesprochener indigener Sprachen in Brasilien. Auch ins Deutsche haben es einige Vokabeln geschafft: Ananas, Maracuja, Piranha und Jaguar sind Tupí-Vokabeln.

Therese ist eine Pazifistin und Demokratin. Bedenkt man, dass sie in der militärbegeisterten Gesellschaft des Deutschen Kaiserreichs lebt und eine Angehörige eines regierenden Königshauses ist, ist das doppelt bemerkenswert. In der Familie stößt sie mit ihren Ansichten auf wenig Verständnis, sie ist ihrem Stand und ihrer Zeit in diesen Dingen ganz offensichtlich weit voraus. Den Weltkrieg sieht sie schon viele Jahre zuvor kommen, und als er schließlich da ist, zieht sie sich endgültig ganz nach Lindau zurück.

Mit der anfänglichen Kriegsbegeisterung vieler Menschen, auch ihrer Familie, kann sie nichts anfangen. Der Krieg zerstört nebenbei ihre Pläne für eine Weltreise, die sie noch geschmiedet hat. Stattdessen engagiert sie sich in Lindau für das Rote Kreuz und richtet ein Lazarett auf ihrem Anwesen ein. Dort unterhält sie sich oft mit den verwundeten Soldaten, gewinnt durch sie nicht nur einen Einblick in das Innenleben des Krieges, sondern erfährt auch viel über deren oft einfache früheren Leben als Arbeiter- und Bauernsöhne. Denn dafür interessiert sie sich ebenfalls. Ihre Fremdsprachenkenntnisse benutzt sie dazu, französische und russische Kriegsgefangenenlager mit Büchern zu versorgen und Erkundigungen einerseits über französische Gefallene und Vermisste für Frankreich, andererseits dasselbe über deutsche Soldaten in England, Frankreich und Russland einzuholen. 1916 fällt ihr Lieblingsneffe Heinrich, Sohn ihres verstorbenen Bruders Arnulf, in Rumänien. Nur wenige Wochen zuvor stirbt König Otto, Thereses große Liebe. Sie ist bei ihm und begleitet ihn, seine Hand in ihrer, anschließend hält sie an seinem Bett Totenwache.

Die letzten Jahre zwischen Kriegsende und ihrem eigenen Tod am 19. September 1925 verbringt Therese mit Lesen, Forschen, Briefeschreiben und dem Sortieren und Sichten ihrer Sammlungen. Sie ist da schon lange zu einer ernst zu nehmenden und ernst genommenen Wissenschaftlerin geworden. Auf Betreiben Max von Pettenkofers, dem berühmten Hygieniker, ist sie 1892 zum Ehrenmitglied der Bayerischen Akademie der Wissenschaften ernannt worden. »Wenn die Prinzessin ein Prinz wäre, so wäre sie längst zum Ehrenmitglied der Akademie vorgeschlagen und gewählt worden«, hatte er wütend geschrieben und Erfolg damit gehabt. 1897 dann bekommt sie auch die Ehrendoktorwürde der Universität München – als eine der ersten Frauen überhaupt. 1899 nimmt sie auf Einladung am Lindauer Anthropologenkongress teil, lädt danach zum Mittagessen und hat damit auch die medizinische Koryphäe Rudolf Virchow zu Gast. Ob er ihr allerdings einen Frosch geschenkt hat, sei dahingestellt.

Therese hinterlässt ihre Sammlungen dem Freistaat Bayern:

Ihre Bücher kommen in die Bayerische Staatsbibliothek – übrigens ohne Hinweis darauf, wem sie einmal gehört haben. Die ethnologischen Objekte ihrer Reisen bilden heute einen beachtlichen Teil des Münchner Museums Fünf Kontinente, dem ehemaligen Staatlichen Museum für Völkerkunde. Ihr zoologisches Erbe erhält die Zoologische Staatssammlung München, wobei ein Teil davon im Zweiten Weltkrieg zerstört wird. Und dann sind da, zwischen autobiografischen Aufzeichnungen und Briefen, noch die sechzig Seiten *Geschichte meiner Liebe*, Thereses eigene Erzählung von ihrer lebenslangen Liebe zu Otto, König von Bayern. Ihr ist das Zitat im Epilog entnommen.

Mit Therese stirbt eine Geistesgröße ihrer Zeit – und trotzdem gerät sie bald in Vergessenheit. Es drängt sich auf, mit Max von Pettenkofer zu sagen: »Wenn die Prinzessin ein Prinz gewesen wäre …«

Es ist der Sprachwissenschaftlerin Dr. Hadumod Bußmann zu verdanken, dass sich dies in den letzten Jahren langsam ändert und Therese aus dem Nebel der Vergangenheit wieder auftaucht. Inzwischen gibt es die Prinzessin Therese von Bayern-Stiftung an der Münchner Ludwig-Maximilians-Universität, die Frauen in der Wissenschaft fördert, außerdem einen Therese-von-Bayern-Platz in Lindau, und Thereses Büste steht seit 2009 in der Münchner Ruhmeshalle – zu Recht.

Therese von Bayern war vieles: eine ewig neugierige Forscherin, eine professionelle Botanikerin und Zoologin, eine unerschrockene Reisende, eine heimlich Liebende, eine gute Tochter, eine überzeugte Bayerin. Sie war ein Kind ihrer Zeit und dieser Zeit gleichzeitig oft so weit voraus. Sie war und bleibt, das ganz sicher, bemerkenswert.

Danksagung

Bei der Arbeit zu diesem Buch haben mich einige Menschen unterstützt, denen mein Dank gilt.

Zuallererst danke ich Dr. Hadumod Bußmann, Thereses engagierter Biografin. Ohne ihre Forschung wäre dieses Buch gar nicht möglich gewesen. Sie hat Therese von Bayern erst »wiederentdeckt« und intensiv zu ihrem Leben, ihren Reisen und Verdiensten geforscht. Jedem, der tiefer in das Leben der historischen Therese eintauchen will, möchte ich wärmstens ihr Buch *Ich habe mich vor nichts im Leben gefürchtet. Die ungewöhnliche Geschichte der Prinzessin Therese von Bayern* (C. H. Beck, 2011; Insel Taschenbuch 4289, 2014) empfehlen. Dr. Bußmann ist auch die Kuratorin der Prinzessin Therese von Bayern-Stiftung an der Universität München, die Frauen in der Wissenschaft fördert – ein Anliegen, das ganz bestimmt in Thereses Sinn gewesen wäre. Es war mir eine Ehre, im Vorfeld zu diesem Buch mit Dr. Bußmann über die historische Therese und ihre Reisen sprechen zu dürfen; danke dafür!

Ich danke außerdem herzlich Dr. Christian Quaeitzsch, Oberkonservator der Residenz München, der sich die Zeit genommen hat, mit mir über die Residenz zu Thereses Zeiten zu sprechen. Ich danke Carmen Kwasny, Chairwoman der Native American Association Germany e. V., die mich zur aktuellen Situation Indigener und dem bestmöglichen, sensiblen Sprachgebrauch ausführlich beraten hat.

Selbstverständlich gebührt mein Dank auch meiner Lektorin Inga Fricker und meiner Redakteurin Antje Steinhäuser, die eine tolle Arbeit geleistet und mir dort auf die Sprünge geholfen haben, wo ich beim Schreiben »betriebsblind« geworden war. Es hat mir viel Spaß gemacht, mit ihnen an diesem Roman zu feilen.

Zuletzt bin ich aber wohl auch Therese selbst dankbar. Die Beschäftigung mit dieser außergewöhnlichen Frau, mit ihrem Leben, ihrer Arbeit, ihrem Mut und ihrer Leidenschaft waren mir auch über die Jahrhunderte hinweg wirklich eine Inspiration.